Annegret Held
Armut ist ein brennend Hemd

Weitere Titel der Autorin:

Apollonia
Eine Räuberballade

Das Buch

Die Rehe und Hasen nahmen Reißaus, aber die Felder waren vernich-
tet und die Saat zertrampelt und zerfressen, keine Kartoffeln, kein
Korn. Eine unbändige Verzweiflung und eine übermächtige Wut er-
griff die Scholmerbacher und sie stürzten mit Äxten und mit Hacken
in die gräflichen Wälder, um die Bäume abzuhauen und die Rehe zu
lynchen und aus den Hasen Hackbraten zu machen.

Das war die Revolution im Jahre 1848 im Dorf Scholmerbach.

Endlich gehörten ihnen wieder alle Wälder, und sie gingen hinein
und hackten Holz und aßen die Waldbeeren und sammelten Kräuter,
sie ließen ihre Schweine dort fressen und verwüsteten ganze Landstriche.

Einen Sommer lang waren sie vollkommen frei.

»Scholmerbach im Westerwald ist auf dem besten Weg, zu den
großen Literaturlandschaften der Weltliteratur zu werden«
Der Tagesspiegel

Die Autorin

Annegret Held, geboren 1962 im Westerwald, arbeitete u. a. als
Polizistin, Altenpflegerin und Luftsicherheitsassistentin – und
ist erfolgreiche Autorin. Sie erhielt den Berliner Kunstpreis der
Akademie sowie den Glaser-Förderpreis und ist PEN-Mit-
glied. Ihre beiden Westerwald-Romane *Apollonia* und *Armut*
ist ein brennend Hemd wurden von der Presse hoch gelobt; mit
ihrem neuen Roman *Eine Räuberballade* findet die Trilogie ihren Abschluss. Annegret Held lebt im Westerwald.

ARMUT IST EIN BRENNEND HEMD

ROMAN

eichborn

Dieser Titel ist auch als E-Book erschienen

Eichborn Verlag in der Bastei Lübbe AG

Für die Originalausgabe:
Copyright © 2015 by Bastei Lübbe AG, Köln

Für die deutschsprachige Ausgabe:
Vollständige Taschenbuchausgabe
der bei Eichborn erschienenen Hardcoverausgabe
Copyright © 2020 by Bastei Lübbe AG, Köln
Textredaktion: Doris Engelke, Frankfurt
Umschlaggestaltung: U1berlin / Patrizia Di Stefano
Einband-/Umschlagmotiv: © Leonard de Selva / Bridgeman Images;
© Kuligssen / Alamy Stock Foto
Satz: Dörlemann Satz, Lemförde
Gesetzt aus der Bembo
Druck und Einband: GGP Media GmbH, Pößneck

Printed in Germany
ISBN 978-3-8479-0061-0

5   4   3   2   1

Sie finden uns im Internet unter eichborn.de
Bitte beachten Sie auch luebbe.de

Für Pottum, meine Heimat,
und für all diejenigen, die ihre Heimat verlieren,
dass man ihnen hilft, wie man den Unsrigen geholfen hat,
vor nicht allzu langer Zeit

Meine Urgroßmutter Charlotte lebte in Scholmerbach, so wie meine Mutter und meine Ururgroßmutter Bettchen und deren Mutter Finchen und meine Oma Apollonia, alles immer Scholmerbach.

Man musste sich fragen, warum immer Scholmerbach und führte denn da kein Weg hinaus? Aber wenn man wie ich in diesem Dorf geboren war, dann wusste man, dass schwerlich etwas Besseres kommen konnte. Na gut, Ellingen oder Hellersberg gingen womöglich auch noch.

Apollonia, Charlotte, Bettchen, Fine, Anna, Margarete, ihre Namen sind aufgeschrieben im Kirchenbuch, sonst nirgends. Ihre Geschichten hat keiner erzählt, und keiner kann sich recht an sie erinnern, man hat sie auf dem Kirchhof vergraben und sich nichts, aber auch gar nichts von ihnen behalten. Sie waren ja bloß von Scholmerbach, bloß von Scholmerbach mit seinen dreihundertsiebzehn Seelen. Vielleicht wurde auch im neunzehnten Jahrhundert derart viel gestorben, dass der Kirchhof unentwegt blühte vor frischen Gräbern, und unter den blühenden Hügeln wurden die Gebeine samt ihren Lebensgeschichten so schnell als möglich der Verrottung anheimgegeben. Da blieb nichts mehr übrig, als hätte der Kirchhof das ganze Jahrhundert aufgefressen.

Gott, hier war doch nichts, sagten die alten Leute, nur Armetei, wir waren nichts, wir hatten nichts, da gab es nichts, gar nichts.

Es war eine ewige Litanei: Es gab nichts, wir hatten nichts, gar nichts, nur Not und kein Gebot, sie starben wie die Fliegen. Sie sangen es, als seien sie irgendwie auch noch stolz darauf, sie konnten in Rage geraten dabei und die Fäuste schwingen, wir hatten gar-nichts, gar-nichts, gar-nichts!!!

Und über allem lag das schwarze Hungertuch des Westerwaldes.

Da mein Dorf nichts wissen wollte von jenem Jahrhundert und nur etwas von schauerlichem Verderben murmelte, konnte ich mir rein gar nichts vorstellen. Mir war also immer, als seien wir in Scholmerbach alle aus einem dunklen Loch hervorgekrochen, meine ganze Verwandtschaft, alle Dorfleute, alle aus einem finsteren Abgrund emporgestiegen.

Aber wenn man doch wissen will, was hier mal war – auf den Wegen zwischen dem Honiels und der Waldeslust oder von den Weidehecken über die Brennnesselfelder bis zum Haselbacher Feld? Da muss man die Brennnesseln selber fragen oder das verschüttete Bier beim Honiels, sogar die Bäume vom Urles oder der Kappes vom Kappesgarten konnten sich besser erinnern als meine Oma Apollonia oder etwa Tante Hedwig vom Zimmerplatz.

– Hier war nichts und naut! Frag nicht so blöd.

Während ich über das schauerliche Garnichts nachdachte und meine Vorfahren mir wie schwebende Schatten vor einer schwarzen Wand vorkamen, erschienen mir eines Tages wundersamerweise ganz plötzlich meine Urgroßmütter im Geiste und spazierten fröhlich vor mir her, Finchen, Bettchen und Charlotte.

Sie waren ein Trugbild. Aber ich sah sie ganz deutlich und sie waren alle gleich alt, und obwohl sie doch nacheinander geboren waren und die eine aus dem Schoß der anderen hervorgekommen war, standen sie nun beieinander, wie in einem schwesterlichen Reigen. Waren sie aus ihren Gräbern gesprungen, oder hatten sie in Wahrheit die Gräber nie berührt und sich zuvor in eine andere Welt verdünnisiert? Nein, es war mein

Tagtraum, in dem die Gestalten besonders bunt tanzten, das war nicht schwer, tanzten sie doch praktisch vor der schwarzen Gedächtnislücke meines Dorfes herum.

Aber ich glaubte an meine Träume ebenso, wie ich daran glaubte, dass meine Urgroßmütter aus einer anderen Welt in meine hineinspazieren konnten, während ich einen Kaffee trank und aus dem Fenster sah.

Sie wirkten alle drei nicht sonderlich traurig oder vom Leben entkräftet, sie schienen eher erfrischt und geschwätzig. Meine Urgroßmütter waren lauter Lumpenliesen, in staubige, schwarze und blaue Röcke gekleidet und mit verschossenen Leibchen über einem einfachen Hemd, das sie zuvor schon in der Nacht getragen hatten. Ich sah auch ihre Füße, und Finchen lief barfuß, Bettchen hatte die feinsten Schuhe, und Charlottes Schuhe trugen dicke Nägel, die immer wieder aus den Sohlen fielen. Warum hatte Bettchen denn so feine Schuhe mit Schleifen? Sowas gab es nicht im Westerwald.

Doch je mehr ich mir die Füße betrachtete, umso deutlicher sah ich die Wege, die sie gelaufen waren, in den alten Tagen, wo Scholmerbach nur drei Dutzend Häuser hatte und im Dorf noch die Linde stand und mittendurch ein sprudelnder Bach floss von Ellingen herunter in Richtung Wällershofen.

Ich sah ein altes Lehmhaus mit schönem Fachwerk, das verwittert und schon ein wenig verzogen war. Es hatte gebogene Balken und mittendrin den wilden Mann, mit seinen Beinen aus Holz und den Armen, die er zum Himmel reckte, und gleichzeitig blieb der wilde Mann, wie alle anderen Figuren, für immer in den Lehmgefachen stecken. Er war schwer zu zimmern, also musste es vielleicht das Haus vom alten Kaspar sein, von anno dunnemals. Die Balken waren sauber ineinander verkantet, und das Tannenholz war mit Ochsenblut gestrichen, Zimmerleute müssen immer die schönsten Häuser haben. Aber das vom alten Kaspar hatte nur einen Stock, und innen drin schienen sich zwanzig Leute um einen Tisch herumzudrücken und einer fluchte: Kreuzsakrament nochemol. Da wusste ich: Es mussten meine Vorfahren sein, mein Fleisch und Blut, das schon so lange vertrocknet und zerfallen war auf dem schönen Kirchhof von Scholmerbach.

Die Wege staubten im Sonnenlicht und die Gräser und Kamillen vor den Lattenzäunen waren so geschossen, dass sie Finchen um die Röcke rankten.

Finchen schleppte den kränklichen Heinrich mit seiner
Schmalzhaube auf der Hüfte, und an der anderen Hand hatte
sie noch die kleine Hanne, die dauernd hinfiel und ihren ho-
niggefüllten Lutschzipfel im Dreck verlor.

– Hör off dich zu jucke, Heinrich! Davon wird dat net besser!

Sie schob ihm die Haube wieder zurecht und betrachtete
ärgerlich, wie sich darauf ein weiterer kleiner Blutstropfen ausbreitete.

– Guckt mol, da vorne spielt gleich die Musik, vielleicht
kauft uns die Mutter en Zuckerstang!

Von der Kirche von Scholmerbach schepperte die ge-
sprungene Glocke im hölzernen Turm herüber und von überall her kamen die Leute verzagt und missmutig in ihrer guten
Tracht, die Frauen trugen ihre festlichen Brusttücher in das
Mieder gestopft und die Männer Kniehosen mit Strümpfen
und den weiten, blauen Leinenkittel. Ihre Schritte waren
schwer und breitbeinig, die Schultern waren gebeugt und
manchmal verzogen, der ein oder andere hatte ein lahmes Bein
oder ein krummes Kreuz, nur die jungen Leute kamen aufrecht und unbekümmert daher, als ob ihnen niemals etwas geschehen könnte.

Finchens Großvater war schon losgehumpelt, weil er länger
brauchte; der Vater sprach mit Jakob über eine neue Mistgabel,
und die Mutter lief hinterher mit der kleinen Veronika auf dem

Arm, die Tante saß bereits in der Kirche, ganz vorne, in der dritten Bank.

Die Kirche hatte überhaupt nur elf morsche Bänke, und die Mäuse kletterten in den Turm hinauf, der alte Hanjokeb behauptete, dass eine Eule darin wohnte. Während die Glocke von Scholmerbach verstummte, hörte man in der Ferne noch die Glocken von Linnen und Hellersberg, von Ellingen, von Wällershofen, Pfeifensterz und Wennerode.

Sie läuteten schon in der Frühe um sechs, und sie hatten gestern geläutet und am Mittag und am Abend läuteten sie wieder, und in Wällershofen wurde Salut geschossen und der alte Hanjokeb hatte ein paar Böller, die er beim Schultheiß krachen ließ, und vor Schreck brachen überall die Kühe durch. Beim Mattheskobes, bei Paulinchens und beim Müllerkarl hatten sie liederlich gewundene Fichtenkränze an die Hauswand gehängt, und in die Zäune hatten sie einige Margeriten, Blaublumen und Himmelsschlüssel gestopft, das ganze Dorf war leidlich geschmückt, und beim Schultheiß wehte ab heute eine Fahne in Blau-Weiß-Rot.

Es war der 15. August 1806. Napoleon hatte Geburtstag und Namenstag in einem und Scholmerbach war über Nacht französisch geworden.

Auf Anordnung Seiner kaiserlichen Majestät mussten Feierlichkeiten im ganzen Land durchgeführt werden, und der Gendarm stand vor der Kirchentür und passte auf, dass auch jeder erschien, aus allen siebenundfünfzig Häusern von Scholmerbach: der Schultheiß Backesse Dick, Pfarrer Vinzenz, Honiel, der Wirt, der Schulmeister, der Krämer, der Schreiner, die Zimmerer, der Schuster, die Schneiderin, der Kuhhirt, der Schweinehirt, der Schäfer, die Tagelöhner und die Bauern.

Von nun an kämpften alle im Rheinbund an der Seite des großen Franzosen für Freiheit, Gleichheit und Brüderlichkeit.

Finchen war elf Jahre alt und trug ihr Festtagskleid, mit einer neuen Borte, und heute morgen hatte sie die Zöpfe schön fest geflochten, die ihr nun bis auf die Kirchenbank hingen und an denen Hanne zog, als wären es Glockenseile. Der Boden war kalt, und sie musste die Füße abwechselnd hochziehen oder auf die Kniebank stellen, sie ärgerte sich, wie kurz der Rock schon geworden war und dass sie nur ein neues Brusttuch bekommen hatte und die Borte für den Hals und den Saum. Heinrich kratzte sich wieder am Kopf, und Hanna wollte nicht stillsitzen und riss Finchen Löcher in die Zöpfe.

– Jetzt hört off!, zischte Finche. – Dat nächste Mal stopf eysch euch in den Ziegenstall!

Sie sah sich um, ob die älteren Leute ihr ärgerliche Blicke zuwarfen, aber die hatten die Köpfe gesenkt, drehten still und missmutig den Rosenkranz in den Händen und beteten. Den Franzosen untertan! Wer von Scholmerbach wollte den Franzosen untertan sein? Keiner hier konnte vergessen, wie die Soldaten in 1796 Reyhe so verwüstet hatten, das arme Reyhe, sie hatten dort die Gäule in die Kirche gestellt und an die Wände gepisst, alles Vieh weggenommen und die Häuser ausgeplündert und die Ernte zerstört, alle sind fortgerannt mit weinenden Augen.

Nur der alte Christ stand ganz hinten in der Kapelle und dachte sich seinen Teil, er war selbst Soldat gewesen und hatte in Lothringen das Bajonett gebraucht, sie wollten Franzosenblut spritzen sehen, so hatten sie gesungen, und dann waren sie in die Dörfer eingefallen, da waren die Bauern von Longwy fortgerannt mit weinenden Augen.

Wenn Napoleon einfach den Grafen von Wällershofen aus dem Schloss gejagt hätte mit all seinen goldenen Schüsseln und seidenen Wandteppichen, dann wäre es gut und die Leibeigenen vom Graf von Wällershofen wären endlich frei! Dann könnte man ein wenig Gleichheit und Brüderlichkeit auch im Westerwald spüren.

Aber Napoleon wollte eigentlich nur Soldaten, zwei von Scholmerbach und drei von Hellersberg, drei von Ellingen und einen von Linnen, sieben von Wällershofen und einen von Pfeifensterz und fünf von Wennerode.

Man konnte bloß beten, man musste ununterbrochen beten, es konnte immer noch schlimmer kommen und niemand kannte die Wege des Herrn und schon gar nicht die der Franzosen und ihrer Grande Armée.

Tante Helmine saß eine Bank hinter Finchen und machte wieder dieses Gesicht, so leidensergeben und selig, und dachte womöglich darüber nach, wie sie unter Schmerzen ins Himmelreich gelangte. In diesen immerwährenden Schmerzen des Daseins hatte sie Finchen heute Morgen schon eine verpasst, als diese ihr auf dem Weg zur Waschschüssel in die Quere gekommen war. Finchen war es gewöhnt, eine überzukriegen und machte sich nichts draus, aber Tante Helmine hatte so dürre Arme, die sie wie alte Knochen niedersausen ließ, ihr fauliger Zahn kam zum Vorschein und im wonnigen Eifer des Schlagens zuckte sie und rollte aufgeregt die Augen. Wenn die Tante am Abend ihren Dutz aufmachte, fiel ein verknickter, muffeliger Zopf vor Finchens Nase. Es war ein furchtbarer Tag gewesen, als der Vater Kaspar beschlossen hatte, dass Finchen nun bei Helmine schlafen musste und diese die gelblichen Beine unter ihren Strohsack steckte. Das war eine Fügung des Herrn, der Finchen sich nicht unterwerfen mochte, und sobald die Tante im Stall war oder vor dem Haus, begann Finchen mit ihrem Vater zu streiten. Sie könnte doch mit Heinrich und Hanne im Bett schlafen, oder Heinrich und Hanne konnten bei der Tante schlafen, und Jakob und der Großvater konnten in der Stube liegen und die Mutter und der Vater blieben weiterhin im Himmelbett hinter dem Ern, dem Hausflur. Die kleine Veronika war schon bald zu groß für die Bank und dann konnte die bei Finchen schlafen, überhaupt sollten sich alle anders verteilen in den drei Betten, jeder konnte woanders schlafen, aber bloß nicht sie bei der Tante Helmine.

Finchen beschwerte sich so lange, bis Kaspar ihr auch eine drüberhaute und Finchen sich den Kopf halten musste, aber sie machte sich nichts daraus. Tante Helmine war einmal in Stellung gewesen in Metternich, und darauf war sie sehr stolz, denn sie hatte die Welt schon gesehen, nur dass man sie dort hinausgeworfen hatte, weil sie die goldenen Kerzenleuchter der Herrin eingesteckt hatte, darüber sprach sie kein Wort.

Das schwere Kreuz mit seinem unsichtbaren Herrgott hing über den Leuten von Scholmerbach, und sie knieten nieder und beteten das Kyrie Eleison. Der Herrgott wachte über sie alle, aber er wachte auch über Frankreich, über Österreich, Spanien, die Russen und die Preußen. Warum aber sollte er eigentlich über Franzosen wachen, wenn die doch in die Kirchen pissten? Warum sollten die jungen Männer von Scholmerbach mit Napoleon gehen, wenn seine Leute Reyhe so drangsaliert und verwüstet hatten?

Da trat der Pfarrer Vinzenz vor die Gemeinde, blickte zum Gendarmen an der Kirchentür und verkündete schließlich, dass wir nun für den Kaiser der Franzosen mit all unserer inbrünstigen Glut des Herzens beten wollen, und das von nun an jeden Sonntag ... auf Beschluss des Präfekten.

Ganz Scholmerbach musste also niederknien, und auch Finchen zwang Heinrich und Hanne hernieder, sie bekreuzigten sich und beteten im Namen des Herrn:

»Für Napoleon, den Knecht, Kaiser und König Gottes, damit Du alle seine gemeinnützigen Unternehmen mit Erfolg krönen wollest und wir Unterthanen ein stilles Leben unter seiner Herrschaft führen mögen. Amen.«

Der Heens August stand auf der Treppe zur Wirtschaft und fiedelte zaghaft das Lied vom Waldblümelein, vorm Haus hatte der Honiels Tische und Bänke aufgestellt, und in der Scheune stand der Schanktisch mit Schnapskrügen und dem Bierfass an der Seite.

Die Kirchentore öffneten sich, und die Leute strömten in die Sonne mit gesenkten Köpfen und nahten heran in ihren blauschwarzen Trachten wie eine Bußprozession auf dem Weg zum Besäufnis. Es dauerte bis zum ersten Branntwein, da wandelte sich alles in ein lethargisches »Leck mich« und irgendwann in ein allgemeines »Gottes Namen Amen«; sie lamentierten und schwätzten daher und stießen an mit schwappenden Krügen.

Nur der Gendarm von Wennerode stand stramm unter der Fahne vom Schultheiß, er kniff die Augen zusammen und musterte die struppigen und schäbigen Kränze voller Luftlöcher, die an den Häuserwänden hingen.

– Das hätte man doch auch schöner machen können!, sagte er und der Schultheiß Backesse Dick nickte stumm und fragte sich, was nun aus ihm werden sollte; unter dem Regiment der Franzosen, da waren womöglich seine Tage gezählt. Wurde er nun zum ›Maire‹ oder wurde er von den Franzosen zum ›Allgemeinstrottel‹ gemacht?

Der Honiel ließ sich nichts anmerken und das Bier floss in die Krüge und er dachte sich, egal, was kommt, gesoffen wird immer.

— Mir können's doch auch nicht ändern, meinte er, und die goldgelbe Brühe lief ihm über die Hände.

— Dou hast jo recht, nickte der Hanjokeb, — et nützt ja naut, … aber eysch fange jetzt nicht an und schwetze auch noch Französisch!

— Eysch nennen unsern Hund jetzt Fronswaa!, rief der Paulinchens.

— Dann seyn eysch jetzt die Mademoaselle Helmine! rief Tante Helmine albern, und der Kartoffelschnaps war ihr schon zu Kopf gestiegen und kühlte außerdem ihre wehen Zähne.

Das Bier war so viel teurer als der Schnaps, und doch floss es reichlich. Nach den schweren Tagen der Heuernte in der stickigen Hitze hatte man doch Durst, und wenn man Napoleon zwar nicht feiern wollte, so konnten man aber erst recht saufen, der Branntwein aus der Frühe hatte seine Kraft verloren, nur den Klumpen Haferplatz von heute Morgen hatten sie noch im Leib, da konnten sie getrost noch einen Schnaps draufschütten, es tranken Männer wie Weiber, und auch Finchen bekam einen ordentlichen Schluck aus dem Bierkrug, damit sie kräftig blieb.

Finchen hatte es nun satt, auf Heinrich und Hanne aufzupassen, Hanne hing ihr immer am Rock, und der jammernde Heinrich rieb seinen Grindkopf an ihrer Schürze, und sein schmutziges Häubchen mit den festgetrockneten bräunlichen Flecken roch abscheulich.

Da kam ihr Lina gerade recht, sie war von den Minschens herübergesprungen, die sich gerade erst an den Tisch vorm Scheunentor unter den Fichtenkranz gesetzt hatten. Lina war schon zwölf, und ihr Kleid war so kurz, dass die dürren Stelzen darunter hervorkamen, und die Schleife um ihr Hemd war so schütter, dass sie immerzu zitterte an dem fleckigen Hals, das dünne Haar hielt kaum in dem mageren Dotz.

— Lass dey Kinder doch einfach hey sitzen!, flüsterte Lina. — Dey können mal allein spielen ... dat merken die Alten nicht ... komm, mir danzen!!

— Ich will ja ... aber die Mutter hat gesagt ...

— Wo ist dann dei Mutter?

— Daheim, koche!

— Ach, dey sieht das doch nicht ... mir sind ja nicht weit weg ... mir sehen die doch, mir lassen die hey an der Lindenbank. Hier, Hanne ... sieh mal die schöne Blümcher ... und hier, Heinrich ... haste ein Stöckchen ...

— Mir sind gleich wieder da!, rief Finchen, noch ein wenig unschlüssig, aber Lina packte sie an der Hand und schon rannten sie kichernd davon, über den Dorfplatz zu Honiels Wirtschaft, wo der junge Heens August auf den Stufen stand und lächelnd auf der Fiedel spielte.

— Dou spielst jo allein!, rief Lina ihm zu. — Wo ist denn die Bassgeige?? Und die Quetschkommode??

— Ja, dey müssen doch heute überall spielen! In Linnen und Ellingen und überall ... da ist einer hier und einer da ...

— Dou spielst auch alleine schön!, rief Lina und wurde ein wenig rot.

August spielte nun den Hopser und Lina und Finchen fassten sich an den Händen und drehten sich ausgelassen im Kreis, bis die Zöpfe flogen, und die dürre Lina keuchte bald und holte vor lauter Lachen in schnellen Stößen rückwärts Luft. Der alte Schloss tanzte auch schon mit seiner Grete und Paul tanzte mit Pauline, die anderen blieben trotzig sitzen und meinten, sie müssten für die Franzosen nicht auch noch rundherum springen.

Als dem August der Schweiß herunterlief und sein weites

weißes Hemd tränkte, nahm er den Hut von seinem pech-
schwarzen Haar, setzte die Fiedel ab und musste ein Bier trinken gehen.

Lina und Finchen liefen zum Krämer-Franz, der zur Feier
des Tages all seine Herrlichkeiten auf Tischen ausgebreitet hatte,
von denen ein wunderbarer Duft von Zimt und Kardamon
herüberwehte. Er hatte Kaffee in bedruckten Dosen mit auf-
gemalten Mohren in Pluderhosen, Haarspangen, die glänzten
wie Silber, schön geschwungene Öllämpchen, duftende Sei-
fen, Schwämme, Heringe, Heiligenbildchen und feinste Ku-
chenbäckerware mit Zuckersteinen.

– Hey riecht et besser als bei uns im Säustall, sagte Lina.
– Wenn mer doch nur en par Kreuzer hätte oder wenigstens einen!, sagte Finchen.
– Unser Vater seyt immer, er hat Löcher in den Taschen, da
fällt alles raus!

Lina lachte mit hoher Stimme, und gleichzeitig schielte sie
zum Scheunentor, wo der Minsch am Tisch saß, natürlich, von
da war es immer am kürzesten zum Bierfass. Er schwadro
nierte, und sein Halstuch hatte er schon heruntergerissen, und
was dem alten Minsch heute aus der Tasche fiel, das landete auf
jeden Fall beim Honiels. Eben winkte er herüber und mit all
dem Schnaps zwischen seinen dürren Rippen fiel er vom eigenen Winken hinterrücks von der Bank und sie mussten ihm
aufhelfen, da hatte die Glocke noch keinen Mittag geschlagen.
Lina kicherte nervös und drehte sich fort, als der Vater herü-
berrief:

– Linachen, Liensche, komm doch mol herbei!
– Mein Vater ist wieder der Vollste!, flüsterte Lina und tat,
als ob sie ihn nicht hörte, doch der besoffene Minsch war
wieder auf den Beinen und kam herübergeschwankt,
stützte sich auf Linas schmächtige Schultern und rief:

– Dat hey es mein Linache, mein Linache … dat wird
  mal dat schönste Mensch von Scholmerbach … dat
  schönste … weit und breit … dey Mädchen von Scholmerbach … sein die schönsten überhaupt … viel schöner
  wie dey von Pfeifensterz … oder Böllersbach …
– Vater!, zischte Lina. – Dou kannst jo nicht mol mehr stehen!
– Hehee!, lachte der Minsch. – Aber dat Finchen wird auch
  einmal ganz hübsch … hat schöne, dicke Zöpf, ganz hell,
  schön … wat wollt Ihr denn haben, wollt ihr wat vom
  Krämer-Franz? Ihr dürft euch wat aussuchen!

Am Tisch vorm Scheunentor sah die Frau vom Minsch herüber und schrie:

– Hör doch off, dou Dolles, mir müssen heut noch was übrig behalten!

Aber Finchen wusste nicht, was ihr besser gefiel, die glänzende Haarspange oder das rot schimmernde Band für ihren
Hals, doch schließlich fiel ihr Blick auf ein Bildchen von der
Heiligen Elisabeth, mit etwas eckiger Nase und einer unförmigen Krone, die ungelenk einen Korb im Arm trug mit Brot
und grob geschnitzten Rosen.

– Dey will ich!, rief sie angstvoll und hoffte, dass nicht die
Frau vom Minsch herüberkam und ihren Alten wegzerrte, bevor er bezahlt hatte.

Lina schüttelte stumm den Kopf und wollte nichts haben,
aber der Minsch griff nach der schimmernden Haarspange und
stopfte sie Lina so in den Kopf, dass sie aufschrie.

– Hey, Franz, wat schulde eysch dir!?
– Zwei Kreuzer, Minsch, sagte der Franz sorgenvoll und
  sah zu Minschens Frau hinüber.
– Och wott, dann geb eysch dir die, dou musst jo auch leben, hehe.

Minsch zahlte und schwenkte großzügig so den Arm, dass der weite Ärmel seines Blaukittels herunterrutschte.

– Danke, schrie Finchen, dankeschön! Sowat Schönes, so- wat Schönes hab eysch überhaupt noch nie gehabt!!

Sie war außer sich und küsste das Bildchen und der Minsch war so gerührt, dass er nun auch Finchen in den Arm nahm und er sagte:

– Seyhst dou, Lina, so muss mer sich freuen. So wie dat Finche. Dou freust dich jo gar nicht. Warum freust dou dich nicht??

Der Krämer flüsterte Lina zu:

– Kannst dou umtauschen … dann geb eysch der Mutter Öl oder Heringe dafür …

– Dumm Geschwätz!, rief der dürre Minsch und sein Maul stand offen und die Gesichtsknochen traten unter der bläulichen Haut hervor.

– Krämer, wat is denn, willst dou mein Geld nicht, he? Und dou, Lina, weißt dou net, wie man sich bedankt? Eysch kann dey Spang auch der Kuh an den dreckigen Schwanz mache, dou dummes Weibsmensch.

Er wurde so wütend, dass er drohte, auf Lina draufzufallen, doch die duckte sich und lief davon, und Finchen presste das Heilgenbild ganz fest an ihre Brust, während die Minsch her- beikam und ihn aufs Kreuz schlug und schrie:

– Mir gehen jetzt heim, dou besoffene Sau!

Finchen wollte Lina hinterhereilen, um Honiels Scheune herum, aber da kam auf einmal vom Brunnen her Tante Hel- mine und schleifte erbost die Kinder hinter sich her.

– Finche!, schrie sie. – Finche! Bleib stehen!

Heinrich sah schrecklich aus, seine Haube hing verrutscht um den Hals, und er blutete am ganzen Kopf, Hanne war hinge- fallen und hing jammernd an Helmines unbarmherzigem Arm.

– Finche!, schrie Tante Helmine. – Sey doch, der Heinrich! Hat sich de ganze Kopp aufgekratzt! Wat fällt dir dann ein, dou solltest deysch doch um den kümmern, läufst einfach fort, nur Fratze im Kopp, und der arme Heinrich, wie der aussieht, jetzt könne mer sofort heimgehen!

Finchen betrachtete bestürzt Heinrichs blutenden Grindkopf und dann die heulende Hanne, deren nasse Lumpen unter dem Kleid heraushingen, und dann Tante Helmine mit dem krummen Zahn, die umso heftiger schimpfte, je undeutlicher ihr die Worte aus dem Munde kamen. Am liebsten hätte Finchen sich umgedreht und wäre mit Lina fortgelaufen bis weit über die Linner Höhe, über den Urles, die Leh und das Haselbacher Feld, irgendwohin in die Weidehecken, wo einen niemand fand und niemand einen plagte.

Aber sie blieb stehen und suchte in der Schürze nach einem Lumpen, mit dem sie Heinrich den Kopf abwischen könnte, und hörte die Tante sagen:

– Dou bist so eine dumme Gans! Sich einfach nicht zu kümmern!

– Dou kannst deysch jo auch mal kümmern!, rief Finchen mit einem Mal. – Dou hast nur da gesessen und Schnaps gesoffen!

– Watt?? Watt sagst dou da???

Helmine konnte vor Empörung nicht mehr gehen und packte die Kinder so fest, dass nun Heinrich jämmerlich zu weinen anfing und Hanne nach ihr schlug.

– Gottachgott, rief Dellersch Pauline herüber, – hab doch Erbarmen.

– Et ist der Sünden Schuld!, schrie Müllerkarls alte Gretel. – Wat dey Alten verbrochen haben, dat straft der Herrgott noch und noch!

– Dat ist doch dumm Zeuch, sagte Pauline, – wat sollen dey dann verbrochen haben.

Helmine schrie:

– Wat geht euch dat an, dey Kinder seyn frech wie Dreck! Der Heinrich hat sich bloß aufgekratzt! Aber dou, Finchen, dou seyst ein freches Gesicht! So frech zu sein! Frech wie Dreck! Dou kommst in die Hölle! Wart, wenn der Vater kommt! Dann hat der Arsch Kirmes!

Finchen senkte bockig den Kopf und besah sich Heinrich mit seinem unglücklichen Gesicht und den besudelten Fingerchen.

– Wat solle mir denn nur einmal machen mit dem armen Heinrich …

– Wat solle mer mache, wat solle mer mache … erst muss man aufpassen, dat der sich nicht juckt! Dat muss zuheilen! Und dann braucht man Krötenpulver! rief Helmine.

– Krötenpulver … dat haben wir aber nicht.

– Ja hier in Scholmerbach, da gibt et … gar nichts. Krötenpulver gibt et in Metternich überall, beim Bader, beim Barbier, beim Doktor … aber hey es doch nichts, nichts, gar nichts!!

Finchen nahm Hanne und Heinrich an die Hand, und beide drückten sich in ihre Schürze.

– Dann geh doch wieder nach Metternich!, schrie sie.

Diesmal hatte die Tante genug und ließ ihren trockenen Knochen von einem Arm auf Finchen niederdonnern, und die sagte aua und dachte sich, das war es wert, und schob sich den Zopf zurecht. Helmine aber drehte sich um, das gesamte Kindergesindel war ihr unerträglich, einen Schnaps noch und eine lange Klage bei Kaspar, ihrem Bruder, dem war wohl alles egal, wie ließ er diese Dreistigkeit zu, da stand er in der Scheune beim Müllerkarl und stellte sich taub. Wie konnte er

zulassen, dass seine eigene Schwester vor allen Leuten ange-
schrien wurde, sie musste ihm beibringen, das Kind zu züch-
tigen, mit dem Stecken und mit dem Ochsenziemer, das freche
Miststück.

Finchen aber zerrte den armen Heinrich und die greinende
Hanne am Bach entlang durch Müllerkarls Garten nach Hause
und setzte sie im leeren Stall auf einen Heuhaufen.

> – Hey setzt euch mal schön hin … eysch bleibe jetzt bei
> euch, eysch laufe nicht mehr weg. Gleich mache ich
> euch sauber, dir, Heinrich, dat Köppche und dir, Hanne,
> den Bobbes.

Dabei zog sie noch einmal das Heiligenbildchen aus dem
Leibchen, Elisabeth, die in ihren feinen Händen die Rosen
hielt und so lieblich schaute. So schöne Hände hatte niemand
in Scholmerbach, alle hatten nur grobe, schmutzgegerbte, ver-
stochene und aufgekratzte Finger. Man musste wohl die Hände
immerzu in Brunnenwasser halten und sie mit Schmalz einrei-
ben, damit sie so zart wurden wie die von der Heiligen Elisabeth. Seufzend suchte sie nach einem sauberen Lumpen und
begann Heinrichs wehen Kopf damit abzutupfen. Heinrich
wollte sich ihren Händen entziehen und schlug nach ihr, aber
Finchen klemmte ihn fest zwischen ihre Schenkel.

> – Ja, Heinrich … jetzt halt still, eysch will dir doch nur
> helfen! Dir fliegen ja dey Bröckchen vom Kopp, schöne
> Bescherung … wie dat aussieht, halt still! Aber dat
> Häubchen kannst dou net mie anziehen … guck mal,
> hier können mir schön sitzen, die Kuh ist draußen und
> geht spaziere und frisst.

Aus dem Ern hörte sie die Mutter Margarete. Sie kam in
den Stall und hatte die kleine Veronika auf dem Arm.

> – Finche! Dou bist jo schon da, wat macht Ihr denn im
> Stall?

– Eysch will dat Hanne sauber mache … und der Heinrich
  ist offgekratzt.
– Ach schon wieder … et ist ja furchtbar, wat solle mir
  denn noch mit dir mache! Dey Kräuter vom Sanne haben gar net geholfe, man kann dir ja auch net de ganze
  Tag auf de Kopp gucke.

Als Heinrich die Mutter sah, kroch er auf sie zu und wollte
Suppe haben, aber Margarete sagte:

– Heinrich, eysch muss kochen, bleib schön beim Fin-
  chen … heiliger Gott, dein Kopp … dat stinkt richtig.
  Eysch kann et nicht mehr sehen.
– Vielleicht müsse mir Krötenpulver holen, in Wennerode
  oder in Wällershofen, manchmal kommt ja ein Mäckes
  vorbei und hat so wat.
– Wer sagt dat dann? Krötenpulver … ?
– Die Tante.
– Ach, wat dey schon sagt … mir müssen beten zou unse-
  rem Herrgott am Kreuz, dat der hilft.

Die Mutter drückte Finchen die kleine Veronika in den
Arm.

– Hey sieh mal, dat Roni hat in die Bux geschissen, mach
  dat mal sauber. Eysch machen jetzt mal dat Essen fertig,
  und dann kannst dou mir helfen, den Großvater runter-
  zuholen.
– Wat gibt et dann? Mir haben doch einen neuen Kaiser!
  Gibt et dann Braten und Eier und Speck?

Margarete lachte kurz und verscheuchte eine Fliege.

– Bist dou verrückt? Als ob mir auch noch en Sau schlachten für dey Franzosen! … Franzosen, Franzosen … wenn
  man dey schon sieht, dat sind gar keine richtigen Männer, haben für alles ein Tüchelchen und riechen nach
  Parfüm!

Dann verschwand sie wieder, und Finchen seufzte. Sie nahm Veronikas schmutzige Tücher weg, warf sie in die Stallecke, rieb ihr die Beinchen und den Popo mit Heu und Stroh sauber und tauchte dann die Hand in den Vieheimer, um die Reste mit Wasser abzuwaschen. Es gab gar nicht genug Lumpen auf dieser Welt, um Heinrichs Kopf sauber zu tupfen und Hannes Bobbes und Veronikas winzigen Leib sauber zu halten und einzuwickeln.

Heinrich saß in der Ecke und jammerte vor sich hin.

– Dat wird schon, Heinrich. Eysch holen Krötenpulver. Vom Händler. Gleich gibt et Suppe, da müsst ihr essen und alle groß und stark werden. Sonst kriegt ihr bloß Nervenfieber. Oder Schwindsucht. Wie dat Hännesje und wie dat Magda … dey waren noch keine fünf! Dey liegen jetzt unter einem Hügelchen auf dem Kirchhof! Bei den Engelsgräbern. Wenn ihr nicht esst, passiert euch dat auch! Gleich gibt euch die Mutter einen Zipfel zum Lutschen, mit Honig … oder Zuckerschnaps oder Zwetschgenkraut … dat hilft!

Draußen vor dem Stallfenster aber hörte Finchen die Mittagsglocke läuten und dahinter noch immer die schöne Fiedel vom Heens August. Heens August wollte sie all die Tänze lehren, den Hopser, das Didlumdei und den Baaschlenkertanz. Ungeduldig stapfte sie mit den Kindern in den Ern zurück und rührte im Kochtopf den Gerstenbrei um. Sie wünschte sich, dass alle möglichst schnell zum Mittagessen nach Hause kamen und alles aufaßen und tranken, das Räucherfleisch und die saure Milch und etwas Pflaumenmus, danach noch einen richtigen Kaffee vom Kolonialwarenhändler. Sie wickelte sich heimlich noch ein paar Lumpen unter den Rock, denn wenn der Vater Kaspar kam, dann musste er sie bestrafen und verdrosch ihr womöglich den Hintern wegen ihrer Frechheiten gegen Tante

Helmine. Mit den Lumpen tat es gar nicht weh und Kaspar schlug sowieso nicht fest, denn er konnte Helmine nicht leiden.

Vielleicht kriegte sie sogar hinterher heimlich einen Kreuzer von ihm zugesteckt und mit dem Kreuzer konnte sie wieder auf die Feier gehen und mit Lina herumtanzen und singen: »Feinsliebchen, du sollst mir nicht barfuß gehen!«

Der neue Kaiser hatte schließlich Geburtstag, und in den geschmückten Dörfern wehten überall die blauweißroten Fahnen und die Glocken läuteten den ganzen Tag. Es war ein Festtag überall im ganzen Land, und sie trauerten um den guten Herzog von Weilburg und sie fürchteten sich vor den Franzosen und sie jubelten, weil es dem Grafen Wällershofen an den Kragen ging und manch einer überlegte sich, wie es sei, mit der großen Armee von Napoleon zu marschieren und allen Völkern Freiheit und Brüderlichkeit zu bringen.

Wenn sie dabei nur kein Dorf niederbrannten, wie das arme Reyhe, wo sie alle fortliefen mit ihren weinenden Augen.

Am nächsten Tag waren die Kränze an den Häuserwänden vom Paulinchens und vom Müllerkarl verschwunden und die Blumen von den Zäunen hatten sie den Ziegen hingeworfen, die Fahne war eingerollt und der Gendarm saß wieder in Wennerode in seiner Stube. Aber von nun war der Schultheiß kein Schultheiß mehr, sondern er war jetzt ein »Maire« und sofort nannten ihn alle Leute Maria. Wennerode nannte sich »Canton Wennerode« und sie alle waren nun im »Arrondissement Dillenburg«.

Der Code Civil aber lag von nun an in allen Amtstuben und auch in Wällershofen beim Buchbinder Käsethal gab es einen auf der Bank zwischen der Bibel und dem Till Eulenspiegel.

Aber wer wollte ihn schon lesen? Es konnte sowieso nicht jeder lesen. Wenn etwas bekannt gemacht wurde, dann schrie es der Gemeindediener durch das Dorf oder der Pfarrer verkündete es in der Kirche, oder ein Ellinger Mäckes mit dem Geschirr in der Kiepe erzählte es auf dem Dorfplatz.

Die Mäckesser wussten schließlich immer etwas zu berichten, denn sie kamen überall herum und je mehr sie den Leuten weißmachen konnten, umso mehr verkauften sie von ihrer schweren, blau bemalten Westerwälder Irdenware. Die Händler vom Heckengrund aber waren abgezehrt und zerlumpt, sie kamen barfuß und schliffen die Scheren oder flickten die Kessel und flochten Drahthenkel und Weidekörbe.

Tante Helmine gab ihnen manchmal ein Stück Brot, weil sie ja ein Christenmensch war, aber dann war es ihr auch recht, wenn die weiterzogen, denn dieses Bettelpack wurde man ja nicht mehr los, und dann lagerten sie im Hof und auf dem Weg, bloß weil man ein guter Mensch sein wollte. Am besten, man drückte ihnen etwas in die Hand und machte dann gleich die Haustür zu und die Stalltür auch. Man wusste ja nicht, was einem in den Sinn kam, der nichts zu reißen und zu beißen hatte; erst unlängst hatten sie einen aus dem Hickengrund im Straßengraben gefunden, der hatte in seinem zerbrochenen Geschirr gelegen und war krepiert an der Auszehrung mit hohlen Wangen und eingefallenen Augen.

Umso erstaunter waren die Leute, als an einem schönen Spätsommertag ein feiner Herr mit grün schimmerndem Jackett und Zylinder auf seinem leicht beladenen Wagen durch Scholmerbach gefahren kam und am Brunnen hielt, um sein glänzendes braunes Pferd trinken zu lassen.

– Dat es doch ein Ellinger Mäckes!, rief der alte Hanjokeb, und bei Schlossens und Müllerkarls kamen sie aus den Häusern und sperrten Augen und Ohren auf.

- Wenn eysch dir dat sage, dat ist ein Ellinger Mäckes und der ist hier rumgezogen mit dem Geschirr in der Kiez und hat sich auf jeder Kirmes von Linnen bis Hellersberg gekloppt, dass die Schwarte kracht!
- Ist doch nicht möglich … woher hat der denn einen Gaul? Und so eine feine Jacke …
- Dat hat der doch geklaut … oder en Kutsch überfallen, der lag doch unterwegs mit den Vagabunden im Wald … mit dem Gesindel und dem Räuberpack …

Man konnte sich nicht einig werden, hatte der Mäckes einen Schatz gefunden oder einen reichen Handelsmann ausgeplündert, oder war er tatsächlich durch seinen Wagemut und seine Geschicklichkeit als Kaufmann so wohlhabend geworden?

Der Hanjokeb steckte seine Mistgabel in den Haufen und näherte sich dem eleganten Mäckes, dem der Schatten seines Zylinders auf die Nase fiel und der nun sein seidenes Halstuch aufknöpfte und das lange, schüttere Haar schüttelte.

- Hee!, sagte der Hanjokeb. – Hee, Matthes, dou bist doch ein Ellinger Mäckes … weißt dou noch, wie mir uns an dei Kirmes in Linnen so gekloppt haben … ? Dou hattest einen ganz schönen Schlag!

Aber der Mäckes antwortete nicht und stopfte sich geruhsam seine blau bemalte holländische Pfeife.

- Der schwätzt nicht mehr mit jedem, der es jetzt ganz vornehm.

In Ellingen kannten sie ihn schon so, und sie nannten ihn nur noch den Kiezenbaron. Der Kiezenbaron gehörte nun nicht mehr zum einfachen Volk und ließ seine Waren per Schiff und mit Pferden transportieren und alles aus dem Kannenbäckerland heranschaffen, um es in die Welt zu fahren.

- Der fährt immer nach Holland, da hat der sein Glück gemacht.

– Und dat alles mit unsern Westerwälder Töpfen, wo bei uns der Käse drin fault. Man meint nicht, das et möglich is.

Kaspar, Margarete und Tante Helmine schüttelten die Köpfe, sie konnten es einfach nicht glauben. Einer von hier war nach Holland gegangen und als reicher Mann zurückgekehrt und sah aus wie der Graf von Wällershofen. Holland musste ein Paradies sein.

Finchen aber sah die Gelegenheit gekommen, löste sich von ihren Eltern und rannte zum Brunnen, um den Kiezenbaron von nahem zu betrachten. Sie sah ihm von unten in zwei große schwarze Nasenlöcher und darunter einen gestutzten und mit Fett eingeschmierten Schnurrbart.

– Werter Mann!, fragte sie. – Habt Ihr auch Heilmittelchen? Eysch brauch Krötenpulver!

Der Kiezenbaron musterte sie von unten nach oben und wusste nicht, ob er belästigt oder belustigt war.

– Krötenpulver??, fragte er und zog an seiner Pfeife. – Wofür dat dann?

– Unsern Heinrich hat en Grindkopp.

– Ach. Soll eysch dir mal wat sagen, Krötenpulver, dat is nichts als zermahlene, trockene Frösche. Dat vermengt man mit Schmalz, dann alles auf den Kopp und sechs Woche eine Haube drauf. Aber so ein Pulver hab eysch net.

Finchen schielte zu dem Wagen, in dem unter der Kutschbank Kisten und Kasten mit schmiedeeisernen Ranken standen und dahinter große, verdeckte Ballen, deren Farben bunt unter verrutschten Fellen hervorschimmerten.

– Wat habt Ihr dann sonst?

Der Kiezenbaron betrachtete Finchen noch mal, dann stützte er einen Arm auf sein Pferd und begann dröhnend zu lachen und konnte nicht mehr aufhören. Er schlug die Decke über

seinen Waren zurück, öffnete eine Kiste mit einem eisernen
Schlüssel und sagte:

– Dann, gnädiges Fräulein, darf ich euch hier eine Aus-
wahl meiner prächtigen Waren darbieten – hier feinstes
Schmuckwerk mit indischen Perlen für die Damen, sil-
berne Pfauen für das Halstuch ihres Kavaliers, ein hübsches Diadem für euer schönstes Ballkleid und zwei hübsche Rubine zur Zierde für eure niedlichen Ohren?

Der Baron hatte seine Schmuckstücke auf einem roten
Samtkissen ausgebreitet, und so schnell, wie er sie Finchen gezeigt hatte, so schnell haute er den Deckel wieder zu und ließ
die Kiste unter seinem Sitz verschwinden.

Finchen klappte der Mund auf und zu.

– Dat es ja wie für einen König und eine Königin! Sowat
Schönes … sowat können mir doch gar nicht kaufen!

– Dat is auch nicht für euch … dat ist für die feinen Herrschaften, … von Wällershofen oder Hachenberge.

– Aber dey Herrschaften … dey sollen doch verjagt werden … von den Franzosen …

– Dey sind noch lang nicht weg, sagte der Kiezenbaron. –
Feines Geschmeide wird man immer los …

Dann holte er sein Pferd vom Brunnen, dem noch das Wasser aus dem Maul troff, und Finchen sagte:

– So ein schönes Gäulchen, wo kommt dat dann her?

– Dat Gäulchen … ist auch von Holland … da hab eysch
alles her … eysch bin ein Handelsmann! Wenn man wat
werden will, muss man in die Welt! Nicht in Scholmerbach festsitzen!

Finchen zögerte, sie wollte den Kiezenbaron nicht gehen
lassen, sie fasste heimlich an das kostbare lederne Pferdege-
schirr und dem Pferd an den schwitzigen Hals. Der Mann stieg
nun auf den Wagen, doch sie blieb einfach im Weg stehen.

– Aber wie kommt man dann von Scholmerbach nach
Holland?

Der Kiezenbaron lachte.

– Wie dou nach Holland kommst? Dou bist doch ein
Weibsmensch, dou kannst doch garnet hier fortgehen …
wenn man fortwill, braucht man Schuhe! Dou hast doch
gar keine Schuh'! Und man muss auch ein bisjen sauberer sein und sich ab und an mal waschen …

Finchen betrachtete ihr Kleid, das voller Spritzer war von
der Stallarbeit und am Saum voll Straßendreck, auf der Brust
waren grüner Gerstenbrei und ein Blutspritzer vom Heinrich.
Sie fuhr sich mit dem Ärmel durchs Gesicht und spürte, wie
sich der Rotz unter der Nase verteilte.

– Siehst dou, dat macht mer nicht, sagte der Kiezenbaron. –
Man schnäuzt nicht in den Ärmel, und man spuckt nicht
in die Stube.

Die Leute kamen an den Brunnen und wollten sich das
Pferd besehen mit seiner hübschen schwarzen Mähne und die
kostbare, schimmernde Jacke vom Kiezenbaron und ebenfalls
mal einen Blick in den Wagen werfen.

Der Kiezenbaron wurde ungemütlich und rief:

– Lasst mich hier durch, ihr Bauern! Eysch will weiter!

– Ach watt, stell dich nicht so an!, sagte der Schreiner. –
Mir haben doch noch an der Linner Kirmes einen gesoffen – und haben uns mit den Hellersbergern gekloppt,
weißt dou dat nicht mehr?

Der Kiezenbaron antwortete nicht, sondern hob die Peitsche, zwinkerte Finchen nochmal zu und ließ dann die Peitsche niedersausen, dass der Braune beinahe durchging und
den Wagen in einem Ruck an den Scholmerbachern vorbei-
zog.

– Dou Ellinger Mäckes!, schrie Margarete. – Dou seyst ein

Mäckes und bleibst eine Mäckes! Mir wissen all noch, wie dou mit der Kiez durch den Wald gerannt bist!

Der Kiezenbaron fuhr ungerührt weiter, die Kisten auf seinem Wagen wackelten, und als seine Jacke von der Sonne getroffen wurde, leuchtete sie jäh auf.

— Wie unser Gockel auf dem Mist.

— Aff' bleibt Aff', wird er König oder Pfaff.

Finchen starrte ihm noch eine Weile hinterher und konnte nicht glauben, dass ihr gerade der Kiezenbaron Gold und Edelstein gezeigt hatte, ihr alleine. In einem einzigen Augenblick hatte sie die Schönheit und das Vermögen eines Herzogs gesehen, es hatte ihr in die Augen geblinkt und blinkte immer noch, als der Wagen schon längst Richtung Ellingen verschwunden war.

Das Funkeln von Perlen und Garfunkelstein hatte sich in ihr Herz gesetzt wie ein heimlicher Schatz, und sie wusste nun, wenn einer aus Ellingen kam und nach Holland ging, konnte er wiederkommen mit aller Herrlichkeit der Welt. Warum gingen nicht viel mehr Leute nach Holland und verkauften dort die blau bemalten und gebrannten Steinstöpfe aus dem Kannenbäckerland? Wenn es doch im Westerwald so gute Kannen gab und so fein verzierte Krüge, wieso schleppten nicht alle Leute sie nach Holland? Lieber hätte Finchen einen einzigen silbernen Reif besessen als die Tontöpfe voller Schmalz oder Sauerkraut. War denn eine Westerwälder Schüssel so viel wert wie die Perlen am weißen Hals der schönen Gräfin von Wällershofen?

Darüber musste Finchen nachdenken, und sie ärgerte sich, dass sie kein Junge war und keine Schuhe hatte, mit denen sie nach Holland laufen konnte, um all die Reichtümer einmal zu sehen und vielleicht den alten Schmalztopf loszuwerden, der vor der Haustür stand. In Holland musste es aussehen wie in

einem Paradiese und tausenmal besser duften als Zimt und
Kardamon vom Krämer-Franz. Während sie gedankenverloren
nach Hause ging, trat sie in zwei schwarze angetrocknete
Knödel, die die Schafe auf ihrem Weg zur Weide verloren
hatten.

    – Pfui der Deiwel! rief sie. Nun war sie noch schmutziger
      geworden, als ihr der Kiezenbaron eben vorgehalten
      hatte.

Diesen Schafsdreck musste sie sofort loswerden und sie
sprang an der Linde vorbei hinunter an den Bach.

Der Wind wehte von Linnen herüber und brachte den Geruch von warmen Heublumen über das Wasser, der Sauerampfer stach in ihren Fuß, den sie gestern an den Himbeersträu-
chern zerkratzt hatte, aber sie stand mitten im Bachbett, bis das
das zart springende Wasser den Unrat mitgenommen hatte.
Schließlich tauchte sie die Hände ein und wusch sich das Gesicht und die Arme und die Beine bis zum Knie. Aus den Weidehecken wurde ein Zweig zurückgeschoben und Lina erschien.

    – Ei Finche! Eysch hat dich gesehen und da bin ich rasch
      gekommen!
    – Lina! Hast dou mich erschreckt! Komm her!

Finchens Rocksaum war ganz nass und sie trocknete sich
das Gesicht mit der Schürze ab, dann hockte sie sich mit der
blassen Lina zwischen die breiten Bachblätter und sie kauten
Sauerampfer und zupften süße Blüten aus dem Hahnenklee
und saugten sie aus.

    – Wo hast dou dann dein Haarspang vom Kaisers Geburts-
      tag?

Lina zuckte die Achseln.

– Ach, dey haben wir dem Krämer wiedergebracht. Dey
Mutter hat gemeint, mir müssen dem erstmal bezahlen
wat mir noch schuldig sind … der Vater … trägt zuviel
aus dem Haus …

Finchen ließ den Kopf sinken.

– Ach so … dann tät ich auch besser dat Heiligenbildchen
zurückbringen …

Lina schüttelte den Kopf.

– Nä, behalt dir dat. Vielleicht kann uns ja die Heilige
Elisabeth auch helfen, mir können ja mal zou der beten … wer weiß? Wenn mir ganz feste beten??

Finchen betrachtete die Schnüre an ihrem losen Leibchen.
Dahinter hatte sie das Bildchen gesteckt und es war schon ein
wenig verknittert. Sie trocknete sich die Hände ab und holte es
andächtig heraus.

– Hey sieh mal … dat ist sie …

Sie starrten auf die Heilige mit dem eckigen Schleier und
die dicken schwarzen Linien des Holzschnittes und glaubten, die Elisabeth könnte sie ansehen und vielleicht sogar hören.

– Wofür wollen mir dann beten? Dat dein Vater nicht
mehr so säuft?

Gekränkt wandte Lina den Blick ab.

– Bete doch, dat deiner Tante die faulen Zähne ausfallen!

– Nä, dafür ist das Gebet zu schade … mir müssen uns
was wünschen, wat uns wirklich … aus dem Herzen
kommt … aus der Brust!

Ihre Füße im Wasser schimmerten und blitzten zwischen
den bleich überspülten Gräsern, und sie setzten sich auf einen
Stein, um den in schmalen Blättern das Laichkraut schwebte.
Abseits vom fließenden Bach hatte sich ein müdes Teichlein

gebildet, das vergessen ruhte und so staubig war, dass die Mücken darauf spazieren gingen.

– Eysch möchte gerne mal nach Holland fahren … und sehen, wat et da alles gibt! sagte Finchen.

– Dou bist doch nicht gescheit! Holland! Dat is am anderen Ende der Welt! Gefährlich is dat! Lauter Räuber und Vagabunden liegen da am Wegrand!

– Hm … dann wünsch eysch mir dat dey Heilige Elisabeth dat Gesindel von mir fernhält und eysch munter und fidel in Holland ankomme!

– Holland! Wie kommst dou dann dadrauf??

– Der Kiezenbaron hat mir gezeigt, dat et da Gold und Silber gibt, sogar für einfache Leut wie unsereiner.

– Kiezenbaron … wat soll dat dann wieder sein? Eysch wünschen mir einen Berg von süßen Kirschen oder einen Apfel oder eine Birne … dann dät eysch Tag und Nacht davon esse …

Finchen stocherte mit einem Weidenzweig im Wasser.

– Dat gibt et hey nicht. Äpfel wachsen nur oben bei Wennerode. Hier gibt et nur Kappes und Kartoffeln und Hafer und Rüben. Wenn der Krämer-Franz welche mitbringt, dann kannst dou die essen und mir machen noch Mus davon.

Lina seufzte und streckte sich aus, und ihre dürren Schulterblätter sanken in die feuchten Butterblumen.

– Dann bitten eysch die Heilige Elisabeth auf deinem Bildchen, dat der Krämer-Egon uns eine ganze Schüssel Äpfel und Birnen bringt und Kirschen!

– Und eysch wünschen mir … dat dem Heinrich sein Grindkopp weggeht!

– Man kann nur eines wünschen!

– Stimmt garnicht, eysch wünschen aber zwei!

– Dat geht bestimmt nicht, dann geht gar keines.

– Doch, Lina, mir müssen feste wünschen! Feste!!

Während sie sich noch hinter den großen Brennnesseln versteckten, damit sie die Mutter nicht fand, sah Finchen in dem sumpfenden Nass auf einmal einen dicken Frosch auf einem abgesoffenen Grasbüschel sitzen.

Sie streckte sanft ihren mückenzerstochenen Arm nach ihm aus und der Frosch blinzelte träge, hob ein Bein und kletterte ihr geradewegs in die Hand.

– Ha!, rief Finchen. – Dou gehörst mir! Lina! Lina! Dat es ein Zeichen! Dou musst mir helfen, mir brauchen Frösch!

– Wat willst dou dann mit Frösch??!!

– Eysch brauche ganz viele Frösch! Dann tun ich die in einen Eimer und dann müssen dey verrecken … und vertrocknen … und dann gehen eysch zum Konrad an die Mühl … und dann machen dey mir Krötenpulver drauß … Lina, fang en Frosch, mir tun dey in die Schürz!

Lina jammerte und stöhnte, und wollte sich gar nicht rühren, doch als sie endlich die Hände ausstreckte, schienen die Frösche ihre schmutzigen dünnen Finger geradewegs mit dem Unterholz zu verwechseln und krochen ihr vertrauensvoll entgegen, bis sie sie vom Boden klaubte und in Fines Schürze warf.

– Lieber Gott und Heilige Elisabeth, betete Finchen. – Eysch nehmen diese Frösche, dey dou oh Herr erschaffen hast, und mach, dat dey schnell verrecken! Eysch will ihnen kein Leides zufügen, aber mit dem Heinrich seinem Kopp geht dat so nicht weiter. Eysch danken inniglichst … und aus frommer Brust – Amen.

Lina schüttelte den Kopf.

– Wenn dat klappt mit den ekeligen Fröschen … dann heiße eysch August.

- Heens August!, rief Finchen und sie kicherten und lachten und fielen beinahe in den Bach.
- Wer weiß, wo der August jetzt ist, sagte Lina. – Vielleicht in Koblenz oder sogar in Köln?
- Überall kann der sein, überall, auf der ganzen Welt. Weil der so schön Fiedel spielt, auf jeder Hochzeit und auf jeder Kirmes … auf dem Schlachtfest …

Und sie wollten sich noch mehr erzählen vom Heens August, und welche Lieder sie am liebsten hörten, und wie sehr sie sich wünschten, dass er nur bald wieder da war.

Aber alles was sie hörten, war nur die alte Minsch, die nach Lina schrie, damit sie das Vieh hütete und es auf eine andere Wiese trieb. Da mussten sie sich trennen und Finchen nahm die sich zäh regenden Frösche in der Schürze mit und überlegte den ganzen Heimweg lang, wo sie sie am besten versteckte und wo sie am schnellsten umkamen.

Der Schulmeister wusste mal wieder gar nichts.

Am Kirchturm blühten schon die Schulblumen, kleine Astern mit ihren tausend winzigen violetten Blättlein und ihrem goldgelben Mund.

Zu Michaelis war der Sommer vorbei und wenn auch die Kinder die Schulblumen zertraten und zertrampelten, so wuchsen immer neue Blumen in der Nacht und es half es ihnen nichts. Im Backhaus wurde die Schulstube wieder geöffnet und die Winterschule begann.

Schulmeister Balthus saß also wieder in seiner alten Joppe am Ofen und hatte Weidenruten mitgebracht, um seine alten Körbe zu flicken, und wenn er einen übrig behielt, so sollte der auf dem Rücken der faulen und dummen Kinder tanzen.

Noch aber saßen sie still zusammengedrückt in den sechs Bänken und wer keinen Platz gefunden hatte, musste auf der Fensterbank sitzen oder auf dem Boden, wo Balthus' Kinder zu seinen Füßen hockten und nach dem alten Käse rochen, den die Mutter ihnen in die Schürze gepackt hatte.

Finchen saß in der letzten Bank, bei den großen Kindern, denn im nächsten Jahr durfte sie die Schule verlassen, und sie hatte schon alles gelernt, was ihr der Schulmeister beibringen konnte. So wagte sie sich an diesem Morgen den Finger zu heben und fragte:

– Herr Schulmeister, wo es dann eigentlich Holland?

– Holland?, fragte der Schulmeister und schaute verständnislos unter seinem verkrempelten Dreispitz hervor.

– Dou willst wissen, wo Holland es??

Finchen nickte beharrlich. Denn Holland war das Paradies, wo es nach Zimt und Nelken duftete, wo die Frauen so schöne, glänzende Kleider trugen, wie sie unter den Decken auf dem Wagen des Kiezenbarons hervorgeleuchtet hatten, und es war der Ort, wo sich die Leute mit Schmuck behängten, wie es ihn nur beim Grafen von Wällershofen gab oder auf dem Weilburger Schloß.

– Ja ... wo Holland es.

– Wie kommst dou dann do drauf??

– Eysch hab davon gehört, dat wär so schön.

Der Schulmeister ging zum Ofen und drehte die nassen Äste um, die er zum Trocknen mitgebracht hatte, und beißender Rauch stieg in seine Augen. Er hustete und zeigte dann zum Fenster:

– Ei nach Holland ... da gehste oben über die Linner Höhe und dann e bisje linker Wegs, dann ein bisje rechter Wegs, am dicken Baum vorbei und immer geradeaus.

Finchen ärgerte sich. Der Schulmeister wusste mal wieder

garnichts und machte sich auch noch lustig über sie. Er hatte sowieso noch nichts gesehen außer den Wiesen bis Hellersberg und Linnen und Pfeifensterz, jeder Mäckes wusste mehr als der Balthus. Dennoch wollte sie es noch einmal versuchen und beugte sich nach vorne.

- Wie sieht dat aus in Holland? Habe dey da alle Gold und Edelstein wie die Prinzessinne?
- Frag nicht so viel.
- Eysch will dat aber wissen.
- Dou brauchs nichts ze wissen, hey gebe ich dir watt zu tun, dann vergeht dir dat schon.

Und schon holte er Finchen nach vorne, nahm seine zwei Jüngsten und setzte sie ihr auf den Schoß. Sofort zogen die sie an den Zöpfen und traten ihr unsanft auf den Knien herum und wischten die Rotznase an ihr ab. Der Lina aber gab er die Flickwäsche und der Margarete einen Korb voll Kartoffeln zum schälen.

- Da, sagte er – meine Frau es krank, jetzt macht Ihr dat mal.
- Dey es aber auch immer krank.
- Die Westerwälder Mädcher sind ganz schön frech, sagte der Schulmeister und kratzte sich den Rücken, denn ihn juckte es ständig.
- Könnt Ihr uns naut von Holland erzählen?, fragte Finchen noch einmal.
- Dou musst nicht soviel wissen, wenn mer zuviel weiß, kriegt man nur Läuse und Flöhe off de Kopp. Weibsleute brauchen sowieso nicht soviel zu wissen, wenn ihr ein bisjen zählen könnt und ein Lied singen und die zehn Gebote, dann reicht dat. Sag mal die zehn Gebote, Lenche.
- Dou sollst net … stehle … net klaue, den Herrn deine Gott loben … net lügen … weiter weiß ich net.

– Dat is ja schonmal watt. Jetz singt ihr mal e Liedche …

– Wat solle mer dann singe?

– Ei dat mit dem Schäfer …

Lenchen sang:

– Schäfer, sag: wo willst du tanzen?

Drauß' im Feld bei meinem Ranzen.

Finchen aber war nicht zufrieden. Die Lieder kannte sie alle und zählen konnte sie bis hundert und sie wusste auch, wieviel zwanzig weniger sieben waren. Sie konnte lesen und die zehn Gebote wusste sie besser aufzusagen als Lenchen, und nun wollte sie einmal etwas Neues erfahren. Aber vom Schulmeister war da nichts zu erwarten, der saß nur da, flickte an seinen verbogenen Körben herum, rieb sich den fleckigen Nacken, und dann stand er auf und spuckte auf den Boden.

– Man spuckt net off de Boden! sagte Finchen.

– Watt has dou gesagt??!! Nun wurde der Schulmeister langsam böse über dieses freche Mensch.

– Man soll net of den Boden spucke!

– Jetz reicht mir dat mit dir!!! Noch ein Wort und dann gibt et se mit dem Stecken hier!

Finchen aber sprang auf und ließ seine Kinder auf den Boden rutschen.

– Von so einem mit so einem schebben Maul muss eysch mir naut sagen lassen!!

Dann rannte sie zur Tür und stieß sie auf und der Schulmeister folgte ihr fluchend und stieß die Bänke um und konnte ihr doch nur noch drei heftige Rutenschläge verpassen, da war sie schon fort.

– Dou brauchst mir nicht mehr herzukomme! Dou kannst den ganze Winter daheimbleiben, dou böses Mensch! Deinen Vater treffe ich noch, dem sage eysch Bescheid, dann kannst dou dich off watt gefasst machen! Der haut dir den Arsch groin und bloo!

Es war ein Kreuz mit diesen Dorfkindern. Sie waren frech wie Dreck und dumm wie Bohnenstroh. Der Schulmeister war froh, wenn der Winter vorbei war und die Sonne wieder über die Felder schien, dann brauchte er sich nicht mehr abzuplagen mit anderer Leute Kinderpack. Frech, frech und nochmals frech.

Im Sommer dagegen war es still und friedlich und keine Sau und kein Eber, nicht mal die schlammigen Wege, die kahl gefressenen Wälder, die nassen Gewänder beim Gewitter und Hagelschlag machten ihm je so viel schlechte Gedanken wie diese Kinder mit ihrer Krätze und den Läusen und ihren schmutzigen Füßen.

Wenn die Sonne schien über die Weidehecken und es roch nach frischem Harz und aufgewühlter Erde, dann war er der glücklichste Mann auf Erden, seine Tiere gaben ihm keine Widerworte, sie ließen sich unter die Bäume treiben und über die Felder, er kannte ihre Krankheiten und wusste, wie man sie heilte. Ja er war ein geachteter Mann und die Leute gaben ihm die Schweine mit und noch eine Suppe oder ein Stück Brot und Speck dazu und wenn er ihre Säue wiederbrachte, und sie waren vollgefressen, rund und kräftig, dann lobten sie ihn über alle Maßen und gaben ihm noch einen Kartoffelschnaps. Da würde er endlich wieder auf ordentliche Weise sein Geld verdienen, er hatte was im Säckel und seine Frau konnte sich satt essen und kam wieder zu Kräften.

Im Winter vergaßen es die Leute und nannten ihn einen armseligen Schulmeister, dem man die Kinder schicken konnte, wenn man sonst nichts für sie zu tun hatte. Im Sommer aber war er wie durch ein Wunder angesehen und geehrt, wenn er mit seinen Schweinen durch das Dorf ging und alle grüßten

ihn, denn der Schulmeister war in Wirklichkeit der Schweinehirt und das war allemal was Richtiges und ein durch und
durch anständiger Beruf.

Auf dem Speicher dörrten die Pflaumen auf einem Brett, das
Korn lag ausgebreitet auf dem Boden, der leere Backtrog stand
an der Wand und im Mauerloch über dem Rauchfang, der
Herb, hingen Speck und Fleisch und Blutwurst zum Räuchern
aufgehängt. Finchen öffnete die Klappe und zerrte heimlich
einen alten Eimer heraus, in den sie die Frösche gesteckt hatte,
damit sie in dem Rauch unterm Dach rascher erstickten und
vertrockneten. Als sie nun den Deckel öffnete, sahen ihr die er-
starrten Leiber mit großen Augen entgegen und dann fielen sie
ineinander wie verdorrte Zweiglein in einem schwärzlichen
Nest.

— Hurr, sagte Finchen, Äxbäx.

Sie nahm den Eimer, rannte hinunter, wickelte sich ein
paar Lappen um die Füße und steckte sie in die Holzpantinen, packte Heinrich und Hanne und nahm sie mit nach
draußen.

— Dou kannst mal dat Veronika auch mitnehmen!, rief die
Mutter Margarete. — Dat heult mir hier de Kopp voll!

Finchen ärgerte sich, wagte aber nicht zu widersprechen,
denn wenn der Schulmeister kam, um sich über sie zu bekla-
gen, dann war es besser, sie zeigte sich folgsam und artig. Sie
nahm auch noch die quengelnde Veronika und packte sie in
eine Decke und versteckte in der Schürze noch ein Töpfchen
Schmalz.

— Heinrich, wenn eysch dat Veronika schleppe, dann müsst
ihr mal zu Fuß gehen, aber schneller. Mir gehen jetzt

zum Konrad, dey haben eine Kornmühle, dey mahlen uns jetzt dey Frösche klein!

Dann gingen sie los mit dem Eimer voller vertrockneter Frösche und bei jedem Schritt raschelten die schwärzlichen kleinen Kadaver wie das alte Laub in den Weidehecken. Sie kamen am Müllerkarl vorbei, wo der hölzerne Schuppen der Zimmerleute hinter dem Tröpfelborn stand und die Alten auf dem Hof mit der Axt in eine Tanne hackten. Konrad war gottseidank im Schuppen, er war nun sechzehn Jahre alt, lernte ebenfalls das Handwerk der Zimmerer und sprang auf jedem Dachgerüst eines Fachwerkhauses auf dem First herum und hatte überhaupt keine Furcht. Er vermaß gerade zwei Leisten und schnitzte in einem Abstand Kerben hinein und er sah erstaunt auf, als Finchen mit den Kindern am Arm zu ihm kam.

— He? Wat willst dou dann hier?

— Och, sagte Finchen. Eysch wollt mal sehen, watt dou Schönes machst.

— Wat eysch mache? Eysch schnitze uns ein neues Maß, dey Franzosen wollen, dat wir alles in Meter messen und nicht mehr in Ellen … man weiß überhaupt nicht, wofür dat gut sein soll.

— In Metern …

— Ja, und man darf nicht mehr in Eimern messen, sondern in Litern! Dey sind doch bekloppt, dey Franzosen, mir müssen alles umstellen.

Finchen staunte und sah ihm bewundernd zu. Wie gut er alles konnte. Da löste sich Heinrich von ihrer Hand und lief auf die Sägen zu. Konrad ließ die Messlatte fallen, hob Heinrich auf und setzte ihn auf einen Sägemehlshaufen. Sogleich kroch Hanne hinterher und beide begannen, Löcher zu schaufeln und goldene Späne regnen zu lassen.

— Dat ist nichts für Kinder, hey ist überall Werkzeug …

Der Heinrich sieht ja net gout aus, wat hat der denn am Kopp?

— Noja ... Finchen schlenkerte verlegen den Kröteneimer herum und legte auch noch Veronika in das Sägemehl. – Deshalb bin ich ja hier ... der hat de Grind. Schon lange. Und da hab eysch gehört, dat Krötepulver hilft. Und jetzt habe eysch hier einen Haufen Kröte und wollt fragen ...

— Hä! Bist dou verrückt? Lauter tote Frösch! Iiieeh!

— Und da wollt eysch fragen, ob dou die klein mahlen könntest off eurer Mühl!

Konrad haute sich auf die Stirn und wollte gegen die Schuppenwand fallen.

— Sowat hab' eysch noch nicht gehört!! Lauter tote Frösch zermahlen?

— Dat hat der Kiezenbaron gesagt und meine Tante Helmine, dat machen dey in Metternich und in der ganzen Welt! Sey mal, wie schlecht dat dem Heinrich geht und der heult immer und juckt sich; eysch muss dat versuchen!

Konrad sah sie ratlos an und seine kurzen blonden Löckchen waren am Ohr rußgeschwärzt, am Arm hatte er einen dicken Fleck von der Wagenschmiere.

— ... Frösch zermalme ... dat is doch Säuerei. – In unserer schönen Mühl?? Da kommt Korn rein, doch keine matschige Frösch – woher hast dou die überhaupt?

— Aus der Bach. Dey sind auch ganz hutzeltrocken! Dey waren in der Herb!

Konrad zögerte immer noch und ließ den Wetzstein über die Sägezähne gleiten.

— Ja, Finche, sagte Konrad. – Eysch kann doch net die ganz schwere Mühle anschmeisse ... und dann kommt da so ein Häufje ... schwarzes ...

Ach, dann wird dat Pulver aber so schön fein …
Konrad seufzte.

– Wenn der Vater kommt und eysch schmeißen alte Frösch
in dem seine Mühle, dey ist dem sein Heiligtum! Da bezahlt der dran, bis der stirbt! Kommt einer und mahlt Korn
für sein Brot und hinterher schmeckt dat nach Frosch! …
Vielleicht kann man dey auch mit einem Stein zerklop-
pen.

Finchen zögerte und schielte zu Heinrich, der schon wieder
nach dem verkrusteten Häubchen griff und es abreißen wollte.

– Hör off, Heinrich! Eysch haue dir den Bobbes!

Heinrich hielt inne, während Veronika sich eine Ladung
Sägemehl in den Mund stopfte.

– Es mir jetzt auch egal, sagte Finchen. – Immer dey dummen Kinder. Macht doch, wat ihr wollt.

Konrad hob einen großen, ovalen Stein auf und prüfte ihn.
Dann nahm er Finchen den Sack weg und schüttete die Ka-
daverchen auf den Hauklotz, hob den Stein empor und ließ
ihn auf die Frösche niedersausen. Finchen sah zu, wie er versuchte, sie im kargen Licht des Schuppens auf dem Klotz zu
zerbröseln und zu zerreiben.

– Pfui, sagte Konrad. Eysch hätt die doch in die Mühle
schmeißen sollen.

Finchen betrachtete bewundert seine kräftigen Hände voller Kratzer und feiner Risse, wie die geschickt und emsig die
Beinchen in ein schwarzes Gebrösel verwandelte.

– Wie fein dou dat machst, sagte Finchen.

– Hoffentlich hilft dat auch, sagte Konrad und schob ein
wenig grobe Froschbrösel in Finchens Schürze.

– Vielleicht brauchen mir ja auch nur ein par Frösch, dat is
so ekelig.

– Noja, wenn mir schon dabei sind, sagte Konrad. – Mir

machen die jetzt alle. Bloß für de Heinrich. Aber am End kriegst dou auch noch den Grind und dann kannste dir deine schöne Zöpf abschneide.

– Nein!, rief Finchen. – Eysch will meine Zöpf behalte!

Konrad musterte sie, ließ den Stein liegen, griff nach dem linken Zopf, als wollte er ihn betrachten, und dann zog er einmal kräftig daran.

– Wie gemein!, schrie Finchen. – Wie alle bösen Buben!

– War doch nur Spaß, sagte Konrad und zermahlte den nächsten Frosch.

Finchen rieb sich den Kopf und sagte nichts mehr, da Konrad ihr ja half. Schweigend nahm sie das Schmalztöpfchen und begann das selbstgemachte Krötenpulver mit dem Schmalz zu verrühren, bis es ihr durch die schmutzigen Finger quoll und eine gräuliche, fettige Paste ergab. Jetzt galt es, sie Heinrich auf den Grindkopf zu schmieren.

Konrad war zögerlich. Als Finchen Heinrich aus dem Sägemehl holte und ihm das starrende Häubchen vom Kopf zog, erschauerte er und betrachtete die schwärenden rotbraunen Krusten, die sich von der Stirn aus über den ganzen Hinterkopf zogen und Heinrich so viel Pein bereiteten.

– Muss man denn damit net zum Doktor?

– Den könne mir nicht bezahlen, sagte Finchen. – Die Mutter hat gesagt, Grind hat man, und wenn man Glück hat, geht er irgendwann vorbei.

Schon hatte sie die Hand in den Schmalztopf getaucht.

– Heinrich!, sagte Finchen, – eysch schmiern dir hier wat off den Kopf, damit der Grind weggeht. Halt emal still!

Heinrich wehrte sich nicht, als nun der kühle Brei seinen Kopf bedeckte, und er begann zu strahlen, als geschehe etwas Wunderbares, und er rührte sich nicht, bis die Krötensalbe auf dem ganzen wehen und geschundenen Haupt verteilt war. Schließlich zog Finchen ihm wieder die alte Haube über und band sie fest.

– So, sagte sie. – Dey muss dou jetzt auflassen sechs Wochen lang. Hab ich gehört. Bis zum Nikolaustag. Dann kann man dat alles abschaben und der Grind is fort.

Konrad fasste sich in die hellen Locken und etwas Sägemehl rann heraus und schwebte auf den Schuppenboden.

– Bis Nikolaus soll der dat alte Lumpentuch aufhaben … naja, vielleicht hilft et ja. Dat möchte ich schon wissen. Aber vielleicht bin eysch an Nikolaus nicht mehr hier.

– Wat?, fragte Finchen. – Warum? Willst dou off die Walz gehen?

– Nein, aber eysch weiß ja nicht, ob meysch nicht der Napoleon holt. Dann muss eysch mit der großen Armee marschieren, nach Österreich oder so.

Finchen schnappte nach Luft. Konrad sollte zur Armee gehen?? Das glaubte er ja selber nicht. Er war ja viel zu jung!

Einmal hatte sie die Franzosen marschieren sehen. Auf dem Viehmarkt in Wennerode hatte man sie unten auf der alten Rheinstraße von Koblenz Richtung Marburg ziehen sehen und sie hatten freundlich genickt und gewunken. Ihre Kniehosen waren weiß, und sie trugen dazu blaue Jacken mit weißen Bändern überkreuz, auf dem Rücken hing ein Tornister und man hörte einen Tambour, der die Trommel schlug. Sie sahen so friedlich aus, man konnte sich nicht denken, dass sie Reyhe verwüstet hatten, es ging einem gar nicht in den Kopf hinein. Finchen fand die Franzosen sehr schön und adrett mit ihren schwarzen Schnurrbärten und den hohen Mützen.

Aber Konrad brauchte da keinesfalls mitzugehen – mit seinen sechzehn Jahren in die Rheinarmee! Und wenn es ihn in die Ferne zog, sollte er mit den Zimmerleuten auf die Walz gehen und wiederkommen, wenn er was gelernt hatte.

— Willst dou denn Soldat werden?

— Dat will doch keiner, sagte Konrad. — Dey laufen überall fort und verstecken sich in Scheunen und in allen Löchern. Et ist nur …

— Wat nur?

— Noja … der Napoleon bringt den Völkern die Freiheit … dann sind mir alle Brüder, Finche. Und keiner muss mehr Knecht sein!

Die Befreiung und das Ende der Fron, und alle Menschen wurden Brüder. Dann konnten sie endlich den dicken Grafen von Wällershofen in den Hintern treten, so wie sich das alle Leute von Scholmerbach wünschten. Vielleicht musste man für so eine große Sache doch ein Opfer bringen.

— Dat ist doch Kappes, sagte Finchen schließlich. — Eysch finde die Herzogin schön, und der Herzog war immer gut zou uns.

— Aber guck doch mal, wie reich der ist in seinem Weilburger Schloss und eine goldene Kutsche und einen Teich und Pfauen noch davor … und dou … dou hast noch nicht mal Schuh.

Finchen betrachtete die Lappen um ihre Füße, die auf den Holzpantinen in den Riemen staken und schon wieder voller Mist waren von den Wegen.

Sie wusste nicht mehr, was sie sagen sollte. Aber wenigstens hatte jetzt der arme Heinrich seine Ruhe. Die Wangen, die so seltsam rot geblüht hatten, schienen sich zu beruhigen, und er legte seinen Kopf ganz friedlich in ihre Rockschürze. Nur von Zeit zu Zeit fasste er mit seinen Händchen an das Häubchen, als könnte er es nicht glauben.

Man musste zur Heiligen Elisabeth beten, zur Muttergottes

und zu allen Heiligen im Himmelszelt, dass es nun besser wurde. Alle Kinder sollten heil und gesund bleiben, damit sie den schlimmen Winter überstanden, den Winter mit Kälte und dem eisigen Bach und dem erstickenden Herdrauch, das mussten sie alle überleben, mit heißen Steinen aus dem Feuer und Zuckerschnaps und Haferbrei, irgendwie musste man sie alle durchbringen, die Kinder von Kaspar und Margarete oder Paulinchens oder Schlossens oder Müllerkarls.

Denn bei den Engelgräbern auf dem Kirchhof vom Scholmerbach, da blühten die Hügel immerzu aufs Neue, bedeckt mit Blumenkränzlein und mit Fichtenzweigen und nun sollten es genug Hügel sein für dieses Jahr.

Es waren aber doch nicht genug.

Denn eines Nachts erwachte Finchen im Dämmer der Stube hinter dem Ern und wusste zunächst nicht, ob sie ein Seufzen gehört hatte oder ob die Tante sie im Schlaf mit dem erloschenen, mürben Zopf gestreift hatte. Sie schob den leinernen Vorhang zurück, der sie vor Mäusen und vor Ungeziefer schützen sollte und das Licht vom Fenster schien nun in ihre Bettstatt hinein und wanderte über den Streusack zum bleichen Gesicht von Tante Helmine, die mit dürrer Nasenspitze regungslos und mit offenem Mund hinaufstarrte, als erblicke sie den Jüngsten Tag direkt an der Lehmdecke mit seinen grob behauenen Balken.

Aus dem Mund kam kein Laut und Finchen wollte sich umdrehen, als ihr Bein unter der Decke an das eisig kalte Bein der Tante stieß und sie sich so erschreckte, dass sie nach der Tante trat. Aber Helmine tat nicht mal einen Seufzer, sie machte überhaupt keinen Atemzug mehr, und sie war überall

so kalt wie die Steine im Schafsbach, das Leben war von ihr ge-
wichen und als starrer Leichnam lag sie nun mit Finchen im
Strohbett und hatte das Zeitliche gesegnet.

Finchen sprang aus dem Bett und schrie wie am Spieß, um
alle Toten und Geister zu vertreiben, und sie schrie nach der
Mutter und schrie nach dem Vater und Heinrich und Hanne
und Veronika erwachten auch und schrien mit und der alte
Großvater kam die Treppe heruntergepoltert und hätte sich
beinahe noch den Hals gebrochen.

> – Ach du mein Herr und mein alles!, rief Margarete im
> Hemd, – Mein Herr und mein Alles! und sie bekreuzigte
> sich ein ums andere Mal. – Dat hat mer jetzt nicht kom-
> men sehen!

Tante Helmine war dahingeschieden, und der Herr hatte es
gegeben und der Herr hatte es genommen und da lag sie und
stand nicht mehr auf. Finchen stand an den Schlitzen der
Wand, aus denen vom Herdfeuer aus dem Ern ein wenig
Wärme in die Stube drang. Sie rieb sich unentwegt das Bein,
mit dem sie die Tote berührt hatte, und bewegte nur stumm die
Lippen, als alle anfingen, den schmerzhaften Rosenkranz zu
beten, Gegrüßet seist du Maria, der Herr ist mit dir, du bist gebenedeit unter den Weibern und gebenedeit ist die Frucht deines Leibes, der für uns Blut geschwitzt hat. Heilige Maria
Muttergottes, bitte für uns Sünder, jetzt und in der Stunde
meines Todes, Amen.

Sie mussten aber immer den fauligen Zahn anschauen, der
noch im Tode aus dem offenen Mund stand, und sie versuchten, ihr den Mund zuzubinden, bevor der Körper ganz und gar
starr war. Auch die Augen ließen sich nicht recht schließen
und die knotigen Hände widerstrebten allen Bemühungen, sie
zum Gebet ineinander zu falten, als seien die Gebete ihres Lebens eine einzige Lüge gewesen. Keiner wusste, warum Hel-

mine mit siebenundvierzig Jahren hatte sterben müssen, aber es war ja auch ein stattliches Alter. Wahrscheinlich war ihr in der Nacht das Blut zum Stocken gekommen und hatte soviel Fäulnis gebildet, dass es zu ihrem Tod geführt hatte, aber warum er sie jetzt gerufen hatte, das wusste der Herrgott allein in seinem unermesslichen Ratschluss. In dieser Nacht sollte sie noch da liegen bleiben, und am Morgen wollten sie den Pfarrer holen und die Leiche waschen und sie aufbahren.

Kaspar meinte, sie müssten heute Nacht sehen, wie sie alle unterkamen, denn keiner wollte mehr in der Stube schlafen, solange Helmine da lag, steif wie ein Stecken mit fast eingedrückten Augäpfeln, wenn sie dort anderntags wieder ihren Haferbrei essen sollten und Brot stippen und Kaffee trinken. So krochen sie zum Großvater oder zu den Eltern ins Bett oder legten sich auf die Bank im Ern, bis der neue Tag heranbrach.

Finchen aber fand keinen Platz, der ihr gefiel, und es graute ihr davor, in dieser Nacht die Augen zuzumachen, gewiss erschien ihr die Tante im Schlaf, um sie noch einmal zu erschrecken und für all ihre Frechheiten zu bestrafen. Es kam Finchen so vor, als würde die Tante sie noch immer am Bein packen, das ganz kalt war, so kalt wie das Bein der Toten.

So nahm sie sich eine wollene Decke, schlüpfte in die Holzpantinen und flüchtete in den Kuhstall, wo Lore und Resi im Heu lagen und warm und beschützend vor sich hindampften.

— Eysch muss mol bei euch schlafen, flüsterte Finchen — Drin liegt die tote Tante, dey es gestorben!. Eich mache mir hey einen Heuhaufen und da liege eysch genauso gut. Et wird bestimmt bald hell, dann müssen wir dey Tante begraben, hoffentlich bald, sonst liegt dey immer bei uns im Haus herum … jetzt ist de Erde gefroren, dat wird schwer, ein Loch zu machen.

Lore drehte sich zu ihr um und schien zuzuhören, und ihre Augen waren so groß und feucht, dass Finchen sich im Mondlicht darin von oben bis unten sehen konnte.

– Eysch habe dey Tante so geärgert, vielleicht ist dey deshalb ein bisschen früher umgekommen. Dat kann eysch jetzt nicht mehr gutmachen, dat war ja nur, weil dey so einen schrecklichen Haarschwanz hatte, den hatte eysch nachts immer im Gesicht. Et ist furchtbar, wenn man mit einer alten Tante im selben Bett liegen muss.Lore, wenn eysch mal groß bin, dann wünsche eysch mir ein Bett nur für meysch ganz alleine!

Lore begann wiederzukäuen und schloss einen Augenblick die Augen, so, als müsste sie über alles nachdenken. Resi war hinter Lore kaum zu sehen, und man hörte nur, wie ihre Nüstern warmen Dampf ausströmten und ihr Huf ein wenig in der Spreu herumtrat. Aus der Kuhstallrinne rochen friedlich die Kuhplädder in einer müdemachenden Schwade, und Finchen fühlte sich endlich gut aufgehoben und daheim. Sie streichelte Lore das speckige Fell am Kopfe und sagte:

– Wenn eysch groß bin, will eysch mal nicht so aussehen wie dey Tante. Sonst kriege eysch keinen Mann. Eysch will einen Zimmermann, dey bauen so schöne Häuser mit einem Stockwerk drauf und drei Kammern! Aber vielleicht gehe eysch auch einmal in Stellung … mit der Lina … nach Siegen oder Kobelenz … vielleicht kriegt man dann ein Paar Schuh … dat wünsche eysch mir auch, Lore … ein Paar Schuh! Dat Feinsliebchen soll nicht barfuß gehen, weißt dou? Mit Schuhen kann man auch viel besser danzen, wenn der August auf der Fiedel spielt … Dou kannst dat ja net wissen, dou brauchst ja nicht zu danzen und dir hat ja der liebe Gott Schuhe gleich an die Füße dran gemacht, dou hast nie kalte Füß!

Lore schnaufte und senkte den Kopf und draußen verfärbte sich allmählich der frühe Morgen in ein gräuliches Blau, der Zwetschgenbaum schälte sich aus der Finsternis und Finchen hörte im Dorf den Hanjokeb husten, und bei Paulinchens im Fenster erschien ein heller Feuerschein, als die Mutter das Herdfeuer rührte, der Hahn vom Schreiner setzte zum Krähen an und dann irgendwann würde die Totenglocke läuten und die Leute würden fragen: Wer, wer ist gestorben?

Tante Helmine konnte das egal sein, denn ihre Seele war aufgefahren zum Herrgott und schwebte nicht länger über Scholmerbach, sie hatte das Leiden des irdisches Dasein hinter sich gebracht, gottlob, und durfte nun mit den Engeln singen, in anderen Sphären, wo alles, alles schöner war als in der schnöden Welt, sogar noch schöner als im Ballsaal von Metternich, wo tausend Kerzen leuchteten in Kerzenständern aus purem Gold.

In den Straßen von Scholmerbach quoll der Morast durch das Stroh und Reisig der mühsam gestopften Löcher, und die aufgespülten Schlammkämme aus den zerfahrenen Ochsenwegen ließen zerrissene Bächlein darin stehen, in denen zitterig die Himmelswölkchen schwammen. Es schien, als ob in dieser Jahreszeit auch die letzten Erntereste ersäuft und herausgeschwemmt werden sollten, die Stoppel- und Wurzelreste und verdorrtes Kraut lagen verstreut auf den abgewirtschafteten Feldern.

Nur die Säue schienen sich wohlzufühlen und brachen aus der Herde, rannten dem Schweinehirt davon und suhlten sich in den leeren Äckern auf der Suche nach vergessenen Haferähren, fauligen Kartoffeln oder vergessenen Rübchen.

Aber der Schweinehirt trieb sie zurück nach Scholmerbach und sie wühlten die matschigen Wege erst recht auf, bis alles in einem einzigen, zerstampften schwarzen Erdenbrei versank.

— Siehst dou nicht dey Säu im Garten, siehst dou, wie sey
    wühle … wie sey dicke Löcher graben in mei rote Rübe!,
sang der Hanjokeb. Eine Weile stützte er sich auf seine Mistgabel und sah den Säuen und ihrem schwarzen Hütehund zu, bis am Ende der Schweinehirt kam und das ein oder andere Tier mit dem Stecken antrieb.

— Wat es dann mit dir?, rief der Hanjokeb. — Unsere Säu
    sind noch nicht satt, dey wollen wir jetzt noch nicht haben! Wieso seid ihr nicht im Wald geblieben?
— Frag den Gendarm! Frag den Schultheiß! Eysch bin für
    heute fertig. Hey kannste dir deine Berta holen!

Die Bauern kamen aus ihren Häusern und Ställen und um-
ringten den Schweinehirten, der sich das Wasser aus dem Hut
schüttelte und ihn dann wieder auf seinen roten Kopf mit dem
zotteligen Bart setzte.

- Der Gendarm hat mich aussem Wald gejagt, der wär jetzt
  verpfändet!
- Wieso es dann der Wald verpfändt', der gehört doch unserer Gemeinde!
- Ei weil dey französischen Offiziere in Wennerode so gesoffen haben, dat sind denen ihre Saufschulden, dey können mir jetzt alle bezahlen!
- Dat es doch ungeheuerlich! Dey saufen sich voll und mir
  haben den Wald nicht mehr?

Fine kam aus der Scheune und schleppte den neugebore-
nen Johann und die kleine Rosa auf den Armen, ihre bloßen
Füße versanken mitsamt ihren Holzpantinen im Dreck und der
Schlamm quoll durch ihre Zehen.

- Der bringt uns dey Säu wieder heim?
- Wo sollen mir dann jetz Holz holen?, fragten die Zimmer-
  leute.
- Bloß weil dey Franzmänner saufen wie dat Vieh!
- Wat en Glück, dat dey fort sind.
- Dann bringen mir jetzt unsere Säu in den Wald beim
  Müller da unten.
- Der gehört doch dem Graf von Wällershofen.
- Mir gehen einfach trotzdem.
- Die Gemeinde hat nun mal Schulden …
- Wat können mir dann dafür?

Die Schweine liefen auseinander und begannen im Misthaufen vom Schlosse Wilhelm zu wühlen, bis der Hanjokeb sie
mit dem Stecken zurücktrieb und der Säuhund wütend kläffte
und nach ihren kurzen Beinen schnappte.

– Ja, dey sind ja noch nicht satt. Sollen mer denen dann jetzt schon unsere Rüben geben? Dey sind doch für den Winter. Dann treiben wir dey halt nochmal auf die Kartoffelfelder, aber dann?

– Alles nur wegen dem Napoleon.

– Jetzt kommt er fort – für immer! Nach St. Helena!

Dabei hatten sie so für ihn gebetet, an jedem Sonntag in der Kirche von Scholmerbach, für Napoleon, den Knecht, Kaiser und König Gottes, damit alle seine gemeinnützigen Unternehmen mit Erfolg gekrönt sein wollten. Leider war er nur bis Moskau gekommen und Moskau brannte lichterloh, er hatte die Schlacht um Leipzig verloren und die von Waterloo. So wenig hatte das Gebet von Scholmerbach geholfen und dabei hatten sie ihm noch Soldaten mitgegeben, den Geissen-Hannes, Paulinchens Friedrich und den jungen Konrad. Als Konrad wiedergekommen war, hatte der alte Zimmermann Balthus zum Dank ein großes Kreuz an die Wegscheide bei Linnen gestellt und er hatte sogar ein kleines Dach mit Schindelchen oben drauf gemacht und einen geschnitzten Heiland. Jeder konnte es sehen, bis beinahe Ellingen und auch aus dem Brennnesseltal ragte es noch auf am Horizont. Hannes und Friedrich aber kehrten nie wieder, sie waren mit der rückkehrenden Grande Armee verkommen, zerlumpt und verirrt, vielleicht verdurstet in der Taiga oder erfroren in den weiten Schneeflächen Russlands, in ausgestorbenen Dörfern von Kosaken abgestochen, von aufgebrachten Bauern massakriert, an der Ruhr krepiert und ersoffen in der Beresina.

In Hellersberg hatten sie den Eisenfranz verloren, den Schäfer-Wilhelm und Jakob, in Linnen den Kohlraben-Hans und den Haniere Kuckuck, in Ellingen den Friedrich und den Dippen-Heinrich, in Bölsbach den Siegfried und den Wagner-

Petter, sie beteten ringsumher und überall flehten sie zum Himmel, damit sie der Herrgott erhöre und die Männer nicht auf fremder Erde verrecken mussten, aber das Gebet hörte der Herrgott nie.

Fine betete lieber zur Heiligen Elisabeth, die mit ihren scharfen, schwarzen Konturen in das dünne Papier eingestanzt einen Halt suchte am Kreuz auf dem Regal und zu deren Füßen ein wenig Johanniskraut mit Weideröschen dufteten. Fine bedankte sich auch für Konrads Rückkehr und dass ihm kein Arm und kein Bein fehlte und er das Augenlicht noch hatte. Aber etwas lag ihm nun auf der Seele, er hatte ein schweres Gemüt und sah beim Arbeiten immer nur in eine Ecke. Auf der Kirmes hatte er nicht mit Fine getanzt. Da hatte sie gemerkt, wie sehr sie mit ihm tanzen wollte, und hatte ihn am Arm genommen, aber Konrad machte sich nichts aus ihr. Er machte sich aus keiner was, dabei hatte er Fine vor dem Krieg noch Blümchen zugesteckt und einen kleinen Frosch geschenkt.

Den hatte sie nicht in der Herb erstickt, sondern eine Weile in einem Weidekorb gefüttert, bis er herausgesprungen war, und da hatte sie ihn laufen lassen.

Nun sollte bald Viehmarkt sein in Ellingen, mit Musik und Tanz, aber Fine konnte sich gar nicht freuen

   – Mir werden die Säue wohl verkaufen müssen, sagte Kaspar. – Eine verkaufen mir und dey andere wird geschlachtet.

Die Buchen und Eichen am Haselbacher Feld warfen ihre Früchte umsonst ab, und ihre Zweige wurden eingesammelt von Wenneröder Tagelöhnern, das Klafter für einen Gulden und ein halbes Fass Moselwein für die durstige Grande Armée. Die Säue aber zogen hungrig umher und wühlten vertrocknete Kartoffelstrünke aus der Erde und die Reste von den Stoppelfeldern und wurden am Ende mager wie die Hunde.

Weil das Buchenholz auf dem Markt in Wennerode versteigert wurde, brannten in Scholmerbach die Herdfeuer flackernd und hell nur vom gestohlenen Tannenholz, das so hoch flammte und so rasch wieder zusammenfiel und verlosch. Es fehlten die Buchen, deren Scheite langsam und gemächlich im Feuer verglühten, so lang, bis die nassen Lumpen über dem Herd zu trocknen begannen und der Kartoffelplatz in der Pfanne garte. Die Eichen hatte man stehen lassen und wenn der Nachtwächter schlief und der Gendarm davongeritten war, liefen die Leute ja doch in die Wälder und kratzten die Eicheln und Wurzeln zusammen und gaben sie heimlich den Säuen.

– Der Nachtwächter merkt dat nicht. Der ist halb blind und halb taub. Und et kann ja nicht hinter jedem Baum ein Gendarm stehen!

Die Jäger des Grafen aber waren unterwegs, denn der Graf hatte all seine Ländereien zurück und musste wieder für Ordnung sorgen und seine Burg beheizen und am Sonntag Hirsch essen … es war nun vorbei mit der Franzosenzeit und Schlosse Ludwig, Schlosse Wilhelm und Schlosse Marga waren immer noch Leibeigene und mussten auf die gräflichen Felder und dem Grafen ihre Hennen bringen. Napoleon hatte die Leibeigenschaft zwar aufgehoben, aber Ludwig, Wilhelm und Marga konnten die Ablösesumme nicht aufbringen, und so hatte sich nichts geändert und sie mussten noch immer nach Wällershofen, auf die gräflichen Felder.

In Wällershofen, so erzählten sie, lagen nun die Kosaken, und die benahmen sich noch schlechter als die Franzosen und konnten erst recht fressen und saufen und die Mägde belästigen, es war ein Kreuz, und man wusste nicht, wie man die Kosaken satt kriegen sollte. Womöglich mit den Schweinen, die man durch die Wälder trieb, und mit den Hennen, die die Leibei-

genen abgeben mussten, alles für die Russen, und in Scholmerbach frassen sie nur Haferbrei und Kartoffeln.

Überall in Scholmerbach, Linnen und Hellersberg spannten
die Leute ihre Kühe vor den Wagen und beluden ihn mit
Eiern, Hühnern, Krautköpfen, selbstgeschnitzten Holzschu-
hen und Schweinen. Der Müllerkarl brachte noch zwei Kühe
und der Hanjokeb zwei Geißen.

Die Mutter Margarete saß daheim vor dem Feuer und
seufzte. Sie hatte den kleinen Johann in seinen Lumpen auf den
schmodderigen Boden gelegt und musste noch einen Augenblick ruhen, bevor es auf den anstrengenden Weg nach Ellingen ging. Auf ihrer Stirn standen lauter rußige Perlchen, und
sie war froh, als Fine hereinkam, um Johann aufzunehmen und
den Brotkorb auf den Wagen zu laden.

— Eysch könnt doch alldemal daheim bleiben, sagte Margarete. — Um ein Schwein zu verkaufen, müssen mir doch
nicht mit alle Mann nach Ellingen.

— Ey da ist doch wat los! Da gibt et doch wat zu erleben!
Und der Heens August spielt mit dem Hellersberger auf
der Fiedel!, rief Fine.

— Margarete, sagte Kaspar und klopfte ihr sacht auf das
Kreuz. — Jetzt komm doch. Dou liegst jo nur noch in der
Ecke! Mir wollen doch auch mal bisjen lustig sein! Jetzt
mach dich off und und dann fahren mir, det Hanne kann
dir helfe oder det Fine. Eysch hole jetzt den Wagen!

Fine füllte noch einige Krüge mit Wasser und rief nach
Hanne, die ihr helfen sollte.

— Mamme, et geht los. Aber dou bist noch ganz schwarz
vom Ruß, dou musst dich noch waschen.

- Ach Gott, naja, so schlimm kann et ja nicht sein, mir fahren ja off den Viehmarkt und nicht auf den Ball ins Weilburger Schloss.
- Hey habe eysch en nasse Lappen, fahr dir mal durchs Gesicht.
- Wie schwetzt dou dann mit mir, dou freches Mensch!

Margarete nahm den Lumpen und rieb ihn widerwillig über die Wangen:

- Dat geht nicht ab, dat is vom Herdfeuer, eysch schrubbe mir die ganze Haut ab!
- Man muss ein wenig auf sich halten, sagte Finchen. – Man muss ja nicht dreckiger sein wie die Schafe oder die Küh!
- Dou als immer mit dem Geschrubb, dat Wasser ist fürs Vieh zum Saufen!
- Als ob der Bach und der Brunnen nicht genug Wasser hätt!
- Ja dann kannst dou dat schleppen, eysch schleppen zwanzisch Eimer den Tag, zwölf allein versaufen die Küh, mir ist dat alles zu viel.
- Dat Wasser für die Küh holt ja der Heinrich!

Finchen ärgerte sich, weil auch Johann, Veronika und Rosa sich wieder im Dreck gewälzt hatten, und wenn sie eines von ihnen sauber hatte, schmierte sich das andere wieder voll Haferbrei oder Hühnermist.

- Ihr seid alles Säu! Hanne! Hanne! Mach mal dem Johann dey Schisslumpe sauber!

Hanne kam herein, warf die Zöpfe auf den Rücken und murrte. Sie hatte sich schon Blümchen in das Haar geflochten und wollte schön sein für den Viehmarkt, und noch immer ging es nicht los.

- Dou Buxenschisser! Als und als machst dou in die Bux!

Hanne hob den nassen Johann hoch und betrachtete sich Fine.

— Sag mal, Fine, dou siehst jo aus wie an jedem Werktag. Willst dou nicht dey schönes Kirmeskleid antun?

— Dat hebe eysch mir auf für nächstes Jahr.

Fine hatte ihre Haare zweimal um den Kopf gewickelt und festgesteckt, ihr Kleid war nicht besonders schön und das Mieder schon ganz verschossen und der Rocksaum angerissen. Sie war nun neunzehn Jahre alt und hatte eine schöne Westerwälder Tracht bekommen, doch die wollte sie aufheben für die festlichsten Tage, die musste sie ja noch dreißig Jahre lang tragen, wozu sollte sie die auf dem Viehmarkt zwischen Rindern und Säuen verderben, nach tanzen und singen war ihr sowieso nicht zumute.

— Dou willst uns immer sagen, mir sollen sauber sein, und dou selber gehst im alten Kleid auf den Markt! rief Hanne. — So findest dou nie einen Schatz!

— Dat Hanne hat recht, sagte Margarete, — Dou kannst dich ruhig schon mal umtun, mir wollen deysch ja nicht ewig im Haus haben, wenn dou dir dies Jahr einen Kerl suchst, kannst dou ander Jahr schon verheiratet sein.

— Eysch will keinen Kerl.

— Ja wat willst dou dann? Bei die Schwestern oder wat?

Fine zuckte die Schultern.

— Vielleicht gehn eysch irgendwo in Stellung, in Kobelenz oder im Siegerland. Wat weiß eysch.

— Wie unser Helmine? Dat geht auch nicht immer gut! Dann werfen dey deysch raus. Dann stehst dou do und bleibst allein. Such dir lieber einen Kerl!

— Pff ...

Fine dachte ja nur an Konrad, der trübsinnig vor sich hinstarrte und ihr einstmals versprochen hatte, dass er bei der nächsten Kirmes nur mit ihr tanzte, nur mit ihr, und nun war er nicht mehr richtig im Kopf und saß immer auf einem Fleck und wenn die anderen lachten, dann schlug er mit dem Stock ins Feuer oder bewarf die Ziege mit einem Stein und grollte in Lauten, die keiner verstand. Wenn Konrad nun immer nur traurig war, dann wollte auch sie immer traurig sein und nur vor Gott ihre Arbeit tun, denn der Herrgott sah ja alles, was sie machte, und alles, was sie tat, und das war andererseits auch ein Kreuz, denn sie hätte gerne mal den Misteimer umgetreten, den lästigen Kesselflicker umgebracht und die Kinder alle an die Wand geworfen. Es war schwer, dass Gottes Augen überall waren und wenn er der Herrgott war, dann hätte er längst dem Konrad den Verstand richten können, aber wozu sollte man auch heiraten, wenn man nur Kinder über Kinder kriegte, die einem am Rockzipfel hingen und schrien und dreckig waren und die Mütter zugrunde richteten, wie die Mutter Margarete, die langsam lahm und schwächlich wurde und auf den Karren gehoben wurde, wo sie auf den Strohsack kroch, gleich zu der armen Sau, die sie nun in Ellingen auf dem Markt feilbieten wollten.

Schon von Weitem hörten sie den Lärm der Leute und das Geblöke und Muhen der Tiere, die von überall in das Dorf getrieben wurden und auch Kaspars Lore zog den Karren an den Kiezenleuten und fahrenden Händlern vorbei. Am Ellinger Backhaus hatten sich die Wagen der Händler und Bauernleute in den aufgewühlten Spuren festgefahren und in der ganzen Aufregung kam an den Deichseln, Körben und Viechern vorbei die dürre Lina herbeigesprungen und winkte Fine aufgeregt zu.

– Ach, dat verdorben Mensch, sagte Margarete. – Wat hast dou immer mit dem zu schaffen!

– Dat Lina ist nicht verdorben! Wat hat dat denn gemacht? Gar nichts!

– Ach ja, von den Minschens kann doch naut Gutes kommen.

– Wie kannst dou dann sowat sagen, wat kann dat Lina dafür, dat der Alte säuft, in Scholmerbach säuft doch jeder!

– Dou frech Gesicht!

Wütend sprang Fine vom Wagen und eilte Lina erst recht entgegen und nahm sie beim Arm und dann drückten sie sich am Ellinger Brunnen durch das Gedränge hinauf zum Marktplatz und kicherten unentwegt. Lina flatterten die Bänder vom Hemd um ihren dürren Hals, und die nackten Beine staken aus ihrem weiten Rock heraus. Sie hatte sich das Mieder ihrer verstorbenen Großmutter mit neuen Borten bestickt und die Schnüre versetzt und die abgewetzten Schöße unter die Schürze geschoben. Ohnehin füllte Lina das Mieder kaum aus, es verschob sich immer um ihren unruhigen Leib, und die ewige Unruhe ließ sie kein Fleisch ansetzen, von was auch, beinahe sah es aus, als kriegte sie einen Rotlauf, eine blühende Rose begann sich an ihrer Nase auszubreiten, aber die hohe bleiche Stirn war geschmückt mit dünnen Haarkränzen, in die sie ein schäbiges Band geflochten und einige Blümchen hineingesteckt hatte, so sprang sie irrend und gierig über den Markt mit fiebrigem Blick nach den Freiern, die sich noch nicht mal auf den Weg gemacht hatten, aus Pfeifensterz, Böllersbach oder Linnen oder aus den Büschen und Wäldern, in denen die Mäckesser hausten und auch die Vagabunden.

Vor dem heruntergekommenen Schuppen vom Ellinger Müller, in den das verfaulte Stroh hereingebrochen war, stand schon der Eisenwarenhändler mit seinen Messern und Nägeln und gleich daneben bot der Zinnhändler seine Krüge und Teller an. Dahinter hatten auch der dürre Minsch und seine Frau ihre Hühnerkisten aufgestellt, und sie saßen von ihren Kindern umringt auf Brettern und Holzböcken. Als er Lina und Fine erblickte, winkte er ihnen zu mit seinem langen Arm, aber Lina duckte sich wie ein Wiesel unter den Auslagen des Eisenhändlers hindurch und tauchte beim Strumpfwirker auf der anderen Seite wieder auf.

Fine wusste nicht, wie sie Lina so rasch folgen sollte und starrte noch immer zum Minsch, dessen Arm hinaufragte, so dass ihm der blaue Kittelarm über die Elle rutschte.

Er hatte sich schon das Fleisch von den Knochen gesoffen und seine Augen schauten scheel und trüb und seine Frau sagte:

    — Lass et doch laufen, dat hört schon lang net mehr auf deysch.

Der kleine schmutzige Fritz hielt ein Huhn auf dem Arm, grinste und quetschte es so fest, dass es schrie und gackerte und der Minsch sagte:

    — Tu dat Vieh in die Kiste!

Aber Fritz grinste immer weiter durch seine Zahnlücke und dann riss er dem Huhn eine Feder aus. Da fing der Minsch an, ihn zu schlagen, und schrie:

    — Dou Verreckbalg, dou kleiner Drecksack, eysch reißen dir mal die Haare aus, dou Missgeburt, gib mir dat Hinkel!

Er nahm ihm das Tier weg und stolperte damit über die Hühnerkiste und Fritz streckte ihm noch die Zunge heraus und die alte Minsch schrie sie beide an:

    — Ihr Säukerle, Ihr Misthunde, dou bist frech wie Dreck und dou säufst wie ein Loch, dou besoffenes Schwein!

Und sie nahm einen Stecken und prügelte auf beide ein und ringsumher lachten die Leute und freuten sich, dass schon soviel los war, bis die alte Minsch sie beschimpfte und schrie:

    — Schert euch weg! Ihr verdammtes Pack! Et gibt nichts zu sehen! Kümmert euch um euren eigenen Dreck!!

Dann drehte sie sich weg, fing das entlaufene Huhn ein,

steckte es zurück in die Kiste und blieb darauf sitzen, bis sich der alte Minsch mit seinem verrutschten Kittel und der verlorenen Kappe wieder aufgerappelt hatte und die Leute auseinandergingen, um der Schweineherde Platz zu machen, die oben zur eisernen Waage getrieben wurde.

Mittendrin lief Heinrich und hatte sein eigenes Schwein bei sich und er hielt es am Hals und klopfte ihm dann und wann auf das Hinterteil, als wollte er ihm unentwegt Lebewohl sagen. Mit seinem blonden Schopf voller Wirbel, Löcher und kleinen, vernarbten Chausseen beugte er sich über das Vieh und es schien, als sagte er ihm was ins Ohr.

— Als ob dou dey Sau küsst!, sagte Fine. — Mir müssen dat Vieh verkaufen und Schluss und dat andre daheim wird geschlacht.

Heinrich ließ sich kaum trösten und wollte noch ein wenig mitgehen, das Schwein war leider nicht gerade dick geworden, aber es hatte sicherlich ein gutes Fleisch und es dauerte nicht lange und der dicke Schäfer vom Goldenen Grund kaufte es und nahm es mit auf die Limburger Weiden, wo noch alle Wälder standen und Eicheln, Wurzeln und Bucheckern auf die Schweine von Scholmerbach warteten.

Ein wohlbekannter Fiedelklang tönte aus der offenen Schenke und auf der Treppe zum Ellinger Wirt standen der Heens August und die Musikanten von Linnen und Hellersberge und die Erste, die tanzte, war Lina mit einem Bursch von Pfeifensterz, der ihr schon früh ein Bier gegeben hatte, das ihr offenbar zu Kopf gestiegen war, denn sie tanzte, als gäbe es kein Morgen, und ihr lappiger Rock haute ihr um die Beine und der Pfeifensterzer warf sie herum wie den Lump am Bettelstock.

— Warum tanzet's Mariele? — sang der Heens August und sein prächtiges schwarzes Haar leuchtete in der Herbstsonne und zitterte bei jedem Fiedelstreich mit, der Hellersberger Jupp und der Wenneroder Franz bliesen in Klarinette und Horn und der Linner Schorsch schlug die Trommel. So hatten sie schon viele Male zusammen Musik gemacht und hatten sich von Kirmes zu Kirmes durchgeschlagen bis nach Antwerpen, wo sie auf der Beerdigung eines reichen Kaufmanns einen Hopser so langsam und so traurig spielten, dass alle dachten, es sei ein Trauerlied. Aber Trauerlieder konnten sie gar nicht, sie spielte den Didlumdei und den Hipper und den Baaschlenkertanz und überall, wo sie gewesen waren, hatten sie ein neues Lied gelernt.

   – Und jetzt!, rief der August. – Ihr Leut und ihr Kinder! Stellen wir uns auf in einer Reihe und dann zeigen wir euch den neuesten Tanz aus dem Land, in dem sich die Windmühlen drehen und die Tulpen blühen und die Schiffe aus der ganzen Welt in den Hafen gehen, Holland!

An seinem Tisch saß im leuchtend bunten Zwirn und Zylinder bereits der Kiezenbaron und hob seine holländische Pfeife aus blau bemaltem Porzellan und hob zur Zustimmung seinen Bierkrug.

   – Das will ich meinen!

   – Und nun bitte die Damen einen Schritt nach vorne und der Herr nimmt seinen rechten Fuß und geht einmal zur Seite! Auf den Takt der Trommel springen beide einmal hin und einmal her, drehen sich um und packen den anderen um die Hüfte! So!

Um zu zeigen, wie man den Tanz genau ausführte, nahm der Heens August die Hände und legte sie dem Wenneroder Franz in die Seiten und Franz sprang rundherum wie ein Mädchen. Das fanden alle zum Schreien komisch, machten es ihm aber dennoch nach und sie hatten so viel Spaß bei der Musik, dass es für alle ein herrlicher Tag wurde, ob sie nun auf dem Markt ein gutes Geschäft gemacht hatten oder ob sie ihre Rinder zu billig verkauften oder die Schweine nicht fett genug waren, wen scherte das heute. Das Vieh sollte nach Limburg getrieben werden und sogar nach Frankfurt, mit dem Bauch voller Rüben und Disteln und Bucheckern und Eicheln, aus den Wiesen und Wäldern von Scholmerbach und dem ganzen Land. Im nächsten Jahr sollte es keine Schweine mehr geben und nur der reiche Müller behielt sich seine Säue im Stall, die von nun an nur noch Gerstenbrei und Kartoffelschalen fraßen und altes Brot, gleich wie ein Mensch, da konnte sich das Schwein gleich mit an den Tisch setzen.

Lina trank und sang und tanzte und trank und sang und tanzte mit jedem, dem einen von Hellersberg und dem anderen von Wennerode, und sogar die Markt- und Kiezenleute und die Vagabunden dachten darüber nach, ob es sich lohnte, Lina einen auszugeben.

– Danz doch nicht mit jedem Simpel!, rief Fine. – Dou bist gleich besoffen, ein besoffenes Weib. Dey schwetzen über deisch!

– Ach, eysch danzen doch so gern, so gern!, rief Lina. – Eysch danzen nur für unseren August, den Hipper und den Hopser und den Didlumdei. Danz doch einfach auch!!!

Und sie zerrte Fine auf die Tanzfläche und nahm ihre beiden Hände für den Didlumdei, und beide stemmten die Hände in die Hüften und drehten sich einmal links und einmal rechts, und widerwillig hob Fine die Beine und drehte sich einmal rundherum, bis sie sich endlich dreingab und seufzend mitmachte und dann noch mit dem Müllersohn und dem Förster von Linnen tanzte.

Der Kiezenbaron ließ es sich nicht nehmen, ein schweres Fass Bier für alle zu spendieren, und er trank selbst kräftig aus seinem ziselierten Zinnkrug und ließ sich hochleben. Lina kriegte auch schon wieder den Krug gefüllt und Fine konnte nicht glauben, was sie da sah, dass nämlich die Frau vom Kiezenbaron ein Kleid trug, in das Blumen eingewebt waren, schöne Blumen in Rot und Grün, und sie waren nicht aus Flachsleinen, sondern die Frau sagte, das heiße Baumwolle und so was habe nun in Holland jeder und alle Röcke hätten dort so schöne Muster.

Auf dem Kopf aber hatte die Kiezenbaronin eine Haube, ganz weiß und steif mit Brüsseler Spitze und unter dem Kinn mit einer Schleife gebunden. Die Haube war so schön, dass Müllerkarls Anna sie unbedingt anfassen musste, und sofort war sie schmutzig, sodass die Baronin wutentbrannt meinte, nun könnte sie die Haube wegschmeißen und man könnte eben nichts Gutes tragen unter diesem trampeligen Bauernvolk.

– Kann eysch dey dann haben?, fragte Fine lautstark und
    die Baronin sah sie entrüstet an, riss sich die Haube vom
    Kopf und warf sie ihr wütend vor die Füße, damit sie
    noch schmutziger wurde.
– Eigentlich gehört dey jetzt mir, sagte Müllerkarls Anna. –
    Wegen mir hat dey die vom Kopf gerissen.
– Ja aber eysch hab gefragt, sagte Fine und nahm die Haube
    an sich, die tausendmal schöner war als all die Kopftücher
    der armen Leute von Scholmerbach.
– So Hauben sticken dey auch in Wällershofen.
– Eysch hab noch keine gesehen.
– Eysch aber. Warte einmal, irgendwann hat dey hier jeder.
– Alles wat schön ist, sagte Finchen – alles wat gout ist …
    dat kommt immer nur von Holland.

Schließlich bemerkte sie ihren Vater Kaspar, der die Mutter in die mit Kränzen und Birkenzweigen geschmückte Scheune geholt hatte und unbedingt mit ihr tanzen wollte, ob sie wollte oder nicht. Er packte sie, schleifte sie auf den Platz und schwenkte sie hin und her. Margarete krallte sich an ihm fest und strengte sich an, den Trampeltanz mitzumachen, und weil sie nicht fortlaufen konnte, schlenkerte sie armselig mit ihren alten Beinen und Armen hin und her und schrie:

— Dou alter Simpel! Hör doch off!

Dieser Scheunentanz bekam ihr nicht, alles wurde empor-geschleudert in ihrem vom Gebären trägen und ausgemergelten Leib, niedergehaltene Schmerzen, alte Seelengeschäfte, die abgestandene Räusche aus vergangenen Festen und der Geruch lange getragener Gewänder, Kaspar warf sie herum wie den Lump am Bettelstock. Die Leute sagten:

— Sieh mal dat Margret, wie et da hängt, dat macht auch nicht mehr lang, dat fällt ja bald um.

Als Kaspar sie endlich wieder absetzte, waren ihr alle Gedärme durcheinandergefallen, der verdorbene Magen stieß ihr Saures in die Gurgel zurück, das gestockte Blut war zu schnell durch die Adern gefahren und trieb mit fauligen Blasen durch den Körper, Margarete sah im dämmerigen Licht der Scheune so blässlich grün aus wie das verblichene Heu hinter dem Wiss-balken, und sie ließ sich erschöpft auf die Bank sinken.

Kaspar sah schuldbewusst auf sie nieder und sagte:

— No, Frau, ist dir nicht gut? Und er stellte ihr einen Krug Wasser hin und machte ihr die Stirne nass, bis sie endlich wieder die Augen aufmachte und sagte:

— Dat geht schon wieder.

Hanne stand an der Scheunenwand und hielt wütend den kleinen Johann, und Rosa und Veronika saß auf dem Boden und lutschte beseligt ihren Zuckerschnapszipfel.

— Eysch will nicht immer alle Kinder schleppen!

— Doit mir leid, sagte Fine. — Aber eysch muss mir einen Schatz suchen. Der Konrad ist sowieso nicht da, da danzen eysch eben mit den anderen.

Schon kam der Wenneröder Sigmund mit seinen krummen Beinen und raffte sich Fine zum Tanz und schwenkte sie hin und her, bis ihr schlecht wurde. Lina aber tanzte mit Gottfried aus Pfeifensterz und mit Wilhelm aus Linnen und mit Balthus von Hellersberge, dann wieder mit Gottfried und dann mit Friedbert aus Wällershofen und dann wieder mit Gottfried und ringsumher tanzten die Händler und Bauern, Zigeuner und Heidenleute, ein betrunkenes Weib mit wirrem Haar, das musste aus der Frankfurter Gegend sein, alte Soldaten und die Deserteure, die sich nun aus den Löchern wagten, und die anderen, die nicht tanzten, die waren am Saufen aus Bechern und aus Krügen, und sie soffen schlimmer wie das Vieh und waren nicht mehr schön besoffen, sie waren scheußlich besoffen, sie fielen herum und standen voller Kuhdreck wieder auf, sie lachten blöde und stießen ihre Krüge um, sie soffen, bis ihnen die Brühe aus den Mäulern lief, und der Hühnerfranz aus Böllersbach, der hatte sich vollgepisst. Lina aber war alles egal, denn sie tanzte mit Gottfried, immer wieder Gottfried, der so dürr war wie Lina und bleiches dünnes Haar hatte und die Arme und Beine um sich warf und der irgendwann die Blümchen aus Linas Haaren in seinem Knopfloch stecken hatte und dessen Halstuch vom Wällerkittel um ihre Haare geschlungen war, und die haltlose Lina flüsterte im Vorübertanzen:

— Eysch hab einen Schatz, eysch hab einen Schatz, eysch hab einen Schatz!

Im trüben Licht saß Fine in der kalten Scheune und mengte mit der Hand im Eimer das warme Schweineblut, damit es nicht stockte. Die rote Brühe drehte sich in blasigen Strudeln und offenbarte das ein oder andere Gerinnsel, das Fine herausfischte und auf den Boden warf. Sie hatte den Eimer zwischen ihre Beine geklemmt und hatte schon die Arme lahm, als Bocksersch Sanne mit ihrem Weidenkorb voller Heilkräuter und Tinkturen durch das offene Tor kam und grüßte.

– Ei Fine, gemoije, eysch komm wegen der Mutter. Ihr habt ja ein schweres Muckes geschlachtet … das gibt ja einen schönen Schinken.

– Ja, wat meinst dou, wat mir noch Arbeit haben, dat Fleisch kochen und die Wurst machen, und da ausgerechnet liegt unser Mutter so schlecht. Jetzt laufen uns dey Leut' rein und raus und der eine hilft und der anner stört.

– Ja, stören will eysch net, ich will nur helfen!

– Ja, Sanne, dat ist schön, dat dou do bist. Ich muss nur noch dreimal rund, dat nicht noch Klümpchen irgendwo. Wenn dou einen Augenblick noch wartest …

Bocksersch Sanne stellte den Korb mit Tinkturen und Heilkräutern auf den Boden, setzte sich auf den Hauklotz in der Ecke und löste das karierte Kopftuch unter dem Kinn.

– Üwwerall sind se krank. Eysch komme grad von Paulinchens, dat hat ja ein Kind gekriegt, dat hat en ganz verdrehte Arm.

– Hab ich schon gehört. Dat ist ja schrecklich, ein verdrehter Arm, wie dat immer kommt. Wat verzählt man sich denn sonst noch so Neues?

– Ja, wat gibt et Neues. Det Müllerkarls Marga will den Fritz heiraten.

– Weiß eysch auch schon.

– In Wällershofen haben dey Kosaken eine Magd drangsaliert.

– Weiß eysch auch schon.

– Ach Gottchen, sagte Sanne. – Dat is doch nur eine Stund zu Fuß. Und dey haben Gäule. Wenn dey mal hierherkomme …

– Ach, sagte Finche, ich wünscht, ich wär so hässlich wie einst die Tante Helmine. Dat reicht, jetzt können mir gehen, der Mutter geht et wirklich nicht gut. Dat Fieber, eysch hoffe, dou kannst der helfen.

– Mir wollen et probieren.

Fine warf eine Handvoll Salz in das Blut, rührte noch einmal um, klopfte den rot tropfenden Stecken ab und rief nach Heinrich, dass er jetzt die gehackte Schwarte untermischen konnte, um dann den ausgewaschenen Darm damit zu füllen.

– So, Sanne, dann gehen mir mal. Et ist das Fieber, et geht einfach nicht mehr runter, die Nacht hat sey nur dummes Zeug geschwetzt, jetzt schläft sey.

– Eysch muss dey mal ansehen, gegen Fieber helfen ja Weidenrinde und kalte Umschläge, aber wenn sie dat Nervenfieber hat, dann kannst dou nur beten.

Es waren die jungen, schwächlichen Franzosen, die das Nervenfieber eingeschleppt hatten, als sie angstvoll und entkräftet durch Deutschland gejagt wurden, und nun ging es überall um, in Hellersberg war auch schon einer daran gestorben.

Fine und Sanne gingen durch die niedrige Tür zum Ern, duckten sich unter dem überhängenden Kuhgeschirr und am Feuer vorbei in die Stube, wo Margarete schweißbedeckt im Bett lag, und Kaspar saß da und hielt ihre Hand.

- Ach du heiliger Gott, sagte Sanne, – Guden Tach, Kaspar. No, da wollen wir mal sehen.
- Ach Sanne, sagte Kaspar, gout, dass dou da bist; hör mal, dat Magret atmet ja so schwer, dat ist garnicht bei sich.
- Mutter, sagte Fine, komm doch zou dir, hier ist dat Sanne, sieh mal, willst dou nicht mal dey Augen aufmachen?

Sanne stellte den Korb ab und betrachtete Margaretes Hals, ob er Flecken hatte, tastete nach der schwarzen, harten Zunge und sah den bräunlichen Schleim darauf, und sie lauschte auf den Atem, ob in seinem Geräusch ein Pfeifen lag oder ein wässriges Gurgeln, und schließlich lauschte sie an ihrer Kehle, wie der Blutschlag ging.

- Eysch gebe der Mutter mal was von meinem Kräutersaft, da ist Absinthium drin und Krausemünze und Kamillensud, sagte sie, holte ein braunes Fläschlein aus der Tasche und rieb Margarete die Brust ein. Dann zog sie ein kleines Papier aus dem Korb und es war ein Bildchen der Heiligen Klara, die in ihrer Ordenstracht mit schwarzen Strichen auf weißem Papier gemalt, die Hand zur Segnung erhob und den Blick himmelwärts gerichtet hatte.
- Bete!, zischte sie zu Fine ... – Dou musst beten!!

Fine starrte auf das Bild.

- Eysch tät gerne beten ... aber der Herrgott macht ja doch, was er will. Wenn et ihm gefällt, holt er die Mutter einfach, der lässt sich doch von mir nichts sagen ...
- Finche! rief der Vater. – Dou versündigst deysch!

Und Sanne sagte:

- So kannst dou doch jetzt nicht schwätzen!

Fine aber drehte sich bockig um und wollte die leidende Mutter mit ihrer gelblichen Haut und den aufgetriebenen Adern und ihren sich dann und wann öffnenden, grotesk glänzenden Augen nicht mehr sehen. Paulinchens Mutter war gestorben, bei Müllerkarls war die Mutter gestorben, beim Honiel war die Mutter gestorben, und so ging es immer weiter, bis der Herrgott alle Mütter davongerafft hatte, dazu ihre Geschwister, Siegfried und Matthesjen und beinahe im letzten Jahr noch Veronika mit furchtbaren Krämpfen.

Es genügte der Geruch in der Stube, so roch es immer, wenn einer starb, mit dem faulicht strömenden Atem, der kam von der aufgeregten Galle und es roch nach den eiterigen Ausschlägen der Haut. Fine wusste genau, wie es weiterging und dass Bocksersch Sanne ihr Glück umsonst versuchte mit all dem Kräuterwischen und dem kalten Essigwasser, dem Absinthium, Kamille und Kirschgeist, selbst die Heilige Klara konnte nichts ausrichten.

– Heilige Klara!, betete Finchen im Stillen. – Et ist doch wahr: wenn der Mutter die Stunde geschlagen hat, dann können mir arme Christenmenschen auch nichts daran ändern. Also wat soll eysch hey noch auf die Knie fallen? Dat ändert gar naut!

So ging sie zurück in die Scheune, wo sie wenigstens etwas schaffen konnte, und dann schalt sie Heinrich, der den Schweinedarm nicht richtig aufgeblasen hatte und ungeschickt den Blutbrei in den sich ineinandersaugenden, durchsichtigen Schlauch stopfen wollte.

– Lass meysch dat machen, dou Tölpel!

Heinrich ließ sich den Darm aus der Hand reißen und blickte verstört auf, als Fine mit schütter zitternden Hemdsärmeln die noch warmen Wurstbrocken aus dem Darm herausschüttelte, während ihr die Haare an den verschwitzten Wangen klebten.

– Darf eysch bei die Mutter gehen?

– Kannst ruhig hingehen! Et heißt, mir sollen beten! Dou weißt ja, wat dat heißt.

Heinrich verließ den Stall mit hängenden Schultern, während aus dem leeren Schweinestall Veronika und Rosa gekrochen kamen, die nun auch noch nach der Mutter riefen.

– Ihr bleibt mal do!, schimpfte sie.

Fine blies noch einmal kräftig in den Darm, füllte ihn wütend auf, drehte ihn zu einzelnen Würsten, machte einen Knoten in die Haut und hängte sie dann auf die Scheunenleiter. Die Kinder traten und schrien, bis Fine Rosa hochnahm und im Stall nach Johann schaute, den sie zum Schlafen in die Krippe gelegt hatte.

Es war kühl geworden und es fehlte ihnen das warme Herdfeuer, nur die zwei Kühe dampften vor sich hin. Wenn sie aber die Kinder mit in die Stube nehmen wollte, dann würden sie womöglich Margaretes letzte Stunde erleben und wie sie mit dem Tode rang. Da legten sie sich einfach ins Heu und Finchen nahm sie alle in den Arm und bedeckte sie ein wenig mit den stacheligen Gräsern und den vertrockneten Blumen des letzten Sommers.

Margarete aber schied dahin am bösen Nervenfieber, während Fine nicht gebetet hatte und stattdessen Blutwurst machte und nachher an den Scheunenhimmel starrte.

Stumm stand sie nun mit allen Kindern, dem Großvater, Kaspar und Sanne um das Bett der Toten umher und sie weinten und bekreuzigten sich und fassten noch ein jeder nach einem ihrer Finger.

Nun, da Margaretes Leib zerfallen sollte und ihre Seele emporstieg in das herrliche Paradies, wo sie Gott von Angesicht schaute, blieb auf Erden nur ihr übel riechender, mit Ausschlag übersäter Körper und er musste gewaschen werden, die schweißgetränkten Tücher mussten eingeweicht werden, die Leibwäsche und die Essiglumpen, Fine schleppte die Waschbütte hinaus, bevor der Pfarrer kam, und sie erbrach sich beinahe, da wollte auch sie anfangen zu beten, aber sie fühlte sich miserabel und meinte, nun brauchte sie dem Herrgott auch nicht mehr zu kommen. Die stinkenden Wäschelumpen warf Fine einfach in den Bach und über Scholmerbach begann die Totenglocke zu läuten.

Jeder wusste gleich, wer es diesmal war, der alte Frenz suchte schon mal nach seiner Schaufel, um für drei Kreuzer ein Loch auszuheben, und von überall kamen die Weiber, um Margarete ein letztes Mal zu sehen und für sie den schmerzhaften Rosenkranz zu beten.

Dabei hatte sie doch mit ihren fünfundvierzig Jahren noch ein schönes Alter erreicht nach den insgesamt zwölf Geburten.

Kaspar aber musste nun alsbald über den Kummer hinwegkommen und sich eine neue Frau suchen, der Müller und der Paulinchens hatten schließlich jeder schon seine dritte.

Das Feuer wollte nicht recht brennen, das Tannenholz schien noch feucht zu sein. Fine stochte mit dem Eisen hin und her und die alte Glut zerfiel, Fine blies hinein und das Holz glühte auf.

Wenn das Feuer nicht die Nacht durch brannte, dann wurden die Körner in dem darüberhängenden Eisentopf nicht weich, Kaspar würde Mühe haben, mit seinen drei Zähnen die Suppe zu essen, und der kleine Johann erst recht. Er lag friedlich in der aufgeklappten Bank und schlief und Veronika stand davor und versuchte, ihm ein Schlaflied zu singen:

— Eia Popeia, schlags Kickelchen tot —

legt keine Eier und frisst mir mein Brot …

Rupfen wir ihm die Federchen aus
machen dem Kindlein ein Bettchen daraus ...
Fine drehte sich um.

— Veronika, er schläft ja schon, jetzt macht ihr euch auch ab
  ins Heiabett. Hanne, stripp den mal dey Kleider aus.

Hanne aber war dabei, die alten Kleider von Margarete aus-
zuprobieren, ob ihr wohl ein Hemd passte oder ein Leibchen,
und sie wollte gerne darin schlafen.

— Dou kannst nicht in der Mutter ihr Hemd schlafen, sagte
  Fine. — Dat kannst dou aufheben für später, deines ist
  noch gout.

— Och, eysch will aber gerne damit ins Bett gehen, dat ist,
  als wär dey Mutter noch bei mir ...

— Dey ist ja noch da, dey sieht uns aus dem Himmel ...
  aber dat Hemd kannst dou später mal haben, wenn dou
  heiratest ...

— Kann eysch dann de Kopf drauflegen? Mir haben doch
  auch gar keine Kissen, so wie der Müller.

— Wat brauchen mir Kissen, keiner hat hier Kissen, dat sind
  alles Fissematenten, dann nehm et halt mit ins Bett, aber
  dann will eysch nix mehr hören, dey Plagen müssen jetzt
  ins Bett.

Hanne hielt das alte Hemd der Mutter fest an die Brust gepresst, dann knäulte sie es zusammen und brachte es nebenan
in ihr Bett.

Unter der Schüsselbank schrien die Hühner, die Heinrich
eingefangen und in die Kisten gesteckt hatte, damit sie der
Fuchs in der Nacht nicht holen konnte. Rosa versuchte eifrig, ihnen alte Grashalme in die Hälse zu stopfen, und Veronika begann mit einem Holzlöffel in den Käfig zu stechen,
bis die Hühner so schrien, dass sie Johann wieder aufweck-
ten.

– Verdammt noch mol!, schrie Fine, lasst dey Hühner in
Ruh. Dey legen uns morgen keine Eier! Zum Donner-
keil! Hört off jetzt!

Sie riss Rosa am Arm, zerrte ihr das Kleidchen über
den Kopf und schleppte sie in die Stube. Dann jagte sie Veronika hinterher und legte den schreienden Johann in Hannas
Arme.

Endlich standen alle Kinder im Hemd vor dem Kreuz
mit den Bildchen von der Heiligen Elisabeth und der Heiligen
Klara mit dem Kräuterstrauß und knieten nieder. Da sah Fine
auf einmal Lina, die zum Fenster hereinschaute und eifrig winkte,
und sie betete, so schnell sie konnte:

– Jesus meine Zuversicht
Ich steh vor deinem Angesicht
In dieser Nacht ich bitte dich,
Behüte und bewahre mich
Will Satan mich verschlingen,
so lass die Englein singen:
Heiliger Schutzengel mein
Lass mich dir befohlen sein.

Und wir beten für unsere Mutter im Himmel, für den
Großvater, für Siegfried und dat Matthesjen und für Tante
Helmine. Amen.

Lina am Fenster lachte und Fine ließ die Kinder stehen,
die nun von Hanne ins Bett gescheucht wurden und sich ein
Kopfkissen teilten aus der Mutter altem Hemd. Sie legte Johann
wieder in die Ofenbank, stopfte sein Deckchen fest, strich ihm
über die Stirn und dann sprang sie hinaus. Sie begrüßte Lina
übermütig und hockte sich kichernd mit ihr im Dunkeln auf
die Bank vor Kaspars Haus.

– Dey Schreihälse, wat dey einen plagen, eysch könnt' den
manchmal so dat Fell verhauen.

— Wat meinst dou, wat bei uns los ist, wenn man den nich paar hinter die Löffel haut, sind dey so frech wie Dreck. Eysch könnt nur fortlaufen!

— Noja, bei uns ist ja gerade erst dey Mutter gestorben … da kann eysch die nicht auch noch verkloppen …

Es roch herüber von den Brennnesseln am Bach, vom Honiels kam der süßliche Geruch trocknender Branntweinmaische und unterm Zwetschgenbaum rochen noch einige faulige Früchte. Sie hören den Lärm aus der Schenke, in dem sich Kaspar mit allen Männern des Dorfes jeden Abend betrank, irgendwo draußen lief Heinrich noch herum und versteckte sich mit den anderen Jungens vor dem Nachtwächter, der schon alt war und krumme Beine hatte und jede Stunde mit der Laterne seine Runden lief.

Lautes Mädchengelächter kam von Schustersch Lene, da war heute Spinnstube, und Fine beugte sich vor, um etwas aufzuschnappen und um zu sehen, ob die jungen Kerle um Lenes Fenster herumstanden.

— Lina, willst dou heut nicht in die Spinnstub?

— Nein, eysch will heut nicht spinnen …

— Ei warum dann, alle Mädchen gehen in die Spinnstub, hör mal, wat dey lachen, eysch will auch lachen, lass uns doch gehen! Danzen darf eysch in der Trauer nicht, aber spinnen …

— Dou weißt doch, Finche, wenn eysch immer hingehe, dann wollen dey ja auch mal bei uns Spinnstube halten … und dou weißt doch, wie et bei uns aussieht … der Vater …

Fine schwieg betreten, während sie den Klängen der Nacht lauschte und doch zu gerne einen Schnaps in der Spinnstube getrunken hätte und mit den anderen gelacht, bis sie von der Bank fiel. Auch wenn ihr von den Kerlen unter dem Fenster keiner gefiel, so gefiel ihr aber das Gelächter und in Scholmerbach lachte man gerne und lachte man laut.

– Sey mal, Lina, beim Gretchen machen mir auch nie Spinnstube. Dey haben lauter kranke Kinder und dey Altmutter vorm Feuer liegen, und bei Wilhelms haben wir auch noch nie gesponnen. Dou kannst doch nichts dafür! Jetzt gehen mir einfach, und dann trinken mir einen!

– Ja, wenn der Pfarrer nicht kommt!

– Der kommt nicht!! Heute nicht!

– Eysch weiß nicht. Finche, eysch hab so ein altes Kleid.

– Ach! sagte Finche, dou kannst meine Schürz' drübertun! Dann sieht dat keiner! Und weißt dou was? Mir haben noch dey Kleider von meiner Tante Helmine, dey hat noch ein gutes Mieder und einen ganz schöne Rock, dey war doch in Stellung!

Lina aber nahm Finchens Hände und krallte sie fest, ihr bleiches Gesicht strahlte fiebrig im Mondenschein und ihre Augen glühten, während der Schatten des Zwetschgenzweiges vor ihrer Stirn tanzte.

– Finche, eysch heirate!!!

– Dat es doch nich wahr!!

Fine versuchte sich zu freuen und fühlte sich zugleich jämmerlich verlassen, sie musste schlucken und entwand sich Linas mageren Griffeln, die sich in ihren Arm gebohrt hatten.

– Allmächtiger, wen willst dou dann heiraten?

– Den Gottfried, den Gottfried vom Viehmarkt, weißt dou, der aus Pfeifensterz!

– Bist dou verrückt geworden, dou hattst zou vill gesoffen an dem Tag, man muss doch nicht den Erstbesten heiraten!

– Finche, dat es die Leyb, aus tiefstem Seelengrunde, unsre

Herzen schlagen zusammen und mir können der eine ohne den anderen nicht mehr seyn! Sonst sterben mir.

— Dou willst doch wohl nicht nach Pfeifensterz gehen, wat will mer dann in Pfeifensterz???

— Nein, Finchen. Der Gottfried ist Tagelöhner und eysch gehen mit dem, als Schnitter in den Goldene Grund. Da kann man was verdiene, nicht viel, aber hier verdienen mir garnichts, mir haben schon alles beschlossen!

Fines Kopf sank herunter und ihre Hände vergruben sich in der Schürze.

— Tagelöhner, da kommst dou doch wieder auf keinen grünen Zweig.

— Der Herrgott wird uns schon helfen. Der Gottfried kann auch in den Steinbruch gehen und eysch kann in Stellung gehen.

— Kannst dou nicht! Wenn dou verheiratet bist, kannst dou kein Dienstmagd sein!

— Mir wollen ja auch Schnitter sein, dann sin mir immer zusammen.

Fine seufzte. Ein Hungerleider und noch ein Hungerleider und nichts im Hause zu fressen. Wenn der alte Minsch einmal tot umfiel, dann konnte Lina ja mit Gottfried im Haus sein, aber auch ohne den Minsch waren sie fünfzehn Leute.

— Dou musst nicht traurig sein, sagte Lina. — Dou findest auch einen Kerl.

— Eysch will keinen. Eysch wollte immer den Konrad und der ist nicht mehr richtig ...

— Der Konrad? Nein, Konrad kannst dou nicht mehr nehmen ... wat macht der dann jetzt eigentlich?

— Der sitzt abends immer im Haus beim Feuer ... und schwätzt irres Zeug ... mir können ja mal sehen, eysch kann dir den zeigen!

Da liefen sie barfuß durch das Dorf und den Weg hinauf zum Trippelborn, wo das Haus der Zimmerleute stand.

Fine und Lina stellten sich auf die Zehenspitzen, kletterten dann auf einen Stein und sahen durch das Fenster Konrad mit seinen Locken bei dem Alten sitzen, wie er stier in die Flamme sah und in langsamen Bewegungen mit dem Messer an einem Löffel schnitzte.

Der Alte sagte etwas, das sie nicht verstanden, und auf einmal sprang Konrad auf, trat in die Feuersteine, dass die Funken flogen und der Alte fing an zu schreien:

– Bist dou noch zu retten? Mir können doch keine Funken schlagen, dou brennst uns ja det Haus ab. Wenn da en Funke of det Strohdach kommt, dann es alles verlorn! Et ist gerade erst halb Rotemich abgebrannt!

Aber Konrad hörte nicht auf zu schreien und lief hin und her und hielt sich den Kopf und trat gegen den Tisch, dass die Kerze beinahe umstürzte und dem Alten wurde es offenbar angst und bang.

– Seyhst dou? sagte Fine. – So geht dat schon lang. Der hat richtige Anfäll!

– Et wird ja immer schlimmer!, sagte Lina. – Der hält sich immer den Kopf, vielleicht hat dem einer da reinge- schossen oder reingestochen mit dem Bajonett. Kopf- schmerzen hat der! Wat meinst dou, wat der erlebt hat in dem blöden Franzosenkrieg. Et ist so schad, sieh mal. Wat der so schöne Augen hat und so weiße Zähne und so auf- recht, wie der geht. Der war so lustig früher.

– Mit dem kannst dou keine Kinder mache, dat hat kein' Zweck.

– Man weiß nicht, wat mer machen soll.

– War denn der Doktor mal bei dem oder dat Bocksersch Sanne?

– Gewiss. Aber dat Bockersch Sanne konnt unserer Mutter ja auch nich helfen.
– Ja, wenn ihr Zeit um war?? Dein Mutter war auch schon fünfundvierzig! Aber der Konrad ist noch jung, da müssen mir wat machen!
– Ei wat dann?
– Dat selbe wie mit unserer Kuh! Der hat auch die Sanne geholfen, erst dat Maul mit Salmiak ausgewaschen …
– Dat muss doch der Kuhhirt machen!
– Dat kann det Sanne auch!
– Ja, sollen mir jetzt dem Konrad dat Maul mit Salmiak auswäschen?

Fine fiel beinahe vom Stein und musste sich an der Ladenklappe festhalten, und sie machten einen solchen Lärm, dass drinnen der Alte beunruhigt zum Fenster sah, während Konrad allmählich ruhiger wurde, sich auf die Bank legte und den Kopf umklammerte.

– Nein!, flüsterte Lina. Aber dat Sanne kann besprechen!
Fine erschrak.
– Besprechen?!? Dat is doch verboten, dat will der Pfarrer nicht, dat ist heidnisch!
– Ach, dat beichten mir wieder, mir sagen einfach, mir haben … geschwätzt! Der Herrgott weiß dann schon Bescheid und der Konrad muss doch irgendwie heilen, dou brauchst doch auch einen Mann und dou und der Konrad, ihr gehört doch zusammen, dat spürt man doch!
Da schwieg Fine. Die beiden gingen durch das Dorf zurück und grüßten den alten, scheelen Nachtwächter, der nicht mehr viel sah und hörte, keine Wölfe, keine fortgelaufenen Soldaten, keine Ehebrecher, keine Vagabunden und keinen Aufruhr jeglicher Art, um ihn der Obrigkeit zu melden.
Fine zögerte:

– Wenn man sowas macht … muss dann der Konrad nicht dabei sein? Und ist dat denn nicht nur für Tiere gut?

– Wat für Tiere gut ist, dat ist auch gut für den Mensch! Mir müssen nur irgendwas von dem haben, ein Sacktuch oder ein Haar, irgendwas!

– Ja, wie soll eysch dat dann kriegen? Und wenn ich dat habe, wird dat Sanne dat überhaupt beim Menschen machen?

Lina zuckte die Schultern.

– Müssen mir fragen.

Von Schustersch Lene drang erneut das aufgeregte Gelächter der Mädchen durch die Nacht und Finchen sah hinüber.

– Sollen mir nicht doch spinnen gehen? Eysch hörn richtig, wie sich dey Spinnräder drehen … Mir müssen doch dahin!

– Eysch muss nicht mehr in die Spinnstub!, sagte Lina. – Eysch bin doch jetzt versprochen. Eysch bin eine Braut!

Durch die Nacht drang das Geklapper der Trittbretter von den Spinnrädern und durch das Fenster sah man die Spulen tanzen. Irgendwo hustete ein alter Mann, Kinder schrien und beim Honiels klangen alte Soldatenlieder durch die offene Tür. Fine mochte nicht ins Haus zurück, es war alles still darinnen und die Kinder schliefen.

Der Nachtwächter schwenkte die Laterne und sang brüchig und schräg:

– Hört, Ihr Herrn, und lasst euch sagen, unsre Glock hat zehn geschlagen, zehn Gebote setzt Gott ein, gib, dass wir gehorsam sein. Menschenwachen kann nichts nützen, Gott muss wachen, Gott muss schützen.

– Eysch will noch nicht heim, sagte Fine. Da tanzten Lina und Fine den Hopser über die Straßen, den der Heens August ihnen beigebracht hatte, auf das viel zu langsame

Nachtwächterlied und sie konnten sich nicht halten vor Lachen und sie sprangen schließlich um Schustersch Lenes Haus, bis sie am Ende doch noch in der Spinnstube landeten, und da schwatzten sie und sponnen und lachten die halbe Nacht.

Als der Tag heranbrach, wälzte Fine sich aus dem Strohbett, und schlug mit der flachen Hand auf Hannes Ohr, aber Hanne schlief so fest, dass sie nur aufstöhnte und sich dann auf die Seite drehte in ihrem ganz verrutschten Hemd.

Fine glaubte etwas gehört zu haben, ein Fluchen oder das Brechen von Holz, es war noch so dunkel, dass sie kaum etwas sah. Draußen schien sich etwas zu regen und sie glaubte erst, es sei Paulinchens Hund oder der Marder, der sich auf dem Hof durch den Zaun gebissen hatte. Womöglich der Fuchs!

Vielleicht hatte sie auch geträumt in ihrem betäubten Schlaf mit dem Geschmack von abgestandenem Kartoffelschnaps, der ihr noch im Hals klebte. Wieder hörte sie es rascheln und entdeckte, dass im Zaun ein Stück weißglänzendes Fleisch hing, und davor machte sich einer zu schaffen und Fine begriff, dass es das eingelegte Fleisch war aus dem Pökelfass, der Vorrat für den ganzen Winter.

– Vater!, – flüsterte sie halblaut – Vater!

Einer schrie in einer fremden Sprache. Die Kosaken! Es waren bestimmt die Kosaken, die alles aus den Häusern räumten, was ihnen gefiel, oder die Brandenburger, die in Wällershofen lagen, irgendwann war Wällershofen leergefressen und dann zogen sie über die Dörfer und holten sich auch die Mädchen!

– Sie kriegen uns, sie kriegen uns!, schrie Fine, raffte Veronika aus dem Bett und zerrte Hanne unter dem Strohsack heraus und hielt ihr den Mund zu. – Rasch – mir müssen uns verstecken!!

Kaspar hatte schon sein altes, rostiges Bajonett aus dem Krieg ergriffen und stellte sich ans Fenster, wo doch der »Bauernführer« den Leuten riet, bei Plünderungen still zu sein und keine Gegenwehr zu leisten und freundlich den Soldaten zu Diensten zu sein. Aber Heinrich war an Kaspars Seite gesprungen und oben hörte man den Großvater poltern. Fine rannte mit den Mädchen in die Scheune und wühlte sich mit ihnen tief unter das Stroh, während nebenan die Kühe sie mit einem trägen Muhen gleichgültig verrieten.

Veronika jammerte vor Angst und schnappte unter dem stechenden, finsteren Heu nach Luft, aber Fine zischte:

– Dou musst det Maul halten und wenn dou verreckst! Dey machen uns dot, dey machen uns dot!

Da jammerte Veronika nur noch leise und Fine presste sie an sich, während Hanne vor Angst so laut atmete und keuchte, dass jeder sie hören musste, der in den Stall hineinkam.

Nach einer langen Weile hörten sie unten im Dorf am Brunnen etwas scheppern, als ob ein Fass von einer Mauer fiel oder ein Wagenrad zerbrach und Männerstimmen schrien aufeinander ein. Dann war der Schultheiß deutlich zu hören, und der Hanjokeb, der schrie:

– Hau ihm in die Fresse!! Der braucht nur Dresche, und zwar ordentlich!

– Ja, hau ihm aufs Maul!!

Ein Krawall und ein Handgemenge, mit dem dumpfen Schlag auf mattes Zeug, es klang, wie wenn sie abends aus dem Honiels kamen und besoffen aufeinander einschlugen. Fine wagte es, sich aus dem Heu zu schaufeln und Heinrich kam herein und sagte:

– Et is nur ein Vagabund, der wollte klauen …

Ein Vagabund also, ein Vagabund aus den Wäldern, dem der Hunger stierende Augen gemacht und Brandschwären in die furchigen Züge gejagt hatte. Sein staubiges Wams bot kaum Schutz, als der Müllerkarl und der Schuster auf ihn eindroschen und ihm die gestohlenen Brote und die Würste wieder abnahmen, bis die alte Lene sagte:

— Jetzt hört doch off, et ist doch nur ein armer Teufel und ein Hungerleider, ihr braucht ihn ja nicht halbtot zu hauen …

— Der kann doch froh sein, wenn wir nicht den Gendarmen holen!, sagte der Schultheiß.

Der Mann aus den Wäldern hielt sich den Kopf und kein Laut kam von ihm, nur ein Ächzen, wenn ihn ein schwerer Schlag traf, und dann taumelte er ein wenig und ein Tropfen Blutes fiel in den Straßenstaub.

— Jetzt komm, et ist doch nur ein armer Christenmensch, meinte die Fau vom Schuster.

— Ein Heide ist das, gewiss ein Heide!, schimpfte der Paulinchens.

Doch er konnte es nicht verhindern, dass Lene ihm schließlich hinterherlief und ein Stück Brot zusteckte, als er sich Richtung Linnen trollte.

In der Morgenstille klangen die hässlichen Flüche und die Schläge noch eine Weile auf dem Dorfplatz nach, bis schließlich die Leute nach Hause gingen, um ihre Kühe zu melken. Der Nachtwächter hatte von alledem nichts mitgekriegt, denn er hörte nicht mehr gut und seit vier Uhr war sein Dienst beendet und er schlief seinen wohlverdienten Schlaf.

— Eysch weiß et nicht, wo der herkam, eysch weiß et wirklich nicht.

Heinrich hatte schon das Fleisch hereingeholt und abgewaschen und wieder in das Fass zurückgelegt.

— Der ist durch dey Stalltür gekomme und oben am Balken
hat der alle Bretter rausgebroche … der Zaun ist auch
kaputt.

Fine schürte das Ernfeuer und hängte eine Biersuppe über
das Feuer und brockte altes, hartes Brot hinein. Dann stellte
sie eine Pfanne auf drei Beinen über die Glut und röstete
Gerste für einen wohlschmeckenden Kaffee. Hanne wusch
sich in der Waschschüssel das Gesicht und Veronika in ihrem
schmutzigen Kittelchen versuchte, die Krüge auf den schweren
Holztisch zu stellen. Schließlich setzten sich alle und bekreuzigten sich.

— Komm, Herr Jesus, sei unser Gast und segne, was du uns
bescheret hast! Und danke, dass du uns in dieser Nacht
vor Schlimmerem bewahrt hast. Amen.

Sie bekreuzigten sich nochmal und begannen zu früh-
stücken.

— Der Stall kann nicht so bleiben, sagte Kaspar.

Schon seit einiger Zeit war der Balken über der Türe
morsch und die grob angenagelten Bretter wehten im Westerwälder Wind wie klapprige Blätter in einem hölzernen
Tanz, es konnte nicht lange dauern und sie würden sich los-
reißen und einen Scholmerbacher erschlagen, der vorüberging.

Es war ein Leichtes gewesen für den Vagabunden, durch
die Löcher in den Stall zu steigen und von da ins Wohnhaus
und ebensogut hätte er durch die Scheune kommen können, wo in der Wand ein ganzes Lehmgefach herausgebro-
chen war und es manchmal hereinregnete und das Heu faulig
wurde. Kaspar schien sich nicht mehr so recht um alles zu
kümmern, und der Großvater lag auch nur noch im Bett und
wurde blind und wünschte sich, seiner Tochter bald in das
himmlische Paradies zu folgen. Doch wenn er auch nach und

nach die Kraft verlor und das Essen nicht mehr bei sich behielt und die Luft ihm die Lungen nicht mehr füllte, starb er doch nicht.

Es wurde Zeit, dass ein neuer Wind wehte und jemand sich um die Hauserling bekümmerte, vielleicht eine neue Frau für Kaspar. Aber Margarete lag erst ein Vierteljahr auf dem Kirchhof und Kaspar schien es zu mühsam, über die Dörfer zu fahren und nach einem anderen Weib Ausschau zu halten, so ging alles seinen gewohnten Gang. Man musste sich fügen und alles nehmen, wie es kam, und wie es der Herrgott schickte, der am Ende aller Tage das Paradies für einen offenhielt.

– Et muss ein neuer Balken über die Stalltür, sagte Fine.

– Dey Bretter kann eysch annageln, sagte Heinrich … aber dat Gefach muss der Zimmermann machen. Neue Riegel brauche mir auch.

– Dann soll der Konrad mal rüberkommen, sagte Kaspar.

Fines Herz begann laut zu klopfen und sie verbrühte sich an dem heißen Dreibein, das sie nun für den Kaffee am eisernen Rahn aus dem Feuer schwenkte.

– Eysch denke, der wär nicht mehr richtig, sagte Heinrich.

– Der war im Krieg! Dat weiß nur einer, der auch schon im Krieg war, wat dat heißt. Jetzt muss der wieder zu sich komme und alles vergessen. Dey Zimmerleute haben ja vielleicht noch Holz.

Die Zimmerleute hatten auch nicht mehr Holz als die anderen Leute. Doch als die Hütte vom Schäfer Matthes zerfiel, hatten sie sich dort die noch guten Bretter und Balken geholt und konnten so das Fachwerk bei Kaspar ausbessern und den Dachbalken ersetzen.

– Et ist ein schweres Handwerk, sagte der alte Balthus, wenn et kein Holz mehr gibt, mir müssen bis Wennerode und bis Weilburg fahren, um dat zu ersteigern, wie will man denn da schaffen und Häuser bauen; mir können nur flicken und reparieren.

– Ja, sagte Fine. Mir armen Bauersleut, wat will man machen?

Und sie sah zu, wie Konrad ganz fröhlich und so wie früher auf das Dach kletterte und Heinrich ihm die Säge und den Hammer anreichte und das alte Stroh entfernte.

– Vielleicht wird der ja doch nochmal, entfuhr es Fine.

Balthus hatte es aber gehört und zuckte die Schultern.

– Er hat gute Tage und er hat schlechte Tage. Man muss dem Herrgott danken, dass er aus der Schlacht von Teplitz wieder heimgekehrt ist und dass wir ihn nicht verloren haben. Mehr kann man nicht wollen.

Es war ein guter Tag. Geschickt schlug Konrad den morschen Balken aus der Nut, seine Wangen waren gerötet und die Löckchen flogen bei jedem Hammerschlag. Es schien sogar, als lachte er zu Fine herüber und dann nahm er einen Schluck Wasser von ihr, während sie ängstlich darauf schaute, dass er nicht das Gleichgewicht verlor, oder seine Stimmung umschlug und er mit dem Hammer nach ihnen warf oder ein Loch ins Strohdach trat. Aber nichts dergleichen geschah, Konrad hatte den Stall schon fertig, aber auf dem Dach klaffte noch ein großes Loch. Doch bevor er sich daranmachte, kletterte er herunter und ließ sich zu Mittag von Fine eine Wurstsuppe, Wasser und einen Branntwein bringen.

Aufgeregt setzte sie sich auf das alte Wagenrad, während er auf dem Hauklotz saß, und Konrad sagte:

– Ouh, dat riecht aber gut … man braucht ja wat Warmes bei der Arbeit im Freien.

– Dat hast dou gut gemacht, Konrad ... jetzt kann keiner
  mehr so rasch bei uns ins Haus einbrechen ...

Konrad tauchte den Löffel in die Suppe und aß ordentlich
und zwinkerte ihr zu, dann fing er an, sich mit dem Löffel-
stiel am Kopf zu kratzen, und drehte den Löffel schließlich um
und kratzte mit der Hand weiter, bis er das Gesicht verzog und
so heftig zudrückte, dass durch die blonden Locken Blut si-
ckerte. Erschrocken sprang Fine auf, riss sich das Kopftuch von
den Haaren, hielt seine Hand weg und presste das Tuch auf die
Wunde.

– Ei Konrad, dou bist doch ein Dolles, warum machst dou
  dat dann??

Konrad hielt still und schien auf einmal rührselig zu werden
und sagte:

– Danke, Finche ... et ist nur so ... eysch hab da oben
  manchmal so Schmerzen ... dat macht meysch verrückt ... et kommt immer wieder ... so schlimme
  Schmerzen da oben ...

– Bist dou dann von irgendwat getroffen worden in der
  Schlacht ... ? Oder vom Tier gebissen ... oder irgendwat, dat muss doch von woher kommen?

Aus dem Stall kam Balthus von seinem Mittagsmahl und
hob die Hände, als wollte er etwas beschwichtigen oder ab-
wenden, aber es war schon zu spät. Der Druck auf die Wunde
schien Konrad unerträglich zu werden und er begann zu
schreien:

– Dou deine Finger weg, fass mich net an ... weg da!! hau
  ab!! Lass mich in Ruhe!!!!

– Und er schlug ihr den Arm weg und sprang auf und Fine
  schrie:

– Eysch hab dir doch nur helfen wollen! Dou grober Säu-
  kerl. Jetzt hast dou mir wehgetan!!

– Eysch kann et nicht leiden, eysch kann et nicht leiden, eysch kann KEINEN leiden!!

Er hielt sich den Kopf und stürzte hinaus und ließ Finchen mitsamt seinem Vater vor dem offenen Scheunendach stehen.

– Dann geh doch, dou Misthund, dou Krüppel, eysch hat dir gar nichts getan!!

Sie rannte schluchzend in den leeren Schweinestall und ließ sich an der salpeterverschmierten Wand niedersinken, als Kaspar ihr schließlich mit schweren Schritten folgte und sie sacht aufs Kreuz schlug, wie einen alten, lahmen Gaul.

– Vergiss ihn einfach, Finche, den kannst dou nicht mehr ändern … et gibt noch so viel andere in Scholmerbach und überall. Souchst dou dir einen strammen, gesunden Kerl, dou findest schon einen.

– Eysch wollte den ja gar nicht, weinte Finchen. – Et is nur, weil der nach mir geschlagen hat!

– Jaja, sagte Kaspar. – Eysch weiß jo.

Fine wischte sich mit dem Tuch durch das Gesicht, und als sie hineinschaute, fand sie zwischen Rotz und Tränen auf einmal Konrads Blut. Konrads Blut in ihrem Kopftuch. Sie versteckte es rasch in ihrer Schürze. Wer weiß, wofür es gut war. Sie musste überlegen, nur überlegen, ein Tropfen Blut, den wollte sie aufheben und sie ärgerte sich nur, dass sie vorher noch in das Tuch geschneuzt hatte.

Lina und Gottfried feierten Bettelmanns Hochzeit.

In Minschens altem Haus, wo der Geißfuß die krummen Wände umschlang, als wollte er es in den Grund hineinzerren, hatten sie einen Kranz um die Tür gewunden und darunter stand das Brautpaar in schwarzem Glanz und Myrthenkranz.

Aus ihrer dürren Brust glühten sie vor Glück und das Glück strahlte über das schäbige Gemäuer hinweg und vertrieb die Gespenster von Hader, Schmutz und bösen Worten. Der helle Sommer hatte ihnen den Tisch gedeckt und unter der Linde hatte die alte Minsch Krüge von frischem Wasser und dünnem Bier hingestellt, Kranzkuchen und Kringen und Eierkäse und Hühnerbeine und Rübenmus.

Die Gäste hatten schon vor der Kirche ordentlich Branntwein getrunken und nun waren sie froh, hier draußen zu sitzen, und auch der Pfarrer hatte unter dem Baum Platz genommen und Lindenblüten fielen auf seinen kahlen Kopf.

Fine saß mit Hanne an der Ecke vor dem Hühnerstall und sie hörten das Gegacker der Hinkel, die man am Leben gelassen hatte und die nun über den vergessenen Säueimer und den kahl gefressenen Boden voller weißer Kalkhäufchen stolzierten. Der Minsch hatte ums Haus herum alles liegen lassen, alte Wagenräder, eine zerbrochene Deichsel, einen rostigen Kessel, verrottete Seile und die Überreste eines alten Schafspferches, aus dem die Brennnesseln wuchsen.

Heeus August hatte sich vor die Scheune gestellt und spielte heute für umsonst, und schon beim ersten Takt des Liedes begann Gottfried seinen langen Arm auszustrecken und bat seine dürre Braut zum Hochzeitstanz auf den Hof.

So hatte man in Scholmerbach noch keinen tanzen sehen. Gottfried, der schmale Geigenranzen, und Lina im geflickten Brautkleid mit dem alten Rock von Helmine aus Metternich sprangen wie die Geißen immer rundherum und hoben die Beine und schwenkten sich umeinander in einem einzigen Rausch. Lina lachte und ihr Kopf fiel in den Nacken und sie hob ihn gleich wieder und umschlang ihren Gottfried.

Die Leute von Scholmerbach mussten sich den schon beinahe gottlosen Hochzeitstanz ansehen und gleichzeitig wollten sie das Fressen schon anfangen und schielten immerzu nach dem alten Minsch, ob er wohl schon beim Brauttanz von der Bank fiel oder wie lange er sich heute noch halten konnte. Es waren nur die Hälfte der Leute gekommen, weil ihnen die Feier zu schemperlich war und weil sie nichts hielten vom heruntergekommenen Minsch und weil sie dachten, es komme sowieso nichts auf den Tisch. Aber es sollte keiner denken, dass nicht auch Minschens eine schöne Hochzeitsfeier halten konnten und den Tisch reichlich decken, und der Brautvater stand aufrecht und tapfer und schüttete jedem so viel Wasser und Bier in die Krüge, dass ihm sein Sträußlein vom Revers hineinfiel und die Krüge überliefen.

- Fress nicht so viel!, zischte Fine Hanne zu. Dey müssen noch wat übrig behalten.
- Aber den Eierkäs' hast dou doch gemacht! Den kann eysch doch essen!
- Dann iss. Aber denk dran, dey haben zwölf Kinder und nach der Hochzeit sind dey noch ärmer! Wer weiß, wieviel Schulden dey haben!
- Selber schuld, sagte Hanne und nahm sich noch einen Kringen und kaute mit vollem Mund. Eysch mache dat mal nicht so, dat eysch jeden Bissen zählen muss. Eysch gehen fort wie die Tante Helmine! Dann suchen eysch mir einen feinen Bursch in Kobelenz! Dann muss eysch hey nicht immer im Stall in der Mistbrühe stehen!
- Dat geht nicht, sagte Fine.
- Warum nicht??

Fine betrachtete Hanne, die mit ihren dicken Zöpfen und roten Wangen an ihrer Seite saß und so viel Kuchen verdrückte, wie sie nur konnte. Mit einer hübschen Schürze und ein paar Schuhen war sie bestimmt ein sehr schönes Dienstmädchen.

— Dou bist erst zehn Jahre alt! Und dou musst helfen und nach den Kindern sehen. Et fehlt die Mutter daheim.

— Der Vater ist bestimmt froh, wenn eysch mal Geld verdiene!

— Hanne, dou bleibst mit dem Arsch daheim, dat sag eysch dir jetzt schon.

— Wieso dann, dey Kinder kannst dou nehmen!

— Ja aber nicht ewig! So viel Schisslumpen wie eysch schon gewaschen habe ... dann haben sey Hunger, dann sind sie krank ... immer dat Geschrei!

Hanne verschüttete eine halbe Tasse Kaffee über der Schürze und wischte sie mit dem Ärmel trocken.

— Dou bist so ein Tölpel, sagte Fine. — Wenn dou als Dienstmädchen mal dat Geschirr so rumschmeißt, dann werfen dey dich gleich raus.

— Eysch werde aber doch Dienstmädchen. Oder Küchenmagd. Oder Wäscherin in der Karthäuser Krankenanstalt, dat soll auch gut sein. Eysch will mal was sehen von der Welt.

— Da fließt noch viel Wasser den Bach runter, bis et so weit ist. Mach erst mal dey Schul fertig!

Fine musste von dem dünnen Kaffee und dem Bier mal in den Stall gehen und die Röcke heben, da sah sie vor sich den gepackten Handwagen mit den armseligen Siebensachen von Gottfried und Lina, die am nächsten Tag in den Goldenen Grund von Limburg ziehen wollten, um als Schnitter die Ernte einzufahren, und es schnürte ihr das Herz zusammen vom Abschiedsschmerz. Im ganzen Land stand nun der Hafer hoch und golden und man musste die Kinder herausprügeln, die sich gerne darin versteckten. In Scholmerbach hätten sie auch gerne so schöne große Felder gehabt, aber wenn einer starb, so wurde das Land zwischen all seinen Kindern aufgeteilt und die Flecken wurden immer kleiner, immer erschöpfter, immer kränker, bis nur noch einige Gräser darauf wuchsen. Wenn Fine aufs Feld ging, so las sie an den Weidehecken ein paar Kartoffeln und am Urles ging sie mit der Sense durch ein paar Gerstenhalme und dann musste sie hinüber zum Haselbacher Feld, wo sie einen Grund hatten, so groß wie ein Schweinestall, da wuchsen die Kappesköpfe für das Sauerkraut.

So konnte keiner zu was kommen, aber bislang waren sie immer noch satt geworden, außer beim Minsch, der alles versoff, und der sich mit der Hochzeit noch Schuld dazu aufgeladen und so viel Schweinebraten mit Sauerkraut aufgetischt hatte, dass der Schultheiß ihn nachher schalt, der ihm doch aus der Armenkasse immer wieder ein paar Gulden auszahlte, die er dann fröhlich dankend in den Honiels trug.

So kaute jeder an dem Braten herum, der die Minschens weiter in den Abgrund trieb und sie aßen Kuchen mit dem weißesten Mehl vom Bruchmüller bei Ellingen und jeder, der einen Anstand hatte, brachte ihn kaum herunter und sparte beim Kauen und die, die sich an Minschens Untergang ergötzten, die fraßen sich den Ranzen voll und soffen wie die Schweine.

Lina war scheinbar alles gleichgültig, sie tanzte in ihrer seligen Verzückung und sah die Herrlichkeit ihres zukünftigen Lebens in den Weizenfeldern vor sich wie das Paradies und alles Wasser, das sie dabei tranken, war köstlicher als der Wein und ihre Lagerstatt unter dem Himmel sollte immer von den schönsten Sternen beschienen sein und der Rausch in Mohn und Blaublumen sollte sie in ein immerwährendes Liebesglück versetzen, sodass sie anderntags zum Sensen mit schwachen Beinen auf das Feld taumelten, noch trunken von ihren köstlichen Geheimnissen, die sie keinem verrieten.

Seufzend sah Fine zu ihnen hin und konnte ihr schwülstiges Geschmachte nicht mehr ertragen und weil es nun ohnehin alles nichts nützte, aß sie auch noch den weißen Kuchen mit Rübenmus und zur Feier des Tages gab es sogar richtigen Kaffee aus fernen Ländern, aus der schönen Dose vom Kolonialwarenhändler mit dem Mohren drauf, der Kleider hatte aus allen Farben dieser Welt.

August hatte all das schon gesehen, die Schiffe, die die Dosen brachten, und er hatte Zimt und Kardamon gerochen und Pfeffer und Zitronen und Nelken, er war in allen fernen Häfen gewesen, so weit fort, dass man es nicht glauben konnte.

Als August seinen Fiedelbogen senkte, um einen Schluck zu trinken, ging Fine zu ihm hin und sagte:

– Wie kommt dat dann, dat dou dieses Jahr nicht in die Ferne gegangen bist, da ist et doch bestimmt schöner als hier?

– Noja, Finche, sagte August und beugte sich zu ihr hin und in der breiten Nase hatte er eine kleine Kerbe und sein Hut war ihm in den Nacken gerutscht.

– Der Schultheiß hat meysch gefragt, ob eysch dey Schule mache, der Säuhirt wär kein guter Schulmeister und et soll jetzt sogar Schule im Sommer geben! Dat haben dey Franzosen noch so verfügt, und eysch muss mir dat überlegen.

Fine schüttelte den Kopf. Schule im Sommer! Die Idee war so verrückt, das konnte sie gar nicht glauben. Da mussten die Kinder doch aufs Feld und Vieh hüten! Außerdem hörte sowieso keiner mehr auf die Franzosen, Napoleon hatte einen Furz im Kopf und sie hatten ihn an das Ende der Welt geschickt! Niemals, niemals würde es Schule geben im Sommer! Aber wenn der August Schulmeister werden würde, dann konnte man bestimmt viel lernen.

– Noja, dou bist ja gescheit, sagte Finchen … Ihr habt ja sogar Bücher daheim!

August lachte und verscheuchte ein paar Fliegen, woraufhin eine Biene herbeisummte und sich auf seinem Arm niederließ.

– Drei Bücher, Finchen, drei.

– So viel! Wat dann für welche?

– Den Eulenspiegel, die Genoveva und die Geschichte vom gehörnten Siegfried.

– Noja, da kannst dou jo vielleicht draus vorlesen in der Schul. Aber dat dou dat all gelesen hast! Dat könnt eysch net. Eysch kann beim Krämer lesen, wat der auf den Schildern stehen hat, und auch ein paar Gebote im Katechismus, aber en richtiges Buch, dat ist schon allerhand.

– Et gibt so schöne Bücher, Finchen, wenn mer einmal angefangen hat mit Lesen … dann kann mer nicht mehr aufhören … man wird so viel gewahr davon.

– Och, sagte Finchen. … Bei uns kann keiner so richtig lesen, der Heinrich wird bald zwölf, dann ist der auch fertig mit der Schule. Weißt dou wat, dou kannst den doch mal mitnehmen, wenn dou wieder auf Reisen gehst.

– Ei Finchen, eysch bin Musiker, da muss der wat spielen lernen. Besser ist, wenn der bei einem Händler mitgeht, wie bei dem Kiezenbaron oder einem Seifenhändler oder Fuhrmann … da kann der wat verdienen.

– Wat verdienen??? Da sag eysch dem gleich Bescheid, dat der fortgeht.

August setzte den Hut ab und ließ sich auf die Stufen nieder und Fine setzte sich einfach dazu.

– Da musst dou erst mal einen finden, der den auch gut behandelt. Und wer soll dann denn bei euch dat Brunnenwasser schleppen und dey Kühe führen und den Flachs brechen …

Fine überlegte. Der Großvater war zu nichts mehr nütze und Kaspar saß jeden Abend beim Honiels und kam besoffen nach Hause und am nächsten Tag schmerzten ihn alle Knochen. Der junge Heinrich war ein guter Arbeiter, aber die Früchte der Felder machten sie alle kaum satt und es gab keinen Verdienst.

– Am liebsten tät eysch mitkommen. Eysch kann doch singen!

August lachte. – Dou kannst singen, dou kannst danzen, aber dey Straßen sein gefährlich für ein junges Mensch wie deysch. Dann gerätst dou an einen, der deysch schlecht behandelt. Für dey Straß muss man geboren sein. All dey wiederkommen, seyn frech und machen keine Stallarbeit mehr, da werst dou schnell zou einem richtigen Luder!

Der Pfarrer Vinzenz drehte sich um und hatte alles mitgehört und er wischte sich die klebrigen Lindenblätter vom Kragen und sagte:

– Finche, dou bist ein gutes Mensch. Wat gefällt dir dann hier nicht? Ihr habt Haus und Hof und Grund, dat ist ehrbar! Bleyb besser hier und such dir einen Schatz, dat ist doch viel besser!

– Ach Herr Pfarrer, seufzte Finche. – Eysch wollt schon gerne einen Schatz, aber hey gefällt mir keiner.

– Und einer aus Linnen?

– Gefällt mir nicht.

– Und einer aus Ellingen?

– Gefällt mir nicht.

– Und aus Hellersberge und aus Pfeifensterz oder Böllersbach oder Wennerode?

– Will ich net.

Da kam Bocksersch Sanne herüber und hatte in ihrem Korb ein Kräuterkränzlein mit Johanniskraut, Weideröschen, Rosmarin und Lavendel, das den jungen Brautleuten Glück bringen sollte und das sie sich über das Brautbett hängen wollten, damit es die bösen Geister vertrieb und sie immer gesund blieben und viele Kinder kriegten.

— Eysch weiß, wen dat Finche will!, sagte Sanne und lachte.

— Sag nichts!, kreischte Fine, packte sie am Arm und zerrte sie hinter den Geißbartbusch am Stall. Dou weißt, dat der bekloppt ist, eysch will net, dat alle über meysch lachen!

Sanne senkte die Augen und blickte in ihren Korb, von dem sich schon einige Flechten gelöst hatten und der voller duftender Kräuterkrümel war und Fine an die letzten Tage der Mutter Margarete erinnerte.

— Dat tut mir leid, Finche, aber et kann sich alles noch ändern!

— WIE dann???

Lina löste sich endlich aus ihrem ewigen Brauttanz, raffte den Rock und kam zu ihnen herübergetrampelt.

— Ei, Finchen, mei best Freundin! Hast dou schön Bier getrunken und viel gegessen? Dou sollst auch glücklich sein, dou sollst auch heiraten! Sanne, dou musst helfen!

— Wollen mir nicht erst den schönen Kranz über dein Brautbett hängen?

Lina raffte den duftenden Kranz an sich, tauchte ihre Nase hinein und drückte ihn selig an ihr Herz.

— Ihr seid all so gut zou mir, so gut! Wat ein herrlicher Tag! Ach Sanne, ihr seyd mir dey Liebsten von ganz Scholmerbach!

August und der Pfarrer Vinzenz lachten, als Lina, Finchen und Sanne verschwanden, in der vollgestopften Bauernstube, wo sie zwischen der Schüsselbank und dem Sauerkrautfass in der Ecke das geschmückte Brautbett fanden, mit Linas abgeschnittenen Mädchenzöpfen zu einem Herz gewunden und Margaritenblüten ringsumher.

— Mir stellen den Kranz einfach auf dat Brett hey. Eysch hab doch keinen Nagel.

— Der fällt bestimmt noch runter die Nacht!

Sie kreischten vor Lachen und dann holte Fine etwas unter der Schürze hervor.

— Eysch hab auch noch wat für deysch!

Und sie schenkte Lina das schneeweiße, frisch gewaschene Häubchen von der Frau des Kiezenbarons und wollte es ihr später auf den Kopf setzen, wenn Lina ihr Jungfernkränzchen warf.

— Dat is ja so schön. Finche, dat ist so schön. Eysch danken dir so; so ein schönes Häubchen hat keine von Scholmerbach, keine! Mit Stickerei und Spitze! Eysch sein dey Schönste vom ganzen Dorf!!

— Dat bist dou auch, Lina, dou bist dey Schönste.

Draußen begann schon der alte Minsch zu grölen und Reden zu schwingen und seine Worte drangen durch das offene Fenster in den tanzenden Staub über dem Hochzeitslinnen mit den Zöpfen und den Blütenblättern.

— Wo schlofen dann dey Kinder heut Nacht?

— Im Heu!, kicherte Lina. — Dey kriegen Bier, dann schlofen dey gut!

— Eysch wünschen dir so viel Glück!, sagte Fine. — Für dein ganzes Leben!

— Dou musst auch Glück haben, Finche! Eysch will dat! Komm, mir machen watt!! Sanne … dou musst den Konrad besprechen, eysch hat dir dat schon gesagt, Finche, hast dou wat von dem Konrad … en Lock oder en Löffel oder irgendwatt?

Fine packte verstohlen in ihr Leibchen und zog das ver-
klumpte Kopftuch voller Rotz und Blut und Tränen heraus.

– Eysch hab BLUT!, flüsterte sie.

– Ouh, sagte Sanne, dat geht am besten!! Aber eysch kann
dat net machen. Der Pfarrer sitzt draußen, der kann dat
nicht leiden, dat wär unchristlich. Der will noch nicht
mal mein Kräutersträußlein haben. Dat wär Aberglaube!
Eysch darf auch nicht ins Leutgeschwätz kommen. Sonst
verliern eysch Kundschaft!

– Ach wat, sagte Lina. – Dou kriegst sogar noch viel mehr
Kundschaft!

– Wenn eysch mich versündige!! Eysch komme in die
Hölle!

– Dou versündigst dich net, dou heilst einen armen un-
glückseligen Christenmenschen! Da kann der Herrgott
nicht böse sein, der hot dir die Gabe gegeben und dann
kommst dou in den Himmel!

Sanne seufzte. Aber sie wollte auch keinem Glück im Wege
stehen und womöglich half es und sie wollte vorher noch einen
Rosenkranz beten.

– Eysch kann et etz nicht machen, mir machen dat um
Mitternacht, da sind alle besoffen und merken dat nicht
und der Pfarrer liegt längst daheim of seinem Strohsack!

– Gout! Gout!! Dann machen mir dat so! Aber et darf keiner ein Sterbenswort verraten!

Sie schworen sich, ihr Geheimnis zu bewahren, und gingen
wieder hinaus in die Sonne, und bald tanzte Lina wieder mit
ihrem Gottfried und sie starrten sich an mit glühenden Augen
und wenn sie so weitertanzten, fingen ihre flächsernen Kleider
Feuer und brannten wie Zunder.

Die Hochzeitsgesellschaft aber hatte angefangen sich vollzusaufen, denn dafür waren ja alle gekommen und der Minsch prahlte damit, dass er den größten Schweinebraten auftischen ließ für die prächtigste Hochzeit vom ganzen Dorf und dass ihm nichts zu schade war für die gute Lina. Schon immer hatte er gewusst, dass seine Älteste ihr Glück machen wird und ihm nun gewiss viele Enkelkinder schenken, die eines Tages für ihn sorgen würden, denn die Tage auf dieser Erde sind gezählt und und es dauert nicht lang, und eines Tages holte sie alle der Teufel von diesem Erdengrund.

Und darüber wurde der Minsch traurig, so todtraurig, wenn er an sein eigenes Ende dachte, was er sich miserabel und mit Höllenflammen vorstellte, dass er zu weinen anfing und sich mit einem weiteren Krug Bier tröstete.

So tranken und sangen und feierten sie bis in die Nacht hinein und das Schöne war, dass sich bei Minschens keiner sonderlich benehmen musste und sie die Sau rauslassen konnten, und sie fielen über Tische und Bänke, rülpsten und schwadronierten und rannten ein ums andere mal hinters Haus und pinkelten in den Geißfuß, der davon noch besser wuchs, der Geißfuß selber schien sich mit seinen haltlos schweifenden Zweigen in einen Rausch zu wiegen, und seine hohen weißen Blütengesichter leuchteten durch die Nacht.

Um Mitternacht endlich stahlen Fine, Sanne und die Braut sich fort an den Scholmer Bach und versteckten sich in einer Lichtung von mannshohen Brennnesseln, während vom Honiels herüber wie von der Hochzeitsgesellschaft gleichermaßen Geschrei und Gesang herüberdrang. Fine holte das blutbefleckte Tuch heraus, sie legten es auf einen Stein und dann schworen sie sich noch einmal strengstes Schweigen, tauchten ihre Finger in das gluckerne Nass und bekreuzigten sich.

Sanne legte die Hände auf das Tuch und sprach:

Alle stehen hinter mir
ich streichel mit milder Hand die Wunde
mit nasser Hand das Herz
mit kalter Hand den Schmerz.
Was ich sehe, das vergehe,
was ich streiche, das erweiche,
Dou Böses fall ab!
Dou Kopfschmerz weiche,
reit' auf einer Leiche,
auf dem Fluss der Zeit davon.
Im Namen des Vaters,
des Sohnes und des Heiligen Geistes.

Sanne pustete dreimal über das Taschentuch, und Fine und Lina pusteten auch und sie bekreuzigten sich nochmal. Mit glänzenden Gesichtern hingen ihre Köpfe beieinander und Lina mit ihrem Brautkranz mittendrin. Dann starrten Fine und Lina Sanne an, als müsste noch was kommen, und so schloss Sanne die Augen und flüsterte:

– Ich geh in Jesu Gärtelein,
Da steh'n drei schöne Blümelein;
eine heißt Parille, eine Jesus Wille und Konrads Weh steh stille.
Im Namen Gottes, des Vaters, des Sohnes und des Heiligen Geistes!

So bekreuzigten sie sich ein drittes Mal, verharrten in tiefem Schweigen und starrten noch immer auf das Sacktuch, als sei es von einem heiligen Zauber umfangen. Schließlich nahm Fine es wieder an sich und stopfte es voller Andacht in ihr Mieder.

– Danke, Sanne, flüsterte sie. – Ob et hilft oder net, aber irgendwat wird passieren, eysch spüren dat!

Der Himmel schien ihnen zu antworten, ganz hell und zitterig leuchtete es über das ganze Firmament und sie erschreckten freudig, bis auf einmal eine Wolke über den Mond glitt und der Bach aufhörte zu leuchten und es ganz finster wurde.

    – He!, rief Fine. – Haben mir jetzt doch gehext und dey
       bösen Geister gerufen??

    – Eysch rufen keine bösen Geister!, sagte Sanne. – Eysch
       rufen nur gute! Dat ist einfach ein Gewitter, weil et so
       schwül war heute!

    – Eysch muss zurück!, flüsterte Lina und raffte sich auf …

    – Eysch muss noch mein Kränzchen werfen!

Kaum waren sie in den Hof zurückgelaufen, als sich der Himmel nun ganz und gar zuzog, der Wind kräftig blies und ein schrecklicher Donner heranrollte.

    – Dat bist alles dou schuld!, schrie gerade die alte Minsch
       und wollte ihren vollgesoffenen Ehemann und Brautva
       ter am Kragen packen und ihn in den Stall werfen. – Do
       enieh! Wer sich benimmt wie Vieh, der kann auch liegen
       wie dat Vieh!

Aber der Himmel hatte alle Schleusen geöffnet und es schüttete wie aus Eimern, sodass sie nur noch die restlichen Schinken und den Käse fortschafften und sich in die Scheune flüchteten und von dort sahen, wie sich das Unwetter über die Felder ergoss, über alle Felder von Scholmerbach. Und der Regen wütete und der Wind hauste gegen die spärlichen Halme und über die ausgefressenen Äcker, er ersäufte die Kartoffeln und vernichtete die gesamte Ernte von Linnen, Hellersberg und Scholmerbach in einer einzigen Nacht.

Aus allen Häusern traten die Leute hervor und ließen sich stumm nassregnen und sahen die Zerstörung all ihrer Arbeit und wussten, was nun folgte – ein weiterer elender Hungerwinter.

– Et regnet hier, flüsterte Lina. – Aber et regnet gewiss nicht im Goldenen Grund.

Und die alte Minsch dachte, dass Regen am Hochzeitstag die Tränen bedeuteten, die in der Ehe flossen. Doch Lina nahm ihren Myrthenkranz, hielt ihn hoch und warf ihn trotzig und fröhlich in hohem Bogen Fine zu, die sich, noch immer lahm vor Schrecken, nach ihm bückte und den Schlamm von seinen Blüten wischte.

Die Scholmerbacher aber betrachteten ingrimmig den Regen und die Blitze und den Donner und all ihre vernichteten Felder und sie hoben die Fäuste zum Himmel und streckten die Zungen heraus und die Männer schlugen den Weibern auf den Hintern und sie schrien:

– Leck mich am Arsch, etz feiern mir erst recht! August, spiel! Dey Musik soll weitergehen! Kreuzdunnergewirrer!!

August schüttelte sich die Tropfen aus dem Haar, doch dann nahm seine Fiedel wieder auf und sie sangen aus vollem Hals das Wildsaulied und tanzten in den Scheunen und auf den aufgeweichten Straßen dem Herrgott zum Trotz und soffen und feierten umso fröhlicher, bis der Morgen kam und einen lichten Schein über die Verwüstung warf.

Und eine schreckliche Stille herrschte im Dorf.

Die Straßen waren schlammig, und alle Felder waren bedeckt von trostlosen, fauligen Ährenfächern. Das ungemolkene Vieh schrie und alte Weiberlein weinten und beteten. Wer zu sich kam, der glaubte, dass es ihm den Schädel zerbrach und dass ihm vom übel stinkenden Schnaps nun die Zunge aus dem Maul und die Augen vor den Kopf quollen. Wer sich gekloppt hatte, glaubte, ihm sei das Fell über die Rippen gezogen worden, und wer gestern beim Honiels gewesen war, der fand keinen Kreuzer mehr in der Tasche.

Das Geld war versoffen, das Korn war kaputt, die Säue waren aus Scholmerbach verschwunden. Paulinchens Anna versuchte, die zerknickten Haferhalme auseinanderzuzerren und zu trocknen, der Dapprechter Jakob betrachtete stumm die Löcher im Strohdach und der Schultheiß saß seufzend daheim und zählte die letzten Kreuzer in seiner Armenkasse.

Mitten im Dorf unter der Linde aber saß Konrad ganz alleine, mit einem ungläubigen Staunen und einem seltsamen Strahlen im Gesicht. Immer wieder fasste er sich an seinen Kopf und als sei ihm ein Wunder geschehen stand er auf und hätte beinahe den Baum umarmt, den es so geschüttelt hatte, dass Zweige zerbrochen waren. Konrad war, als sei es der erste Tag der Welt, so herrlich und so als ob man alles neu begreifen könnte und als ob nun sein Leben erst begann. Er fühlte sich so frei, so frei und unbeschwert, als seien tausend Dämonen aus seinem Kopf herausgezogen, nicht einmal die Narbe von der Büchse der Preußen in der Teplitzer Schlacht konnte er ertasten, ja, er konnte sich an keinen Krieg mehr erinnern. Alles, was er fühlte, waren ein unendlicher Frieden und eine ungekannte Seligkeit.

Fine sah ihn vom Fenster aus und sie wusch sich das Gesicht, steckte sich eine gebrochene Margerite an den Busen und watete auf hohen Holzpantinen durch den Schlamm zu Konrad hin.

– No?, sagte sie. – Geht dir dat besser?

Und Konrad sah sie an und nickte glückselig.

Übers Jahr waren Konrad und Fine verheiratet und kriegten rasch drei, vier, fünf, sechs, sieben Kinder, und weil Hanne nach Kobelenz in Stellung gegangen war und Kaspar nie mehr heiratete, nahm Fine auch alle Geschwister auf und hatte irgendwann dreizehn oder vierzehn Kinder zusammen. Weil Wällershofen im Funkenflug halb abgebrannt war und achtundzwanzig Häuser dem Erdboden gleich waren, durfte Konrad als Zimmermann so viele Häuser mit den herrlichsten Fachwerken bauen, dass er auch sich selbst bald ein neues Haus bauen konnte mit zwei Stockwerken und sieben Kammern und einem Bett für sich alleine und einem Stall für fünf Kühe und einem Zimmerplatz davor.

In diesem Haus an der Bach mit dem Tröpfelborn wohnten Konrad und Fine, die zueinanderhielten in guten wie in bösen Tagen und beisammenbleiben wollten, bis der Herrgott in seinem unermesslichen Ratschluss einen von ihnen zu sich nahm.

1833

Am 15. August 1833 wurde Bettchen geboren im schönen Fachwerkhaus vom Zimmermann Konrad Hinz und seiner Frau Josefine, als elftes Kind oder als siebentes von denen, die noch lebten.

Fine trug ein herrliches blaues Kleid aus Baumwolle mit Blümchen und Streifen und eine reich verzierte Haube mit unterm Kinn gebundenen glänzenden Bändern, als sie Bettchen zur Taufe trug. Das Kind hustete nicht und weinte nicht, es hatte keine roten Augen und keine gilbliche Haut, keine viel zu große Stirn und keine eingefallene Brust; es schien ganz und gar gesund zu sein und vielleicht lag es an dem Wunder, das im gleichen Jahr in Scholmerbach geschehen war. Dieses Wunder verbreitete sich langsam, sehr langsam und über das Jahrhundert hinweg im ganzen Westerwald und es kam ausgerechnet aus Wällershofen, von dem man keine Wunder erwartete. Genauer gesagt hatte man das Wunder in Gershausen im Feuer geschmiedet und es war gusseisern und es hieß: Herdplatte. Als Konrad mit seinem Gaul und dem Wagen von Gershausen wiederkehrte und das schwere schwarze Ungetüm herbeibrachte, ahnte keiner, wie sehr es das Leben der Leute im Dorf verändern sollte.

Der Maurer Kurt aus Linnen hatte Stein um Stein um das ewige Ernfeuer gemauert und als die Mauer das Feuer vollständig umschloss, legten sie mit fünf Mann die Herdplatte darauf und das Wunder geschah. Der Rauch, der über Jahrhunderte ihre Kleider durchdrungen hatte und ihre Hälse gereizt, ihre Lungen erstickt und die Augen entzündet und gerötet hatte und ihre Gesichter und Wände mit schwärzlichem Ruß bedeckt hatte, musste sich nun in einem dicken Rohr versammeln und durch die makellos gehämmerte Rundung in den Schornstein verschwinden, wo er schließlich in den Himmel aufstieg.

Eine Helligkeit kam durch die kleinen Fenster herein und durfte sich im Inneren verteilen, nie hatten sie so eine frische Luft gehabt und so klare Augen; alles Röcheln verschwand und bei Heinzens, Paulinchens und beim Dapprechter Wilhelm, die sich die Herdplatte leisten konnten, hörten alle auf zu husten und zu pfeifen, zu rascheln und zu schniefen und keiner hatte vorher gewusst, dass man so leben kann, in einer so herrlichen Luft, dass es von den nahen Wäldern und Feldern ins Haus hineinduftete und nicht nur nach Rauch und Kühen und Schweinen stank. Alles war heller geworden und klarer und jedes Gesicht war jetzt so sauber und frisch, nur die verquollenen und verschurften Hände behielten schwärzliche Risse vom Ruß.

Bettchen sollte das wohl ansehnlichste und sauberste von allen Kindern werden, die Konrad und Fine gezeugt und geboren hatten, und doch machten sie sich nichts aus ihm, denn es war ja nun schon das elfte Kind und nur ein Säugling und noch kein rechter Mensch und der Herrgott mochte sie sowieso gleich wieder heimrufen. Erst wenn das Kind ein oder zwei Jahre alt war, konnte man vielleicht ein Herz an es hängen und auch mal einen Doktor rufen, wenn es krank wurde. Kein Arzt von Wällershofen oder Wennerode würde sich auf den Weg machen für ein Kind, das noch nicht einmal zwei Jahre alt war. Also legten sie Bettchen in die Ofenbank wie alle anderen zuvor und Konrads Tante Berta mochte sie auf ihren Knien schaukeln und ihr Lieder vorsingen, wenn Fine aufs Feld ging und Konrad auf dem Zimmerplatz stand und seinen

Söhnen beibrachte, wie man Balken sauber verkantete, sodass sie ein Haus zusammenhielten für hundert Jahre und noch länger.

Es war ein gutes Jahr, in 1833, auch wenn Johann und Veronika, Rosa, Fritz, Gretel, Minna, Friedrich, Karl, Matthes, Konrad, Großvater Balthus und Tante Berta so viel fraßen, dass der neue Herd von morgens bis abends glühte und so viel Kartoffeln und Hafermehl und Schweinespeck und Brot herbeigeschafft werden mussten, dass man nur den vollen Topf auf den Tisch stellte, aus dem sie alle mit der Gabel aßen.

In ganz Scholmerbach wurden Kinder geboren, Kinder über Kinder und allmählich war es den Leuten zu schwer geworden, immer neue Namen für sie zu suchen, und so tauften sie die Mädchen nur noch Anna und die Jungen nur noch Johann und irgendwann gab es dreizehn Annas und einundzwanzig Johanns und wenn sie in der Schule mit Namen gerufen wurden, dann sprangen alle aus der Bank.

Der gute Herzog Adolph hatte dafür gesorgt, dass nun alle Kinder in die Schule gingen, sommers wie winters, und keine einzige Anna durfte fehlen, sonst gab es Schläge am anderen Tag, und der Bauer musste eine Strafe zahlen von drei Kreuzern. Das verstand aber niemand, denn die Feldarbeit war schließlich wichtiger als die Schule und nun sollten die Kinder so viel lernen, dass es ihnen gar nicht in den Kopf hineinging. Der neue Schulmeister aber kam extra von Hadamar und hatte ein Lehrerseminar gemacht in Marienberge, und es war mit ihm nicht gut Kirschen essen. Minna, Friedrich und Gretel hatten schon seine Rute auf dem Hinterteil spüren müssen und sie weinten dem Heens August hinterher, der ihnen so herrliche Geschichten von der Genoveva erzählt hatte und der nun wieder mit der Fiedel durch die Lande fuhr und erst zu Martini

wiederkehrte, um dann beim Honiels seine Geschichten zu erzählen.

Der neue Schulmeister war so dünn wie ein Zwirnsröllchen
und als Zuchtmeister gefürchtet, denn er hatte eine neue Ordnung mitgebracht, die den Scholmerbachern eine Anstrengung abverlangte, die nicht mehr ganz im Rahmen erschien,
wenn man sich das unnütze Kindervolk betrachtete.

In der Schulbank hingen die Kinder doch nur herum und
konnten daheim bei der Arbeit nicht ersetzt werden. Das
konnte man nicht recht verstehen, und man war zornig auf den
neuen Schulmeister, der nicht von hier war und noch mehr
Fürze im Kopf hatte. Auf einem weißen Blatt hatte er es an die
Schultür beim Backhaus genagelt, sodass es jeder lesen konnte.

Fine beugte sich vor und las mühsam:

– Alle Kinder müssen sofort aufstehen, wenn der Schul-
  meister den Raum betritt.
– Es sind von den Jungen immer Ruten zu schnitzen aus
  Weidenholz, die morgens auf dem Lehrerpult liegen.
– Es ist verboten, faulen Käse in den Schulraum mitzu-
  bringen.
– Alle Kinder haben gewaschen und gekämmt zu erschei-
  nen.
– Die Kleidung darf geflickt sein, aber sie muss ordentlich
  und nicht zerrissen sein.

Das war schon unerhört und man konnte darüber ins
Nachdenken kommen, ob der gute Herzog und die Geistlichkeit es wirklich gut mit ihnen allen meinte und was sie sich dabei gedacht hatten.

Paulinchens Grete stand am Brunnen und war ganz rot vor
Zorn, als sie den Eimer aus dem Wasser zog.

– Jeden Tag wäschen und kämmen schon morgens vor Tag!!
Muss eysch dann dey Kühe stehen lossen und erst jedes

Kind traktieren und dem in der Frühe schon dey Haare
ausreißen? Unser Kamm hat doch nur noch fünf Zinken!
Wann sollen mir dat dann all machen?

– Ja wat glaubst dou, wat uns passiert ist??, rief Schlossens
  Maria. – Der hat unsern Johann nach Haus geschickt,
  weil er in sein Hemd gerotzt und die Tafel mit Spucke
  abgewischt hat!!

– Der kann doch froh sein, dat mir dem überhaupt eine
  Tafel kaufen konnten, da soll der doch zufrieden sein!

– Wat so einer verlangt! Kommt daher von Hormer und
  will uns wat erzählen! Mir hatten uns immer schön selber
  'Schul' gehalten, et war alles gut! Man kann doch nicht
  mehr als rechnen und schreiben, wofür soll dat dann all
  gut sein?

– Eysch geb den noch ein Sacktuch mit aus Spitze und mit
  Parfüm!

– So ein Dolles, so ein Hollefernes! En bisjen Rotz hat
  doch noch keinen gestört!

Am Brunnen waren sich alle einig, dass es genügte, wenn
man sich alle zwei Wochen in das Waschfass stellte und
schrubbte, denn wer sollte denn all das Wasser warm kriegen,
und im kalten Wasser konnte man sich im Winter nicht waschen, wenn einem schon die Hände erfroren und man an den
in Lumpen gewickelten Füßen Beulen kriegte. Als aber der
Schulmeister von Hormer eines Tages beim Bauern Pitt vor
der Tür stand und drei Kreuzer von ihm wollte, weil die Kinder bei der Heuernte geholfen hatten, statt in die Schule zu gehen, da war der Bauer so wütend, dass er beim Honiels den
ganzen Abend trank und fluchte und schließlich lief er mitten
in der Nacht unter allseitigem Gejohle aus der Wirtschaft,
holte einen Eimer Kuhmist und kippte ihn dem neuen Schulmeister vor die Tür.

Die Frau des Schulmeisters hatte ihn aber gehört und war ihm im Nachthemd hinterhergelaufen und schimpfte und drohte, da kam der besoffene Wilhelm und hob ihr hinten das Nachthemd hoch, dass die Männer vom Honiels ihren nackten Hintern sehen konnten.

Das war zu viel für den kleinen, zierlichen Schulmeister, und verbittert schrieb er dem Herzog einen Brief, dass es kaum möglich sei, diesem widerständigen und ungehorsamen Volk von Scholmerbach ein wenig Sitte und Anstand beizubringen und dass er und seine Frau tätlich angegriffen worden seien und der Schmach preisgegeben. Es dauerte nicht lange und er packte seine Siebensachen, nahm Frau und Kinder und zog wieder fort.

Da kam ein neuer Schulmeister von Dreissenbach, aber auch er verlangte, dass die Kinder sich wuschen und kämmten und ihre Kleider geflickt waren, und es war einfach ein Kreuz. Und irgendwann gaben es die Scholmerbacher auf. Sie mussten sich in ihr Schicksal fügen und die Wünsche des Herzogs und der Geistlichkeit erfüllen, so wie alle Leute ringsumher in Linnen, Hellersberge, Ellingen, Wennerode und Pfeifensterz, die nun auch ihre zahllosen Annas und Johanns in die Schule schicken mussten und sie kämmen und waschen an jedem Tag, den der Herr erschaffen hatte.

Der gute Herzog Wilhelm war bedacht um seine Untertanen und wollte sie nicht nur klüger machen und sauberer, er wollte sie auch lehren, das Land besser zu bestellen, um eine reiche Ernte zu erwirtschaften, mit Roggen aus den Walachen oder Pfannengerste aus türkischen Landen. Daran musste man die Leute gewöhnen unterm teutschen Himmelsstrich. Er wollte ihnen beibringen, wie sie Apfelbäume pflanzen sollten und Birnbäume, damit auch die ärmsten Dörfer im Westerwald von den herrlichsten Früchten dieser Erde kosten durften. Äpfel und Birnen, Birnen und Äpfel, Äpfel und Birnen … der Herzog träumte von blühenden Bäumen und Chausseen von einem Dorf zum anderen, die am Wegesrand dufteten und die Wanderer beglückten und in jedem Herbst die Körbe füllten mit leuchtend roten und gelben Früchten.

Unglücklicherweise hatten die Scholmerbacher die Worte des Herzogs in den Hessisch-Nassauischen Intelligenznachrichten nicht gelesen, und wenn sie sie gelesen hatten, dann nicht recht begriffen. Sie konnten sich nicht vorstellen, irgendetwas anders zu machen als bisher und sie hielten es für besser, einfach alles so weiterzumachen, wie man es kannte. Alles andere verflüchtigte sich in ihrem Schädel wie der Wind in den Weidehecken oder das Rascheln der Mäuse im Laub.

Der Herzog aber nannte sie allesamt Dickköpfe und unbelehrbar und meinte, sie seien von einer gewissen geistigen Schwerfälligkeit. Es fehle dem Westerwälder zwar nicht an Witz und Schlagfertigkeit, doch wenn ihm als Tagelöhner oder Händler in der Fremde eine gewisse Landläufigkeit und Bildung zuteilwürde, so bliebe sie doch nicht an ihm haften. Sobald er wieder daheim auf seiner Scholle sei, schüttele er alles ab als etwas Äußerliches.

So musste also der Gendarm kommen und jedes Dorf zwingen, hinter dem Backhaus eine Baumschule anzulegen, die der Lehrer und Küster mit seinen Schülern pflegen sollte, bis die ersten Setzlinge heranwuchsen und an die Wege gepflanzt werden konnten.

Fines Bruder Heinrich war der Einzige, der über die Worte des Herzogs im Nassauischen Intelligenzblatt nachgedacht hatte und eines Abends einige verkümmerte und abgesoffene Triebe aus der Baumschule mit nach Hause genommen hatte und hinter Kaspars Haus setzte, in dem er nun mit dem alten Vater, seiner Frau Maria, deren loslediger Schwester und zwei Kindern namens Anna und Johann lebte.

Im ersten Jahr gingen alle Triebe ein und Heinrich konnte nur zwei Zweiglein retten, die er wieder in den Boden setzte, und im nächsten Jahr waren sie schon geschossen und verkündigten mit einigen mickrigen Knospen großartige Blütenträume. Als aber im dritten Jahr die Bäumchen erste Früchte trugen und hart und golden ein paar winzige Birnen und verwachsene rotgrüne Äpfel aus den kleinen Blätterschatten traten, da brach Heinrich sie von den Zweigen und anstatt sie seiner Frau Maria zu bringen, rannte er hinüber zu Fine und legte sie ihr stolz auf den Tisch.

– Ist nicht möglich!, staunte Fine. – Wie hast dou dat dann fertiggebracht! Äppelcher und Birncher! Nein, wat sind dey schön!

– Dey darfst dou zuerst probieren.

– Eysch?? Dat es aber schön von dir.

Fine schloss die Tür, denn von diesen köstlichen Früchten sollte keiner etwas abhaben. Es war ihr schon zuviel, dass alle unentwegt fraßen und ihr am Rockzipfel hingen. Sollten die Plagen doch gebratene Kohlraben fressen, diese herrlichen Äpfel und Birnen waren nur für sie allein.

– Och, sagte Fine. – Hey die ist noch ganz hart, und dat Äppelchen, ja, dat musst dou, glaube ich, noch länger in der Sonne lassen, mir können dey auch braten und kochen, dann werden dey süß! Aber hey, mhmm, ist dat süß, sowas Gutes, ei, Heinrich, iss dou auch eines!

Die herrlichen Birnen und Äpfel waren ein einziges Wunder, niemand hatte daran geglaubt, dass man selbst einen Baum pflanzen konnte, der auch noch Früchte brachte, statt dass man sie beim Krämer-Franz oder in Wennerode kaufen musste. Nie hatten Fine und Heinrich sich so reich gefühlt und alle, die es in Scholmerbach sahen, mussten sich wundern und vielleicht war es doch nicht so verkehrt, wenn man manchmal den gütigen und weisen Ermahnungen des Herzogs folgte. Er meinte es ja nur gut mit seinem Volk und sie alle waren glücklich, dass er zurückgekehrt war nach der Vertreibung durch die Franzosen und wieder in Freuden regierte auf dem Weilburger Schloß.

Es waren nun noch drei Äpfel und Birnen übrig und Fine hielt sie in ihrem Baumwollrock vom Wenneroder Markt mit den schönen Blumen und Streifen.

— Darf eysch die behalten?, fragte Fine.

— Ja, Finche, sagte Heinrich. — Dey seyn für deysch. Teil dir die gout ein!

Aber sobald Heinrich draußen war, holte sie Bettchen aus der Bank und ging mit ihr hinunter zu Lina, die nun mit Gottfried und ihren drei Kindern in Minschens altem Haus wohnten.

Der alte Minsch hatte sich längst totgesoffen und die alte Minsch war am Herzschlag gestorben und nun lebten sie hier zwischen den alten, krummen Wänden, wo der Lehm aus den Gefachen bröckelte, der Boden gestampft war und die Schüsselbank in der Küche beinahe von der Wand fiel und lauter angestoßenes Geschirr trug.

Gottfried arbeitete nun im Steinbruch vom Jammertal und weil er so schwer trug an den Steinen und weil er den Hammer kaum heben konnte und so kraftlos niederschlug, gab ihm der Pächter nur einen Gnadenlohn und behielt ihn aus Gutmütigkeit und wegen der armen Lina.

Lina aber war es zufrieden und sie verstand den armen Gottfried, der seine schwachen Lebenskräfte im Goldenen Grund verschleudert und aufgebraucht hatte, dessen Brust sich nun nach innen senkte und dem nur noch ein Schnaps half, sich ein wenig aufzurichten.

– Et hat nicht jeder so ein Glück wie eysch, sagte Lina, – ein Mannskerl, der meysch nie schlägt und immer gout ist zou mir. Der Herrgott hat ihm nicht so viel Kraft gegeben und doch geht der jeden Tag in den Steinbruch und müht sich, Finche, der müht sich, dat weiß der Herrgott allein.

Fine seufzte und stopfte dem suchenden Bettchen den Honigzipfel wieder in den Mund.

– Ja, Lina, dat weiß eysch auch. Aber meinst dou nicht, deine Buben sollten mal um dat Haus herum en bisjen aufräumen? Dat is doch in einem Tag passiert und hey oben müsst ihr dey Mauer mal ein bisjen ausbessern, wenn et kalt wird im Winter, da bläst et doch rein und friert.

– Ach Gott, Finche, sagte Lina und drehte sich zum offenen Feuer, wo die Gerstenkörner im Topf brieten, sie wollte Fine einen Kaffee machen. – Wenn der Gottfried von der Arbeit kommt, dann fällt der gleich um. Wie soll eysch den dann für dey Arbeit anhalten, der arme Mann. Und meine Buben sind noch so klein, dey können dat auch nicht richtig. Vielleicht im andern Jahr.

Fine musterte die trockene Lehmspreu, die sich vom Balken gelöst hatte; durch das Loch in der Wand sah man ein Stück des blauen Herbsthimmels dahinter.

– Eysch schicken dir mal den Konrad, der kann dir dat mal ausbessern, der kennt sich doch aus mit dem Fachwerk.

– Ja, seufzte Lina. – Dou hast einen guten, starken Mann, der kann immer helfen. Da hast dou Glück gehabt.

– Ohne deysch hätt eysch den Konrad nie gekriegt, Lina,

ohne deysch und dat Bocksersch Sanne … dat werde
eysch dir ewig danken … sey mal, wat eysch dir mitgebracht hab! Äpfelcher und Birn!

Linas Augen wurden riesig und sie konnte es nicht glauben.

– Wo hast dou die denn her? Vom Krämer-Franz? Der hat
jetzt sogar Zitterone!

Fine schüttelte den Kopf und sagte stolz:

– Dey sind von unserm Heinrich, der hat dey gezogen of
eigenen Bäumen.

– Nit menschenmöglich!, flüsterte Lina voller Bewunderung. – Wie der dat gemacht hat! Eysch glaub, eysch
gebe eines unserem Annachen, dat hat schon Zähncher …
komm, Annachen! Komm her!

Anna kroch hinter einem Stapel Holz hervor und kam in
ihrem bräunlichen Schürzchen auf allen vieren zu Lina und
Lina strahlte über das blasse Gesicht und die Nase trat schon
genauso schmal und blau hervor wie beim alten Minsch, und
sie hob Anna auf ihren Schoß.

– Es et nicht ein schönes Kind … mit so schöne Löckchen
und so schöne Äugelein, dat muss eysch doch durchbringen, Finche, dou hast so viel gesunde Kinder und mir
sterwen dey als. Dat eine an Schwindsucht und dat ander
am Fleckfieber, eysch weiß garnicht, warum meysch der
Herrgott so straft.

Und sie begann ein wenig zu weinen und Finchen dachte
an die kleinen Särge, die Konrad zusammengezimmert hatte
und in denen Linas unglückliche, blassen Kinder lagen mit
bläulichen Lidern, geschmückt mit Tausendschön und Ver-
gissmeinnicht. Die Kirchhofshügel von Scholmerbach blühten
und blühten immerzu und Fine versuchte, Lina zu trösten, und
meinte:

– Et sin doch Engelein, Lina, dey seyn doch froh da oben

beim Herrgott und den wachsen schöne Flügelchen, dey wachen über dey Geschwister und dey waren doch noch so klein, Lina, et waren doch noch keine richtigen Menschen.

— Aber eysch hatte dey doch lieb, nun schlafen dey in der Erde.

— Den Weg mussten mir all gehen, Lina, mir sind sie doch auch gestorben, der Herrgott wollt dey gerne bei sich haben! Mir müssen et hinnehmen, ohne zu murren wider den Herrn, sonst kommt et vielleicht noch schlimmer. Aber hey, jetzt gib mal dem Annachen ein Äpfelchen und dou isst auch eines, damit dou bei Kräften bleibst. Und wenn dey Bäume vom Heinrich groß gewachsen sind und mir viele Äpfel und Birnen haben, eysch verspreche dir, Lina, dann bringen eysch dir jedes Jahr eine große Schüssel voll.

Anna griff nach einer Birne und haute sie auf den Tisch und lutschte und kaute dann an ihr herum. Bettchen aber lag in Fines Arm und begriff nichts, ihre blauen Äuglein wanderten über den gekalkten Lehmhimmel, über die aufgehängten Rosmarinsträußlein und an dem blinden Spiegel vorbei zu dem Kreuz und wer weiß, ob es sich dabei schon was dachte.

— Sey mal, wie et dem Annachen schmeckt!, sagte Fine. — Et ist wirklich ein schönes Kind, viel schöner wie dat Kleine vom Pauline oder dat vom Mathilde ... so schöne Löckcher, dey hat et von dir!

— Ach meine dünne Fusseln ... eysch hat nie so schöne Löckcher ...

— Doch, sagte Fine. — Dou warst auch immer hübsch, sonst hättst dou den Gottfried ja garnicht gekriegt.

— Do hast dou recht, schneuzte sich Lina. — Man muss

dankbar sein. Eysch hat so viel Glück mit dem. Nie ein böses Wort, sieh mal, wie dat Hanjokebs Gretchen immer gedroschen wird, dat hat der mir nie angetan. Eysch hoffe, dat Annachen hat auch mal so viel Glück.

– Ja, sagte Fine. – Man weiß nie, wie et kommt und wat einem noch blüht.

– Dat weiß man nie, sagte Lina. – Aber mir wollen hoffen.

– Ja, sagte Fine. – Mir wollen hoffen. Und dein Kaffee schmeckt sehr gout.

Da nahmen beide die Kinder vom Schoss und legten sie auf den Boden, sie hoben ihre Tassen, tunkten ein wenig hartes Brot hinein und erzählten sich vom Dorf, von der Spinnstube, aus der die Mädchen mit den Burschen singend herausgefallen kamen, wer mit wem in den Weidehecken erwischt worden war, wer in die Umstände gekommen war und heiraten musste, wessen Kuh die Maulkrankheit hatte und wie die alte Bocksersch Sanne mit dem Rosenkranz dem Schafsbruno seine Lämmer geheilt hatte, die die Drehkrankheit hatten und sich immerzu gedreht hatten, bis sie umgefallen waren.

Mitten im Dorf vor Müllerkarls Zaun hatte der Besenbinder Valtin aus der Wetterau seinen Handwagen hingestellt und baute auf der einen Seite seine akkurat gleichlangen Reisigbesen auf, die wie dürre Soldaten in der Parade beieinanderstanden. Vorne auf dem Wagen bot er einige frischgeknüpfte Wurzelbürsten an, etwas Mückenpulver, Wagenschmiere, und mitten auf dem Wagen, etwas abseits von den anderen Handelswaren, sah man hell und milde einige wundersame Heilige zwischen den Wurzelbürsten hervorscheinen.

Die Leute hatten Bürsten genug und die Besen banden sie

sich selbst in den Wintermonaten. Als sie aber die Heiligenbilder sahen, blieben sie stehen und konnten vor Verwunderung nur stumm die Köpfe schütteln. So etwas Schönes gab es sonst nur auf der Wallfahrt nach Liebfrauen und sonst nirgends.

Die Muttergottes mir dem Jesuskind, das Lamm Gottes und das Herz Jesu, die Heilige Cäcilia, die Heilige Ursula, die Heilige Katharina, ... sie waren von schönsten Spitzenkränzlein umrahmt und das Herz Jesu war flammend rot gemalt! ... Die Heilige Rosamunde schwebte in einem schwarzen Oval und hielt einen Totenschädel, aus dem ein Kreuz ragte. Aus ihrem Kopf drangen Strahlen wie gleißende Stängelchen in einen taubenblauen Himmel und ihr Mantel war rosafarben und das Rosa lief über den Rand und ihr Rock war gelb!

In Valtins Sammlung schimmerten die Palmen grünlich unter Jesu' Füßen und Marias Gewand und ihre Krone leuchteten aus dem Bild heraus und die Wunde des Heiligen Sebastian sprang in einem klatschenden Rot aus dem Stich in seinem Bauch.

Die Heilige Elisabeth, die Fine besaß, und die Heilige Klara waren nur weiß und gilblich und mit schwarzen Strichen gemacht und hatten einen Rand aus schwarzem Ornament. Die Heiligen vom Wetterauer Bürstenbinder aber waren nicht nur bunt, sie waren auch ganz fein von Gesichte und man sah, wie heilig sie waren, da sie doch ihre Gesichter himmelwärts hielten und die Hände zum Gebet ineinandergelegt. Keiner konnte daran zweifeln, dass sie gerade von himmlischen Kräften erfüllt waren und Demut ihre reinen Seelen ergriffen hatte. Diese himmlische Verzückung erfasste alle, die die Bilder sahen, und hatten sie gerade noch ihren Hund geprügelt, den Säukarren gefahren und den Mann einen Ochsen geschimpft, so waren sie nun wie verwandelt.

Der Besen-Valtin war ein krummer Mensch und schien

von der Heiligkeit seiner Auslagen noch nicht viel bemerkt zu
haben. Er reparierte fluchend einen Reisigbesen, an dem sich
die Weidengerte gelöst hatte, sodass die Reiser auseinanderfie-
len. Der Dapprechter Wilhelm hatte schon den Heiligen Franziskus mitgenommen und Paulinchens die Muttergottes und
das Herz Jesu und als Finchen herbeikam, gab es nur noch ein
Lamm Gottes, das auf einer Wiese kniete und einen Heiligenschein hatte.

Fine ärgerte sich und schrie: – Verdammt nochmol!

Da hätte sie doch so gerne die Rosamunde gehabt oder die
Katharina, die auf das Rad geflochten wurde und aus deren
Wunden statt Blut nur Milch geflossen war.

Oder die Heilige Cäcilie, die im kochenden Wasser saß, als
wäre es ein kühlendes Lilienbad, oder den Heiligen Lorenz,
der auf einen Rost geworfen wurde und dort verglühte und
der, wenn man ihn anrief, jedes Haus vor dem bösen Brand
schützen konnte.

Aber so hatte sie nur das Schaf und zu dem Schaf gab es
überhaupt keine Geschichte, und es passte auch nicht so gut
zu Klara und Elisabeth, die auf dem Regal unterm Heiland
standen.

– Ei Valtin, host dou dann nichts mehr in deinem Korb, sey
doch mal nach!

– Nein, sagte der Valtin. – Kauf einen Besen oder Mückenpulver.

– Eysch will auch so ein schönes Bildnis haben von der Ursula mit den elftausend Jungfrauen oder eines mit schönen buntigen Palmenzweigen.

– Dann bist dou zu spät. Et gibt nicht so viele, dey werden
alle in den Klöstern bemalt und manchmal verrutscht auch
der Pinsel, dann sind dey ebbes billiger.

Die Wetterauer redeten genauso wie die Westerwälder und

man konnte sie auch schimpfen wie einen Westerwälder und sie merkten es genauso wenig.

> – Dou hättest doch ein paar mehr mitnehmen können, dou Hollefännes. Mir wollen doch all eines haben.

Valtin zuckte die Schultern.

> – Wat weiß eysch, wer wo wat haben will. Wenn ich noch einmal komme, kann eysch jo noch ein paar mitbringen.
> – Dat kann ja noch dauern. Wo kann man dey dann kaufen, in Frankfurt?
> – In Frankfurt … oder Kobelenz …
> – Kobelenz …

Fine hielt das Lamm Gottes vorsichtig in der Hand, damit es nicht verknickte, nahm ihren vollen Eimer vom Brunnen und trug ihn nach Hause. Kobelenz … in Kobelenz war Hanne seit ihrem sechzehnten Lebensjahr Dienstmädchen und war nur einmal an der Kirmes und einmal an Weihnachten zurückgekehrt. Hanne müsste lange verheiratet sein, aber Fine hatte nichts mehr von ihr gehört und Briefe schreiben konnte sie auch nicht. Je länger Fine über Hanne nachdachte und deren schöne, dicke Zöpfe vor sich sah, umso mehr stieg auf einmal das Heimweh nach der Schwester in ihr auf. Es musste doch möglich sein, herauszufinden, wie es ihr ergangen war.

Vielleicht konnte ihr Sohn Matthes einen Brief schreiben, der hatte den strengen Schulmeister von Hadamar gehabt und auch den von Dreisbach. Nun konnte er so gut schreiben und rechnen wie keiner sonst. Keiner, der lebte, und keiner, der schon gestorben war, hatte jemals so viel gewusst wie ihr vierzehnjähriger Sohn, der Kalenderblätter las, wie andere Leute Suppe löffelten.

> – Natürlich kann eysch einen Brief schreiben, brüstete sich Matthes und hörte auf, an der Tanne zu schälen. – Aber

mir können dey Tante Hanne doch mal besuchen und fahren nach Kobelenz!

— Bist dou verrückt!?! Nach Kobelenz?? So weit?? Eysch war noch nie in Kobelenz!

— Ja dou brauchst doch nur dem Kutscher von Wällershofen wat zou geben, dann nimmt der deysch mit. Dat ist kein Hexenwerk!

Fine musste sich erst mal setzen. Die Idee, nach Kobelenz zu fahren, war so ungeheuerlich und verrückt, dass einem die Luft wegblieb.

— Dou kommst immer auf Ideen. Woher hast dou dat dann?

— Ja wat meinst dou dann, wie dey ganzen Mäckesser vorankommen, glaubst dou, dey laufen jeden Meter zu Fouß? Man kann ein bisjen mit dem Schiff fahren, ein wenig mit der Kutsch, man kann einem Fuhrmann wat geben, eine Butter, ein paar Eier, so kommt man übers Land.

Matthes hatte recht. Auch Hanne war damals vom Bruchmüller mitgenommen worden und hatte sich in Wällershofen in die Postkutsche gesetzt, weil der zukünftige Arbeitgeber, der Gutsbesitzer Wallenrath, alle Auslagen für sein neues Dienstmädchen erstattete. Ob sie immer noch beim Wallenrath war?

Fine musste es herausfinden und darum musste Matthes einen Brief schreiben, sie hatte noch irgendwo das alte Schreiben vom Schultheiß, der die Anzeige aus den Intelligenz-Nachrichten ausgeschnitten hatte und ihr bei der Vermittlung geholfen hatte. Schon damals hatte Kaspar sich nicht mehr recht gekümmert und Fine alles überlassen.

— Wann dou fertig bist mit deiner Arbeit, dann kommst dou rein und dann setzen mir uns an den Tisch und dann schreibst dou den Brief und et soll mal wieder nach

Scholmerbach kommen, wo die Heimat ist. Und dann
soll et mir ein Bildchen mitbringen von der Heiligen Ursula, der Heiligen Rosamunde oder der Heiligen Cäcilie,
mit buntig gemaltem Kleide!

— Na gout, sagte Matthes, setzte das Messer an und schälte
die Tanne mit einem geraden, sauberen Strich, und die
Rinde rollte sich und fiel auf die Erde.

Im Juli zogen Heinrich und seine Frau Maria, Johann und
Anna in der Frühe hinaus auf ihren Kartoffelacker an der
Gemarkung von Hellersberge und sahen schon von weitem,
wie sich auf dem Acker beim dicken Baum seine Schwester Fine abmühte mit Matthes, Rosa und Veronika. Bettchen
kroch unbeachtet auf allen vieren durch die Scholle und
versuchte, Mistkäfer zu erhaschen und Regenwürmer auszugraben.

Fine hingegen rührte sich nicht. Sie hatte die Forke hingeschmissen und war auf einen Stein gesunken, stützte die Arme
auf die Knie und starrte verbittert vor sich hin.

— Vielleicht könne mer die noch essen?, fragte Veronika
und hielt eine dicke Kartoffel hoch, die augenscheinlich
prächtig geraten war und nur an einem Ende leicht ver-
färbt schien. Fine riss ihr die Kartoffel aus der Hand,
schlug sie gegen einen Stein und sofort zerbrach sie und
fauliges Wasser floss heraus.

— Et es doch Sauerei, alles verreckt und kaputt, der Regen
hat dey alle faul gemacht. Dey sind alle faul!!

Die Sonne schien warm und in ihren leinenen Kleidern
wurde ihnen heiß, Finchen knöpfte sich das verschossene Mieder auf und schob die verschlissenen Ärmel hoch. Am Himmel

sangen die Vögel und die Mücken und die Fliegen setzten sich auf ihre Arme und in ihre Augen, und Rosa hatte schon die Stirn verbrannt von der Sonne.

Heinrich sah gleich, dass etwas nicht stimmte, seine Frau schlurfte hinter ihm her wie das Leiden Christi.

– Jetzt kommt dat lange Elend auch noch, sagte Fine.

– Et is dey Kartoffelfäule, sagte Matthes. – Et kommt vom vielen Regen im Frühjahr und da es jetzt dey ganze Ernte kaputt.

– Dat hab eysch mir schon gedacht, sagte Heinrich.

Er betrachtete das bräunliche, aufgerollte Kartoffelkraut, schlug die Forke in die Erde, zerrte einen Strunk heraus und die zahllosen Wurzelchen knisterten, als sie zerrissen. Manche Kartoffeln waren schon aus der Erde geschwemmt worden und an der Sonne grün geworden, andere kamen nun dunkel und klumpig aus der Scholle und als Heinrich eine zerbrach, sah er in der sonst so festen und herrlich gelben Knolle alles grau und blau ineinander übergehen.

– Ach Gottachgottachgott, schrie Maria, – Mein Herr und mein Alles! Mir müssen hungers sterben, Herrgottchen, warum hast dou uns dat angetan, mir haben doch nix verbrochen, wie soll dat dann weitergehen, Herrgottchen, willst dou uns strafen??

Finchen blickte wütend zu Maria und sagte zu Heinrich:

– Kannst dou deiner Frau mal sagen, dat dey mal dat Maul hält? Von dem Gekrisch werden dey Kartoffeln auch nicht mehr gut!

Heinrich nickte kummervoll und sagte doch nichts.

– Ei jo, noja.

Maria aber schrie weiter:

– Et ist der Sünden schuld, et ist der Sünden schuld, aber Herrgott, sollen mir alle umkommen? So ein Unglück, so ein Unglück, MariaundJosefchen! Wat strafst dou uns denn so ohne Erbarmen!

– Etz hör doch mol off!!, schrie Fine. – Et gibt noch Brot und Kohlraben und Eier und Speck, dou wirst schon nicht sterben!

– Und wenn mir doch alle sterben?, flüsterte Rosa.

– Mir sterben nicht!, tobte Fine. – Mir fressen Rüben und Kraut, verdammt nochemol!!

Matthes stand unter dem Himmelszelt und er sah im Tal Scholmerbach liegen und hinter ihm blickte man nach Hellersberge und am Horizont standen die Häuser von Ellingen und hinter dem Hügel konnte man Linnen erahnen. Überall auf den Feldern ging das Geschrei los und alle gerieten sie ins Heulen und Jammern, weil der linde Frühjahrsregen ihre schönen weißlichen Kartoffelblüten so lange überschüttet hatte, bis er ihren Grund ersäuft hatte und ihre Früchte hatte verderben lassen.

– Eysch hab wat gelesen, sagte Matthes. – Dat stand in den Intelligenz-Nachrichten!

– Ach, hör mir doch off mit deiner Intelligenz!, rief Fine. – Etz schwetz bloß nichts Übergescheites, dat kann eysch jetzt nicht vertragen!

– Dat ist nicht übergescheit, dat ist vernünftig!

– Ei wat steht dann da?, fragte Heinrich und sah ihn an. Sein Neffe hatte schon manches Mal etwas Kluges herausgefunden und vielleicht konnte er doch helfen mit einer neuen Idee vom Herzog vom Weilburger Schloss.

Matthes holte tief Luft und wusste, dass er etwas Bedeutendes herausgefunden hatte.

– Man muss dey Kartoffeln erst mal trocknen, irgendwo, wo dat warm ist. Auf geflochtenen Weiden oder Horden. Dann werden dey kleiner, aber man kann dey noch schälen und dat ganz Schwarze wegmachen. Dann muss man dey zerstoßen und in Milch kochen oder in Fleischbrühe oder in Wasser und Essig und Kräutern. Dann kann man dey noch essen!

— Eysch weiß net, sagte Fine. — Meinst dou? Dey fangen doch an zu stinken!

— Eysch hab dat gelesen und watt in den Nachrichten steht, dat stimmt!

— Mir versuchen dat, sagte Heinrich. — Wenn man et irgendwie essen kann, kommen mir besser durch den Winter. Mir tun dey Kartoffeln jetzt aus der Erde, und dann trocknen mir die und dann sehen mir weiter.

So waren Finchen und ihre Kinder und Heinrich und seine Familie die Einzigen ringsumher, die ihre fauligen Früchte in die Körbe packten, und es war schnell geschehen, da sie ja doch nur jeder drei Reihen hatten anpflanzen können auf ihren Äckern, die zerrissen und geschrumpft in der Gemarkung verteilt waren, wie klägliche Fleckchen.

Als sie ihre kärgliche Ernte über den zugewachsenen Weg am dicken Baum vorbeigefahren hatten und zurück nach Scholmerbach rumpelten, begegnete ihnen der Pfarrer Vinzenz, der vor sich hinmurmelte und ihnen gehetzt einen Segen bot. Bei dieser Hitze starben die Leute und er musste der alten Geiss noch die letzte Ölung geben, bevor er die Herz-Jesu-Messe hielt, unter dem verfallenen Kirchturm, wo die Eule und der Kauz schrien. Wenn der Kauz schrie, musste ein Mensch sterben, und in Scholmerbach wohnte dieser Vogel mitten im Dorf, kein Wunder, wenn es den Leuten immer schlechter ging. Nun war die Kartoffelernte zerstört, und die Leute zogen statt zur Kirche in den Honiels, um sich zu besaufen, und der Honiels scheuerte nicht umsonst jeden Tag seine Tische und füllte die Steinöllampe und schnitt die Kerzendochte. Ganz allgemein wurde zu viel getrunken, und das Vollsaufen war überall im Schwange.

– Der gemeine Mann hat kaa Stärke und kaa Ausdauer!, schimpfte Pfarrer Vinzenz. – Er kennt kein annern Trost als det Bier und de Branntwein. Niemand in Scholmerbach hält das Trinken überhaupt noch für en Laster!

Aber sollte er sich immer und mit jedermann anlegen? Für heute fehlte ihm die Kraft dazu, er hatte schon so viel laufen müssen von Dorf zu Dorf, und wenn er gegen die Laster dieser Welt wetterte, dann doch lieber am Sonntag, wenn er ausgeruht war und die Kirche voll und der Heilige Geist ihn ordentlich stärkte und ihm in die Lungen blies. Aber es war mal wieder höchste Zeit, denn als er jetzt am Honiels vorbeikam, hörte er sie schon am helllichten Tage poltern, fluchen und lamentieren, böses Kreuzgewitternochmal und verdammtsakrament-dunnerkeil und es war wie ein Hohn.

Vinzenz bekreuzigte sich und rief den Herrgott zu Hilfe, es kam aber nicht der Herrgott, sondern Bocksersch Sanne, die mit ihrem Korb voll frischgepflückte Weidenkräuter an ihm vorbeilief und unglücklich vor sich hinmurmelte. Sanne hatte die Bluse liederlich über den Rock hängen, und aus dem Kopftuch hing unordentlich das lose graue Haar.

– Der Herr sei mit dir!, rief sie, als sie den Pfarrer Vinzenz erblickte, der schwitzend seine Jacke unter dem Arm trug und in der anderen Hand eine Tasche mit den Utensilien für die Sterbesakramente.

– Ei Sanne, sagte Vinzenz. – Dat muss eysch doch sagen: – Der Herr sei mit dir! – Eysch seyn doch der Pastur und net dau!

– Ach so, sagte Sanne. – Jo, et tut mir leid, Herr Pastur, ach wisst Ihr, et es so heiß, eysch seyn ganz durcheinander. Eysch glaube, mir kriegen keine gute Zeit. Eysch merken dat.

– Ach dou. Dat es doch so, wie et immer war, et gab bessere Zeiten und schlechtere Zeiten. Dou hast nur ein schlechtes Gefühl, weil dou zu viel Hokuspokus machst mit den Leut und abergläubisch bist und dem Herrgott ins Handwerk pfuschst.

– Dat ist aber net schön, Herr Pfarrer, so wat zou sagen. Eysch beten nur, genau wie Ihr! Und dey Kräuter hat der liebe Herrgott selber wachsen lassen.

Pfarrer Vinzenz seufzte. Eine Wolke zog vor die späte Nachmittagssonne und verschaffte ihm ein wenig Linderung, das lange Strohdach vom Honiels spendete ebenfalls Schatten. Im Grunde war er ja froh, wenn Sanne ihm Arbeit abnahm und von Haus zu Haus ging, um Trost zu spenden, Essigwickel zu machen oder einer Kuh das Maul mit Salmiak auszuwaschen. Aber er wusste auch, dass sie immer Geister vertreiben wollte und mit Salz nach ihnen warf und Beschwörungen murmelte, wenn sie Johanniskraut, Rosmarin und Weidekraut in die Ställe hängte.

– Eysch werden aus dir nicht schlau, sagte Vinzenz. – Noja. Et ist mir zou warm, um mich zou disputieren. Wat macht dann dey alte Geiss?

– Dey wird erlöst, wann dey Abendglocke schlägt.

– Ach dann habe eysch jo noch eine Stunde Zeit, dann trinke eysch mir auch einen beim Honiels. Eysch hun en Durscht!

– Macht dott, Herr Pastur. Dat wird Euch guttun. Aber dey werden Euch schön den Kopf vollheulen von den schlechten Kartoffeln.

– Ach dann sagen eysch – Leckt mich in der Tesch, dat

kommt von eurer Flucherei und von eurer Sauferei! Dat is der Sünden Schuld!

> – Ja, dat is wohl wahr, seufzte Sanne. – Eysch glaube auch, dat nimmt ein böses End!

Sie wankte ein wenig und senkte den Kopf. Allen Leuten hatte sie geholfen, aber sich selbst konnte sie nicht recht helfen. Ihr schwindelte und das rechte Bein wollte nicht mehr so, und je mehr sie von Haus zu Haus ging, um die Krankheiten und die Schlechtigkeit zu vertreiben, umso mehr von ihren Lebenskräften schien aus ihr herauszuweichen. Sobald sie bei einem Elenden saß, legte sie die Hand auf seine Stirn und rieb ihn ein mit Weidenrinde oder Kräutersud und sie betete und sprach heilsame Dinge. Doch wenn sie aus der Haustür kam, sagte sie immer öfter:

> – Ach Herrgott, wat soll mer den eigentlich unnötig auf der Erde halten, wofür dann, hier geht et ihm doch schlecht, nimm ihn doch zou dir, he quält sich doch nur, et es mir baal einerlei.

Und wenn sie ein kleines Kind wie das Müllerkarls Lore vor sich hatte und spürte, wie es die Lebenskräfte verließen, dann rannte Sanne hinaus und weinte, weil der Herrgott noch einen Engel wollte und er hatte doch schon so viele Engel, dass der Himmel voll davon war.

> – Ach, et ist doch nichts nütz, et hilft ja alles nichts, murmelte sie und der Glauben wich aus ihr und ließ sie taumeln und der Trübsinn überkam sie auf all ihren Wegen. Sie hatte zu viele Krankheiten gesehen und zu viele Wehklagen gehört und alle trieben in ihrem Kopf herum wie garstige Vögel.

> – Ach Gottche, hörte man sie schon von Weitem. – Ach Mariandjosef, et wird doch alles nichts mehr ... wat soll mer dann noch ... JessesMaria, et nimmt ein böses Ende ... der Sünden Schuld ... et wird immer schlimmer

und schlimmer ... unter jedem Dach ein Ach ... der Herrgott hält sein Strafgericht ... et ist der Sünden Schuld ... ein böses Ende ... der Sünden Schuld ... ein böses Ende ... et wird uns all der Teufel holen ...

Und Bocksersch Sanne vergaß, dass ihre Worte eine besondere Kraft hatten und alles, was sie sagte, umso stärker wirkte, und so humpelte sie hierhin und dahin durch das Dorf und aus ihren Worten wurden Verheißungen und aus den Verheißungen wurde eine Verdammnis und als der Tag zu Ende war, hatte sie Scholmerbach von den Weidehecken bis zum Haselbacher Feld und von den Brennnesselfeldern bis zum Urles und bis zum Eulenbirnbaum von oben bis unten verwünscht und vermaledeit.

Die Kohlraben waren aufgelesen und die Kohlköpfe zu Sauerkraut geschnitten, der Hafer war gedroschen und das Kartoffelkraut verbrannt, man hatte die Säue über die Felder getrieben, die sich die übrigen Knollen herausgewühlt hatten, danach hatten Schafe sich noch Halme herausgezupft und ganz am Ende scheuchte man die Hühner durch die Schollen, die sich noch das letzte Spreu und die winzigsten Körner herauspickten. Dann war die Erde leer, leerer als leer, und es sollte Gras darüber wachsen und alles ruhen, bis der Maulwurf einen Hügel darauf setzte.

Die Hügel aber konnten nicht entstehen, weil nach St. Mathias die Äckerchen wieder aufgehackt wurden und Scholle um Scholle zerstoßen und umgedreht und abermals zerhackt wurden, der ganze Boden endlich schwärzlich und aufgerissen unter dem Himmel lag, um noch einmal und noch einmal Früchte aus ihm herauszupressen.

Der Herzog in Weilburg ließ abermals Schriften verteilen, in denen stand, welch eine fruchtbare und reiche Ernte der Bauer erreichen konnte, wenn man nur die Felder abwechselnd mit anderen Früchten bepflanzte und wie hilfreich es sein würde, wenn man die Felder wieder zusammenlegte. Es musste ein Ende haben mit der Erbteilung! Die Bauern mögen doch ihre Grundstücke wieder zusammenfügen und sie gemeinsam bewirtschaften.

Konrad schüttelte darüber den Kopf. Er saß am Herd auf einem Klotz und aß noch ein wenig Rübensuppe und Schmalzbrote mit Griepen, während Fine zum dritten Mal am Tage den Kaffeekessel schwenkte, die zahnlose Tante Berta noch immer an dem eingestippten Brot lutschte und die Kinder sich bereits bekreuzigt hatten und aus der Tür gelaufen waren.

– Finche, mir brauche kein Land von Heinrich oder von Jakob ... mer müsste wieder mehr Vieh halten und von der Milch und der Botter könne mir uns alles kaufen. Dey Kartoffeln gehen ja doch oft kaputt.

– Aber für dat Vieh brauchst dou doch auch Land, wo soll dat dann fressen?

– Wenn dey Kartoffeläcker kaputt sind, können dey da fressen, man muss dey bisjen treiben durch dey Gemarkung ...

– Dann brauchst dou wieder ein größeren Stall, dann musst dou bauen. Und mir haben noch Schuld aufs Haus, fönfunddreißig Gulden ...

– Noja Schuld. Schuld haben mir doch alle, sag mir ein Haus in Scholmerbach, dat nicht im Hypothekenbuch steht.

– Wenn mir halt nur dey Zinsen aufbringen können.

Fine kroch unter die Treppe, zählte die Rüben und Kohlraben, sah ins Sauerkrautfass und in die Mehl- und Hafersäcke und roch an den faulen Kartoffeln.

– Dat reicht noch für den Winter ... aber dey Kartoffeln, eysch glaub, et is besser wenn mir neue holen, beim Krämer-Franz, wenn der welche hat, et gibt doch keine.

– Und wenn der welche hat, dann seyn dey so teuer wie Brand.

– Mir essen mal erst noch Brennesselmus und vom Heinrich haben mir Äpfel und Birnen, davon kann man auch Mus machen, schön süß kochen, mir werden dat schon schaffen, Konrad. Mir haben Brot, dat wird schon.

Konrad stellte den Topf wieder auf den Herd und betrachtete die schwärende Wunde an seinem Arm, auf den ihm beim Holzhacken ein Scheit gefallen war.

– Dey Kartoffeln sein doch jetzt trocken, dey lagen jetzt so lange auf dem Brett ... mer könnte dat ja mal probieren, ob man dey essen kann, so wie unser Matthes sagt?

Fine meinte:

– Ei unser Heinrich wollt dat doch versuchen. Mir sehen uns dat leyber an, wie der dey frisst, bevor mir nachher all auf der Schnüss liegen und sin krank. Eysch fragen mal dat lang Elend, ob et schon faule Kartoffeln gekocht hat und ob dey geschmeckt han und wie et war.

Draußen leuchtete der Oktober so golden und prächtig, dass alle fröhlich in die herzoglichen Wälder gezogen waren und mit Bündeln voller Reisig heimkehrten, um sie in der Scheune zu trocknen. Auch Fritz, Gretel, Minna, Friedrich, Karl und Matthes waren mit vollen Armen und beladenem Rücken wieder heimgekehrt, hatten das Laub abgerissen und begannen, das Reisig aufzuschichten, und Matthes band einen Besen davon.

Wenn die Abendglocke läutete, wurde es schon dunkel und die milde Herbstsonne glänzte rötlich hinter der Liebfrauenkirche über dem Jammertal gen Wällershofen, als wollte die

Muttergottes hoch oben sie noch mal einladen, für die Bittprozession, die von Hellersberge über Linnen und Scholmerbach hinaufführte auf ihren Hügel voller Barmherzigkeit und himmlischer Gnade. Die Muttergottes erhörte die Gebete und ließ das Rufen zu ihr kommen, und Fine hatte es erlebt, sie hatte die Gnade Gottes zu spüren bekommen, da sie doch einen guten und fleißigen Mann hatte, der zwar viel, aber nicht alles Geld ins Wirtshaus trug. Die Ernte würde sie leidlich durch den Winter bringen und die Kinder waren so groß, dass Fine womöglich Veronika und Rosa bald verheiraten konnte, und Matthes konnte sie in eine Lehre geben. Die anderen hingen ihr wohl noch recht lange am Schürzenbändel und schrien ihr die Ohren voll.

Doch am Sonntag wollte sie alle in die schöne Westerwälder Tracht kleiden und ihnen die Zöpfe recht straff um die Köpfe flechten und die blau getupften Tüchelchen um den Hals binden, während sie selbst das herrlich bestickte Kapottchen trug mit dem Tuch darüber und die schwarzen glänzenden Wangenbänder unter dem Kinn zu einer großen Schleife band. Die Mädchen trugen ihre Schnürleibchen und banden sich die blauen Blütenröcke um das flächserne Wams und darauf die einfarbigen Schürzen, während Fine voller Stolz einen festlichen Wollrock in Russisch-Grün anzog und eine Schürze darüber, die seidenschwarz glänzte. Tante Bertha trug ihre Witwenhaube und zog sich das Tuch darüber tief in die Stirn und hatte sich die Hänkjacke umgelegt, da sie leicht fror und an jedem himmelblauen Firmament ein Wölkchen kommen sah.

Es war aber die Gnade der Muttergottes, die sie alle den Berg hinaufziehen ließ und einhüllte in ihren milden Segen, sobald der Pfarrer Vinzenz mit dem Kreuz vorwegmarschierte und das Gegrüßet seist du Maria vorbetete, welches die Weiber mitbeteten und in der Mitte die Männer fortsetzten mit Heilige Maria Muttergottes, bitte für uns Sünder, jetzt und in der Stunde unseres Todes, Amen.

Es war schließlich mit vielen Toten zu rechnen in diesem Winter, und wenn die liebe Gottesmutter sich auch dem Willen ihres Sohnes beugen musste, so konnte sie doch seine Auswirkungen mildern, wenn man nur ordentlich büßte, und büßen wollte ganz Scholmerbach und auf Knien heraufrutschen, damit Gott es auch sah.

So gingen sie also am Sonntag durch den noch immer lieblichen rotgoldenen Oktober von Hellersberge und Ellingen durch Scholmerbach auf die Wallfahrt, und nur Linnen ging nicht mit, das war ja evangelisch.

Und mit dem Rosenkranz in der Hand beteten sie nun alle um ihre Kinder und um das liebe Vieh, sie beteten um Erlösung von ihrer Sündenschuld und dass der Teufel sie mit seinen Heimsuchungen verschone, sie beteten um einen treuen Ehemann und einen gnädigen Tod, um Heilung von Furunkeln und Geschwüren und der Bleichsucht, sie schlugen sich an die Brust und fühlten, wie schwer ihre Schandtaten des vergangenen Jahres wogen. Alles fiel ihnen ein, wie sie ihre Kühe getreten hatten und ihre Kinder verdroschen, den Krämer-Franz betrogen, wie sie den Alten nur trockenes Brot gegeben hatten und mit Schnaps im Leib im Dunkeln hinterm Honiels mit dem Kerl einer anderen in sündiger Leidenschaft im Gras gelegen hatten. So schworen sie zum Himmel und sangen aus ganzer Seele:

Maria zu lieben ist allezeit mein Sinn
    Im Leben und Sterben ihr Diener ich bin.
    Mein Herz oh Maria, brennt ewig zu Dir
    In Liebe und Freude, oh himmlische Zier.

Du Trost der Betrübten, zur Hilf sei bereit
Du Stärke der Schwachen, beschütz mich im Streit
wenn wider mich kämpfen Fleisch, Hölle und Welt
sei Du mir als Zuflucht zur Seite gestellt.

Sobald sie aber die Linner Höhe erreicht hatten und hinab in das Jammertal schauten, wo die Hollerbüsche in glühenden Blüten prangten und sich am Bach die Weiden in das Wasser neigten, die Kühe um schwere Basaltbrocken herum auf den grünen Wiesen weideten und rote Hagebutten und die bitteren blauen Dornschlehen wuchsen, da wurde es ihnen leichter zumute und auch heller.

Nur Fine schaute nicht himmelwärts, sie beugte das Haupt in Dankbarkeit und Freude, denn wenn sie an der glänzenden schwarzen Schürze heruntersah und der grüne Wollrock hin und her schwang, so sah sie darunter im goldenen Herbsteslicht, umgeben von anderen schwingenden Schürzen und Röcken auf dem von Hunderten Wallfahrern eingetrampelten Weg das Schönste, was sich ein Mensch nur vorstellen konnte, und das Kostbarste, das sie je besessen hatte, schwarz und blank und mit einem Absatz und Schnürriemen versehen: Fine hatte SCHUHE!

Sey sind trocken!, sagte Heinrich und prüfte die eingeschrumpelte Kartoffel in der Kiste. – Kannst dou sehen, Finche, ganz trocken, wie dein Matthes gesagt hat, jetzt können mir et versuchen.

Fine beugte sich über die schwarzen Erdfrüchte und zog ihr Tuch fester um die Schultern. Ein kalter, frostiger Wind fuhr durch das nächtliche Scholmerbach und ließ die Fensterläden klappern und man konnte sich auf etwas gefasst machen.

Die lange Maria rührte ergeben die heiße Milch im Topf,

während ihre Kinder Anna und Johann das Schwarze von den Kartoffeln klopften und die äußere Schicht abmachten.

– Bäh, sehen dey hässlich aus, wie geschrumpelte Zwetschgen.

– Na und, sagte Heinrich, – dey Zwetschgen schmecken auch immer noch. Mir müssen ja nicht alle essen, mir probieren erst mal.

Die erste Schüssel grüner und fauler Kartoffeln landete in Marias eisernem Topf und sie begann zu rühren und zu rühren. Unter ihrer Schürze wölbte sich der Bauch und sie hoffte, sich satt essen zu können, um ihre Leibesfrucht zu behalten, und doch schien sie sich schon in jegliches Schicksal ergeben zu haben, gleichwie es auch kam. Das Öllämpchen schien schwach, und Fines Schwester Rosa schnäuzte eine Kerze, deren schwärender, langer Docht überkippte und stank. Am Tisch saßen der alte Kaspar und Veronika mit dem kleinen Bettchen auf dem Schoß, und alle warteten auf die gekochten Kartoffeln.

– Sollen mir dann noch wat reinmachen, ein bisjen Schmalz oder was, ein bisjen Rosmarin?

– Ach lass doch, sagte Fine. – Wenn man dey Kartoffeln nicht essen kann, dann haben mir schon dey Milch verloren, heb dir dein Schmalz und dat Kraut auf für wat anderes.

Auf der anderen Seite der Stalltür und links neben dem Herdfeuer führte die Treppe hinauf auf den Boden und Heinrich stieg empor und kehrte zurück mit einem Korb voll runzliger Äpfel und Birnen.

– Seyht mal, dey haben wir wenigstens! Dey sind nicht faul geworden!

Rosa und Fine stürzten sich begeistert auf das Obst und auch Bettchen durfte an einem Schnitz lutschen. Die lange

Maria aber schaute böse, wenn Heinrich alles weggab. Sie selber wollte die Früchte essen, denn die Kartoffeln, die in der Milch schwammen, sahen so schlecht aus, dass ihr übel davon wurde.

– No, Mariechen, wie weit sind mir denn?, fragte Heinrich.

– Ei dou kannst jo probieren! Dey brauchen doch nicht lange, dey kleinen Dinger!

Alle standen auf und schauten in den eisernen Topf, in dem die Milch gräulich brodelte und schwärzliche Krustenflöckchen um die tanzenden Kartoffeln spülte.

– Noja, sagte Heinrich, wat soll passieren, außer dem Durchfall, dann setze eysch mich off den Donnerbalken … und ein Tag später ist et wieder gut!

– Ach, et sieht doch furchtbar aus, sagte Maria. – Et ist net grau, et is grün.

Heinrich aber stieß eine Gabel in eine Kartoffel und zerdrückte sie ein wenig in der warmen Milch und die Kinder machten »Äxbäx!«, während Heinrich sie mit unbeweglichem Gesicht im Mund hin- und herbewegte und endlich herunterschluckte.

– Noja, sagte er. – Et ist kein Hochzeitsbraten, aber man kriegt et runter. Irgendwie.

Alle starrten ihn an und erwarteten, dass er würgte oder brechen musste, doch er beugte sich abermals über den Topf und die Bambelmütze rutschte ihm von seinem mit narbigen Sträßlein durchfahrenen Schopf, und er steckte tapfer noch einen Löffel von dem grauen Kartoffelbrei in den Mund und aß auch den.

– Weißt dou, sagte Fine. – Unsern Matthes schwetzt auch viel, wenn der Tag lang ist. Der will immer was gewusst haben und dat Ei will schlauer sein als dat Huhn. Aber eigentlich müsste man nochmal den Schultheiß fragen oder den Heens August, ob der dat wirklich richtig gelesen hat.

Kaspar kratzte sich in seinem faltigen Gesicht mit den grauen Stoppeln.

– Vielleicht hat der ja auch wat von gefrorenen Kartoffeln gelesen. Eysch mein, dat mit der Milch oder Brühe gilt für gefrorene Kartoffeln, dey kann man noch essen, hey dey aber nit.

– Geht schon, sagte Heinrich. – Et schmeckt net immer, wat mer frisst, aber wenn et uns satt macht, dann kriegen mirs schon rein. Man muss immer wat ausprobieren.

– Wie eysch angefangen hat mit den Obstbäume, wollt auch keiner wat von wissen, und jetzt haben mir schöne Früchte!

– Dat will ich meinen!, sagte Fine und lud sich die ganze Schürze voll, um gleich morgen Lina einige davon zu bringen, denn nichts aß die dürre Lina so gerne wie Äpfel und Birnen. – Und wie süß dey sein!

Irgendwie schien Heinrich die dritte Kartoffel nicht mehr recht herunterzukriegen, er schluckte sie aber tapfer.

– No?, sagte Maria und stellte den Topf auf den Tisch und teilte Gabeln aus. – Wollt ihr all mal probieren? Mir ist lieber, ihr esst dey Kartoffeln als unsere Birn!

Fine zuckte die Schultern. – Warum nicht? Der Heinrich hat et ja bis jetzt überlebt, gelle, Heinrich?

Heinrich hatte seinen Kopf über den Tisch gebeugt und betete:

– Komm, Herr Jesu sei unser Gast und segne, was du uns bescheret hat.

Er schien noch eine Weile stumm mit dem Herrgott im Gespräch zu sein.

Als er den Kopf aber wieder hob, war sein Gesicht bedeckt

mit Schweißperlen und seine Haut war weiß wie die frisch ge-
kalkte Wand hinter ihm, dann wurde sie grau und er begann zu
stammeln.

- Hört off, Finche, Rosa, ess dat nicht, ich glaub, et ist
  nicht gut …
- Heinrich!, schrie Maria und rüttelte ihn an der Schulter. – Wie ist dir dann?? Wie ist dir?? Kotz et wieder raus,
  kotz et wieder raus!!!

Aber Heinrich schlug um sich und konnte sie nicht ertragen, er stürzte von der Bank und hielt sich den Leib.

- Heilischer Gott, Heilischer Gott! Holt dat Sanne! Holt
  einer dat Bocksersch Sanne!, schrie Fine.

Rosa sprang auf und wollte sofort loseilen und Bettchen
landete auf dem Boden, wo sie unter den Tisch kroch. Heinrich stürzte zum Wassereimer und wollte daraus trinken, aber
dann kam er nicht mehr hoch und seine Glieder zuckten und
krampften wie bei der Fallsucht oder im Fieber.

- Oh Gott, wat haben mir gemacht, wat haben mir gemacht??? Heilische Mutter Anna, Heilischer Petrus, Heilische Engel und Heiligen! Helft uns, betet! schrie Maria
  und Kaspar bekreuzigte sich ein ums andere Mal.
- Den Matthes schlagen eysch grün und blau!, schrie Fine.

Heinrich aber wälzte sich in Zuckungen und krampfte und
Kaspar sagte:

- Wie dey Dollwout!

Und Maria schrie:

- He ist vergiftet! He ist vergiftet!
- Halt doch et Maul!!, schrie Fine und wollte Heinrich
  den Finger in den Hals stecken, damit er erbrach.

Heinrichs Gesicht verfärbte sich und er trat noch einmal
um sich und warf den Schmalztopf um, der neben der Haustür
stand. Dann beruhigte er sich und lag ganz friedlich auf dem

Lehmboden, sein Gesicht verklärte sich, als sähe er bereits die Engel, die ihn abholen wollten.

– Heilige Maria Muttergottes, bitte für uns Sünder … murmelte Maria und hatte den Rosenkranz herausgezerrt.

Heinrich starrte in die Luft, wo überhaupt nichts war, und sagte:

– Wat will dann der rote, haben mir, so en schöne, haben mir einen Geißbock mit drei Hörnern, woher gelaufen? Et dreht sich, da ist da dat schwachsinnich, dat dreckige, no dat Gäulchen, no wat macht dat, eysch kann auch dat Krönche off de Kopp! Et wird alles so schön blau, sey mal dat Gäulchen, dat kann eysch auch!

Heinrich warf sich auf dem Boden herum und strahlte und Kaspar rief:

– He schwätzt doll Zeug! He schwätzt doll Zeug! Allmächtiger!

Maria riss sich schier das Leibchen auseinander, sie warf sich schluchzend auf ihn und schrie:

– Jetzt wird der bekloppt! Wat ist dann passiert, wat kann mer dann mache! Der Heinrich, mein armer Heinrich! Wat soll eysch nur mache ohne Mann mit drei Kindern …

– He lebt ja noch!, schrie Fine und nahm den Eimer Wasser und schüttete ihn Heinrich über den Kopf.

– Dou Scheusal!, schrie Maria, – So grob zu sein! Seh doch, wie schlecht et ihm geht!

Aber Heinrich schien es nicht schlecht zu ergehen. Während ihm das Wasser über das Gesicht rann und sein Kittel samt Tuch klatschnass war, zitterte er zwar ein wenig, doch schien er etwas Wunderschönes zu sehen und strahlte und malte sanft unsichtbare Dinge in die Luft, die er dann ewig bewundernd ansah.

— Wo bleibt dann dat Bocksersch Sanne, verdammt nochemol?, fragte Kaspar, stieß den Laden auf und sah aus dem
Fenster.

— Wenn der jetzt stirbt!, heulte Maria.

Heinrich aber schaute wie ein Auferstandener zur Tür, und
sein Verstand schien sich immer mehr zu verwirren, immer
mehr und endlich schien er auf dem Höhepunkt der Verwirr-
nis und der Gesichte angekommen zu sein, denn auf einmal
hatte er es mit Hanne, seiner Schwester Hanne. Er winkte und
lachte und sah Hanne in der Türe stehen.

— Hanne, ei Hanne, mei Schwesterche, ei dou bist wieder
da. Wat freun eysch meysch! Mein klaa Hannele!

Da wussten sie, dass er nun endgültig den Verstand verloren
hatte und dass es ein furchtbares Unglück war und ein grausa-
mes Geschick und nur der Herrgott selber konnte noch helfen,
wenn sie Tag und Nacht auf Knien flehten, erlöse unseren
Heinrich und mache ihn wieder gesund von diesem verfluch-
ten Dreck, den verkommenen, verrotteten Teufelskartoffeln!
Denn das konnte sich nur der Teufel selber ausgedacht haben,
nur der Teufel in Person!

Und als es an der Tür klopfte und quietschte, beteten sie,
dass es Bocksersch Sanne war, aber es war nicht Sanne im kalten Frostwind.

Die Tür ging auf und da stand Hanne.

Ein dickes, kariertes Wolltuch gewickelt um sich und ein
an sich gedrücktes Kind und über den sich hoch wölbenden
Leib, ein hübsches Kapottchen über ein paar blonden Krin-
geln, die an der Schläfe hervorlugten, und ihre schmal gewor-
denen Wangen waren rot und blau verfroren.

Einen Augenblick lang konnte sich keiner rühren und Kaspar meinte:

— Etz haben mir all den Verstand verloren.

Hanne lachte nicht und grüßte nicht. Sie stand nur starr in der Tür und zog nun unter dem Wolltuch ein kleines, glänzendes Papier heraus.

— Dou hat mir doch geschriewen, Finche, eysch sollt nochemol heimkomme und eysch sollt dir ein Bildchen mitbringen, von der Heiligen Ursula. Da hast dou eines.

Es dauerte ewig, ewig, bis sich einer rühren konnte, und das Feuer brannte und knisterte und ließ in der dunklen und glühenden Dämmerung riesige schwarze Schatten tanzen hinter Hanne mit ihrem Kind.

Endlich stand Fine auf, nahm das Heiligenbild und zeigte auf die Bank, Hanne sollte sich setzen.

— Hanne!, strahlte Heinrich und streckte die Arme nach ihr aus.

— Dou machst deysch jetzt am besten mal ins Bett! sagte Maria und half ihm herüber in die Stube, wo sie wenig später hörten, wie er lauthals in einen Eimer erbrach.

— Er hat gekotzt, sagte Rosa und bekreuzigte sich — Gottseidank!

Fine stellte Hanne einen Krug Wasser hin, nahm ihr das Kind ab und setzte es vor das Feuer, damit es sich wärmen konnte.

Der alte Kaspar konnte seinen Blick nicht von ihm wenden, wie es mit seinem Häubchen in der Ecke saß und mit einem Reisigstöckchen auf dem Boden herumwischte, bis Bettchen zu ihm kroch und ihm das Reisig wegnehmen wollte.

— Mit dem brauchst dou nicht zou spielen! sagte Maria zu Bettchen, als sie mit dem besudelten Eimer an ihr vorbeilief. — Dat is en Bankert!

— No, sagte Kaspar und schüttelte mitleidig den Kopf und

suchte nach Spuren in dem Kindergesicht, die den Vater verraten könnten.

Hanne saß stumm und steif am Tisch und war noch vollständig angezogen mit dem Kobelenzer Hut und Wollrock, als müsste sie gleich wieder gehen, und Fine hielt das Bildchen der Heiligen Ursula in zwei Fingerspitzen und sah scheel auf die Heilige, die im Boot saß mit ihren elftausend Jungfrauen und dem sicheren Schwertestod entgegensegelte. Ihr Heiligenschein und das Boot waren rotgolden in ungelenken Tupfern bemalt und von den elftausend Jungfrauen sah man nur fünfe, die fromm zur Heiligen Ursula hinaufschauten.

- Wie heißt et dann? fragte Kaspar.
- Berthe, sagte Hanne.
- Berthe, ah so … No, dann musst dou mit dem Berthelchen heybleiben.
- Dat fehlt noch, sagte Maria trotzig. – Mir wissen noch nicht mal, ob sich der Heinrich erholt, keine Kartoffeln und nix zu fressen, wie sollen mir dey dann durchkriegen!
- Eysch kann dat Hanne net aus dem Haus werfen, sagte Kaspar. – Et is hey daheim und draußen ist eine eisige, dunkle Nacht …
- Dou hast uns dat Haus überschrieben!, rief Maria. – Dat gehört jetzt uns und dann darf eysch jo auch ein Wörtchen mitreden!
- Off hey dem Haus liegt so viel Schuld, dat gehört dir nicht mehr und mir nicht mehr, dat gehört der Credit-Anstalt von Marienberge.

Hanne sagte gar nichts und Maria schneuzte sich immer wieder in den Ärmel und trocknete sich die Tränen mit den Zipfeln ihres Kopftuches ab. Sie lief hin und her mit ihrem knochigen Körper und polterte gegen den Tisch und warf den

Feuereimer um, dann rannte sie wieder zu Heinrich hinüber und sah, ob er schlief.

– Dat es auch narrisch, sagte Fine und blickte dann gleichermaßen unwillig auf Hannes gewölbten Leib. – Wie es dat dann passiert, Hanne, sag schon, hat deysch der Wallenratz traktiert? Hat der dir Gewalt angetan?

Hanne senkte den Kopf und ihre Brust atmete schwer über der rundlichen Leibesfrucht.

– Mer hat doch keine Wahl, dey Herrschaft, dey dürfen dat so machen.

– Hourenböck!, rief Fine. – Alles Hourenböck!! Dey drangsalieren dey Weiber und dann …

– Finche, sagte Hanne bittend und ihre Augen wurden wässrig und doch hielt sie den Kopf zittrig erhoben, während sich grünliche Flecken auf die Wangen schlichen.

– Et war … et war … kein schlechter Mensch … der war … ein feiner Herr und von gutem Gemüt und der hätt meysch gern behalten, er durft et ja nicht, dey Mutter …

– En feiner Herr??!! Ei Hanne, dou bist off en feine Herr reingefalle? Da bist dou jo noch blöder, wie eysch dachte!

– Dat verstehst dou nicht, Fine, wenn dou den gesehen hättest, so schön bestickte Hemde, ein gewichster Schnurrbart, wenn der einen angesehen hat, mit glühende Auge. Der konnt so schön schwätzen, der wusste all dey schönen Wörter.

– Hast dou dat auch noch freiwillig gemacht!, schrie Maria aus der Stube. – Hat et dir womöglich noch gefallen! Dem auch noch schöne Augen gemacht! Wie en läufige Katze um en rumgestrichen!

– Der Wallenrath war immer gout zou mir.

– Ja!, schrie Maria. Dat sehn eysch! Wie gout der zou dir
  war! Dat kann jeder sehen – weit und breit von Scholmerbach bis Hellersberg und Ellingen und Linnen werden dey sich davon verzählen!

Berthel kroch ängstlich hinter den Kohleeimer und Fine
knallte das Heiligenbild auf den Tisch und konnte nicht einmal
mehr darauf schauen. Eine Weile herrschte verstocktes Schweigen, bis Fine endlich sagte:

– Unser Hanne es ja nicht det Einzige. Paulinchens Gretel!
  Hanniere Magda! Dat Hellersberger Machtel! In Ellingen dat Schreinersch Lene, überall gehen die fort und
  kommen mit dene Kinder wieder, nur beim Hanne hätt
  ich dat nicht gedacht, dou warst immer so stark …

Hanne senkte den Kopf.

– Et war so ein feiner Mann und der hat meysch so leyb gehabt.

– Feiner Mann, dey wollen all nur datselbe. Kennst dou
  einen, kennst dou alle!

– Eysch konnt net anders …

– Er hat dich int Unglück gestürzt!

Kaspar schüttelte den Kopf.

– Ein Sünd' und ein Schande … ein Sünd und ein Schande.
  Etz darfst dou nicht mehr in die Kirch enein gehen, wie
  furchtbar.

Trotzig warf Hanne den Kopf in den Nacken.

– Pff, eysch gehen trotzdem, mir doch egal. – Eysch seyn
  nicht dat Erste und nicht dat Letzte, dat in Scholmerbach
  mal neben naus ist!

– Etz wird it auch noch frech!, sagte Maria.

– Wenn dou in die Kirch gehst, musst dou off die Sünder-
  bank, vor allen Leut', sagte Kaspar.

Fine überlegte düster, wie es weitergehen konnte, und zählte im Geiste die Betten, die sie hatten:

– Etz müssen mir erst mal sehen, wo mir dey hinpacken. Der Konrad und eysch haben fünf Betten, aber darin liegen der Konrad und ich, dey Tante und det Veronika, Rosa, Fritz, Gretel, Minna, Friedrich, Karl und der Matthes. Ihr habt nur drei Betten, der Kaspar mit dem Johann, dou und der Heinrich und dann ist da noch dat alte Bett vor der Truhe, wo eysch früher mit der Tante lag.

– Da liegt unser Annchen drin!, schrie Maria.

– Nur dat Annchen? Ei dann ist doch Platz genoug für dat Hanne und dat Berthe!

– Unser Annachen??? Bei dat liederlich Mensch in ein Bett! Dat lehrt dem nur noch alle Schlechtigkeiten! Eysch werfe dem einen Strohsack vors Feuer, da kann et liegen mit seiner Bagasch'!

Maria drehte sich um und nahm den Schürhaken, um ihn wütend in das Feuer zu stoßen, bis der beißende Herdrauch durch den Ern drang und allen in die Augen stieg und jeder weinen musste.

– No no no, sagte Kaspar. Lass uns einen Frieden machen. Dem Berthelchen mache eysch ein schönes Bettchen aus Tannenholz, ganz für deysch alleine … da kannst dou schön beim Warmen schlafen …

– Wenn mer deysch hört!, schrie Maria. – Dem auch noch ein Bettchen machen, wo willst dou dann dat Holz hernehmen?? Dou alter Dappes!

Kaspar stand langsam vom Tisch auf und drohte ihr mit der Pfeife.

– Maria, et reicht, dou Schlappmaul! Etz sei ruhig und gib dich!

Aber Maria gab sich nicht drein, sie schalt und wütete, sie

schubste ihre Anna und ohrfeigte ihren Johann, und als Berthe
in ihrem Eckchen sie furchtsam anschaute, da stürzte sie mit einem Holzscheit in der Hand auf sie zu und starrte sie voller Wut
und Abscheu so lange an, bis Berthelchen der böse Blick traf.

- Von mir aus könnt Ihr euch gleich wieder fortmachen,
  sagte Maria.
- Dey bleiben hier!, schrie Kaspar. – Der Paulinchen hat
  sein Gretel wieder heimgenommen und der Schreiner
  sein Lenchen und unser Hanne bleibt auch hier!! Wo sollen dey dann hin, all dey Mägde rundherum?? Mir können dey schließlich nicht alle totschlagen!!!

Steif stand Hanne auf, griff nach ihrem Lumpenbündel,
nahm Berthe an der Hand und wollte zur Haustür, als Fine sie
am Arm packte und sagte:

- Etz loss, en bleib, et is ein Unglück, dat wissen mir all,
  aber vielleicht, wer weiß, dout deysch doch noch einer
  nehmen, ein alter Witwer oder irgendein dummer Simpel, manchmal wendet sich alles noch mal zum Gouten,
  wo man gar nicht denkt …
- Dat nimmt keiner mehr! Wer sich rumtreibt mit den
  Hourenböck und überall …
- Ach, schrie Fine. – Hör doch off! Dou warst auch kein
  Kind von Traurigkeit! Off der Linner Kirmes, dou un
  der Linner Otto … eysch weiß et genau!!
- Halt dein Maul!, schrie Maria. Und sie stürzte sich auf
  Fine und der Krug fiel um und Fine schlug mit dem Bohnen-
  sack nach ihr und sie wollten sich die Haare ausreißen, und der
  alte Kaspar warf mit dem Steinbecher und schlug mit der Faust
  auf den Tisch. Da kam auf einmal der bleiche Heinrich aus seinem Bett gewankt mit wirrem Haar und roten Flecken auf der
  fiebrigen Stirn und fragte:
- Wat is denn hey los?

Und Kaspar schrie:

– Frieden! Eysch will Frieden in meinem Haus! Ihr dummes Weibervolk, schämt Ihr auch denn nicht, gerade es
unser Heinrich mit dem Leben davongekommen und
Ihr schreit und kreischt da herum. Ihr sollt all dey Mäuler
halten, schlimmer wie der Herdrauch sinn böse Weiber
daheim, und eysch hun en ganze Stall voll davon!

Da schien ein Lächeln über Hannes starre Lippen zu gleiten
und Maria und Fine ließen einander los und Konrad erschien
in der Tür, um seine Frau nach Hause zu schleifen, die noch
immer Miene machte, Maria zu verdreschen, endlich mal.

– Etz schleefst dou mol, rief sie Hanne noch zu, – egal wo,
und betest noch zou unserem Herrgott, und morgen es
wieder ein anderer Tag.

Hanne aber musste vorerst bei der bösen Maria bleiben und
bei ihrem kranken Bruder Heinrich. Kaspar hatte es so verfügt.

Es war, als sei Berthele von dem bösen Blick Marias eingesponnen worden wie die Fliege vom Spinnennetz über der
Schüsselbank, Berthele rührte sich gar nicht mehr und da, wo
man es hinsetzte, blieb es sitzen und sah still vor sich hin. Es aß
kaum etwas von seinem Brei und wurde immer weißer und ein
grünblaues Äderchen malte sich über seine Stirn hinauf bis in
die spärlichen Härchen auf seinem Kopf. Auch wenn Kaspar
ihm immer wieder einen Brotkrusten zum Kauen gab und
heimlich die Lutschzipfel mit Zucker füllte und ihm Knödelchen voller Grieben gab, so lutschte Berthele nur ein wenig
darauf herum.

Vom sonnigen Kobelenz in die schmodderige Kälte Scholmerbachs, da konnte das Blümlein vom Rhein nicht anwachsen und nicht gedeihen, es wurde weniger und grauer und die Stirn wurde immer höher und die Gestalt immer kleiner und am eiskalten Neujahrstag war sein Lichtlein ausgegangen.

— Wat will man machen, sagte Fine. — Der Herrgott sei dem Kindchen gnädig.

Lina sah in ihre gefalteten Hände auf dem Schoß und seufzte.

— Wer weiß, wofür et gut ist. Dann kriegt et auch nichts Böses mehr zou hören … dou weißt, wie dey Leut sind. Dat hätte nix zou lachen gehabt.

— Noja, sagte Fine. — Im Augenblick haben mir all nichts zou lachen. Dou kriegst etz meinen letzten Kaffee, eysch hatt noch ein par Bohnen in der Büchse, den trinken mir zousammen. Et ist ja schön, dat dou meysch mal besuchst.

Lina griff nach dem warmen Krug und hielt sich daran fest. Die Kinder und die Alten rannten heraus und herein, drückten sich um den Herd, in der Stube klapperte der Webstuhl und rundherum schlugen sie sich und schrien, dass man sein eigenes Wort nicht verstehen konnte. Fine haute jedes rundherum auf den Kopf und schließlich meinte sie:

— Soll eysch dir mal wat sagen, mir gehen in den Stall, do es Ruhe und warm es et auch.

— Host recht, Finche, dat Vieh is einem manchesmal lieber

wie der Mensch. Dat schwätzt schon mal kein dummes Zeug.

Und sie flohen durch die niedrige Stalltür und schlugen sie hinter sich zu, dass die schiefe Tür nur so klapperte.

– Eysch sein dey so satt, sagte Fine, – dat kannst dou dir gar nicht vorstellen. Dey wollen nur: fressen, fressen, fressen! Eysch hab en Graupensupp off dem Feuer stehen, dey reicht zwölf Tage lang, dey hat dey ganz Nacht durchgekocht, un dey fressen die in zwei Tagen, nur weil dey denken, der ander frisst en wat weg. Eysch haue den manchmol den Löffel aus der Hand.

– Jo, seufzte Lina und sank auf den Hauklotz, während Fine sich auf die niedrige Krippe setzte. Aus dem Maul der zutraulichen Lore dampfte es und die letzten Gräser hingen ihr noch an der gemächlich mahlenden rosa Schnüsse.

– Et es jo ein Gottesglück, dat ihr dey Küh noch habt, sagte Lina, – mir haben nur noch eine und dey es schon so mager, eysch weiß manchmal nicht, wie't weitergehen soll.

– Et geht immer weiter, sagte Fine und holte aus ihrer Schürze die faltigen Äpfelchen heraus und schenkte sie Lina, die freudig und gleichermaßen beschämt darauf schaute und sie hundertmal herumdrehte.

– Ach Finche, dou stehst dich doch besser wie mir. Der Gottfried hat an der Lung, der atmet immer den Staub ein … und wenn der bei den Honiels geht, meint der immer, er müsst mit den anderen mithalten und schafft sich den Schnaps rein … und dann kommt er heim und fällt um wie tot. Brauchst dou nit zou denken, dat der mal ums Haus herum wat schafft! Jetzt, wo et nichts mehr zou essen gibt, ist der nur noch Haut und Knochen.

Fine hielt ihren Arm neben den von Lina und sie sahen, wieviel Fleisch eine jede auf den Knochen hatte. Fine war immer noch runder und fester und Linas Arme ragten aus dem Tuch wie dürre Stecken aus dem Wald.

— Dou dickes Deyer!, rief Lina und da mussten sie doch lachen.

— Mir hatten ja nur Glück, weil Wällershofen abgebrannt war, sagte Fine. — Da hat der Konrad ja viel Arbeit gehabt, dey Häuser wieder aufzoubauen. Aber im Augenblick baut keiner und wenn et wat zou reparieren gibt, machen dey sich dat all selber, recht und schlecht. Dabei hätt doch der Konrad so gerne mal einen richtigen Zimmerplatz ... aber der kann nur dasitze und sein Werkzeug schleifen und Löcher in die Luft gucken.

— Ach jo. Aber er ist doch gesund und fleißig und bringt immer noch wat heim. Eysch muss unser Kinder durch det ganze Dorf schicken, dat dey woanders wat zou essen kriegen, wie dey Bettelleut. Wenn der Schultheiss nicht käm und tät uns wat aus der Armenkass bringen, dann wüsst eysch net ... et ist schemperlich genug.

Lina fror und fror und je mehr Tücher und Lumpen sie um sich wickelte, umso mehr fror sie und ihre Nase stak spitz und weiß unter dem Kopftuch hervor.

— Finche, et nimmt ein böses End.

— Dou schwetzt schon wie det Bocksersch Sanne, komm hey, mir setzen uns direkt bei dey Kuh, dey es schön warm!

Und Lore schnaufte, blieb aber still liegen, als Fine und Lina sich mit dem Rücken an ihr schwarzbraunes Fell lehnten und weiter aus dem Kaffeekrug schlürften. Schließlich nahm Fine Linas Arm und sagte:

— Mir müssen nur irgendwie durchkommen, nur durchkommen, und wenn mir Dreck fressen! Eysch fressen den Dreck auf der Straß, eysch fressen einen Eimer Mist, wenn et sein muss, aber mir müssen durchkommen und dou auch, Lina! Wenn der Gottfried schon nicht kann, dann dou doch!

Die Äpfelchen schienen Lina zu trösten und sie nagte mit ihren drei Zähnen still und genussvoll daran herum, während beide sich den Kaffee einteilten, Schluck für Schluck. Die ewige Geduld der Kuh strömte Frieden aus, ihr Rücken wärmte und ihr Atem wiegte sie auf und ab, während in den Schwaden von trocknenden Fladen die Fliegen schwirrten und die Jauche gemächlich in der Rinne floss. Einen Augenblick lang schwiegen sie, als sie hinter der halben Mauerwand im Stroh etwas stöhnen hörten und ein Rascheln. Sie fuhren auf vor Schrecken und auch Lore polterte hoch und kam ungelenk auf die Beine.

— War dat dey ander Kuh?

— Näh … dey liegt doch auch, et wird sich doch kein Mäckes eingeschlichen haben, da liegt einer, Lina, dey Mistgabel, gib mir dey Mistgabel, eysch haue dem dat Kreuz kaputt!!

— No loss doch Finche, mir sehn erst mal …

Aus dem Stroh kam ein unterdrücktes Wimmern und ein schwarzes Kleid voller Spreu wälzte sich heraus und dann sahen sie, dass es Hanne war, die sich hierhergestohlen hatte mit den Röcken voller Geblut.

— Ach du Allmächtiger! Hanne!! Jetzt wär mir bald dat Herz stiehn gebliewen! Es et so weit?!? Kommst dou nieder??! Jesses, watt bliebst dou net beim Heinrich??!!

Aber Hanne verzog nur das Gesicht und zog die Knie an und wälzte sich in den Strohhaufen, den Matthes an der Stallwand aufgeschichtet hatte.

— Eysch wollt denen keine Säuerei machen … und bei dem Maria … do kann ich net bleiben …

Lina beugte sich über Hanne, tastete den Bauch und bekreuzigte sich.

- Ei wie lang geht dat dat schon? Dou bist ja gleich so weit!! Et hängt ja schon alles ganz unne!!
- Dat kann eysch net sehen, sagte Fine, dat kann eysch net, dat kann eysch net! Da gehen eysch nicht bei!
- Ei Finchen, dou dummes Schaf, dou hast doch selber elf Kinder kriegt, dou weißt doch, wie et geht!
- Nein, dat kann eysch net!
- Etz lauf bloß nicht weg!! Oder hol heißes Wasser und halt uns dey Kinder vom Leib!

Und als wäre Lina zu neuem Leben erwacht, krempelte sie nun die Ärmel auf, räumte sich die Fransen aus dem Gesicht, riss sich einen alten Lumpen von den Schultern, brachte Hanne frisches Wasser aus dem Vieheimer und machte ihr ein besseres Lager zurecht, während Fine aus der Stalltür schoss.

- Hanne, dat schaffen mir! Dat schaffen mir! Brauchst keine Angst zou haben, eysch bin bei dir, sei stark, Hannele, et kommt gleich, eysch sehen dat schon! Denk an dat Kindchen, denk an unseren Herrgott, und wenn deysch der Schmerz zerreißen tut, dann flouch off den Drecksack, der dir dat gemacht hat und deysch in den Schmerzen verrecken lässt!
- Et war kein Drecksack!, heulte Hanne. – Et war ein feiner Herr!
- Jo, dou, feiner Herr! Wenn et ein feiner Herr war, dann lägst dou etz nicht im Stall hey!
- Doch … war et aber … flüsterte Hanne.
- Dey feine Herrn kenne eysch, dey hab ich gesehen, im Goldene Grund, wenn dey vorbeigefahren waren, in der Kutsch, wat meinst dou, wat da los war … dey arme

Weibersleut, eysch darf garnicht mehr dran denken, noja, dat ist jetzt auch egal ... beiß dey Zähn zousamme, et geht wieder los, Heilischer Gott!

Hanne bäumte sich auf, zerrte im Schmerz die Röcke wieder über die Knie und trat mit den schönen Stiefeletten ins Stroh. Lina hielt ihre Knie.

— Et zerreißt einen, stöhnte Hanne.

— Drück feste, ... et kommt schon, et kommt schon, hör doch mal off met den Röck, dat Kindche muss doch da herdurch ... wenn doch dat Sanne käm, dat dät uns helfen, aber etz is et auch zu spät ... dat könne mir auch allein!

— Der Herrgott will meysch strafen ... murmelte Hanne ... eysch muss gewiss sterben ... wie mein Berthelchen ...

— Ach dumm Geschwätz, wat will der deysch dann strafen, dou bist gestraft genug, strafen tut einen nur dat Leutgeschwätz!

— Sey haben mein Berthelchen nicht auf dem Kirchof begraben ...

— Dat arm Berthelchen ... Lina ließ ein Knie los und bekreuzigte sich schnell.

— Do darfst dou jetzt nicht dran denken, dou musst an dat neue Kindchen denken, dou musst feste drücke, Hanne, feste, sonst kommt et net raus und erstickt!

Hanne schloss die Augen und schnaufte wie die Kühe, die unverwandt zu ihnen herübersahen, als fühlten sie mit, und Lore sah sie mit großen Augen an, als könnte sie ihr die Kraft geben, die Hanne aus den Gliedern schwand.

— Dou sollst mithelfen, Hanne, nur einmal noch!

— Eysch kann net mehr!

— Et führt etz kein Weg dran vorbei, feste! Hanne, feste!!

Lina stemmte sich auf Hannes Bauch, als diese in unmenschlicher Anstrengung die Kiefer zusammenpresste, einmal lauthals fluchte und endlich ein Strom von Wasser und Blut aus ihren Röcken floss, der das Kind ins Leben spülte.

– Alleweil bin ich krepiert ... stöhnte Hanne.

Da kam Fine gelaufen mit Leinentüchern und mit dem kochenden Wasser, das aus dem Topf schwappte und hinterher drängten sich die Kindergesichter und Konrad mit fragendem Blick, als Fine mit der Hüfte die Tür zuschlug.

– Hier gibt et nichts zu sehen! Macht euch fort!

Dann kam sie vorsichtig näher und stockte ... im Stall war es dunkler geworden, der Abend hatte sich gesenkt und nur eine winzige Funzel brannte über der Traufe.

– Wie weit ist et dann ... Allmächtiger ... ist et schon da? Wie sieht dat denn aus?

– Wieso??, rief Hanne, und versuchte, sich aufzustützen, während ihr wirres Haar und voller Schweiß und Stroh am Kopf klebte. – Wie sieht et denn aus?

Starr kniete Lina vor Hannes schmutzigen Röcken und konnte sich nicht rühren.

– Allmacht des Herrn, flüsterte Fine.

– Wat dann?? schrie Hanne.

– Et is ... et is ... kein Leben drin ...

Das noch nasse Kind hatte ein bläulichgraue Farbe mit Blutgeschmier und es lag leblos im Stroh an einer dicklichen, sich umeinanderschlingenden Nabelschnur. Es war lang hingestreckt, als hätte man eine Katze am Hals aus dem Fluss gezogen.

Fine und Lina bekreuzigten sich.

– Et lebt nicht? fragte Hanne.

Sie schüttelten die Köpfe.

Hanna fiel zurück ins Stroh und starrte blicklos an die Stalldecke und die braungescheckte Kuh kam ganz nahe heran und blies ihr warm ihren Kuhgeruch ins Gesicht.

– Wat mache mir dann etz, Finche?, fragte Lina.

– Den Pastur holen …

– Nein, sagte Hanne. – Der wird meysch nur verdammen.

Sie sagten Allmächtiger und Mein Herr und mein Alles, sie sagten Herrgott im Himmel und Erbarme dich, sie sagten Gottchen, ach Gottchen und Heilandmariajoseph, und das Kind lag immer noch da. Sie schnitten die Nabelschnur durch mit einer alten Scherbe und schoben den Mutterkuchen in die Jaucherinne und Lore roch hinterher, als wollte sie ihn fressen. Den Leichnam des kleinen Jungen scharrten sie zur Seite, und keine mochte ihn recht anfassen.

– Mir müssen ihn doch fortschaffen … vom Pastur kriegt et doch keinen Segen und keine Taufe mehr …

– Wie beim Berthelchen … dat wollen mir nicht nochmal erleben. Mir vergraben den heimlich!

Lina und Fine schauten sich an und nickten. Einen Augenblick lang konnten sie sich nicht rühren. Alles hing noch in der Luft, Hannes stummer Leibeskampf, das gewaltsame Gebären, das Erscheinen des unheimlichen toten Kindes, das nun voller Strohsprenksel an der salpetrigen Stallwand lag und aus dem langsam die Wärme schwand.

Scheu klopfte es an der Stalltür und aus dem Dunkel trat Konrad herein, er nahm den Hut ab und knetete ihn in seiner Hand.

– Und … sagte er … wie es et? Darf man gratulieren?

Als es Mitternacht schlug und der Nachtwächter an ihrem Haus vorbeigelaufen war, schlichen Lina und Finchen mit einem Bündel und einem Spaten in der Hand durch das finstere Dorf und wenig später trottete Konrad aus dem Honiels hinterher, und tat, als sei er so betrunken, dass er sich auf dem Heimweg verlief. Dabei hatte er hinter dem Brunnen eine Schippe versteckt, und die nahm er nun und folgte den Frauen auf den Kirchhof.

Er kam an der niedrigen Mauer vorbei, wo die Erde nicht geweiht war und an dem alleine und verloren das Hügelchen von Berthe lag, ohne Kreuz und ohne Namen, nur geschmückt mit einem gefrorenen Papierblümchen. Konrad schüttelte den Kopf und sagte:

– Dou arm Berthelchen dou. Do liegst dou ganz allein … dat es nicht recht, ohne Mutter, ohne Vater … unterm Sternenhimmel … dou sollst do nit liegen bleiben, et bricht einem ja dat Herz … soweit eysch weiß, liegst dou garnicht tief begraben, weil et an Neujahr doch gefroren hat …

Der Branntwein schwomm ihm noch im Kopf herum und ließ ihn auf Ideen kommen und ehe er sich es recht besah, schlug er seinen Spaten in das Hügelchen.

– Nur der Herrgott allein darf uns richten … eysch beten auch gerne noch ein Vaterunser, aber dat hier darf nicht sein … Berthelchen, eysch holen dich hier raus! Wenn mir schon einmal dran sind!

Und obwohl es kalt war, fing er bald an zu schwitzen und der Hut rutschte ihm ins Gesicht, doch mit wenigen Spatenstichen kam er an den schmutzigen Leinensack, der kaum einen Schuh tief den Kinderleichnam beherbergte, und zerrte ihn heraus.

Und während Fine und Lina betend emsig ein Loch in das

Grab der Mutter Margarete scharrten, brachte Konrad das steife, durch die Kälte kaum verweste Bündel herbei und trug es hinein in den Scholmerbacher Kirchhof, wo die Seligen und Getauften und Geölten ruhten.

— Bist dou verrückt?, flüsterte Fine angstvoll. – Dat Berthelchen auch noch auszugraben? Ist dat nicht Schand getan? Eysch kriegen mit der Angst zou tun! Dat es ja schauerlich!

— Wenn mir einmal dabei sind … flüsterte Konrad. – Dat Kind kann nicht allein an der Mauer bleiben … eysch kann et nicht ertragen!

— No … dann mach … viel Zeit haben mir ja nicht, dat es so schlimm, dat können mir noch nicht mal beichten, da schlafen eysch nit mehr …

— Um Jesus Barmherzigkeit, sagte Konrad.

— No, dann pack et mit nein!, flüsterte Lina.

Sie bekreuzigten sich alle noch einmal und dann legten sie Hannes tote Kinder, eines bei das andere in das Grab hinein, in Margaretes kalten, zerfallenen Schoß.

Und wenn der Herrgott ihnen gnädig war, so wollte er sie noch in dieser Nacht aus ihrer eisigen Verdammnis erlösen und zwei helle, lichte Engel schicken, die ihre armen Seelchen in das Himmelreich führten, wo der Glanz der Ewigkeit ihre Gesichter erhellte und ihre Herzen tröstete für alle Zeit.

— Etz schwätz bloß nichts Übergescheites!, sagte Fine außer Atem, als sie in wollene Tücher eingewickelt, ihren Matthes im guten Zwirn und mit glänzenden Knöpfen die

Landstraße hinauf durch die kalte Februarluft nach Ellingen scheuchte.

— Dat muss klappen, eysch bin dat leid mit dir daheim herum!

— Wat soll eysch dann Verkehrtes schwätzen?, sagte Matthes. — Der Kiezenbaron ist ein Mann von Welt, wat eysch weiß, weiß der schon lang, der is et gewöhnt, sich vernünftig zou unterhalten!

— Matthes!, rief Fine. — Dou sollst deysch überhaupt nicht unterhalten! Dou bist vierzehn Jahre alt, dou hältst dein Maul und wartest, bis dou gefragt wirst! Eysch will, dat der Kiezenbaron deysch einmal mitnimmt, da dürfen mir nichts falsch machen, dat der sich nicht gleich belästigt fühlt!

Sie wollte Matthes unbedingt an den Kiezenbaron loswerden, er musste jetzt aus dem Haus, er war allzu fidel und übermütig und prahlte wie der Gockel auf dem Mist.

Seit der Sache mit Heinrich hatte sie schon daran gedacht. Jetzt, wo auch Hanne noch bei ihnen wohnte, fehlte ein Bett, und Matthes, dem in Scholmerbach die Welt zu klein war, war der Richtige, um hinauszuziehen. Sollte er doch mit dem Kiezenbaron laufen, und wenn der auch ein Mäckes war, so lernte man bei ihm mehr als bei einem gewöhnlichen Kochlöffelverkäufer aus dem Kochlöffelland von Langdehrenbach.

Noch lange hatte sie in der Nacht mit Konrad am Feuer gesessen und disputiert. Sie waren Bauern und Zimmerleute mit Haus und Hof und Erdengrund. Es war ehrlos, mit den Händlern zu ziehen, den Habenichtsen und Hungerleidern ohne Anstand und Moral, und Konrad war nicht dafür. Aber seine Wangen waren hohl, und die Stirn war knochig und die Zähne wurden ihm länger und fielen aus. Jeder Schnaps, den er nun trank, glühte ihm in den zusammengefallenen Gedärmen und machte nicht mehr recht satt, beim Honiels hatten sie angeschrieben und der Wirt schüttete stumm den Branntwein aus, als sei er es dem Herrgott schuldig, ganz Scholmerbach mit diesem magischen Trunk am Leben zu halten. Jeder Becher, den er füllte, war wie ein stummes Gebet.

– Et geht nicht mehr, hatte Fine gesagt. – Mir haben keinen Kappes mehr, keine Rüben mehr, mir haben keine Kartoffeln zum Setzen und kein Brot zum Backen, einer von uns muss enaus in die Welt. Noch einen Hungerwinter überleben mir nicht.

Konrad hatte nichts mehr zu sagen gewusst und die Augen waren ihm zugefallen, und der Weibsleute wurde er ohnehin nicht immer Herr. Wenn aber Fine ihren Matthes nach Ellingen trieb zu den Mäckessern, so war es ihm doch nicht recht, denn wer wusste schon, was ausgerechnet der Kiezenbaron ihrem Matthes beibringen mochte, welche Schlechtigkeiten und welche Gottlosigkeit und nur Lug und Betrug? Er wollte jeden Tag für ihn beten, denn Konrad liebte den Herrgott und hielt am Abend den Rosenkranz in der Hand, und auch wenn er nicht immer betete, so sagte er doch heimlich immer wieder »Gelobtseijesuschristus«.

Es war gottlos, Matthes in die Ferne zu schicken, und doch war es Matthes selbst, der hinauswollte in die Welt und ferne Länder sehen und ob die Kaufleute nun gute Menschen waren oder verderbte Heiden: Er fürchtete keine Gefahr und hielt es mit dem Heens August, der immer heimkehrte mit einem Leuchten in den Augen und dann Geschichten erzählte, den ganzen Winter lang. Wenn der Honiels keinen Schnaps mehr hatte, so hatte der August immer noch ein Lied auf der Fiedel und er sang:

– Wem Gott will rechte Gunst erweisen, den schickt er in die weite Welt!

Und der Weg in die weite Welt begann mit dem Wegekreuz nach Ellingen und führte unter den drei Eichen hindurch zur Struthecke, und dahinter sah man schon die sich
langsam drehenden Flügel vom Bruchmüller seiner Mühle und
dahinter die blässlichen Fachwerkhäuser und den Kirchturm
aufragen, der nicht so krumm und durchlöchert war wie der
von Scholmerbach.

Sie mussten durch ganz Ellingen gehen, wo man kaum
einen auf der Straße sah, weil auch hier die Leute schwach und
stumpfsinnig in ihren Stuben herumlagen und auf das Frühjahr
warteten. Durch diese Stille gingen sie immer weiter bergauf,
denn der Kiezenbaron wohnte weit oberhalb von Ellingen,
beinahe schon oben in Heen, und dort war sein prächtiges
Haus mit zwei Geschossen und einer Scheune, die sogar gegenüber stand wie in einem Gehöft. Er hatte einen Brunnen
vor dem Haus, wo seine Frau nur pumpen musste! Eine Magd
hatte er und einen Knecht für die Gäule! An seinen Fenstern
hatte er feines Glas und kein Papier oder Schweinsblasen, das
Fachwerk hatte die allerschönsten Bögen, Andreaskreuze und
Hessenmänner, das Dach war nicht von Stroh, sondern von
schmuck gelegten Schieferschindeln, sodass es nicht brennen
konnte. Es war unvorstellbar, wie reich ein Mäckes und Kie-
zenmann werden konnte.

Finchen wurde eigenartig mutlos, wie sie vor der mit
Schnitzereien reich verzierten Tür stand, die der Baron in kräf-
tigem Blaugrün hatte streichen lassen und die sie nun beinahe
blendete.

— Wat sollen mir dann hey, der schmeißt uns doch raus …
    dat weiß mer doch, der schwätzt doch nich mehr mit je-
    dem. Wer weiß, ob der überhaupt noch auf Dour geht,
    de ist doch schon ein alter Sack.

Matthes zupfte sich an dem schwarzen Cordwams mit den

Knöpfen, das immer der Mann des Hauses anzog, der zu einem bedeutenden Anlass gehen musste und ein stattliches Auftreten brauchte. Es war ihm ein wenig zu groß, doch fühlte er sich offenbar vollkommen richtig und wichtig damit, seine Augen blitzten, er hatte Konrads blonde Locken geerbt.

– Dat wollen mir erstmal sehen!

– Sei bloß net grußspurig! Eysch hauen deysch ins Genick!

Matthes aber klopfte mit der Faust an die Tür, als hätte der Baron schon den ganzen Tag auf ihn gewartet.

Als die Frau vom Kiezenbaron mit ihrem faltigen Gesicht und der verknickten holländischen Haube die obere Türhälfte aufmachte, schaute sie griesgrämig heraus und rieb sich frierend die Arme.

– Wat wollt ihr dann? Habt ihr jetzt auch angefangen zou betteln?

– Wat denkt Ihr dann? Mir sind Zimmerer von Scholmerbach, mir betteln nicht!

– Na und? Glaubt ihr, Betteln ist nicht ehrbar? Betteln ist ein anständiges Handwerk, dat will auch gelernt sein! Et ist besser, dey Nas nicht so hoch zou tragen!

– Da habt Ihr recht, gute Frau! In diesen harten Zeiten kann et jeden erwischen!, sagte Matthes stolz.

Hinter der Frau schlurfte der Kiezenbaron herbei in einem prächtig bestickten Schlafrock, der aber an den Ellenbogen schon zerbeult und etwas speckig erschien, und er kaute an seiner Pfeife.

– Wat wollen dey Leut'!, fragte er. – Pelzjen kaufen? Eysch hab keine mehr, dey sollen zum Salomon nach Wällershofen gehen.

Sein Haar war grau und schütter geworden und fiel unter der Bambelmütze lang auf seine Schultern, doch so wie es aussah, wusch er es auch nicht öfter als die Bauersleute.

– Könnt Ihr unseren Matthes mit auf Handelsreise nehmen?, fragte Fine. – Der ist gelehrig und kann rechnen
und Euch dey Stiefel wichsen und den Gaul füttern …
als … als Lehrbub …

Der Kiezenbaron riss die Augen auf und starrte erst Fine an
und dann Matthes und brach dann in schallendes Gelächter aus.

– Lehrbub? Eych soll den Kerl als Lehrbub mitnehmen?
Frau, hast dou dat gehört? Dey wollen bey uns in dey
Lehre gehen! Früher hatten dey uns die Tür vor der Nas
zougeschlagen … da waren mir nur dey dreckigen Mäckesser … hattet ihr net mal dat alte Henriette … so en
alte Tante … ? Dey wollt uns vom Hof jagen … en jetzt
kommt ihr angekrochen und wollt von uns lernen …
weil euch det Fleisch von den Knochen fällt … eysch
sehn et doch an den Augen!

Beschämt schlug Fine die Augen nieder und flüsterte:

– Aber mir haben doch von Euch mal en Schüssel gekauft,
allerfeinstes Irdengeschirr …
– Von der Tante weiß eysch naut!, rief Matthes dazwi-
schen. – Und wenn, dann liegt dey schon lang offem
Kirchhof! Eysch will alles mol anders machen als dey alten
Leute! Eysch will nicht mein Lebtag in Scholmerbach sit-
zen, eysch will was wissen von der Welt – so wie Ihr!
Eysch will auch mal Holland sehen und die Häfen von
Engelland und dey stolzen Schiffe und dey Seeräuber und
dey …

Finchen stieß Matthes gegen das Knie und wäre am liebsten
gestorben, und doch schien es, als hätte dem Kiezenbaron
Matthes Auftritt irgendwie gefallen.

– Noja, sagte er nach einer Weile. – Eysch fahren tatsächlich im März nach Engeland … eysch will mal sehen, wat
et Neues gibt … vielleicht sehen eysch mal nach schönen

Wandteppichen mit … ja, … mit einem Einhorn …
weißt dou, wat en Einhorn es?

Matthes stemmte die Hände in die Seiten:

– En Einhorn … en Einhorn es eine Kuh, dey ursprüng-
lich als Missgeburt off dey Welt gekommen ist und der
dessenthalben dat eine Horn fehlt, wie gesehen in Hellersberg bei dem Franze Hannes, dessen Kouh im Jahre
1828 als praktisch einhornig auf dey Welt gekommen ist!

– Also, Matthes, sagte der Kiezenbaron. – Dou weißt noch
vieles nicht. Dou weißt noch gar nichts. Wenn mer wat
net weißt, dann frägt man oder man hält dat Maul. Aber
egal, eysch hab auch schon viel doll Zeug geschwätzt.
Und wat meinst dou, wenn dou in die Welt kommst, wat
dou da noch viel dolles Zeuch hören wirst, dolles Zeuch
in allen Sprachen dieser Welt … noja, wenn de willst, en
weng Hilf könnt eysch schon brauchen …

Finchen musste sich einen Augenblick lang an der halben
Haustür festhalten, ihr wurde ganz schwindelig, vielleicht hatte
sie auch nicht recht gehört und womöglich überlegte es sich
der Kiezenbaron noch anders, aber vielleicht hatte sich der
weite Weg nach Ellingen doch gelohnt! Sie musste unbedingt
in ihre Rocktasche fassen und die Heiligenbildchen berühren,
die sie bei sich trug: die Heilige Ursula, die Heilige Klara und
auch noch das alte verblasste Bildchen der Heiligen Elisabeth.
Fine war überglücklich und knickste vor Aufregung.

Wenn auch der Kiezenbaron noch irgendwelche Dinge zu
Matthes sagte, von denen sich das eine wie Drecksäcke und
Diebesgesindel anhörte, das andere nach Geldkatze, Lumpenpack und lüsternen Dirnen und Matthes wie ein Großer die
Arme verschränkte, die Augen zusammenkniff und grinste,
besonders, als es um die Hafenkneipen mit den Weibern ging,
schloss Fine die Augen und war selig.

Matthes würde hinausgehen in die Welt und er war schlau genug, sein Glück zu machen und wiederzukommen und ihr vielleicht einen glänzenden Gulden mitzubringen oder zwei, und wer weiß, vielleicht sogar eine strahlend weiße Schürze mit geklöppelter Spitze.

    – Wenn et nur ehrlich zugeht … flüsterte sie noch. – Matthes, man muss immer ehrlich bleiben …

Aber das hörten der Kiezenbaron und Matthes nicht mehr. Sie lachten, zwinkerten sich zu, schlugen ein wie zwei richtige Männer, und der Kiezenbaron legte schließlich sogar seinen speckigen Seidenärmel um ihn, als sei Matthes fortan sein Sohn und sein Saufgeselle.

Die irdene Schüssel vom Kiezenbaron mit den herrlich blau gemalten Ranken hatte schon ewig in der Schüsselbank gestanden und nun holte Fine sie andächtig heraus und stellte sie auf den Tisch. Aus einem Säckchen ließ sie die letzten Pflaumen des vergangenen Herbstes herausrollen, die schwarz und eingefallen auf den Tisch kullerten. Fine sortierte mit Bedacht die schlechten Pflaumen aus und die anderen wusch sie im Spülstein und legte sie dann in die gute Schüssel und schüttete darauf Brunnenwasser, damit sie sich nach dem langen Winter noch einmal vollsaugten und aufquollen und rund wurden und behäbig schimmerten.

Dann holte sie ein Säckchen alter Nüsse aus dem vergangenen Herbst und ließ sie über den Tisch rollen, um zu prüfen, welche taub war oder faul, und auch die Nüsse weichte sie ein, diesmal aber in Lores dünner Milch, der wenigen Milch, die sie heute gegeben hatte, bei dem spärlichen, staubigen Winterheu, das man ihr zu fressen gab.

Die Sonne schien fahl über die ersten Märztage und die Spitzen frischer Gräser erschienen zwischen den Flecken des Schmelzwassers auf den Wiesen.

Durch die Tür kam Bettchen auf unsicheren Beinen und vor ihr lief ein gackerndes Huhn über die Schwelle in den Ern hinein.

— Gacka!, sagte Bettchen.

— Ihr sollt draußen bleiben, sagte Fine. — Sonst kann eysch net schaffen.

Bettchen wollte das Huhn fangen, aber Fine packte es und warf es so in den Hof hinaus, dass es kreischend und flatternd davon flog.

— Geh dou mol dey Tante Hanne wecken, sagte Finchen zu Bettchen. — Dey liegt immer noch im Bett.

Seit Tagen war Hanne herumgekraucht und hatte nichts gegessen und hielt sich den Leib, als habe sie Krämpfe. Sie sagte ja nichts. Sie hatte viel Blut verloren in jener Nacht, es war in der Dunkelheit schwärzlich in die Jaucherinne gelaufen, und keiner konnte sagen, wie viel von ihrem Lebenssaft davongeflossen war, womöglich hatte sie alle Lebensgeister mit diesem Kind verloren. Seitdem huschte sie in Finchens Haus umher wie ein Schatten, der nirgendwo zu Hause war. Womöglich glaubte sie sich verflucht. Ihre Kinder waren ungetauft geblieben und durften nicht ins Paradies und spielten nur vor dessen Tor auf einer Wiese mit den Wolken. Wenn sie nun selber in das Himmelreich treten würde, durfte sie ihre Kinder dann wiedersehen oder würde der Herrgott sie in die Hölle werfen wegen ihrer Liederlichkeit und der Unzucht in Kobelenz? Was auch immer geschah, sie war verloren.

— Hanne, mach deysch mol met em Arsch aussem Bett!, schrie Fine in die Kammer herüber.

Aber nichts rührte sich.

Bettchen wackelte hinüber und babbelte: – Nanna …
Danndte … Nanna … off … offdien …

Eine Weile hörte Fine nichts und sie rührte ein Lot Kno-
chenpulver in die Graupensuppe, während die krumme Tante
Bertha aus dem Stall hereinkam und sich an der Schwelle den
Mist von den Füßen klopfte.

    – Nanna!, schrie nebenan Bettchen und wieder aus Leibes-
    kräften:
    – Nanna!!

Das Kind patschte, aber kein Laut, auch kein Stöhnen oder
Husten drang herüber. Fine wischte die Hände an der Schürze
ab und ging hinüber in die Kammer und dann sah sie, wie
Bettchen mit der Hand immer in Hannes Gesicht patschte und
schrie:

    – Nanne! NANNE!! Offdeen!!! OFF!

Hanne aber lag starr auf dem Rücken, die Augen halb geöffnet, der Leib war gekrümmt und der ehemals herrlich
blonde Zopf hing unordentlich über dem verrutschten Hemd.
Eine erste Fliege kroch durch die Lider und spazierte über den
Augapfel, und Fine bekreuzigte sich:

    – Allmacht des Herrn! Nein – nein!!!

Dann rannte sie näher und schrie,

    – Hanne??? – HANNE???, und sie scheuchte Bettchen zur
    Seite und schlug ihrer Schwester ins Gesicht. – Hanne,
    wat es?? Hanne, Hanne – verdammt nochmol – mach
    dey Augen off – komm zou dir!!! Mach kaa Geschichte!!
    Herrgott der Welt, Hanne!!

Auch Bettchen beeilte sich und kroch wieder herbei und
schlug Hanne auf den Bauch und rief:

    – NANNE! NANNE!

Aber Tante Berthe, die herbeigehinkt war, sagte:

    – Dat es nicht mehr. Dat ist tot.

– Ei, Hannele … rief Fine … Warst dou dann so krank …
Dou hast doch gar nichts gesagt … Hannele … waren
mir nicht gout zou dir … Hannele … mach doch dey
Augen wieder off … ach mey Schwesterche … mey
Schwesterche … wie konnt dat dann komme …

Sie sank vor das Bett, und ihr Kopf fiel auf Hannes Bauch
und sie weinte bitterlich.

– … Ach Herrgottche, … sei ihr gnädig … sei ihr gnädig … et war doch so allein in der fremden Stadt … in
Scholmerbach wär dat nicht passiert … mir Weiber vom
Dorf … mit uns machen sie's ja … achaottachgottchen …
wo wird et etz sein, mein Schwesterchen?

Hanne war ja eine verlorene Seele und hatte keinen kirch-
lichen Segen, so wie ihre Kinder ohne Segen waren und Paulinchens Gretel, Hanniere Magda, das Hellersberger Machtel,
und Schreinersch Lene von Ellingen und deren Kinder keinen
Segen hatten.

An den Kirchhofsmauern wölbten sich die Hügel der Un-
getauften, denn die Kinder der Dienstmädge starben allesamt, es
starben drei in Linnen und fünf in Scholmerbach, es starben
zwei in Ellingen, drei in Wennerode und drei in Hellersberge.
Es starben hinterher die Dienstmägde, die so dumm gewesen
waren oder drangsaliert in Essen oder in Siegen, in Limburg,
Weilburg oder Wiesbaden, in Köln, Koblenz oder Metternich.

– Leck mich am Arsch, sagte Fine zu Konrad. – Dat Hanne
soll mitten auf dem Kirchhof begraben sein und nicht an
der Mauer, wo dey Erde nicht geweiht ist und wo nur
dey dey Hausierer und Galgenvögel liegen. Eysch will et
nicht!

– Wat willst dou dann machen?, sagte Konrad traurig und
flickte einen Korb mit einer biegsamen Weidenrute. –
Eysch weiß nicht, ob der Pfarrer Vinzenz dat macht.

– Eysch muss mal mit dem schwetzen. Et kann nicht sein, dat so ein armes Mensch nicht in den Himmel eingehen soll!! Eysch beten jeden Abend für dey verlorene Seelen – unser Hanne im Fegefeuer! Stell dir dat mal vor! Und dey Kinder bloß vor der Himmelstür und nicht im Paradies!! Hat dat unser Herrgott gewollt!?

Nun lag Hanne schon drei Tage in der Stube auf einem Brett aus Stroh und Leinen darüber aufgebahrt in ihrem besten Hemd, Konrad hatte vom Feld ein paar Weidekätzchen mitgebracht und sie in ihren Arm gelegt und Fine hatte ihr das lange helle Haar in einem herrlichen Kranz um den Kopf gewunden und das Kissen mit Tannenzweigen geschmückt. Aber wenn sie nicht bald hinauskam und aus dem Kohlenkasten die Wärme herüberdrang, fing sie an zu stinken, die Kinder fürchteten sich und Bettchen hörte nicht auf, sich zu strecken und die Tote zu schlagen.

– Der Vinzenz soll verdammen, wen er will!! Meysch nicht und dey Meinen auch nicht!, sagte Fine.

Am späten Nachmittag kam Pfarrer Vinzenz, und Fine hatte sogar Bohnenkaffee gekocht, obwohl der Herzog von Weilburg alle seine Untertanen gewarnt hatte vor der schrecklichen Kaffeepest, die so viel Geld aus dem teutschen Land zog und es so noch ärmer machte, als es ohnehin schon war. Doch solange man beim Krämer-Franz für ein paar Eier oder ein Pfund Butter einige Bohnen bekommen konnte und mit dem duftenden Getränk den Pfarrer Vinzenz in eine bessere Stimmung versetzen konnte, wollte Fine alles daransetzen, ihm einen guten Kaffee zu servieren.

Denn der Pfarrer hatte es wirklich schwer. Im Hungerwinter waren viele Menschen an der Auszehrung gestorben, und die anderen litten an der Trübnis und die Weiber benahmen sich in den Spinnstuben liederlich und tranken Schnaps.

Scholmerbachs Moral und Seelenheil waren ins Ungleichgewicht geraten, und das Dorf drohte vom Wege abzukommen und womöglich in den Abgrund zu steuern. Darum musste er, Pfarrer Vinzenz, das Ruder herumreißen und es fest in der Hand halten, damit er alle Seelen am Ende ins Himmelreich brachte und nicht der Leibhaftige das Schiff ins Wanken brachte, es womöglich zu sich in die Tiefe zog und im Höllenschlund versenkte.

Es war ihm schier unerträglich, wie ihn die gute Fine nun in die Stube zerrte und ihm ein weiteres gefallenes Mädchen präsentierte, das er getauft hatte und dem er die Heilige Kommunion gegeben hatte und das er nun gar nicht mehr ansehen wollte, wie es unter dem Leichentuch lag mit den Weidekätzchen und den eingefallenen toten Augen.

— Wat hat et dann gehabt?, fragte Pfarrer Vinzenz unbehaglich.

— Wisse mir nicht –, sagte Fine. – Auszehrung. Gebrochenes Herz. Der Magen hat em weh getan. Et hat nichts gesagt.

Gar zu schnell fegte Vinzenz ein fahriges Kreuzzeichen über die Tote und ging zurück in den Ern, wo auf dem Tisch die Kaffeekrüge standen. Er nahm seinen Hut ab und setzte sich. Auch der alte Kaspar trat ein und nahm ehrfürchtig seine Bambelmütze ab.

— Hochwürden, Ehrwürdiger Vater, et is schön, dat Ihr gekommen seid in diesem Unglück. Ihr wisst, mir waren immer anständige Leut …

— Schon gut, Kaspar, schon gut.

— Herr Pfarrer, sagte Fine und schenkte ihm den heißen Kaffee in den Krug, an dem sich Vinzenz gleich festhielt. – Is dat so, dat unser Hanne jetzt gleich in dey Hölle kommt?

– Dat weiß der Herrgott allein, Finche. – Wenn et sich versündigt hat ... dann gehört et in die Verdammnis ... ja.

– Und wenn mir für 't Hanne beten, viel beten?

– Mir müssen immer beten für dey Seelen im Fegefeuer. Immer. Mir beten doch schon jeden Sonntag in der Kirch für dey.

– Wenn et jetzt den Segen hätte von der katholischen Kirche, hätt et dann Hilfe vor dem Satan?

– Noja, ... der hätte dann nicht so den Zugriff ... aber ich kann ja keiner ledigen Mutter den Segen erteilen ... dat is gleichzusetzen mit Ehebruch.

– Herr Pfarrer ... dem Hanjokebs Liesjen habt Ihr aber auch den Ehesegen gegeben, obwohl dat vor der Hochzeit schon in Umständen war, und dem Ellinger Traudel auch ... dem Dapprechter Wilhelmine auch ... dey mussten alle heiraten ... und wenn dat Hanne auch heiraten wollte?

Pfarrer Vinzenz schüttelte den Kopf. Er wollte überhaupt nichts mehr hören. Warum hatte der Herrgott ihn von der lauen Mosel in diese Gegend geschickt, in dieses Land aus Wind und Nebel und Schnee? Immer nur Mühsal und Not von Geschlecht zu Geschlecht.

Sein Blick wanderte über die Lehmwand und blieb an dem geschmückten Kreuz haften mit den Heiligen Klara, Elisabeth und Ursula. Die Zimmerleute waren gottesfürchtig, auch wenn man sie häufig fluchen hörte, so wie alle Leute ringsumher. Vinzenz seufzte und trank seinen Kaffee, sein Kopf war leer, und er tat, als sei er am Nachdenken und am Beten.

– Herr Pfarrer, bat Fine inniglich und schob ihm auch noch einen Branntwein hin. – Unser Hannele war im-

mer ein frommes Kind. Et war schwer gestraft, dat et der
Herr Wallenrath noch immer nicht geheirat hat, obwohl
der ihm dey Ehe versprochen hat … glaub eysch. Der
Herr Jesus Christus hat gesagt, vergebet den Sündern …
dat Maria Magdalena war auch en Sünderin und durft
dem Herrn Jesus dey dreckigen Füß waschen mit seinen
Haaren.

Vinzenz winkte ab und trank den Kaffee, der ihm den Leib,
aber noch nicht das Herz wärmte.

— Seht Ihr, sagte der alte Kaspar. — Mir kennen dey zehn
Gebote und den Katechismus, mir waren immer zur
Beichte. Unser Hanne war ein goutes Kind. Aber all dey
Dienstmägde von hey, dey gehen da hinaus, dann tut man
denen Gewalt an, dene Dienstherren geschieht nichts und
unsereiner muss dey Kinder zou Grabe tragen … Es dat
dann recht? Will dat unsern Herrgott?

Vinzenz glaubte zu ersticken. Er riss sich den Vatermörder
vom Hals, der Schweiß stand ihm auf der Stirn und er trank
den Schnaps wie Wasser.

— Mir sind dey Hände gebunden! Eysch kann Eurem
Hanne keine Mess' und Ämter lesen! Der Bischof von
Limburg …

— Der Bischof von Limburg … der Bischof von Limburg
hat kein Herz und kein Verstand!

— Versündige dich nicht!, schrie Vinzenz.

— Wer versündigt sich??, schrie Finchen.

— Finche, halt dein Maul!, rief Kaspar und einen Augenblick lang sprach keiner ein Wort, dann bekreuzigten
sich alle drei.

— Verzeiht mir, Herr Pfarrer, sagte Fine. — Et tut mir so
leid! Eysch hab mich vom Kummer … hinreißen lassen.
Trinkt noch en Schluck. Et tut mir auch leid, dat der

Konrad nicht da ist und mal guten Tag sagt. ... Wisst Ihr, der Konrad zimmert den Sarg. Der Konrad ist ein guter Zimmermann. Der Konrad hat gestern noch gesagt ... er würd so gern mal den Kirchturm neu machen. Er bräucht zwar bestimmt eine große Eiche dafür oder drei Tannen ... aber er würde Euch gerne einen wunderschönen neuen Glockenturm machen ... so schön, dat man den noch sieht bis Wällershofen und die Glocke hört bis Wennerode! Dann regnet Euch dat nicht mehr rein, wenn Ihr predigen tut. Und dey Eule muss sich einen Wald suchen und der Kauz schreit nicht mehr, dat immer ein neuer Mensch sterben muss ... hat der gestern noch gesagt.

Pfarrer Vinzenz rieb sich den Nacken und kratzte sich hinterm Ohr und durch die Hemdslöcher hindurch an den Achseln. Wenn er in die Häuser der Armen ging, holte er sich überall das Ungeziefer in die Kleider und noch ins Hemd hinein. Trotzdem schien er sich auf einmal ein wenig wohler zu fühlen und er trank noch einen Kaffee und noch einen Branntwein. Tatsächlich war der Scholmerbacher Kirchturm in einem entsetzlichen Zustand und die Mäuse und Ratten kletterten hinauf bis zum Glockenstuhl. Er hatte dem Bischof einen Brief nach dem anderen geschrieben, aber nichts rührte sich in der reichen Stadt an der Lahn.

— Ich könnte natürlich nachdenken, ob man das Hanne nicht vielleicht bei dem losledigen Friedchen begraben könnt, das wär zwei Reihen weiter ... dou meinst also, man hätt dem in Kobelenz dey Ehe versprochen?

— Jou! Hat man! Mein eysch mol.

— Noja, sagte Vinzenz. — Gelobtseijesuschristus. Man kann jetzt keine große Beerdigung machen, das geht nicht ... wenn man das ... sagen wir mal ... morgen früh ... um sechs Uhr … in aller Stille … ohne Glockenläute … dann macht meinetwegen ein Kreuz drauf. Ich weiß nicht, ob ich dem Hanne den Segen geben kann, ich weiß es wirklich nicht. Aber ich kann für es beten, das verspreche ich.

— Eysch danken Euch, Herr Pfarrer, eysch danken Euch so! Fine sank auf die Knie und Vinzenz war erleichtert und gleichzeitig fragte er sich, was er da angerichtet hatte. Eine Sünderin vor dem Herrn in die geweihte Erde aufzunehmen, das würde dem Herrn womöglich nicht gefallen und er würde ihn strafen dafür, eines Tages. Doch Vinzenz konnte nicht anders. Und wenn er auch ein stilles Begräbnis angeordnet hatte, so konnte er doch die Leute nicht weghalten, die Hanne gekannt hatten, und sie würden an ihr Grab kommen, die ein oder anderen von Paulinchens, die Dapprechter, Honiels, Schlossens, Müllerkarls und Minschens und womöglich kreuzte noch Heens August auf und spielte:

— Ade, mein Liebchen, ade! Und das Ave-Maria.

Konrad aber musste noch in der Nacht ein Loch ausheben, er musste die Kiste fertigmachen und nun noch einen Kirchturm bauen, und um all das wurde er noch nicht mal gefragt.

— Wat hast dou en gute Mann!, sagte Kaspar. — Aber der Heinrich soll dir helfen und all unsere Söhne und deren Söhne auch und eysch helfen auch noch und dey Weiberleute können auch mit anpacken.

Alle, alle sollten sie helfen und beten und bauen am Kirchturm, damit Hanne nicht in die Hölle kam und im Fegefeuer sitzen musste von Ewigkeit zu Ewigkeit und ihre Kinder nicht wiedersah, die auf Wolken und Himmelswiesen spielten vor dem Tor zum Paradies, das ihnen niemals offen stand.

Der Kirchturm aus der alten Eiche am Linner Weg sollte an der Kirmes fertig sein.

Konrad und seine Brüder hatten daheim am Tisch den Aufriss gemacht und eine Zeichnung und sie waren mit der Postkutsche nach Hachenberg gefahren, wo der Glockengießer Dillmann wohnte, der ihnen sagen konnte, wie man die nach außen wirkenden Glockenkräfte berechnete und wie der drehbare Balken im Tragwerk befestigt werden musste, der als Joch die Glocke hielt. Und schließlich setzten sie sich im Honiels mit Pfarrer Vinzenz, dem Schultheiß und dem Linner Maurer zusammen und besprachen das Ganze bei Branntwein und Bier. Man sollte alle ehrenwerten Männer aus dem Dorf einladen, meinte der Honiels. Man sollte überhaupt einen Rat wählen. Für die Belange der Allgemeinheit. So wie in Linnen, sagte auch der Maurer.

– Dat es doch Aufruhr!, sagte der Schultheiß.

– Nä, dat es doch kein Aufruhr. Man beschwätzt sich und dann überlegt man, wat für et Dorf dat Beste ist. Eigentlich machen mir dat ja schon immer so, aber jetzt heißt dat »Gemeinderat«.

– Will ich nix von wissen, sagte der Schultheiß. – Jetzt zeich mir mal dey Pläne, Konrad.

Erst einmal musste der alte Turm abgerissen werden und das Eulennest und die Mäusekadaver mussten ausgeräumt werden.

– Jeder muss mit anpacken … auch dey Schulbuben!

– Eysch weiß nicht, ob mir dat alles bis Kirmes schaffen, sagte Konrad.

– Aber wenigstens den Glockenstuhl!.

– Ach, träumte Pfarrer Vinzenz. – Et wär doch herrlich … man könnte zum Heiligen Bartholomäus dat Angelus läuten …

– Noja, sagte Konrad … bis Peter und Paul es alles abgeris-

sen. Und derweil können mir bei bei uns im Hof ja dat
Gerüst bauen … der Linner kann sich dat Mauerwerk
besehen …

Der Linner Maurer hob das Glas:

– Dey Grundmauern sind noch gut! Dey können mir säu-
bern und oberhalb von dem Fensterche können mir neu
aufmauern. Eysch brauchen nur Steine!

Es wurde also beschlossen, Steine von den Feldern zu holen
und Minschens Gottfried zu bitten, doch aus dem Jammertaler
Steinbruch einige Handwagen voller Steine herzuschaffen. Da
fiel ihnen ein, dass der Gottfried gar keine Kraft hatte, einen
Wagen bis Scholmerbach zu ziehen. Wer wusste, ob er bis zur
Kirmes überhaupt noch unter den Hiesigen weilte. Der Honiels brachte noch ein Bier und seine Frau den Branntwein,
und als der Krug leer war, war auch der Kirchturm beschlossen.

Es war also eine Aufregung in diesem Sommer 1834. Die
Männer sägten und hobelten und vor Fines Türe erhob sich
bald ein Holzgerüst aus Eiche für den Glockenstuhl, und jeden
Tag trafen sich dort die Männer aus dem Dorf und halfen mit
oder sahen zu, während andere von der Feldarbeit kamen und
Steine mitbrachten, die ihnen groß und rund genug erschienen. Ein jeder wollte einen Stein von seinem Feld im Mauerwerk haben, damit er auf ewig in dem Kirchturm weilte.

Die Leute im Dorf waren nun allmählich wieder zu Kräften
gelangt, die ersten Kartoffeln und Krautköpfe waren schon
wieder geerntet, das Korn stand hoch, im Wald gab es Beeren
und Meere von Brennnesseln wuchsen am Bach entlang, aus
denen sie Mus kochten, und dazu tranken sie Dickmilch von
den Kühen, die nun sattgefressen von den Weiden zurück in
die Ställe trotteten.

Die Weiber aber gerieten in Aufregung, weil die Kirmes

näher kam. Sie rührten Kalk in Eimern an und strichen ihre Häuser und Hütten weiß, sie schrubbten ihre Tische, Schemel, Töpfe und Bänke, sie wuschen ihre Wäsche und legten sie lange in die Sonne, damit das Leinen so weiß wurde wie der lichte Tag.

Sie besserten ihre Kleider aus und nähten die blankgewetzten und ausgerissenen Nähte ihrer Kleider wieder nach, fütterten die dünn und speckig gescheuerten Taillen und verzierten die Leibchen an der Brust mit Bandflickchen und Spitzenenden aus dem Flickenkasten. Sie nahmen die blauen Kittel ihrer Männer, und wo diese an den Schultern von den langen Haaren schwarz geworden waren, nähten sie neue Schulterbänder drauf und fassten sie ein mit hübscher Stickerei.

Sie trugen sich in die Backhausliste ein, und das Backhaus rauchte Tag und Nacht für Kranzkuchen und Zwetschenkuchen und Hefezöpfe, bis die Glut überquoll und dem Schlossens Maria den Fuß verbrannte.

So kam die Kirmes heran, und zu St. Bartholomäus herrschte strahlender Sonnenschein und die Leute sagten, wenn in Scholmerbach Kirmes ist, scheint immer die Sonne, und es war noch niemals anders gewesen, immer war blauer Himmel an der Scholmerbacher Kirmes.

Der Kirchturm war bis zum Giebel neu gemauert, und über ihm erhob sich das helle, neue Gerüst für den Glockenstuhl, das mit Fichtenzweigen, Bändern und Blumenkränzen über und über geschmückt war und den Himmel verzierte wie der mächtigste Kirmesbaum, den Scholmerbach je gesehen hatte.

Es war ein Freudentag, denn es gab reichlich zu fressen, und überall standen die Felder gut, Heinrichs Apfel- und Birnbäume versprachen eine reiche Ernte und im nächsten Jahr wollte er auf Geheiß der Obrigkeit dabei helfen, überall entlang der Landstraße Obstbäume zu pflanzen, damit man fortan durch herrliche Chausseen nach Linnen, Ellingen oder Hellersberg laufen konnte und einem überall die Blüten entgegendufteten und man unter den Zweigen lustwandeln konnte.

Obwohl allzu viel Lustwandeln natürlich schädlich war und wer mit geschwächten Nerven und erschlaffter Lunge in der freien Luft in zu schnelle Bewegung geriet, dem konnte sich das vorher im Sitzen gestockte Blut zu schnell erhitzen und die Lunge zu sehr ausgedehnt werden und die Lebensgeister und die Denkkraft konnten hiervon stumpf werden.

Man brauchte alle seine Lebensgeister, um auf der Kirmes zu tanzen, und sie warteten nur auf den Heens August, der von Lothringen zurückgekehrt war und nun mit seinen Kumpanen aus Linnen und Hellersberg vom Paulinchens herauf am Brunnen vorbei zum Honiels marschierte und sich selbst und den anderen zur Kirmes aufspielte, dass alle Kinder um ihn sprangen. Er spielte:

»Drum tanzet's Mariele« und »Du, du liegst mir im Herzen, du, du liegst mir im Blut«, vor allem aber hatte August die Polka mitgebracht. Die Polka musste getanzt werden!

Die tanzte alle Welt von Prag bis Berlin bis nach Paris, alle Welt tanzte Polka und sprang und drehte sich wie toll im Kreise, wobei die Polka auch nichts anderes war als der Hipper und der Hopser und das Didlumdei.

Heens August hatte sich kaum verändert, eine Strähne war grau und alles Haar hatte er aus der Stirn gekämmt und mit Fett glatt und glänzend gemacht. Für die hübsche Kappe aus Lothringen war ihm zu warm, doch es war ihm nicht zu warm, um die schön bestickte, violette Weste zu tragen mit zwei Knöpfen, die ihm herrlich stand. Die anderen trugen ihre blauen Westerwälder Kittel mit neuen Halstüchern, und der ein oder andere hatte Schnallen an den Schuhen, viele wollten die Bambelmütze nicht mehr tragen und hatten stattdessen eine fesche Kappe auf.

Fine ließ sich nieder mit der hübschen, steifen Tracht und der bestickten Haube mit den glänzenden schwarzen Bändern unterm Kinn, und sie wagte kaum, Lina anzusehen, die ihr mit ihrem verwaschenen und verschossenen blauen Kleid gegenübersaß, wie ein Sack auf Stelzen. Sie hielt sich am Bierkrug fest, als sei er zu schwer, um ihn hochzuheben. Linas Nase schien auf einmal gebogen zu sein, sie stak hervor unter dem einstmals weißen Häubchen, das nun schmuddelig auf den dünnen Haaren saß. Sie sah aus wie eine uralte Frau, und tatsächlich war sie ja schon dreiundvierzig Jahre alt, so lange lebte nicht jedes Weib von Scholmerbach.

— No mach, sagte Fine ängstlich. — No, halt deysch doch ein bisjen aufrecht. Et ist doch Kirmes heute, da muss man doch ein frohes Gesicht machen … dou hast sechs Kinder, dey noch leben … guck mal, dein Annachen, wat et so schön spielt!

Anna mit ihren prächtigen Löckchen drehte sich wie im Traum zu Augusts Musik und hob die Ärmchen, wobei sie sich immer wieder den Rotz von der Nase im Gesicht verteilte und ihr Bruder Friedbert sie schließlich schubste, bis sie umfiel.

— Dou Säuranzen!, krähte Lina kraftlos herüber und Fine stand auf, schlug Friedbert auf den Hintern und schickte ihn weg.

Anna lachte durch ihre Zahnlücken und tanzte weiter, während Bettchen ihr nacheiferte und sich auch tapsig auf dem Scheunenboden drehte.

— Et ist halt, wenn der Mann nicht mehr kann … der Gottfried liegt daheim und wollt doch eigentlich mit mir auf dey Kirmes gehen ... aber et ist nicht gut für ihn ... dey Luft, weißt dou? Wie soll eysch dann hey lustig sein, wenn der so schlecht liegt?

— Der wird schon wieder, der Gottfried ist doch zäh wie Leder, der ist wie eine Katze, die man an dey Wand wirft, dey hat neun Leben ... dürr wie ein Rechen, aber Kraft wie ein Ochse!

— Mein Gottfried?? Kraft wie ein Ochse ... ?? Seit wann datt dann?

— No komm ... mir singen ein bisjen mit dem August ... dou kannst auch noch mal Polka danzen!

Lina schaute sich verächtlich nach allen Seiten um.

— Wat meinst dou, wat dey Leut sagen, wenn eysch altes Kalb noch zou springen anfange ... man hat keine Kraft mehr ... eysch krieg allein dat Annachen nicht mehr gebändigt ...

— Dann müssen deine Größeren auf dey aufpassen ... dat Luis und dat Bärb ...

— Dey hören auch nicht ... et is, weil der Gottfried keine Strenge hat ... et is kein rechter Mannskerl, der mal auf den Tisch haut! Da parieren dey nicht.

Ungeduldig sah Fine sich um. Ihr war nach feiern und lustig sein, nach diesem Hungerwinter herrschte die schiere Überlebenslust. Selbst die, die Trauer trugen, tanzten außer Rand und Band und sie tranken, bis ihnen die Augen übergingen, und die Mädchen rafften einander die Burschen weg. Linas ewige Klagelieder passten ihr nicht recht, es war doch nur einmal Kirmes im Jahr, nur einmal! Außerdem hätte Lina ihre feine, glänzende Schürze anziehen können und das Häubchen waschen und bleichen, aber schon seit Wochen lief sie herum wie eine Wassersuppe. Die kleine Anna aber rannte durch ganz Scholmerbach und ließ sich Brotbrocken und Butterstückchen geben und sie lief ganz dreist in jede Küche und zog die anderen Mütter und Alten an den Röcken.

— Mir passen alle auf dey acht, Lina, jetzt komm, hey haste einen Schnaps, dann wird et anders, und dann hör mal dey schöne Musik und sieh mal den schöne neuen Glockenstuhl, für den neuen Turm!

Der neue Turm wurde reichlich gepriesen und gefeiert, und auch der Schultheiß, der Schulmeister und Pfarrer Vinzenz stießen auf ihn an und lobten Konrad, wie sauber und geschickt er gearbeitet hatte und wie er immer so hoch oben herumturnte, ohne dass ihm schwindelig wurde. Konrad hatte schon seit dem Frühschoppen einen nach dem anderen getrunken und seine Augen glänzten ein wenig schäl. Wie immer, wenn er den Branntwein spürte, packte ihn der Übermut und er sagte:

— Eysch gehen freihändig über den höchsten First!
— Jojo, rief Fine herüber. – Aber doch nicht so voll, wie dou seyst.
— Eysch bin nicht voll!
— Hör doch off, Konrad.

Aber der Hanjokeb, Paulinchens und der Müllerkarl prosteten ihm zu und fingen an zu wetten und das Bier schwappte ihnen über die Krüge. Sie fingen an zu prahlen und überboten sich, wer am schnellsten hinaufklettern konnte, schneller nämlich als Konrad, und oben angekommen, wollten sie der Gemeinde ein Ständchen bringen, dass man es bis Linnen und Pfeifensterz hören konnte. Schon setzte der Müllerkarl einen Fuß auf einen Gerüstbalken und turnte den Turm hinauf, den Pfarrer Vinzenz in der Frühe so feierlich gesegnet hatte, und bald folgten ihm der Dapprechter Karl, Konrad und der Paulinchens, besoffen, wie sie waren, und der Paulinchens hatte auch noch seinen vollen Bierkrug mit hinaufgenommen und winkte großartig nach unten. Konrad aber kletterte an ihnen allen vorbei und erschien alsbald auf dem höchsten Balken und Fine wurde beinahe schwindelig. Konrad bewegte sich schon immer auf den höchsten Bauten so schnell und sicher wie Paulinchens Kater. Er turnte freihändig über alle Mauern und Lehmgefache, aber heute hatte er doch keine Richtung und kein Ziel und kein Gleichgewicht!

– Hör doch off, dou Hollofernes!!, schrie Fine hinauf.

Aber Konrad lachte nur und schrie in die Menge:

– Dat es Zimmermannsehre!

– Dou zerfällst deysch! Hör off mit dem Mist!

Pfarrer Vinzenz selbst sprang auf und befahl den Männern herunterzukommen, um Christi willen, man sollte den Herrgott nicht zum Narren halten, und selbst der Honiels, der sich für gewöhnlich nicht einmischte, wenn vor seinen Augen Tollheiten geschahen, verließ sein Bierfass, starrte hinauf zum Turm und schrie:

– Dou Dolles! Brichst dir Hals und Bein! Dou besoffener Tölpel!! Et sein genug verreckt im letzten Jahr!

Konrad aber, in seinem Westerwälder Kittel, seinen Kniebundhosen und den gestrickten Strümpfen vom Wällershofer Strumpfmacher, riss sich grüßend die Bambelmütze vom Kopf und stand aufrecht auf dem höchsten Balken des Glockenstuhls, dann tanzte er strahlend im blauen Firmament umher. Er riss dem Paulinchen den Krug aus der Hand und schrie:

– Wenn dieser Turm so lang nur steht
bis aller Hass und Neid vergeht
bleibt er fürwahr so lang noch steh'n
bis alle Welt wird untergeh'n!
Mein Trunk sei diesem Turm geweiht –
er stehe fest in Ewigkeit!

Finchen war aufgestanden und starrte angsterfüllt hinauf.

– Eysch brenge den um, den Drecksack!, flüsterte sie und
dann schrie sie:

– Wenn dou runterfällst – eysch schlage deysch noch grün
und blau derzou!!

Und tatsächlich tat es auf einmal hinter dem Turm einen
außerordentlichen Schlag, wie wenn ein schwerer Hafersack
von der Tenne fiel, und ein Schrei fuhr durch ganz Scholmerbach. Die Musikanten hörten auf zu spielen – aber Konrad
stand unverändert und mit dem Krug in der Hand sicher und
kraftvoll auf dem neuen Kirchturm.

Es war Gottfried, Gottfried, der herbeigeschlichen war,
mit seiner Hühnerbrust, im Nachtgewand, das er in die Hose
gesteckt hatte. Er hatte sein Krankenlager verlassen, und es
hatte auch ihn zur Kirmes getrieben, wo er wie blöde herum-
lief und lachte und unbemerkt von allen von der Brunnen-
seite her dem Dapprechter Karl hinterherklettern wollte,
doch schon am ersten Stock trat er durch die Leitersprosse
und fiel unrühmlich mit einem gellenden Gejaule auf den
Rücken.

Es war, als hätte Lina einen Peitschenhieb bekommen, und
statt dass sie zu ihm lief, rannte sie fort hinter Honiels Haus
und weinte;

– Der verrückte Hund. So … jetzt es alles aus. Etz hat er
auch noch et Kreuz kaputt … jetzt wird er zum Krüppel …

Gottfried aber lag umringt von den Dorfleuten vor dem
Brunnen und flüsterte:

– Linachen … ei Lina … warum rennt et dann fort? Et ist
bestimmt nur eine Rippe … dat wird wieder … bis
St. Kathrein bin eysch wieder ganz richtig …

Der junge Bocksersch Fritz, auf den die Heilkräfte seiner

Mutter allmählich übergingen, kam heran und beugte sich zu ihm nieder. Gottfried hatte sich die schmächtigen Knochen zerschlagen und man konnte schon sehen, dass er kaum auf zwei Beinen nach Hause laufen würde.

Fine aber lief zu Lina und legte den Arm um sie.

- Er lebt, Linachen, er lebt! Dou hast mal wieder Glück gehabt!
- Der versoffene Hund!
- Ei Lina, sagte Fine, – der war doch nicht besoffen, dey anderen sind voll … der Gottfried es doch nur gestürzt … den kriegen mir sicher wieder hin …
- Der ist doch besoffen, weinte Lina. – Hast dou dat dann nicht gemerkt? Der hat doch schon den Branntwein im Leib … jeder trinkt zum Frühstück einen Krug, aber der Gottfried, der hört dann nicht mehr auf! Deshalb ist der so schwach, nur deshalb, … eysch kann et einfach nicht ertragen … All lachen sie über ihn … Finche, eysch will nicht mehr …
- Lina, hör off. Schwätz nicht so. Alle Männer saufen, jeden Abend wirft der Honiels einen anderen vors Loch. Jetzt helfe mir dem, mir bringen den heim.
- Soll er doch im Straßengraben verrecken!!, heulte Lina.
- Ach, dat meinst dou doch nicht im Ernst. Der Gottfried war immer dein Ein und Alles. Dey anderen hätten sich genauso zerfallen können, dey gehörten alle gedroschen, der Paulinchens, der Dapprechter … der …
- Ach Finche. Dou willst mir jetzt schön schwätzen … dat hilft aber net.
- Wat dann sonst? Mir schwätzen alles ein bisjen schöner, als et ist, dann geht et dir besser. Komm, dat wird schon wieder, et is heller Kirmestag, vielleicht fehlt dem gar nichts.

— Immer werden eysch zum Gespött … wie dey sich alle
  freuen, dat der gefallen ist …
— Dey hauen mir auf et Maul, etz komm. Morgen scheint
  dey Sonn wieder. Et wird alles wieder gut.

Aber es wurde nicht mehr gut. Linas Kräfte waren zerfallen,
und an diesem himmlischen Kirmestag zur Feier des Heiligen
Bartholomäus hatte Lina zum letzten Mal der herrlichen Musik von Heens August gelauscht.

Als die Schulblumen blühten und noch bevor der kalte
Winter hereinbrach, ereilte die Schwindsucht Linas ältliche,
erschlaffte Lungen und sie hauchte ihr Leben aus, sie verwehte
ihr Leben wie ein schmutziges Hühnerfederchen vom Hof.

Ihre Kinder wurden im ganzen Dorf verteilt, in der Ober-
ecke, der Unterecke, der Hinterhecke und am Kappesgarten
und an der Scholmer Bach entlang. Schlossens nahmen das
Luis bei sich auf, und der Hanjokeb nahm den Ewald, Paulinchens nahmen Rosa und Honiels nahmen Jakob, Finchen
nahm Bärb, die Dapprechter nahmen Friedbert und Müllerkarls nahmen das Annachen mit seinen ungekämmten Locken.

Gottfried starb noch im gleichen Jahr.

Als Matthes von seiner langen Reise mit dem Kiezenbaron
nach Hause kam und Fine zehn glänzende Gulden in die Hand
drückte, ihr seine neuen braunen Schuhe zeigte und ein Pelz-
krägelein um den Hals legte, blieb ihr der Mund offen stehen.
Ihr ganzes Haus hatte 35 Gulden gekostet und nun so viel
Geld!

Damit konnte sie Linas Armengrab bezahlen oder etwas Schuld vom Haus, sie konnte beim Krämer-Franz den ganzen Winter einkaufen oder dem Bärb eine Schultafel und bei Schneidersch Maria einen Rock nähen lassen.

– Wie war et dann??, fragten Konrad und Fine begierig.

– War auch alles rechtens, Matthes? Habt Ihr auch keinem ein Unrecht angetan?

Da sprach Matthes im Brustton der Überzeugung, wie sie ehrlichen Handel getrieben und Gulden und Taler und Heller und das englische Pfund nur so hin- und hergegangen waren. Wie sie alles in ein Buch geschrieben hatten und einen Dritten herbeigerufen hatten, der alles bezeugte. Dass man aber natürlich auch schlau und gerissen sein musste und das Gesicht niemals verraten durfte, wie es in Wirklichkeit um ein Geschäft bestellt war. Das war hohe Kaufmannskunst, die er, Matthes, mit Talent und Leichtigkeit erlernt hatte.

Dass ihn der Kiezenbaron behandelt hatte wie seinen Sohn und überall vorgestellt hatte, den englischen Männern, den Reisegefährten mit dunkler Haut und bunten Hüten, wie sie in feinen Wirtshäusern geschlafen hatten und ihn der Baron ausstaffiert hatte mit Hemd und Mantel mit blitzenden Knöpfen, sogar einen Gaul hatte er reiten dürfen. Dann erzählte er von den Schiffen, die er gesehen hatte, von den fremdländischen Herren und Damen in ihren Gewändern, den Muselmännern von Konstantinopel und den Tabakhändlern aus Brasilien und den Sherryhändlern von Madeira. Einen kleinen feinen Teppich für die Wand hatte Matthes auch mitgebracht, der war aus reiner Seide.

Den ganzen Tag sang er nun das Loblied vom Kiezenbaron und dass sie nächstes Jahr womöglich nach Schweden fahren wollten und ins ferne St. Petersburg.

Fine klatschte in die Hände, aber Konrad hob zweifelnd

und argwöhnisch die Augenbrauen und klapperte in der Hosentasche mit seinem Rosenkranz.

– Sei kein Dolles!!. schimpfte Fine. – Zehn Gulden!! Zehn Gulden! Wo dey herkommen, da gibt et auch noch mehr. Wolle mir ewig nur gebratene Kohlraben fressen? He? Anderjahr fährt der Matthes wieder und irgendwann nimmt er auch den Friedrich mal mit!

– So weit kommt et noch!, sagte Konrad. – Mein Söhne … sollen nun alles Mäckesser werden … ohne Ehr und Vaterland … Finche, eysch sag et dir: So mancher ist wieder heimgekommen und hat schweres Geld verdient … und es doch en Lump geworden.

Bettchen war nun vierzehn Jahre alt und sie sah aus wie eine
duftige Lilie auf dem Felde. Ihr Zopf war zweimal zum Kranz
gewunden und glänzte wie der Schieferstein, wenn es reg-
nete, ihre Haut war hell und glatt wie frischer Schmand, und
wenn sie den Rosenkranz durch die Finger gleiten ließ,
sprangen die Perlchen bei jedem Gegrüßet-seist-du-Maria
und von allen Rosenkränzen betete sie immer nur den Freu-
denreichen.

In der Spinnstube drehte sie das Flachs so schnell in die
Spule und sponn einen so feinen Faden, dass sie davon im
Winter eine feine Spitzendecke für den Christtag und den
Ostertag und den Hochzeitstag webte.

Linas Anna hingegen hatte sich kaum verändert, sie lief
noch immer durchs Dorf und in jede offene Tür hinein,
setzte sich einen Augenblick, nahm sich ungefragt ein Stück
Brot, trank einen Schluck und rannte dann wieder fort, als sei
sie ewig auf der Suche, wo sie denn hingehörte. Die ge-
schmalzten Locken fielen ihr aus einem unordentlichen Dotz
heraus, und wenn sie mit Bettchen in der Spinnstube saß, so
fiel ihr auch der Flachs in einem unförmigen Haufen beinahe
vom Stock, sie trat nur hin und wieder auf das Trittbrett und
der Faden, den sie sponn, war mal dick und mal dünn, ganz
rau und buckelig und reichte allenfalls für einen Kartoffel-
sack.

Doch wenn sie sich auch noch immer den Rotz aus dem
Gesicht wischte und überall Asche oder Hühnerdreck kleben
hatte, riefen doch die Burschen am Fenster immer nach ihr,
Anna, Anna, während Bettchen sauber und unbeachtet un-

term Herrgottswinkel sitzen blieb und sich beim Spinnen im Kerzenlicht die Augen verdarb.

– Anna!, schrie Müllerkarls Marga und versuchte sich aufzurichten mit ihrem Witwenbuckel. – Setz deysch bei dein Spinnrad!

Aber Anna konnte sich kaum vom Fenster lösen und trank noch einen Schluck aus einem hingehaltenen Bierkrug, dann streckte sie allen die Zunge heraus und lief wieder zurück. Müllerkarls Marga war nicht recht zufrieden, hatte sie Anna doch großgezogen, aber zum Dank gab es nur Frechheiten und eine Hilfe im Haus war Anna auch nicht. Das Wasser vom Brunnen verschüttete sie unterwegs, das Heu fiel ihr von der Gabel, die Kuh rannte ihr fort, das Brot verbrannte sie, und wenn man sie zum Krämer-Franz schickte, verlor sie jeden Kreuzer, den man ihr in die Hand gedrückt hatte. Ihre Schürze war liederlich gebunden, ihre Arme schlenkerten beim Laufen, und als sie einmal über Honiels Tränke gestolpert war, hatte sie sich einen Zahn abgebrochen.

– Hör doch off mit dene Dorfburschen!, sagte Bettchen.

– Wieso dann?, fragte Anna. – Eysch ärgern dey nur, dumme Scholmerbacher Rotzlöffel!

– An der nächsten Kirmes danzen eysch nur mit Burschen aus Hellersberg oder aus Ellingen oder Wennerode, sagte Bettchen. – Dey von Scholmerbach sein alles dumme Tölpel. Dey kennen mir doch schon all!

– Och, sagte Anna. – Der Schlossens Willi ist aber stark … und hat so schöne Zähne …

– Ja, sagte Bettchen. – Der schon … aber der läuft doch mit Bienese Klärchen.

Anna trat einmal aufs Pedal und das Spinnrad leierte ein wenig vor sich hin, dann hörte sie wieder auf und nahm eine vertrocknete Pflaume aus der Schüssel.

– Jetzt spinn doch weiter, sagte Bettchen. – Mach dir doch ein schönes Schürzchen oder ein Tüchelchen ... dann kreygst dou später schönere Burschen!

– Schwetz nicht, Bettchen, dey Tüchelchen lass eysch mir schenken! Wer meysch will ... muss ein Haarband für meysch haben oder ein Bändel für meinen Hals ... dann kriegt der einen Kuss von mir!

– Bäh, Anna, wie hässlich, dann kommt der Klapper-Hannes und schenkt dir ein Bändel und dann küsst dou den?

In der Spinnstube kreischten sie vor Lachen. Klapper-Hannes hatte ein riesiges Maul und alles stand ihm schebbich im Gesicht, und rote Pusteln breiteten sich aus bis hinauf zu seinen Haaren. Der arme Klapper-Hannes, keine wollte mit ihm poussieren, keine wollte sein Liebchen sein. Bettchen sah sich verstohlen um, wie die Mädchen an ihren Spinnrädern saßen und scherzten und ihre langen Röcke samt Schürzen über die Bänke breiteten und die tanzenden Spulen und sich drehenden Räder im Kerzenlicht Schatten warfen. Marga schürte das offene Feuer, ließ es knistern und züngeln und von draußen drang der Herbstduft herein und mischte sich mit dem Duft des brennenden Holzes und dem tranigen Geruch des Steinöllämpchens. Es war doch nirgendwo schöner als in Scholmerbach, und Bettchen wollte nirgendwo anders sein auf der Welt, nur immer hier, im Kreis der spinnenden Mädchen mit den wohligen Gerüchen und dem niemals ersterbenden Lachen und Kichern, denn sie lachten und lachten, bis sie sterben mussten.

Die Mädchen beugten die Köpfe und schielten doch immer zu den Fenstern, wo die Jungens an der dünn geschabten Ziegenhaut im Rahmen kratzten. Noch immer hatte nur der Honiels schöne Glasscheiben, in Blei gefasst, die Ärmeren hatten noch immer das offene Feuer und im Fenster geöltes Papier oder dünne Schafshäute aufgespannt. Dadurch sah man undeutlich die Burschen, wie sie nun mit der aufgeblasenen Schweinsblase spielten, die sie dem Dapprechter Wilhelm beim Schlachten gestohlen hatten und in die er nun keinen Presskopf mehr hineinmachen konnte.

— Gleich! Gleich dürfen dey rein, der Nachtwächter ist aus dem Haus gegangen, et ist zehn Uhr!, flüsterte Anna aufgeregt. — Dann lassen sey die Kerle herein.

Tatsächlich öffnete Marga endlich die schiefe Tür und die Jungen kamen hereingepoltert und gaben an, den Mädchen die Wolle halten zu wollen, oder brachten ihnen Ständchen und wollten ihnen Geschichten erzählen, und es dauerte nicht lange, schon saß Anna dem Honiels Theodor auf dem Schoß.

— Mach deysch da nunner!, schimpfte Marga und ging hinaus in den Stall und sah nach ihrem kranken Schwein, das schnaufend auf der Seite lag. Auf diese Weise musste sie auch nicht sehen, wenn sich die Burschen und die Mägde wild benahmen. Doch das Lachen und Singen drang durch den Lehm und brach sich an den hohen Scheunenwänden wie in einer hölzernen, staubigen Kirche. Marga hielt bei dem Schwein ein wenig Wache und hofft dass es nicht lungenkrank war.

— Dou Säuche … wirst doch wieder gut werden, he?

Sie tätschelte das arme Schweinetier, das asthmatisch vor sich hinpfiff.

— Morgen kommt der Säuhirt, der sieht deysch mal an. Net dat et wat Ansteckendes ist, dat können mir hey in Scholmerbach nicht brauchen!

Ärgerlich hörte sie, wie Anna drüben am lautesten lachte. Man musste die jungen Leute für sich lassen, aber bei Anna hatte sie keine Ruhe. Es war das Wesen, das unstete, unruhige Wesen. Vielleicht war sie zu lange ohne Zucht gewesen, als die

Eltern beide krank waren und sich auch sonst keiner kümmerte. Hätte sie strenger mit ihr sein müssen? Doch als ihr Mann, der Müllerkarl, gestorben war, fehlte auch ihr die rechte Kraft, um Anna den Anstand einzuprügeln, aber Gott, es war ja auch nicht das eigene Kind. Sollte es doch den nächstbesten Burschen aus dem Dorf nehmen, dann war sie das aufsässige Mensch wenigstens los.

– Mein Schweinche, et kommt, wie et kommt. Dat weiß der Herrgott allein, wie alles wird. Hauptsache, dou wirst wieder gesund und dick und fett, dann gibst dou uns für den Christtag einen schönen Braten.

In der Spinnstube waren alle froh über Anna. Nirgendwo wurde so viel gelacht, als wenn sie anfing, über Tische und Stühle zu gehen, nirgendwo konnte man sich so entsetzen, wenn sie einem Burschen einen Kuss aufdrückte, wie über Anna. Die Spinnstube sollte am besten die ganze Nacht dauern und Pfarrer Vinzenz mochte bleiben, wo der Pfeffer wächst, und rasch tranken sie alle aus dem Schnapskrug, den der Honiels Theodor bei seinem Vater heimlich aus dem Keller mitgenommen hatte.

Daheim merkten sie es ja doch, wenn die Mädchen heimkamen und nach Schnaps rochen und heimlichen Küssen, und das Gelächter brach so leicht aus ihnen heraus, sobald sie sich irgendwo stießen oder stolperten oder ein Löffel herunterfiel. Die Alten schalten nicht, sondern stießen sich an und grinsten, denn sie waren ja alle mal in der Spinnstube gewesen und alle mal jung gewesen und hatten Schnaps getrunken, und sie tranken ihn noch heute.

Im Dorf hatte der Schuster nicht immer was zu tun, der Krämer-Franz konnte nicht immer was verkaufen, die Schneiderin nähte bisweilen nur Lumpen zusammen, Konrad hatte oft nur irgendeinen Stall zu reparieren. Beim Honiels aber gingen niemals die Lichter aus und niemals hörte das Bier auf zu strömen und niemals war der Branntwein alle.

Wer schön saufen konnte und gutmütig blieb und nicht alles Geld fortschleppte, dem konnte keiner etwas wollen. Aber der Hanjokeb wurde böse im Suff und der Minsch und der Schnuckes hatten schon beinahe die Hütte versoffen, der Dapprechter Hannes hatte das Würfelspielen angefangen und kam in den Zorn dadurch, sie fingen an sich zu schlagen und fielen nachts in die Zäune. Sie pissten überall hin und wenn sie nach Hause kamen, beschimpften sie ihre Weiber und verdroschen ihre Kinder.

Es war Zeit, dass Pfarrer Vinzenz mal wieder einschritt.

Nun war auch er schon über fünfzig, aber alle die Menschen, die er getauft und deren Mütter er begraben hatte, deren Hochzeitsbraten er gegessen und deren Kinder er gesegnet hatte, alle die Menschen lagen ihm doch am Herzen und er durfte sie nicht verloren geben, so wie der gute Hirte ein jedes Schaf suchte, das sich verirrt hatte, und sich über das wiedergefundene Lamm mehr freut als über jedes brave Schaf, das bei der Herde bleibt. Da sie aber am Abend über ihn lachten und ihn besoffen sogar als Pfaffen beschimpften, wartete er geduldig ab, bis der Sonntag kam und die Männer mit ungewaschenen Hälsen und rot verquollenen Augen vor ihm saßen und ihnen der Schädel so wehtat, dass sie reif für die Strafpredigt waren.

Denn der Pfarrer hatte nur einen Verbündeten in seinem ewigen Kampf und der Verbündete war der Satan.

– Der SATAN!!, schrie Vinzenz: – der SATAN wird eure Seelen holen und sie in das ewige Höllenfeuer werfen, er wird sie mit der Mistgabel aufspießen und sie hinunterstoßen in die Verdammnis! Vor allem die Säufer! Diejenigen unter euch, denen beim Branntewein das Maul überläuft und die sich nicht zügeln zu missbrauchen den

Tag des Herrn, um der Unzucht und der Völlerei zu frönen! Glaubt mir, ich sehe euch ins Angesicht und in eure Seelen hinein – Ihr wisst, wen ich meine! Wer sich den Krug nicht vom Halse schaffen kann und daheim Weib und Kinder schlägt, wer sich nicht mäßigen kann und der Trunksucht allenthalben stattgibt – der fürchte das Jüngste Gericht! Dem gnade Gott – das sage ich euch!! Der Teufel selber wird euch ins Höllenfeuer tunken, eure Leiber rösten und mit glühenden Eisen das Fleisch von den Knochen stoßen! Ja Ihr! Ihr Ungläubigen, denen der Schrecken im Gesicht geschrieben steht, ihr seid gemeint! Dann ist es zu spät zu heulen, zu bereuen!! Dann wird sein ein Heulen und ein Zähneklappern und der EWIGE Durst wird euch brennen und ihr werdet nach Wasser lechzen, aber euer Durst wird niemals gelöscht – und alles, was ihr hört, ist das grässliche Lachen von Luzifer … LUZIFER!!!

Die Weiber nickten lustvoll, gefällig und selbstzufrieden, sie gönnten ihren Männern diese geharnischte Strafpredigt von Herzen. Von den Männern aber fühlte sich insgeheim jeder gemeint, vom Schlossens bis zum Paulinchens Hugo, vom Dapprechter Wilhelm zum Hanjokeb und zum Honiels selber, der Pfarrer Vinzenz malte ihnen allen die Hölle aus, dass es ihnen so recht grauste.

Sie mussten beichten gehen und Buße tun und auf Knien zur Liebfrauenkirche kriechen … an Fronleichnam einen großen Blumenaltar bauen, ein Kreuz an das Wegekreuz nach Hellersberg stellen und immerzu beten. Konrad klapperte seinen Rosenkranz.

Wenn aber doch gleich wieder der Frühschoppen war, dann konnte doch kein rechter Mannskerl Wasser verlangen oder Milch oder Rübenbrühe. Vielleicht, dass man es einmal bei einem Bier bewenden ließ, denn ein Bier war allemal gut für die Gesundheit. Nun gut, der Schorschens brauchte den Schnaps schon, ihm zitterten die Hände. Die anderen brauchten ihn auch, aber nicht so wie der Schorschens, der dem seligen Minsch mit seiner Säuferleber von Tag zu Tag ähnlicher wurde. Wo sollte man auch hingehen, wenn daheim morgens und abends die Kinder und die Alten heulten. Der Platz eines Mannes war beim Honiels am Schanktisch, so war es und so musste es bleiben. Natürlich waren ihnen von Wind und Frost und feuchten Stuben, vom Herdrauch und dem Suff schon die Augen vor den Kopf getreten und manche Nase war blau und der eine hatte rote Haut und der andere gräuliche Haut, dem Schnuckes trieb der Bauch auf und dem Franze Henrich wurden die Beine dünn wie Tannenstecken, faltige Hälsen staken aus den Wäller Kitteln und in den Kehlen war ein ständiges Rumpeln und Kollern. Die Weiber waren sich einig, dass das Saufen ihre Männer nicht schöner machte und erst recht nicht gescheiter.

Manchmal bildete Vinzenz sich ein, alles fortschreitende Unheil habe mit der alten Eule zu tun, die nun nicht mehr im Kirchturm wohnte, sondern in jeder Nacht von einem anderen Baum schrie. Wenn die Eule allzu oft schrie, so war das kein gutes Zeichen und Vinzenz bereute es, dass man sie vertrieben hatte. Wenn er von Ort zu Ort wanderte, um die Kranken zu besuchen oder die Kommunion zu bringen, dann schaute er auf dem Heimweg oft ins dunkle Firmament hinauf, ob er nicht die großen gelben Augen über sich erkannte, oder ihre Schwingen über den mondhellen Himmel schweben sah.

Die uralte Bocksersch Sanne hatte gesagt, dass die Eule nun in einem Birnbaum wohnte, dem Eulenbirnbaum, doch wo der Eulenbirnbaum war, das wusste kein Mensch zu sagen. Man hörte den alten, großen Vogel in den Nächten und fühlte sich geborgen, aber auch gewarnt und träumte seltsame Dinge.

Als Fine am Morgen erwachte, hatte sie von Matthes geträumt, wie er singend über die Landstraßen lief und in einem fernen Land auf ein Segelschiff ging und lachend und prahlend in buntem Geschmeide und Spielmannskleidern dem fernen Horizont entgegenfuhr und nie mehr wiederkam, nie mehr, aber er merkte es nicht und sang und trank farbenprächtig seinem Untergang entgegen.

Fine stand auf und fror. Es war Oktober und Matthes war noch immer nicht von seinen Reisen zurückgekehrt. Draußen waren alle Beeren von den Sträuchern gefallen, die Bäume verloren ihr rauschendes Gold und es roch nach der kalten Asche vom Martinsfest.

Fine warf den grauen Zopf auf den Rücken und wickelte sich eine alte Decke um die Schultern, sie schlurfte in den Ern und sah nach dem Herd. Es schwelten nur noch wenige alte Kohlen aus der Nacht, sie brach Reisig und versuchte damit das Feuer anzufachen, doch schien das Holz klamm zu sein. Sie fluchte still vor sich hin, hatte sie doch gestern noch der Gretel gesagt, sie solle es rechtzeitig ins Warme bringen. Ein lichtes Flämmchen kroch um die Zweiglein und ging doch gleich wieder aus. Es war noch trübe draußen und Fine machte das Talglicht an und stellte es auf den Schemel, wo es mit langer Schnuppe brannte.

Von Matthes hatte sie geträumt, von Matthes. Immer in den Morgenstunden glaubte sie, sich an Matthes versündigt zu haben, weil sie ihn zum Kiezenbaron geschleppt hatte. Nun reiste er herum in seinem grünen Wollrock und dachte gar nicht mehr daran, seinen Westerwälder Kittel zu tragen. Sein Tornister war aus feinem Leder und seine Schuhe hatten glänzende Schnallen, seine Haare kringelten sich auf den Schultern, er war herrlich anzusehen.

Aber sie hatte von anderen Landfahrern gehört, dass Matthes mit Kaufleuten in die russischen Bordelle von St. Petersburg gegangen war! Er frönte der Wollust und der Sünde und trieb sich herum mit dem schlimmsten Volk! Seitdem hatte Fine keine ruhige Minute mehr. Während ihr Sohn Friedrich mit dem Wetterauer Valtin die alte Handelsstraße von Frankfurt durch die Wetterau und den Westerwald Richtung Siegen hinaufzog mit Sensen und Dreschflegeln und Besenstielen, kannte Matthes nur die große Welt und fühlte sich wie der Gottweißwer.

Fine stellte eine weitere Kerze in den Herrgottswinkel und bekreuzigte sich.

– Mein Herr und mein Alles! Der Matthes kommt vom
  Wege ab ... nimm dich seiner an und führe ihn zurück
  auf die Wege des Herrn ... und verzeih ihm seine Sünden, darum bitte ich dich, mein lieber Herr Jesus und
  Heiliger Matthäus, Heiliger Barnabas, Heiliger Vinzent,
  Heilige Barbara, Heilige Agnes, Heiliger St. Johannes,
  Heilige Klara und Ursula und Elisabeth!

Die drei Bildchen krümmten sich blässlich unter dem tiefschwarzen Kreuz an der Wand und die Johannissträuße schienen zu zerfallen, Bocksersch Sanne hätte ihnen längst ein neues Sträußchen gebracht, aber Sanne war vom Herrgott nach Hause gerufen worden. Im Kuhstall war sie einfach umgefallen, und kein Kräutlein und kein Spruch hatte ihr noch helfen können. Ihre Seele fuhr in die himmlischen Gefilde und dort sollte ihr Lohn groß sein, wo sie doch allen Scholmerbachern geholfen hatte, wie es in ihren Kräften stand. Nun war die Gabe auf ihren Sohn Fritz übergegangen, denn es vererbte sich die Heilkraft immer von der Mutter auf den Sohn und dem Sohn auf die Tochter. Fritz war aber nicht so geschickt im Binden der Heilkräuter und konnte eher Knochen einrenken, einen Fluch lösen und ein Haus vor dem Blitzschlag bewahren, denn wenn er einen Spruch tat, so gehorchten ihm die Natur-kräfte und auch jegliches Getier, sogar böse, Kerle, die besoffen aus dem Honiels kamen, konnte er sich zur Brust nehmen, denn Fritz hatte eine gewisse Gewalt, einen machtvollen Blick und konnte manchen Halbtoten so anherrschen, dass der gleich wieder auf den Beinen war.

Fine dachte daran, ihn herzuholen, war ihr doch das Kreuz lahm und wenn sie mit dem rechten Fuß auftrat, fuhr ihr ein stechender Schmerz in den Rücken und was immer sie trug, einen Wasserkrug oder eine Waschbütte, fiel ihr aus der Hand. Beim letzten Mal hatte er sie mit seinen braunen Augen un-ter den buschigen schwarzen Augenbrauen angeschaut und dann auf die Bank befohlen, um ihr zunächst den Rücken ab-zutasten.

– Dou hast ein Fleisch auf den Knochen wie dey Geiss auf den Knien!

Dann hatte er ihr die Arme hochgezogen, war mit dem Knie auf die Rippen gestiegen und hatte ihr Bein verdreht, bis es krachte. Schon war es ihr wieder gut gegangen und sie be-zahlte Fritz mit Äpfeln und Birnen aus Heinrichs Obstgarten.

Überall standen die herrlichen Apfelbäume und die leuch-tenden Birnbäume an den prächtigen Chausseen von Schol-merbach bis Ellingen, nach Linnen und nach Hellersberg und sie spendeten im Herbst ihre Früchte und im Sommer einen wunderbaren Schatten für Mensch und Kühe. Nun hatten alle Mus zu kochen und Kompott zu essen und sie trockneten die Früchte auf den Speichern für den Winter.

Es war eine weise Idee von Herzog Adolph gewesen, seinen Unterthanen das Bäumepflanzen beizubringen. Adolph war nicht nur ein weiser, sondern auch ein sehr schöner Herzog, mit seinem gedrehten Bart, den schwarzen welligen Haaren und seiner runden Brille. Er meinte es gut mit seinen Unterthanen. Es war nicht recht, dass die Landgänger und Markt- und Kiezenleute jetzt immer diese Schriften mitbrachten, wo sie den lieben Herzog beleidigten und beschimpften. Fine konnte noch immer nicht sehr gut lesen und schreiben, aber was auf dem Zettel gestanden hatte, das konnte sie schon begreifen. »Krieg den Palästen!« Der das geschrieben hatte, war schon tot. Wenn man gegen den Herzog aufbegehrte und ihn beleidigte, dann musste es ja so kommen, das war die Gerechtigkeit. Fine und Konrad würden niemals den Herzog beleidigen, der so fürsorglich und mildtätig sein Land regierte. Dass er so ein schönes Schloss hatte und eine russische Erzherzogin geheiratet hatte, die ihn liebte und mit ihren neunzehn Jahren eine prunkvolle Hochzeit mit ihm feierte, das stand dem Herzog doch zu, es floss doch blaues Blut in seinen Adern und er stand so himmelhoch über den einfachen Leuten von Scholmerbach, dass man nur mit Ehrfurcht und Bewunderung an ihn denken konnte. Wie hatten sie mit ihm gelitten, als die schöne russische Michailowa nur ein Jahr nach der Hochzeit bei der Geburt mitsamt dem Kinde verstorben war und der Herzog vor Unglück weinte. Fine musste immer auch ein wenig weinen, wenn sie an den armen Herzog dachte. Er hatte seiner geliebten Gemahlin eine Grabkapelle in Wiesbaden bauen lassen, die vor Glanz und Gloria strahlte, und darin war all sein Kummer verewigt und sämtliche mitgebrachten Rubel der Erzherzogin noch dazu.

Nun war er ganz allein.

Als Friedrich den verkrumpelten Zettel mit der Aufschrift »Friede den Hütten!« vorlas, schmiss Konrad ihn sofort ins Feuer. So ein schlechtes Papier, das so viel Unfrieden brachte und die braven Unterthanen zum Aufruhr anstiftete, wollte er nicht im Hause haben. Sonst kam der Schultheiß und zeigte sie an im Amte Wennerode. Das war seine Pflicht! Und für diese

Pflicht hatte der Amtmann von Wennerode den Backesse Dick bestimmt.

Der Backesse Dick – ein Schultheiß! Ausgerechnet Backesse Dick! Natürlich konnte Dick rechnen und schreiben und auch ein Geschäftsbuch führen. Natürlich war er dem Amtmann von Wennerode treu ergeben und gab sich redlich Mühe, seine Aufgaben zu erfüllen, nämlich für Ruhe zu sorgen und einzuschreiten, wenn einer sein Weib schlug oder in einem Haus die Faulheit herrschte oder Feindschaft aufkam oder einer beim Honiels schlechte Reden führte. Aber Backesse Dick nahm es mit den Steuern nicht so genau und was er den Paulinchens abnahm, das erließ er seinem Vetter Hanjokeb und wo er den Schnuckes wegen mehrfachen Holzdiebstahls in Wennerode ins Bollesjen werfen ließ, durften der Schwager und die Andergeschwister sich volle Karren aus dem Wald herausfahren, so viel wie sie wollten.

Der Förster vom Katzenstein hingegen zeigte einfach jeden an, der sich einen Knüppel oder Laub oder Beeren herausholte. Der Gemeindewald musste überwacht werden und das Holz ordentlich versteigert, es konnte nicht sein, dass jeder sich was er wollte, herausraffte, und wer Holz klaute, war ein Frevler und ein unrechter Mensch. Außerdem erhielt der Förster für jede Anzeige eine Belohnung von drei bis fünf Gulden, und wenn er einen Wilderer stellte, sogar fünfzehn Gulden!

Das musste man verstehen, denn der Förster hatte sieben Kinder und verdiente nicht viel, da musste er gezwungenermaßen sein Lohn verbessern, und zwar tüchtig. So tüchtig, dass er sogar den Wilhelm Müller aus Linnen anzeigte und ins Correctionshaus nach Wennerode brachte, obwohl der das Kreuz kaputt hatte, jene Ladung Holz in der fraglichen Nacht nie und nimmer auf seinem Rücken hätte tragen können und außerdem mit seiner Frau Elisabett im Bett gelegen hatte.

Der Schultheiß Backesse Dick und der Förster vom Katzenstein zeigten also lustig die Leute an und erwiesen sich als prächtige Unterthanen vom Amt Wennerode und der ganzen Obrigkeit.

Für all diese Machenschaften konnte aber doch der gute Herzog Adolph nichts! Dem war es bestimmt nicht recht, was seine Amtsleute so alles trieben.

Fine schüttelte sorgenvoll den Kopf und schlurfte zum Herd, um im eisernen Kochtopf einen Breimelsbrei aus Hafer anzurühren. An Kartoffeln war in diesem Jahr nicht zu denken, sie waren wieder alle faul, es gab keinen Kartoffelbrei, keinen Kartoffelplatz, kein Kartoffelbrot und keinen Kartoffelbranntwein, nur Rüben und Hafer und Brennnesselsuppe. Das Brot war so hart, dass Fine es in Brocken schlug und in Milch ein wenig aufweichte. Im Kaffeekessel kochte Wasser für einen dünnen Sud.

Es war aber ein Glück, dass es nun weniger Esser im Haus gab.

Veronika hatte nach Ellingen geheiratet, Johann war auf der Walz und lernte das Zimmererhandwerk, Friedrich verkaufte Sensen und Mistgabeln mit dem Wetterauer Valtin, der Großvater Balthus war an Auszehrung gestorben. Linas Bärb war jetzt eine Magd beim Wällershofener Weißmüller und arbeitete ordentlich und fleißig und vielleicht kriegte sie mal den Müllersburschen. Die anderen sollten aber jetzt gefälligst aufstehen und die Kühe melken. Fine ging zur Tür und schrie:

– Macht euch aus den Bettern!! Et is heller Tag!! Verdammt nochemol!!

Bald war es Winter und würde um diese Zeit noch lange dunkel sein. Doch auch dann begann um sieben Uhr das Vieh zu schreien. Ganz Scholmerbach konnte jetzt hören, dass bei Konrad und Fine noch nicht gemolken war.

Sie waren aber immer noch früher als Hanjokebs und der Schnuckes und Minschens Siegfried, der ein Vetter der verblichenen Lina war. Dort riss das Vieh im Stall an seinen Ketten, die Hühner gackerten in der Hinkelbank und die Kühe muhten durch das ganze Dorf. Der Minsch aber wälzte sich in seinem Bett herum, der Schnuckes und seine Ehefrau tranken lieber noch ihren Kaffee und den Branntwein am Herd und der Hanjokeb war noch lange nicht bei Sinnen, weil er der Letzte war, der in der Nacht aus dem Honiels gekommen war.

Der Tag war trübe und feucht und die aufgeweichten Wege glänzten vor Schlamm und Löchern, man mochte gar nicht vor das Haus gehen, und doch gab es am Nachmittag noch eine herrliche Freude für ganz Scholmerbach.

Durch die bunten, herunterwirbelnden Blätter auf der Chaussee sah man auf einmal den alten Heens August herannahen, wie er zurückkam von seiner langen Wanderschaft in die weite Welt. Unter seinem schwarzen Umhang wölbte sich ein klobiges Ding neben seinem Fiedelkasten, auch sein schwarzer Pappkoffer lugte hervor. Alles, war er besaß, war unter diesem weiten Umhang verborgen. Augusts Schritt war nicht mehr so rasch und behend wie in jüngeren Jahren und es schien, als hinkte er ein wenig. Man wurde eben krummer im Alter, alles war beschwerlicher, und nach diesem Sommer, so hatte August gesagt, wollte er aufhören mit dem Reisen.

Doch egal, was er sagte und wie er sich verhielt, es glaubte ihm keiner, denn er musste ja doch fort. Seine dürren Felder, die er mit seiner Frau Bertha bestellte, waren ein ums andere Jahr vernichtet worden und seine Bertha fraß so viel, dass er

doch wieder hinausmusste und den Leuten aufspielen, bei
Bertha gab es keine Gnade. Warum nur hatte er diese Ma-
trone geheiratet mit ihren sieben Kindern vom Müllerkarls
Sepp, sie war schon so alt und so breit und lachte nicht mal,
wenn die Sonne schien oder August ihr eine neue Schürze
schenkte oder eine Haube. Es war, als hätte August sie bloß
geheiratet, weil sie wie ein Granitstein die Sonne nicht aufnahm, sondern widerspiegelte, und so stand August immer
noch in seinem eigenen Glanz von Liedern und von Märchen.

Die Kinder von Scholmerbach kreischten und sprangen
ihm in ihren zerrissenen Hosen entgegen und Paulinchens Mia
stieß Schlossens Lenchen in den Dreck, um schneller bei August zu sein und um ihn herumzulaufen.

– August! August!, schrien sie. – Willst dou uns was verzählen?

Denn August konnte nicht nur Lieder spielen und Tänze
lehren, er wusste auch immer ein neues Märchen und beim
letzten Mal hatte er sogar ein Buch mitgebracht, wo zwei Brüder aus Hanau oder irgendwoher lauter Geschichten aufgeschrieben hatten. Wenn der Honiels einen guten Tag hatte, ließ
er sie alle in der Stube sitzen und auch die Mütter stahlen sich in
das Wirtshaus, wo sie zwar kaum einen Schluck Bier tranken,
aber dem Honiels trotzdem halfen, mit einigen Scheit Brenn-
holz oder indem sie den Aschekasten leerten. Dann las August
die Geschichten vor und sie unterbrachen ihn wütend, als die
das Märchen vom Eisenhans anders erzählt wurde, als sie es vom
Großvater oder von einer Tante gehört hatten, dass nämlich der
Eisenhans in einem Ofen gefangen war und nicht in einem Käfig. Auch stritten sie sich heftig darum, dass es Aschenbrödel
heißen musste und nicht Aschenputtel. Aber dann lauschten sie
wieder einer neuen Geschichte und dazwischen spielte August

gutmütig ein Lied auf der Fiedel, und so würde der Winter vergehen auch ohne Kartoffeln und ohne Schinken und ohne Kuchen aus weißem Mehl. In diesem Winter mochte es besonders hart werden, also musste August noch mehr spielen und erzählen, spielen und erzählen, damit sie durchhielten, mit der Gänsemagd und dem Rotkäppchen, dem Teufel mit den drei goldenen Haaren, dem Spielhansel, der faulen Spinnerin, dem treuen Johann und Schneeweißchen und Rosenrot.

— Wat hast dou unter dem Mantel?!, schrien die Kinder.

— Lasst meysch doch erst mal heimkommen!, sagte August lachend. — Ihr Leut und Ihr Kinder! Wie geht et euch dann? Wat macht dat krank Schusterliesel?

— Dat liegt off dem Kirchhof!

— Ach Gott, ach Gott. Wo ist dann mein Altvater? Und dat Berta! Und meine Altmutter? — Eysch hab einen Durst, en richtige Brand! Und dey Füß tun mir weh!

— Die Mamme kam schon aus dem Haus gelaufen und der Altvater auch, der Paulinchens kam, der Hanjokeb, Anna und Bettchen kamen herbei und schließlich auch Berta. Alle liefen ihm entgegen.

Die Kinder hängten sich an seine Arme und an seine Mantelschöße und schließlich gab er nach und er nahm sie alle mit nach Heens in die Scheune, wo sie sich auf Eimern, Bütten und den Leiterwagen setzten. Das Dapprechter Lieschen brachte Wasser und Branntwein und Berta einen Zipfel Wurst mit Käse und Brot und die Altmutter schnupfte und weinte immerzu.

Dann endlich sank August auf ein leeres Fass und packte seine Fiedel aus.

— Na gout … dann spiel eysch euch was. Eysch weiß aber nicht, ob dey klappt, wenn dat so kalt ist. Wenn dey Saiten noch klamm sind, dann geht dat nicht so gut. Aber eysch versouche et.

Dann rieb er sich die Finger warm, erprobte den Bogen mit einigen Streichen und spielte:

»Drum tanzet's Mariele« und »Du, du liegst mir im Herzen, du du liegst mir im Blut« und dann: »Feinsliebchen, du sollst mir nicht barfuß geh'n!«

Das schöne Lied, vom Feinsliebchen, das keine Schuhe hatte, gefiel allen und Anna und Bettchen stießen sich an und meinten, dass sie nun auch Feinsliebchen seien, da sie nur Lumpen um die Füße hatten, aber dafür ein Herz so treu und rein.

– Eysch hab ein treues Herz!, flüsterte Bettchen. – Glaub eysch … also eysch versuchen dat … aber … Eysch muss immer beichten gehen!

– Ach, sagte Anna – Wie soll man dann immer ein reines Herz bewahren! Wenn dey uns alle den ganzen Tag nur treten und knuffen! Eysch beichten dem Vinzenz nicht immer alles!

– Dat muss man doch, Anna! Dou kommst in die Höll'!

– Nä, sagte Anna. – Komm eysch net. Wat der Pastur immer sagt.

– Noja … eysch weiß et net … eysch hätt da Angst … Wat meinst dou dann, wo der August alles gewesen ist?

Anna beugte sich vor und die Locken fielen ihr aus dem Kopftuch heraus.

– August, wo bist dou dann alles gewesen?, rief sie.

August schien einen Augenblick zu überlegen, dann sagte er was von Mayen und dann Eschweiler, von Aachen und Antwerpen und schließlich war er dieses Mal sogar mit dem Linnern Kurt in London gewesen!

– In London??, kreischte Bettchen. – Dou warst in London??? So weit???

– Ja!, sagte August stolz. – Und dat in meinem Alter! Eysch hab den Palast der Königin gesehen … und dey Themse …

und den Tower ... all dey Schiffe ... aber auch viel Armetei ... viel Elend ...

— Da bleiben mir doch lieber hier, sagte Bettchen. — Ob
mir in London arm sein oder hey.

— Et gibt aber auch viele schöne Dinge in der Welt, sagte
August. — Eysch hab Mädcher gesehen, noch jünger wie
ihr, dey haben Drehleier gespielt und dey haben so viel
Geld verdient! Und jetzt – seht mal her!

Endlich beugte sich August über seinen Mantel und holte
darunter den unförmigen Kasten hervor, und als er ihn öffnete,
kam ein bauchiges, bunt bemaltes Musikinstrument hervor,
gelb und mit voll herrlich braunroten Blumen verziert. Es
hatte eine Leiste mit Tasten auf der Vorderseite und eine Kur-
bel am Ende, ein schimmerndes, breites Band baumelte herab,
an dem man das Ding tragen konnte.

— Heilischer Gott, wat ist datt dann?, fragten die Leute.

— Ei dat ist en Drehleier, sagte August ... Dey war so
schön, dey musst eysch haben, habe eysch unterwegs
einem Schwaben abgekauft ... dat ist so ein ausgefallenes
Stück ... siehst dou, hey hängt man sich dey um ... hey
drückt man dey Tasten und dann orgelt man so los ...

Der Anblick erfüllte sie alle mit Ehrfurcht und August ent-
lockte der Drehleier einen prächtigen Klang, der die dunkle
Scheune durchdrang mit wiegenden Harmonien, zu denen
man sich unweigerlich drehen musste, und es war wie das Lied
von einem immerwährenden Kirmestag. Bettchen und Anna
nahmen sich an den Händen und es dauerte nicht lange und sie
drehten sich auf dem festgestampften Scheunenboden.

— Es dat ein Baaschlenkerer? Oder der Didlumdei?

— Nee, es dat net und eine Polka ... hm ...

Bettchen kannte alle Tänze, sie stemmte die Arme in die
Hüften und sprang mal rechts und mal links wie beim Hipper

und Anna drehte sich einfach im Takt und neben dem Takt und warf die Arme in die Höhe. Niemand konnte stillhalten bei dieser herrlichen Melodie, die durch die Ritzen des Scheunenhimmels hinausschwebte, und es wäre noch ewig gegangen, wenn Anna nicht zum August gesprungen wäre und gerufen hätte:

– Darf eysch auch mal kurbeln?

August lachte und sagte:

– Dat es ganz einfach … hey legst dou die Hand hin und hey … musst dou immer dey Finger drauflegen … und seyst dou … schon kommt Musik raus!

Gutmütig wie er war, ließ er Bettchen und Anna auf der Drehleier spielen, und die anderen wurden ungeduldig und wollten auch mal spielen oder etwas von der Reise nach London hören oder ein Märchen, das noch keiner kannte. Aber da kam die dicke Bertha angestapft, riss den Mädchen die Leier aus der Hand und sagte:

– Etz ist aber Schluss, ihr verrommeniert dat Teil noch und außerdem muss der August mal int Haus und sich am Ofen wärmen! August, warum hast dou dann überhaupt so ein teuer Ding gekauft, dou hast doch dey Fiedel. So eine Leier kost' doch bestimmt ein Vermögen!

– So eine Leier … sagte August, – dey kann eine ganz Familie aus der Armetei ziehen … eysch habe dat selber gesehen … Mädcher, dey haben gehippt und gedanzt und Drehleier gespielt … wat haben dey in London ein Geld gemacht.

– Watt?, schrie Anna. – Nur ein bisschen hippen und danzen?? Und dey Leier da spielen? Dat kann eysch … eysch kann dat! Eysch gehen auch nach London!

– Hör doch off, sagte Bettchen. – Dat ist nix für uns … Da draußen sind nur Spitzbuben und Vagabunden und Lumpengesindel. Wat wollen mir denn da, mir sind doch daheim in Scholmerbach!

Aber Anna konnte sich gar nicht einkriegen und hängte sich an die Leiter zur Tenne.

– Nur en bisjen hippen und danzen! Denk doch bloß!

Bettchen schüttelte den Kopf und hielt Anna für bekloppt.

August aber war nun wirklich sehr müde von dem langen Weg und versprach den Kindern, alsbald wieder mit ihnen Musik zu machen und den Hopser zu spielen und ihnen Märchen zu erzählen. Dann ließ er sich von Bertha hineindrangsalieren zum Feuer, wo all seine Stiefkinder schon lagen, und er freute sich, die müden Beine hochzulegen. Es war ein weiter, weiter Weg gewesen von London mit dem Schiff nach Amsterdam, über Utrecht und Antwerpen, über Arnheim und Achen und Trier und Kobelenz, aber wenn nicht der Winter gekommen wäre, dann hätte August sich womöglich noch ein wenig in der Welt herumgetrieben, weil es so viel zu sehen gab. Obwohl, das musste man sagen, es war nirgends so schön wie in Scholmerbach, wo noch nie was war und nie was gewesen ist und sie nichts hatten und nichts waren und nichts wurden, gar nichts, gar nichts, da war es am schönsten auf der ganzen Welt.

Alle kamen sie heim, Friedrich vom Wetterauer Valtin, in Hellersberge der Maurer Schorsch, in Ellingen die Geschwister Jakobi mit ihren Bürsten und Klopfpeitschen und Kram, die lahme Schneiderin von Linnen, hörte auf mit ihren Kinderkleidern von Haus zu Haus zu gehen, und die als Schnitter gegangen waren in den Goldenen Grund, waren längst wieder daheim.

Endlich hörten Konrad, Bettchen und Fine die Wagenräder der vornehmen Kutsche vom Kiezenbaron in den Hof fahren und durch die geschabten Schafslederfenster sahen sie undeutlich das schwarze Pferd, das wiehernd stehenblieb.

– Matthes!, schrie Fine. – Der Matthes es wieder da!! Ach Gottsche, wat freun eysch mich!

Sie raffte ihr wollenes Tuch um die Schultern, stieg in die Holzpantinen und rannte hinaus, wo der Atem des Pferdes dampfte und aus dem Wagen des Kiezenbarons der Matthes heraussprang in einem eleganten Umhang und – man höre und staune – einem zweireihigen Frack und mit einem Zylinder!!

– Es et dann möglich!, hauchte Bettchen und auch Minna und Gretel liefen herbei, Friedrich und Jakob, der Schnuckese Klärchen geheiratet hatte, kam mit seinem Jüngsten.

– Hallooo!!, rief Matthes mit ausgebreiteten Armen und in seinem Gesicht prangte ein gestutzter Backenbart mit Koteletten und er sah aus, als käme er aus dem Herrenhaus vom Grafen von Wällershofen.

– Bist dou ein feiner Herr geworden!, flüsterte Fine ehrfurchtsvoll, bis ihr wieder einfiel, dass er sich in St. Petersburg in den Bordellen herumgetrieben hatte, da wollte sie ihm gleich den Marsch blasen und am besten sollte er morgen früh die Stallarbeit machen im Westerwälder Kittel, damit er bloß nicht vergaß, wo er herkam. Matthes hob eine Kiste vom Wagen und noch ein Wolltuch dazu und zwinkerte seiner Familie zu, die begierig wartete, was er denn diesmal mitgebracht hatte.

Der Kiezenbaron hingegen saß alt und krumm und miesepetrig auf seinem Kutschbock, das lange Haar unter seinem Hut fiel grau und schütter auf seine Jacke und die Jacke glänzte selbst im fahlsten Herbstlicht in tausend Farben, dass einem die Augen wehtaten. Bettchen flüsterte:

– Der seyht doch aus wie unsern Gickel auf dem Mist!

Irgendetwas schien ihm nicht zu gefallen, und statt zu grüßen oder seinen Wagen Richtung Ellingen zu lenken, blieb er einfach sitzen und musterte die ganze Zeremonie griesgrämig und verdrossen. Schließlich stellte er sich auf und hob die Peitsche:

> – Etz hör mal, Matthes, eysch lasse deysch hey net einfach so gehen! So kommst dou mir net davon! Eysch fahren net eher hey dann, bes dou mir den Goldklompen wiedergegeben hast!

> – Eysch hun Euren Goldklompen nicht!, schrie Matthes. – Den habt Ihr versoffen oder verspielt, wat weiß eysch denn!

> – Nur dou kannst den haben! Den hat eysch so gout versteckt im Wagen – dat hast nur dou gewusst, wo der war! Den rückst dou etz raus, sonst fahren eysch nicht hey weg!

Fine erschrak. Wurde Matthes jetzt des Diebstahls beschuldigt? Das war nicht recht.

> – Unsern Matthes klaut net, wat fällt Euch ein!!? Dat is eine Frechheit!

Der Kiezenbaron hörte garnicht zu, sondern berührte Matthes' Schulter mit der Peitsche und ließ diese dann einmal drohend durch die Luft sausen.

Konrad sah von einem zum anderen und meinte, etwas tun zu müssen, aber was nur, der Wagen war eben erst in den Hof gerollt, schon kam mit dem Kiezenbaron der Zores vor seine Haustür gefahren.

> – Macht Euch fort nach Ellingen!, schrie Matthes. – Dat ist dat letzte Mal, dat eysch mit Euch gefahren bin! Überall seht Ihr Gauner, wo keine sind, und dauernd beschuldigt Ihr meysch wegen gar nichts, eysch hab et immer gout gemeint, bald habt Ihr keinen Freund mehr weit und breit!

– Freunde ... ächzte der Kiezenbaron ... – Mer kann keinem trauen auf dieser Welt und dir schon garnicht, dou Petersburger Hourenbock, überall gefeiert und sich feiern lassen und alles verspielt und met den Weiberleut durchgebracht! Dou doist meysch nie wieder betrügen, dou gibst mir etz den Goldklompen, sonst bräch eysch dir sämtliche Knochen, dou hast den, eysch weiß et genau!

Außer sich vor Wut klettere der Kiezenbaron von seinem Wagen und ehe sich's einer versah, hatte er den Matthes am Schlafittchen gepackt und blies ihm seinen Altmänner-Atem ins Gesicht, Matthes aber wollte ihm die Hände wegschlagen und schon ging es los mit der Klopperei. Man hätte meinen können, der alte Kiezenbaron mit seinen über sechzig Jahren sei an Kraft und Mannsstärke dem Matthes unterlegen, aber jetzt kam wieder der alte Mäckes heraus und seine Augen sprühten vor Zorn und Rauflust. Sich mit Matthes an Ort und Stelle totzuschlagen, das wäre ihm ein rechtes Ende gewesen. Der Kiezenbaron vertrug es nun mal nicht, betrogen zu werden, ein für alle Mal, und er zerrte den Matthes über den Hof und warf ihn an die Stallwand, und der versetzte ihm einen Schlag, dass der Kiezenbaron in seinem glänzenden Gewand über den Misthaufen fiel und sich mit schmutzigem Stroh voller schwarzbrauner Kuhplädderdreck und Jauchebrühe beschmierte. Matthes und der Kiezenbaron kloppten und schlugen sich, als wäre es die letzte Kirmes auf dieser Erde.

– Der wird doch net ernstlich wat verbrochen haben?, flüsterte Fine, als Jakob und Friedrich sich auf die beiden stürzten, um sie auseinanderzubringen.

– Bestimmt nicht, flüsterte Bettchen und bekreuzigte sich, damit dieser schlimme alte Mann aus Ellingen von Matthes abließ und sich vom Hof machte, so schnell es nur ging.

Fine klang es noch im Ohr, was der Kiezenbaron gerufen hatte, von den Petersburger Huren und wie Matthes alles verspielt und durchgebracht und sich hatte feiern lassen. Nun hatte sie Gewissheit, dass Matthes sich so betragen hatte, und das war schlimm genug. Ein paar Ohrfeigen vom Kiezenbaron konnten ihm nicht schaden. Minna und Gretel schielten indessen nach der Kiste, die Matthes mitgebracht hatte, und hofften, es sei ein schöner Unterrock für sie darin oder ein besticktes Kleid, oder eine Köstlichkeit zu essen.

Aber einstweilen wälzten sich beide von dem Misthaufen herunter und Konrad schimpfte über den breitgetretenen Haufen, den er wieder sorgsam aufschichten musste und die Weiber schimpften über die schmutzige Wäsche, die sie in der kalten Scheune im Kessel waschen mussten. Bettchen aber übermannte das Mitgefühl und sie ging zum schwer atmenden Matthes und streichelte ihm die aufgeplatzte Stirn und die blutige, aufgerissene Wange.

Der Kiezenbaron hingegen quälte sich wieder auf den Wagen, den das scheuende Pferd in der Aufregung rückwärts in den ausgeblühten Schafgarbenbusch gefahren hatte, dann ließ er seinen Gaul mit einem Schrei rumpelnd aus den Sträuchern preschen, stehend in der Herbstkälte ließ er noch einmal die Peitsche sausen und schrie:

– Ihr dreckiges Scholmerbacher Gesindel!! Ihr undankbares, verlogenes Lumpenpack! Mit euch mache eysch keine Geschäfte mehr! Ihr braucht mir nicht mehr zu kommen! Ihr verkommenes, dummes Bauernvolk!

Da schrie Matthes:

– Mein Sack! Eysch hat noch en Sack voll Zuckerbrot!!!

Der Kiezenbaron fuhr an ihnen vorbei, dass der Schlamm nur so spritzte, und er griff unter die Bank und warf den Sack in hohem Bogen vor Fine in eine Pfütze.

– Hey habt Ihr Euren Dreck!!!

Die Zuckerbrote rutschten aus dem Sack in das schmutzige Wasser. Der Kiezenbaron aber rauschte davon über Stock und Stein, dass ihm beinahe die Deichsel brach und die Wagenräder zersprangen. Er peitschte sein Pferd über die aufgeweichten Wege, seine schmutzige bunte Jacke leuchtete noch eine Weile wie ein Fleck am Horizont und seine Flüche hörte man durch die ganze Gemarkung bis Linnen und bis Pfeifensterz und Wällershofen.

Man hat den Kiezenbaron in Scholmerbach nie wieder gesehen und es hieß, er habe zuletzt allein gehaust in seinem großen Haus und geglaubt, dass jeder ringsumher ihn belügen und bestehlen wollte. Er ließ seinen Hund auf die Leute los und beschimpfte jeden, der vorüberkam. An einem nebeligen Wintertag ist er schließlich in seinem alten, speckigen Schlafrock auf den Hof gegangen und über den Hund gefallen und mit dem Mund in seine holländische Pfeife gestürzt und ist gestorben. Das Blut hat sich um sein Haupt mit der Bambelmütze verteilt, wie eine blühende, dunkle Rose im Schnee.

Die Lehren des Kiezenbaron waren als Einzigem Matthes zugekommen, und sie hatten sich tief in sein Gemüt versenkt und sponnen dort unbemerkt vor sich hin, wenn er am helllichten Tag im späten November in seiner guten Jacke vor dem Feuer saß und sich den Bauch wärmte, während ihn im Kreuz die Kälte plagte. Es war etwas Schlimmes mit den dünnen Lehmwänden, durch die die Wärme wich und im Inneren frostige Tropfen an die Wände malte. Die holländische Pfeife war ihm augegangen, sodass er sie ausklopfte und mit frischem Virginia-Tabak, versetzt mit Rosenöl, wieder füllte.

– Matthes, wat machst dou dann eigentlich?, fragte Fine, die ihren Sohn am Feuer sitzen sah mit einem Papier voller Namen und Zahlen.

– Eysch denken!

– Aha!, sagte Fine. – Kannst dou nicht auch im Stall denken? Beim Stallmisten? Oder kannst dou mal der Kouh nach den Hufen sehen? Oder mal dey Sensen reparieren? Do kommt dir bestimmt auch einiges in den Sinn!

– Och, sagte Matthes. – Eysch muss meysch jo besinnen, eysch will im März en neuen Handel eröffnen, dat muss mer vorbereiten, do muss man mit Leuten verhandeln, alles aufschreiben und rechnen und et ist besser, nur eine Sach zou machen und dey richtig!

– So wie in St. Petersburg? Do hast dou jo auch nur eine Sach' im Kopp gehabt, oder?

Ärgerlich betrachtete Matthes seine alte Mutter, die eine Bütte nasser Wäsche hinstellte und ein paar Strümpfe und Schlafmützen und Hemden über den Herd auf die Spinne hängte. Er hatte vergessen, welche schäbige und abgewetzte Leibwäsche hier alle trugen, alles nur dumpfes Blau oder scheeles Weiß, ausgerissen und geflickt. Die Wäsche roch dumpf nach Soda und nahm den Geruch seines Tabaks auf sowie den der dampfenden Kohlschwaden, des Rauches und den Rübendunst vom Schweinefrass. Seine Mutter wollte ihm also Vorhaltungen machen, während sie gerade ihre dürren knochigen Arme hob, um weitere erbärmliche Lappen aufzuhängen an diese Spinne voller Elendsfetzen.

Zugegeben: die Damen von St. Petersburg waren dagegen herrlich gekleidet, und sie rochen nach Veilchen oder süßem Likör, ihre Unterröcke rauschten, wenn sie sich im Tanz drehten, und ihr Atem war lieblich, wenn sie ihm in allen Sprachen ins Ohr flüsterten. In ihren Etablissements gab es Tapeten mit Streifen aus Rot und Gold und die Treppen waren glänzend poliert, Kronleuchter hingen von den Decken und der Champagner sprudelte aus überfließenden Gläsern, die ihm gereicht wurden von unterwürfigen Dienern in feinster Livrée.

– Dat kann eysch nicht für gut heißen, Matthes, det dou dich do rumgetrieben hast mit den unanständigen Weibsleuten, pfui!! So eine Stadt, da es Sodom und Gemorrha! Wenn dat unsern Pfarrer Vinzenz hört, der ruft deysch aus von der Kanzel!

Matthes schüttelte den Kopf.

– Mutter, dat verstehst dou nicht … wenn man mit den Herrschaften unterwegs ist, dann muss man in Gesellschaft gehen, da werden dey Geschäfte gemacht in den Salons! Wenn da ein paar Weibsmenschen drin flanieren, kann eysch naut dafür! Deshalb bin eysch kein schlechter Mensch! Dat sind so dey Gepflogenheiten!

– Haben mir hey in Scholmerbach keine schönen Weibsleute? Da kannst dou dir mal eines suchen, et wird endlich Zeit!

– Mutter, sagte Matthes feierlich. – Eysch muss wieder raus und größere Geschäfte machen, vielleicht mit dem Sherry aus Madeira. Den könnte eysch von Engeland ins teutsche Land bringen, auch raucht man jetzt neuerdings überall Zigarren, da könnt eysch ganz groß int Geschäft einsteigen! Dat wär wat für meysch! Eysch hab dat im Blout!!

Fine warf das letzte Rotztuch an einen Fleischerhaken in der Herb und nahm den leeren Korb wieder auf.

– Matthes … eysch will dir ja naut Böses und eysch will mich hey nicht mit dir überwerfen, dou hast auch vieles gesehen, wat eysch niemals zou sehen kriege … aber beim letzte Mal hast dou alles verjubelt!. Dou hast nur noch deine feinen Kleider da … sonst nichts. Man darf nicht vergessen, wo man herkommt, und eysch wollt, dou deedst dir mol den wieder den Wäller Kittel an und mal ordentlich im Stall watt schaffen, wie all dey anderen auch!

Matthes war beleidigt. Immerhin hatte er geholfen, die Schuld vom Hause beinahe zu tilgen, und er hatte seinen Schwestern bestickte Bettwäsche und schöne Dreieckstücher mitgebracht und seiner Mutter einen glänzenden Spiegel und seinem Vater ein Bild vom stolzen Herzog Adolph, wo der mit Schnurrbart und rot gemalten Backen gleich neben dem Herrgott in die Stube schaute. Wenn ein Geschäftsmann mal Pech hatte, so fielen sie gleich über ihn her, nur weil er nicht mehr herbeischaffte, um die gesamte Anverwandtschaft auszustaffieren. Er hatte diese gierige, ungebildete und übel riechende Sippschaft satt! Selbst der eigene Vater predigte ihm unentwegt von Herrgott, Pflicht und Vaterland, er konnte es nicht mehr hören!

– Im März brechen eysch wieder auf. Wenn Ihr meysch nicht hättet, ging et auch nur noch schlechter! Wer nicht rausgeht, der hat naut – er ist naut, der kriegt naut und der wird naut!

Da kam Bettchen mit dampfendem Atem zur Tür herein, sie hielt im ausgestreckten Arm ein Stück Holz und fiel Matthes um den Hals.

– Ach Matthes, sieh mal, wat eysch hey habe … dein altes Schiffchen, dat hast dou mal geschnitzt, weißt dou noch? Dat haben mir über dey Scholm fahren lassen, dat habe eysch im Stall gefunden, oben unterm Blechkessel …

Gerührt nahm Matthes das krumme Holzstück, das er so fein gehobelt und innen ausgehöhlt hatte mit Konrads Stecheisen, damit sie hölzerne Lumpenpüppchen den Bach hinunterfahren lassen konnten.

— Wie schön dou dat gemacht hast! Dou kannst so schön mit dem Holz arbeiten ...

— Ach jo, sagte Fine. — Et ist eine Sünd und eine Schand, dat dou deinen Zimmermann net gemacht hast. Da bin eysch auch schuld, weil eysch deysch zum Kiezenbaron gebracht hab. In der Zeit hättst dou in Köllen deinen Meister gemacht.

— Et is schon recht, sagte Matthes, etwas milder gestimmt. — Dat Zimmern und Schnitzen ... dat hätt eysch schon gekonnt ... auch mal wat Feines mache ... ein Meisterstück mit der romanischen Treppe ... ein schönes Geländer ... Aber mir liegt ja doch auch schon dat Geschäftliche ... eysch und die Welt ... die Welt und eysch ... da fühlen eysch mich wohl, da sein eysch im Element! Und ... mer lernt so viel ... mer hört und sieht und wird gescheit!

— Jo, sagte Fine. — Dat wisse mir ja, dat dou gescheit bist.

Matthes reckte sich und fühlte sich endlich wieder im Lot, und auch entsprechend estimiert. Wenn er schon den Winter lang hier sitzen musste, in der dunklen Küche mit Rosa, Gretel, Minna, Friedrich, Karl, Bettchen, Konrad, Finchen und Rosas Kindern Julchen und Fritzchen, dann beanspruchte er doch von ihnen doch eine gewisse Ehrerbietung, weil er mehr erreicht hatte und weitergekommen war als irgendeiner sonst von Scholmerbach.

Behaglich zog er an seiner kunstvoll bemalten Pfeife aus blauweißem Porzellan und malte sich aus, wie er im nächsten Sommer in London eine dieser neuartigen Zigarren von Stanwell rauchen würde, während er flanieren ging auf der feinen Regent Street von St. James bis hin zum Piccadilly Circus.

Bettchen saß mit gefalteten Händen in der Kirche und sah, wie die Schneeflocken auf ihrem karierten Wollrock zerschmolzen, und ihre Füße froren in Fines alten Schuhen. Der Rosenkranz tanzte auf und ab in ihren Händen und die Seligkeit des süßen Gebetes erhellte ihr Gemüt. Niemand betete so inbrünstig den Rosenkranz wie Konrad und Bettchen und das Licht der Muttergottes schien ihnen direkt ins Herz …

Sie liebte das Wort »gebenedeit« schon gleich, weil sie nicht wusste, was es bedeutete, und ihr so wundersam erschien. Sie liebte die Wallfahrt im Oktober und sie liebte die Maiandacht mit den Marienliedern:

— Es blüht der Blumen eine, auf ewig grüner Au, wie diese blühet keine, soweit der Himmel blau, wenn ein Betrübter weinet, getröstet ist sein Herz, wenn ihm die Blume scheinet ins leidenvolle Herz.

Bettchens Herz war nicht leidenvoll, es war voller Aufregung wegen dem, was ihr geschehen mochte, welchen Bräutigam sie einmal erwählen sollte und welchen Jungfernkranz man ihr flechten mochte. Ihr gefiel der junge Honiels, der lang aufgeschossen auf der anderen Bankseite stand. Er schaute manchmal versonnen in die Ferne mit seinen schönen braunen Augen und dann kratzte er sich unter der Bambelmütze und dann war es, als könnte er nicht mehr stillhalten, er drehte sich verstohlen um und blinzelte Bettchen zu und das fuhr ihr noch tiefer in die Seele als das Wort »gebenedeit« von Marias liebem Schein. Honiels Theodor, hatte Konrad gesagt, wer den mal kriegt, der hat es gut, denn gesoffen wird immer und wenn man in die Wirtschaft einheiratet, dann hat man ausgesorgt, denn wenn sonst Himmel und Erde verging, so verging doch niemals der Suff und der Suff.

Schon kam Pfarrer Vinzenz mit seinen Messdienern aus der Sakristei und trat vor den von Kerzen schwach erhellten Altar und hatte eine geharnischte Predigt im Leib, für die er schon vom ersten Kaffee frühmorgens an Kraft gesammelt hatte. Und während die Scholmerbacher aufstanden und aus voller Brust das »Te deum« sangen, übte er in Gedanken nochmal seine Worte, die so großartig und gewaltig aus seinem Mund dröhnen sollten, dass in den elf Bänken seiner Kirche alles zusammenfahren sollte und vor Furcht zittern!

Ihm blieben womöglich nicht mehr viele Jahre, und einige seiner Säfte im Körper waren schlecht und verdorben und flossen nicht mehr recht und womöglich klebte schwarzer Schleim an seinen Organen. Er spürte schon, wie es in seinem Bauch zog, wenn er sich drehte, und er hörte, wie die Säfte in seinem Inneren gurgelten und sich irgendwo faulig sammelten. Vielleicht sollte er einmal so eine neumodische Wasserkur machen, wie dieser Priester, der sich mit seiner Schwindsucht in die Donau gestürzt hatte und auf einmal geheilt war, man hörte ja Wunderdinge von diesem Kneipp.

Wenn es Vinzenz auch nicht gut ging, so wollte er doch bis zu seiner letzten Stunde um jede Seele von Scholmerbach kämpfen, und das war bitter nötig, denn es dräute wie in dunklen Wolken am Horizont eine neue Gefahr herauf!

Die bedrohliche Irrlehre der Sozialdemokratie!

Pfarrer Vinzenz musste die Leichtgläubigen warnen und sie vor der Bedrohung schützen! Überall zogen sie durch die Lande und kehrten zurück mit immer neuen Schmierschriften, auf denen Forderungen standen, immer neue Forderungen unmöglicher Natur, die sich richteten gegen die gesamte göttliche Ordnung! Zum Beweis hatte er eines dieser Flugblätter mitgebracht.

Vinzenz brachte das Kyrie, das Gloria und das Evangelium hinter sich, dann stieg er endlich auf die Kanzel und donnerte los:

— Wer in ferne Lande zieht und dort die Verderbtheiten aufnimmt und sich der Lasterhaftigkeit und der Sünde anheimgibt, der Hoffahrt und dem Müßiggang und eitler Verschwendungssucht … der lässt sich auch von gewissen sozialdemokratischen Irrlehren verführen und liest Schandschriften – wie diese!

Er zog das Flugblatt aus seinem Gewand und hob es drohend in die Höhe.

Fine und Konrad waren zusammengezuckt, hatte Vinzenz doch ihrem Matthes genau ins Gesicht geschaut, der blasiert und mit gelangweilter Miene in der Gegend herumschaute, als ginge ihn das alles nichts an, als sei nicht ernst zu nehmen, was der alte Mann von der Kanzel herunterschrie. Man musste froh sein, dass Matthes überhaupt mit in die Kirche gegangen war mit seinem verwunderlichen Backenbart und der Jacke und Weste mit glänzenden Knöpfen. Zwar war er nicht so bunt wie der Kiezenbaron, aber er hatte doch vieles von ihm angenommen, das Konrad missfiel.

Vinzenz hatte sich in Rage gearbeitet und wütete nun gegen die Forderungen, die auf dem Papier standen und nach Volkssouveränität verlangten und einer Republik wie in Amerika! Die alle Verhältnisse auf den Kopf stellen wollten und angesteckt waren vom französischen Geist, der immer und immer wieder das Land in Aufruhr und Unordnung stürzte!

Eine Schmähschrift, die sich auch gegen die Kirche richtete und gegen das Gottesgnadentum und die Macht der Jesuiten, die war Teufelswerk, die den Gläubigen den Sinn vernebelte und sie wider den Herrn und die Heilige Pflicht zum Ungehorsam aufstacheln sollte und zum großen Abfall vom Glauben führte – und daher den breiten Weg zur Hölle pflasterte!

— Alle, die den furchtbaren Irrlehren der Sozialdemokratie

folgen – schrie Pfarrer Vinzenz: – kommen unweigerlich in die HÖLLE!!!!

Der Schultheiß Backesse Dick nickte unter seinem Dreispitz und auch der Schulmeister in der dritten Reihe stimmte zu, denn einen Aufruhr konnte niemand gebrauchen. Der Schultheiß und der Pfarrer waren sich zwar nicht immer grün, doch hatte der Schultheiß dem Schulmeister unlängst erst den kargen Lohn erhöht und Vinzenz besorgte auf seinen Reisen nach Limburg neue Materialien für den Schulunterricht, und er hatte dafür gesorgt, dass der Schulmeister sich im Stall noch eine Kuh halten konnte.

Es musste eine Obrigkeit geben, denn das Volk war kein selbstständiges Denken gewöhnt, und dass die dümmsten Bauern von Scholmerbach auf einmal beim Regieren mitmischen sollten, mit ihrem schwerfälligen Geiste und ihrem groben Unverstand, war eine schreckenerregende Vorstellung, da waren sie ja gleich dem Untergang geweiht.

Pfarrer Vinzenz predigte also, bis ihm die Luft ausging, und er endete noch mit heiseren Atemzügen, dass die Leute brav auf Gottes Wegen wandeln sollten, brav und gehorsam und ihre Steuern zahlen sollten und den Zehnten abgeben, denn dem Herzog gehört, was des Herzogs gebührt! Dafür hält er immerdar seine Hand schützend über seine Unterthanen, wie es dem Herrgott gefällt! Amen!

Fine senkte ihren Kopf und flüsterte Konrad zu:

– Den Zehnten bezahlen eysch aber nicht gern! Den Zehnten UND auch noch dey Steuer, dey tun uns ganz schön pressen, dey Fresssäcke da oben!

Konrad tat, als hätte er nichts gehört, aber der Zehnte war ein Ärgernis, denn in jedem Jahr waren er und die Seinen fleißig und schnitten das Korn auf den Feldern, banden es und stellten es in ordentlichen Garben auf. Aber der Zehntknecht von

Wennerode kam erst, wenn alle Scholmerbacher Felder abge-
erntet waren, um seinen Teil fortzunehmen, und bis der faule
Minsch, der versoffene Hanjokeb und der verschlafene Schnuckes auf die Felder gingen, mussten Fine und Konrad zusehen,
wie ihre geschnittene Frucht in Wind und Wetter verdarben.

Fine hätte den Hanjokeb am liebsten aus der Kirchenbank
geworfen. Wenn sie schon sah, wie er so faul mit ausgestreckten Beinen herumlungerte, und wenn von Scholmerbach einer
in die Hölle kommen sollte, dann doch der Hanjokeb als Aller-
erstes, schon wegen seinem armen Gretchen, die mit immer
neuen Flecken im Gesicht in der Kniebank betete. Backesse
Dick hatte ihn schon mehrfach verwarnt, und Gretchens Brüder hatten dem Hanjokeb Schläge angedroht und wollten ihre
Schwester nach Hause holen. Aber Gretchen blieb bei ihrem
Hanjokeb, denn sie meinte, was Gott zusammengefügt hat,
darf der Mensch nicht scheiden.

Dabei war es nicht Gott gewesen, sondern der Hanjokeb,
der damals auf der Kirmes Gretchens Hand gerafft hatte und
gemeint, das Gretchen gehöre jetzt ihm, und Gretchens Vater
war froh gewesen, dass er sie los war. Die Ehe war also vom
Hanjokeb und Gretchens Vater gestiftet und nicht vom Herrgott, aber so durfte man ja nicht denken, das waren lose Reden
und man musste sich fügen in Gottes unermesslichen Ratschluss. Was sollte man sonst auch tun auf dieser Welt?

Für Bettchen sah die Sache ganz anders aus, wenn sie in ihr
Herz hineinlauschte und das süße Lied erklang, sobald sie an
Honiels Theodor dachte. Sie konnte nur hoffen und beten,
dass Gott der Herr sie zusammenfügte, denn wahre Ehen werden im Himmel geschlossen. Theodor sah zu dem schmalen,
hohen Fenster hoch, vor dem man die tanzenden Schneeflocken ahnen konnte, und wenn sie ihm auch die schönen Locken wegen der Läuse abgeschnitten hatten, so wurden seine

dunklen Augen noch größer und seine Wimpern waren ge-
schwungen wie die schön gestickten Ranken auf dem Kragen,
der seinen Kittel schmückte.

– Den will eysch heyraten ... flüsterte Bettchen. – Hoffentlich will der meysch auch!

Bettchen hatte keinen Scholmerbacher gewollt, doch seit
Theodor nach dem Tod seines Bruders Wilhelm immer an ers-
ter Stelle der Knabenbank stand und sie ihn im Stillen betrachten konnte und das Kirchenlicht auf ihn fiel, sah sie ihn mit anderen Augen und es war wie ein Zeichen des Herrgottes.
Denn das Licht sah aus wie auf den verblichenen Heiligenbildchen ihrer Mutter, wo die Strahlen aus der Heiligen Elisabeth
flossen oder aus den Händen der Heiligen Ursula.

So musste es sein und sie senkte noch einmal die Augen zum
Gebet, dass Theodor morgen Abend in die Spinnstunde kommen wollte, und vielleicht setzte er sich zu ihr und sie scherzten und lachten und dann sangen sie zusammen das schöne
Lied: »Alleweil rappelts am Scheunentor«.

Man hätte meinen sollen, dass Konrad jetzt steinreich wurde,
wo doch so viele Häuser im abgebrannten Ellinger Unterdorf
aufzubauen waren. Aber es ging ihm wie in Wällershofen, er
half und er zimmerte mit seinen Söhnen, er stellte einfache
Gefache und stabile Dachstühle auf, er zog Giebel hoch und er
baute Häuser, die länger halten sollten als bis zum nächsten
Funkenflug. Aber es konnte ihn ja keiner bezahlen! Finchen
ärgerte sich über Konrads Einfalt, er half noch mit seinem wehen Arm einem jeden für nichts und wieder nichts.

In Wällershofen hatte er immerhin von einigen Handels-
leuten sein Geld bekommen, aber in Ellingen war nichts zu

holen. Es dauerte ewig, bis sich ein Dorf von den Bränden erholt hatte, Wällershofen war ganz heruntergekommen, während Wennerode im Glanz erblühte und den Gendarmen, die Ämter und die Geschäfte hatte. Die Leute von Wällershofen aber musste man bedauern, denn trotz einiger neu erbauter Häuser war es dunkel und düster in den Gassen und es herrschte nur Armetei. Der Graf wohnte oben in seinem Schloss mit seiner Gemahlin Ottilie und ab und an ließ er einen Wagen vorfahren und verteilte Almosen, auch die Armenkasse und die Landesfürsorge verteilten hundertfünfzig Gulden.

Für Konrad hatte sich einiges geändert, es gab jetzt Brandbestimmungen und in Wällershofen durften die Häuser nicht mehr so eng nebeneinanderstehen. Auch sollten die Leute Ziegel auf die Dächer legen, die nicht brannten, aber wer konnte schon Ziegel bezahlen? Hier hatten sie nicht mal Geld, um Kartoffeln zu kaufen oder Saatgut für den nächsten März. Alles mussten sie leihen und sie liehen beim Krämer-Franz und beim Brouchmüller und beim Böllersbacher Großgrundbesitzer, Paulinchens liehen sogar eine Kuh beim Viehhändler Salomon, sie waren allesamt rundherum verschuldet.

Müllerkarls Marga war sogar schon gepfändet, ihr gehörte im Haus bald gar nichts mehr, kein Tisch und kein Stuhl und kein Bett, und bald kam der Gerichtsvollzieher von Wennerode und nahm alles mit. Ein Wittweib hatte es schwer in Scholmerbach, wenn es keinen Zuverdienst gab.

Dann starb auch noch ihr Schwein an der Braunfäule. Der Backesse Dick wies sie an, es zu vergraben, und Müllerkarls Marga suchte sich dafür einen Flecken am Waldrand vom Urles aus. Ausgerechnet der faule Schnuckes hatte versprochen, das Loch zu schaufeln. So zogen Anna, Schnuckes und Müllerkarls Marga an jenem Morgen mit Spaten und Schaufeln und dem Ziehkarren hinaus und das mit Seilen festgebundene Schwein schlug darauf hin und her, den Lindenweg hinauf bis hinter die Viehweide an die Gemarkungsgrenze von Hellersberg.

Dort suchten sie sich einen Weißdornbusch aus, unter dem das liebe Tier begraben sein sollte, doch als sie den schweren, hellen Bauch ansahen und den dicken Kopf und daneben ihre dünnen, zitterigen Arme, hatten sie schon keine Lust mehr.

— Dat es schwere Mannskerlarbeit! So watt können mir Weibsleute nicht allein.

— Noja, eysch sein doch do!, sagte der Schnuckes. — Immer eine Schaufel nach der anderen … dann schaffen mir dat.

— Dou hast gout schwetzen, mir haben bald naut im Leib, ein bisjen Rübensuppe!

— Wenn der Karl noch do gewesen wäre, der hätte dat allein geschafft …

— Mir schaffen dat auch, sagte Anna. — Wenigstens … bis Mittag.

Sie stellte die Holzpantine auf den Spaten und drückte fest, aber der Boden gab kaum nach und war überdies voller Steine und Wurzeln.

— Aaach, sagte sie. — Dat habe eysch mir leichter vorgestellt. Wie sollen mir dey dann da reinkriegen?

— Mir müssen noch einen fragen, der Kraft hat.

Aber der Schnuckes wollte nun einmal im Jahr seine Kräfte beweisen und schlug mit der Spitzhacke in die Erde, um sie ein wenig aufzulockern. Annas Bewunderung verlieh ihm beinahe Flügel.

— Sey mal, sagte Anna. — Eysch habe auch noch Branntwein in der Flasche hey … mir nehmen all noch mal einen Schluck, dann schaffen mir dat besser!

Der Schnuckes war schon siebenundvierzig Jahre alt, er hätte heute daheim mal besser den Stall repariert, in den es hineinregnete auf das Viehfutter. Aber unter Nachbarsleuten musste man sich helfen und die Witwe hatte doch keinen, alle waren gestorben oder fortgezogen und Anna war nur ein springendes Zwirnsröllchen. Den Schnaps trank er gerne und so sagte er:

    – Komm, mir ackern doch jedes Jahr Feld für Feld und graben einen Acker nach dem andern um. Da werden mir doch hey dat blöde Loch graben können.

Aber Anna hörte schon nach drei Schaufeln wieder auf und dann lief sie hinter einen Baum und hob die Röcke, weil sie mal musste. Die alte Marga grub mit bloßen Händen und sie schafften und machten mehr schlecht als recht, und als die Mittagsglocke ertönte, hatten sie ein Loch, das zwar länger war als das Schwein, aber nicht tief genug für seinen vollgefressener Leib.

    – Eysch will nicht mehr, sagte Anna und sah dem Schnuckes zu, dem nun der Hunger in den Augen stand.

    – Eysch holen ein paar Buchecker und Nüsse, sagte Marga

    – Pass bloß off, sagte der Schnuckes. – Wenn deysch der Förster erwischt!!

Aber Marga war schon unterwegs zur Struthecke und bückte sich unter den niederschwingenden Holundersträuchern hindurch und krauchte im kühlen Laub und Gesträuch zu den mächtigen Eichen und die Buchen, die den Boden bedeckt hatten mit stachelbewehrten Eckern und glänzenden Eicheln in ihrem festen grünen Körbchen. Marga bückte sich und las und las und fand auch noch einige verschrumpelte Beeren und Schlehen.

Anna und der Schnuckes aber hatten sich neben das Schwein gelegt und schauten in den Himmel und meinten, dass es eigentlich zu schwer sei, das Schwein so tief zu begraben und auch nicht notwendig, denn es war ohnehin tot und merkte nichts mehr. Ein Schwein war ja nicht dasselbe wie ein Mensch, den man auf dem Kirchhof von Scholmerbach wenigstens einen

Fuß tief begraben musste und dem man noch Messen und Ämter lesen musste. Also holten Anna und der Schnuckes das Schwein vom Wagen, kippten es in die halb ausgehöhlte Grube und überhäuften es mit Erde, Farn und Schafgarbensträuchern.

– Hey, dat merkt keiner und bis et einer merkt, es dat ganze Schwein schon verfault, dat schadet doch keinem. Schlimm genug, dat es krepiert ist, dann muss man sich nicht auch noch totarbeiten, mir sind gestraft genug!, rief Anna.

– Jo, sagte der Schnuckes. – Euch steht ja auch dat Wasser bis zum Hals.

– Och, sagte Anna. – Mir kommen schon durch, eysch gehen einfach bei Paulinchens oder zum Klapper-Hannes, dey geben mir immer was … Der Klapper-Hannes will immer einen Kuss von mir, dat will eysch net, aber wenn der mir dann so eine schöne Butterbrezel gibt … oder ein Säckchen Korn … kann eysch mir hinterher ja dey Backen wäschen … dann haben mir aber immer wat zou fressen.

Es schien, als käme Marga gar nicht mehr wieder, und Anna hatte keine Lust, auf sie zu warten.

– Komm, Schnuckes, mir gehen, dat Marga sieht ja selber, dat mir fertig sind und dann kommt dat von selber nach Hause.

– Eysch hätt ja gerne noch ein paar Bucheckern gegessen, sagte Schnuckes, dat man wenigstens irgendwat im Leib hat …

– Na gout, dann warten mir noch ein wenig.

Aber Marga kam nicht. Als der Schnuckes endlich aufstand, sich das Laub von den Beinen streifte und nach dem Karren griff, hörte er auf einmal einen Schrei aus der Struthecke und sah, wie Marga mit ihrem Witwenbuckel und der Schürze zum

Sack gebunden herausgeschossen kam. Ein Mann fluchte und schrie hinter ihr her.

– Ach Gott, der Förster!, zischte der Schnuckes – Verdammt nochemol! Der schlechte Hund vom Katzenstein!

Der Schnuckes zog es vor, sich zu trollen und mit dem Wagen rasch fortzukommen von dem wüsten Grab vom Müllerkarls Schwein. Er spuckte aus, hob den Finger an die Kappe und ging davon, als hätte er von alledem nichts mitgekriegt. Anna hingegen sprang dem Förster entgegen, als freute sie sich überschwänglich, ihn zu sehen, und winkte schon von Weitem.

– Herr Förster! Herr Förster!! Wie schön, dat sey meine Mutter gefunden haben, eysch hatte dey schon überall gesucht, dat es schön von Euch, dat ihr Euch gekümmert habt!

Der Förster wandte sich verblüfft um und sah Anna mit flatternden Schürzenbändern so schnell herbeieilen, dass sie beinahe die Lumpen aus den Pantinen verlor.

– Wer bist du denn, he? Dem Marga sein Ziehtochter, oder wat?

– Ja, dat is mein Mütterlein, so alt und so lieb, man muss immer auf et aufpassen, denn et weiß nicht, wat et tut! Eysch hab genau gesehen, wat et tut! Hey in der Schürz hat et Bucheckern und Waldfrüchte und Stöcke und Holz hat et auch mitgenommen! Dat es verboten im Namen der Herzoglichen Regierung!!

Marga sah verstockt zu Boden und hatte den vollen Schürzensack fest an sich gepresst und sie sah aus, als wollte sie sagen, leck mich am Arsch.

– Ich hab et ihr schon hundertmal gesagt, Herr Förster, bleib daheim, tänzelte Anna. – Dat ist dey Angst vor der Not ... dey Angst, dat mir hungers sterben müssen ... Herr Förster ... die Mutter hat ja nur noch meysch … et ist ein armes Wittweib und eysch hab auch nichts …

— Drei Gulden kostet dat, sagte der Förster.

— Mir haben ja nicht mal wat zu essen, Herr Förster!

— Ihr führt alle dasselbe Geschwätz, eysch kann et nicht mehr hören!

Er zog die Schultern hoch und der Riemen seiner Büchse spannte sich über seine grüne Uniform. Er kniff die Augen zusammen, als sei Anna eine Kröte, die sich womöglich in eine Prinzessin verwandeln könnte, aber eher wahrscheinlich nicht.

— Dey anständigen Leut', dey früh aufstehen und schaffen und machen und tun, dey ihr Felder und dey Hauserling in der Reih haben! Dey machen keinen Holzfrevel! Dat sind immer deyselben, dey Faulenzer und Tunichtgute, dey man erwischt!

— Aber dat Mütterlein ist doch eine unschuldige Witwe … mir haben keinen Mannskerl im Haus. Seid doch barmherzig, lieber Förster, der Herrgott wird's Euch danken, und eysch danken Euch dat auch …

— Met wat dann?

— Met … met … Anna seufzte. — Met …

— Met naut, sagte Müllerkarls Marga. — Mir haben nix und naut und mir haben aber auch gar nix gehabt in unserem Leben.

Der Förster seufzte.

— Noja … dann beschwetzen eysch die Sach mit dem Schulttheiss. Ungestraft dürft Ihr net fortkommen. Dann lasst wenigstens den Sack hier!

Er brauchte die Schürze als Beweis für den Schultheiß, damit er wenigstens sein Anbringgeld kassierte, denn die Zeiten waren schlecht und man musste sehen, wo man blieb. Der Schultheiß mochte sich dann mit dem Gendarmen einigen, ob er Müllerkarls Marga ins Correctionshaus brachte oder sie weiterhin pfänden ließ, wenn sie ihre Schulden nicht zahlen konnte. Einstweilen ließ er sie laufen und wenn sie doch wieder in den Wald liefen und neue Bucheckern aufsammelten, konnte er es auch nicht verhindern. Das war ihm von Herzen gleichgültig, er freute sich über seinen zusätzlichen Verdienst, sollte sich doch der Schultheiß um seine Gemeinde kümmern. Ihm oblag es, den Witwen und Waisen ein Auskommen zu verschaffen, darum war er nicht zu beneiden, denn wer plagte sich schon gern mit dem armen Gesindel ringsherum.

Anna und Müllerkarls Marga folgten ihm langsam und sie waren froh, dass der Förster nicht gesehen hatte, wie schlecht sie das Schwein vergraben hatten in diesem geschmückten Erdhügel. Einen Augenblick lang hatte es so ausgesehen, als wollte der Förster den Lindenweg hinunterlaufen.

Bucheckern gab es heute keine mehr und es sah aus, als müsste Anna dem Klapper-Hannes wieder einen Kuss geben.

Müllerkarls Marga sah verstohlen zu Anna hoch und verwunderte sich über die Kraft, mit der diese sich ins Zeug gelegt hatte und die Haare geschüttelt und mit den Augen gerollt.

Sonst wäre der Förster sonst womöglich noch mit ihnen heimgelaufen und hätte sie die Truhe öffnen lassen und in die Krüge auf der Schüsselbank gesehen, ob da nicht noch was zu holen war. Marga wollte sich beinahe bedanken, aber so was machte man nicht in Scholmerbach. Es kam ihr einfach nicht über die Lippen. Ihr war auch schon alles gleichgültig, was mit ihr geschah, sie ging stumpf neben Anna her zurück ins Dorf und ob es nun so kam oder so. Es war doch gut, recht bald auf dem Kirchhof zu liegen. Dann kam sie ins Himmelreich, wo man niemals hungern musste und des Herrgotts goldene Teller immer gefüllt waren und er am Tisch schon auf sie wartete.

Es ahnte aber niemand, dass am Abend der Wind bereits das Gras und die Erde von dem Schweineleib geweht hatte und sein heller, bleicher Bauch im Mondlicht glänzte. Am nächsten Tag ging der Schweinehirt mit seiner Herde ausgerechnet über das Urles und die Säue vom Dapprechter Franz und vom Schlossens Wilhelm hatten das offene Grab ihres Kameraden gefunden und schnüffelten an ihm herum, als wollten sie ihm ein letztes Lebewohl sagen und die Totenwache halten.

Und so ging die Braunfäule von den Dapprechter Schweinen zu dem von Schlossens und von da zu den Paulinchens und zu Hanjokebs, zu Schnuckesse, Honiels, Heens, Minschens und Heinzens und durch alle Ställe von Scholmerbach.

In diesem Winter starben die Leute von Scholmerbach aufrecht sitzend in ihren Häusern und der Kirchhof hinter seinen Buchsbaumhecken verwahrte sich mit seiner eiskalten Erde dagegen, ihre Leiber aufzunehmen.

Die Männer trugen mit schlotternden Kleidern und vor Schnaps brennenden Gedärmen ihre Toten durch das Dorf, die auf ihrem letzten Ruhebett keine sanften Kissen und keine seidenen Decken hatten und auch keine duftenden Rosenkränze um ihr Haupt. So rumpelten sie im Hochzeitsgewand in ihren Brettersärgen hin und her und und nur die ärmlichen Gesänge der Weiber und Vinzenz' murmelnde Gebete legten sich leise darüber. Den Männern aber wich die Luft aus den Lungen, während sie sich stoßweise räusperten, sie gerieten ins Wanken und kamen ein ums andere Mal aus dem Gleichgewicht.

Der Kirchhof wurde aufgerissen von immer neuen Gräbern und die Gräber waren im November noch sieben Fuß tief gewesen, im Dezember nur noch fünf Fuß tief und zum Neujahrstag gruben die Leute nur noch so tief, wie sie die Schaufeln halten konnten in ihren blau gefrorenen Fingern. Die Kreuze standen schief und krumm und der einzige Schmuck der Gräber waren ein paar Tannenzweiglein und Papierblumen, die den neu gefallenen Schnee bald rot und grün verfärbten.

In der Hühnertrift bedeckte der Schnee die schmierigen Stiegen und am Bachufer bedeckte er das Eis, die Brühe aus den Kuhställen gefror in bräunlichen Pfützen und selbst die Misthaufen waren voll weißlichem Schmuck.

Fine hatte kaum noch einen Umhang oder Wollrock, der die Kälte abhielt, und sie war froh über jedes Stück Holz, das sie noch in der Küche fand. Dauernd hielt sie sich einen warmen Stein aus dem Feuer an den Leib und schleppte ihn hin und her, dann setzte sie sich wieder ins trübe Licht, um mit ihren schlechten Augen aus zwei alten Schürzen einen Unterrock zu nähen.

– Wo soll dat alles enden, sagte sie. – Et nimmt ein böses Ende.

– Dat es der Sünden Schuld, sagte Konrad. – Der Herrgott straft uns.

– Dat hey überleben mir nicht, sagte Fine. – So schlechte Zeiten.

– Der Antichrist, sagte Konrad düster. – Der Antichrist kommt.

Da klopfte es an der Tür und Bettchen fuhr zusammen, denn wer sollte schon kommen, es ging ja niemand mehr vor die Tür und wenn man einem begegnete, so grüßte man nicht mal mehr. Womöglich war es der Antichrist, in diesem Winter litten sie alle an fiebrigen Träumen und hatten wunderliche Gesichte. Wenn der Antichrist durch Scholmerbach ging, so brauchte er die entkräfteten Gestalten nur noch an sich zu raffen, dann waren sie sein.

Es war aber nicht der Antichrist, es war der Wetterauer Valtin, der halb totgefroren mit weißem Bart und Eisklumpen an den Füßen vor der Tür stand.

— Ei Valtin, schrie Fine entsetzt, — wat treibst dou dich dann in der Kälte rum, et friert Stein und Bein!

— Jo, sagte Valtin, — eysch werde wohl dey Nacht beim Honiels bleiben müssen, eysch komme net mehr weiter.

— Mach dich herein!! Do kriegst erst Mal einen Schnaps und dann sehen mir, wat mir für deysch finden … en paar Bohnen haben mir noch … en bisschen Gerstensuppe … en heißen Kaffee mach eysch dir auch …

Valtin ließ sich auf die Bank fallen und seufzte. Den Weg hatte er sich doch nicht recht überlegt. In seinem Alter hätte er warten müssen bis zum Februar, bis der Frost gebrochen war. Aber dann konnte es zu spät sein.

Er rieb sich die kalten Beine und Minna brachte ihm einen heißen Stein für die Füße, dann trank er dankbar den Branntwein und blies sich die Hände.

Friedrich kam aus der Stube und fragte erstaunt:

— Wat es dat dann? Willst dou mich jetzt schon mitnehmen? Dat es doch zou früh!

Aber Valtin schüttelte den Kopf.

— Friedrich, eysch weiß net, ob mir nächstes Jahr einmal zousammen gehen sollen … der Verdienst es doch nicht so gout … eysch wollte fragen … ob Ihr nicht ein Weibsmensch habt … dat mit mir geht.

Konrad ließ entsetzt seinen Krug sinken und stützte den Arm auf den Tisch.

— Wat willst dou … ?? Ein Weibsmensch mitnehmen? Mit dir altem Bursch! Bist dou verrückt?

— Noja, Konrad, sagte Valtin. — Bei uns sind im Sommer alle jungen Weibersleute mit unterwegs und dann hippen dey und danzen und singen ein bisjen … dou glaubst net, wie viel dey verdienen und wie viel Besen man damit verkaufen kann … et muss ja nicht mit mir gehen, et kann doch mit meinem Vetter Pitt gehen, der ist ein anständiger Kerl und der bringt euch dat Mädchen gesund wieder und der gibt dreißig Gulden dafür.

— Dreißig Gulden??? Fine konnte es nicht fassen. – Dat ist mehr, als unser Haus gekostet hat!

— Dreißig Gulden und ein Paar nagelneue Schuhe!

Konrad schüttelte den Kopf und bekreuzigte sich und in diesem Augenblick kam Bettchen zur Tür herein mit Krügen voll frischem Wasser und stellte sie auf den Tisch.

— Hey, dat hier, sagte Valtin, – dat ist doch ein feines Mensch, dat könnt doch schön mit mir mitgehen … oder mit dem Pittchen …

— Wat?, fragte Bettchen. – Wo soll eysch hin mitgehen?

— Gar nirgends!, sagte Konrad. – Unser Weibersleut bleiben schön daheim … dey gebe eysch doch nicht gegen ein Schandgeld aus dem Haus!! Rumziehen wie dey Markt- und Heidenleut! Wer weiß, wat denen passiert! Valtin, do mache eysch net mit!

— Ach, sagte Bettchen. – Eysch weiß! Hippen und danzen mit der Drehleier! Hat uns der August schon erzählt!

Friedrich hatte sich zum Valtin gesetzt und wiegte bedenklich den Kopf.

— Also mit mir willst dou nicht mehr gehen, aber mein Schwesterchen mitnehmen? Eysch weiß et net, dat es doch auch gefährlich, wie mir in Kölle waren, da habe eysch gesehen wie dey Männer dene hinterhergelaufen sind.

— Dafür es ja der Pittchen da!, rief Valtin. – Der passt auf! Mir machen dat schon seit Jahren, da oben dey Leut von

Butzbach und rundherum, mir nehmen dey Weibsleute im März mit und zu Martini bringen mir dey wieder heim und sey sind reich!

Matthes hatte die ganze Zeit nichts gesagt und sich angehört, was Valtin vorzutragen hatte, in Wahrheit hielt er nicht viel von ihm. Denn was Valtin zu verkaufen hatte, brauchte keiner und er reiste ja nur ins Siegerland oder auch mal nach Sachsen. Valtin verstand nichts vom großen Geschäft.

– Wenn mer so wat macht, sagte Matthes endlich, – dann muss dat veraccordieret werden, da macht man einen Contract und der Schultheiß und der Gemeindediener und der Vater setzen sich zusammen hin und und schreiben dat auf. Dann muss ja der Pitt oder welcher Handelsreisende dat ist, der muss dann dey Magd oder den jungen Burschen wieder heimbringen, so geht dat.

Konrad rieb sich seinen Hals und sah finster drein.

– So wat machen mir net, eysch verkaufen doch meine Weiberleut nicht, eysch kann dey schon ernähren, und bald heiraten dey sowieso.

Matthes lehnte sich an die Wand und sah ihn eindringlich an.

– Dey werden nit verkauft! Dey sein … in Anstellung. Dat hat alles seine rechtliche Grundlage.

– Ach dou immer!

– Dat es wahr, Vadder, dou musst auch mal alles offschreiben wat dou machst! All eure Geschäfte, dat habt ihr doch gelernt, als Meister! Da muss man Rechnungen schreiben und Geschäftsbriefe und Buch führen!

– Hey gilt emmer noch ein Wort und ein Handschlag!

Fine sah Konrad zweifelnd an. Sein Lebtag hatte er noch keine Rechnung geschrieben und so mancher hatte ihm nichts gezahlt und viel Arbeit und Holz waren verloren. Wenn sie nur selber hätte besser schreiben und lesen können, so hätte sie gerne mal dem alten Nagelschmidt oder dem Linner Dickkopp einen saftigen Brief geschrieben, den man auch dem Advokat zeigen konnte. Aber sie konnte nicht dulden, dass Matthes seinen Vater belehrte.

> – Matthes, der Vater ist ein guter Zimmermann auf Ehr und Gewissen und macht et so, wie er dat für richtig findet. Und et ist wahr: Unser Weibsleute heiraten all, dey brauchen mir nicht außer Hauses zou bringen.
> – Noja, sagte Friedrich … – heiraten es schwer, dieser Zeit. Wenn eysch dem Herzog nicht beweisen kann, dat eysch zwanzig Gulden hab … darf eysch nicht heiraten. Etz bin eysch schon siebenundzwanzig Jahre alt und meine Else muss immer noch warten …

Bettchen wurde rot. Wenn Honiels Theodor um sie freien sollte, dann hatte der alte Honiels bestimmt Gulden genug, dass sie heiraten konnten. In der Spinnstube hatten sie so schön zusammen gesungen und er hatte auch ihr Spinnrad getreten. Gestern Abend hatte er ihr sogar einen Kuss auf die Backe gedrückt. Ach, es gab niemanden auf der Welt, der so schön war wie Honiels Theodor mit seinen schimmernden braunen Augen.

Der Tag würde kommen, da die Dorfjugend einen Pfad aus Steinen streute von seinem Fenster zu ihrem Fenster, und sie würde ihnen gar nicht böse sein und auch nicht schelten, weil sie sich so freute und dann sollte am Faschingstag der Theodor nur mit ihr tanzen, mit ihr allein. Aber da musste er ja seinem Vater helfen … und wenn sie und Theodor ein Brautpaar würden, dann musste sie an jeder Kirmes und an jedem Faschingstag mithelfen und konnte nicht mehr tanzen, ihr ganzes Leben lang. Bettchen schluckte.

> – Bettchen … sagte der Valtin … – Wie ess et dann mit dir selber? Dou könnst deine Mutter und deinen Vater aus

der tiefsten Not befreien … dann bräuchtet Ihr nicht mehr zou frieren und zou hungern … et gibt ein schönes Kleid für jeden …

— Eysch weiß nicht, sagte Bettchen. — Eysch möchte gerne helfen … aber eysch fürchte mich met Leuten, die eysch nicht kenne!

Konrad wurde wütend, er stand auf und schrie:

— Jetzt lasst et in Ruhe, dat Bettchen bleibt hey, und jetzt geh weiter! Versuch dein Glück bei Paulinchens oder beim Hanjokeb, dey haben daheim nichts zou reißen und zou beißen, der gibt dir vielleicht dem sein Frieda mit … aber meine Weiberleut bleiben daheim, wie sich dat gehört!

— Ihr werdet noch an meysch denken!, fluchte Valtin. — Der Fruchtpreis es hoch, euer Saatgut fürs Frühjahr es aufgefressen, dat Vieh verreckt im Stall … aber ihr wollt immer noch stolz sein und euch erheben über meysch und die Meinen! Eysch kommen im März wieder — eysch oder der Pittchen, wenn euch der Hunger aus den Augen kommt und wenn ihr Dreck fresst, dann schwätzen wir uns noch mal!

So ging Valtin knurrend davon und man sah ihn noch mit seinem Stock durch den Schnee stapfen und rumfuchteln, man hörte ihn schimpfen und mit sich selber reden unter seinem schäbigen Dreispitz, bis er an der Funzel vom Honiels abbog und in der warmen Gaststube verschwand.

Als im Januar die Scheunen leer waren und das Vieh vom schütteren Winterlaub fraß, als bei Paulinchens von der Eislast das Dach einstürzte und dem Dapprechter Franz vom Hunger die Zähne ausfielen, als Schlossens Jule am Brunnen ausrutschte und sich die Knochen zerfiel und in gefrorenen Röcken nach Hause gebracht wurde und als der Hanjokeb in den Säuferwahn fiel und Minchens Geiß im Stall verreckte, als die Kinder geschwollene Bäuche und riesige Augäpfel kriegten und in Krämpfen in den Bettchen lagen, da war es so weit.

Im Honiels trafen sich die Männer und sie berieten, was sie tun konnten, damit nicht noch mehr krepierten und zugrunde gingen, doch es fiel ihnen nichts ein. Stumpf und trübsinnig sahen sie in ihre Krüge, und sie brauchten kaum noch einen Schluck, um sich in einer ewigen Trunkenheit zu halten, und wenn dieser ihnen auch die Eingeweide brannte und durch die Gedärme schlug, so hielten sie sich doch an dem Krug fest. Der Honiels stellte seufzend eine weitere Flasche auf den Tisch, band seinen Lederschurz ab und setzte sich dazu.

— Der geht auf meysch.
— Dat es ein feiner Zug, Honiel, dou bist ein anständiger Mensch.

Schließlich sagte der Krämer-Franz:

— Mir sind der Gemeinderat! Mir müssen uns alle kümmern, mir können nicht immer auf den Schultheiß hören, der Backesse Dick, der hilft uns jo auch nicht.
— Aber wenn mir als Gemeinderat wat machen, dann muss der Schultheiß auch dabei sein.

Keiner wollte den Backesse Dick holen, der daheim behaglich mit seiner Mathilde am Ofen saß und immer genug zu fressen hatte und sich gütlich tat, von all den Steuern, die er denen auferlegte, die er nicht leiden konnte, sogar noch Müllerkarls Witwe Marga.

– Mir müssen dem Herzog einen Brief schreiben, sagte Heens August.

– Dat es wahr, August, dat es wahr, dat müssen mir machen.

– So ein Brief darf eigentlich nicht an den Herzog gehen, der muss an dat Kreisamt.

– Eysch schreiben nicht gerne an dey Ämter, dey sein alle des Teufels. Eysch schreibe lieber an den Herzog.

– Eysch kann überhaupt nicht schreiben.

Der Schulmeister nickte bedächtig. Er war der Amtssprache mächtig, er hatte gutes Papier und eine schöne Feder, ein Tintenfass und Siegellack und der Brief musste geschrieben werden. Also stand er auf und ging nach Hause, um alles herbeizuschaffen, und als er beim Backesse Dick vorbeikam, quälte ihn der Gedanke, etwas hinter dessen Rücken zu tun. Er würde morgen in seine Amtstube gehen und ihm berichten und womöglich noch seine Unterschrift zu erbitten. Ohne den Schultheiß mochte es nicht gehen. Einen Augenblick lang wollte er an sein Fenster klopfen, aber dann hielt er es für besser, sich erst mal mit den Männern Gedanken zu machen und den Brief aufzusetzen, und so ging er bedächtig in die Wirtschaft zurück.

– Wat schreiben mir denn?, fragte der Honiels.

– Ei, mir schreiben … Euer hochwohlgeborenster edler Herzog Adolph …

– Nä, mir schreiben: an dat Kreisamt Nassau-Weilburg …

– So wat muss ein Schreiberling machen, dat können mir nicht allein.

– Doch, der Schulmeister kann dat, schreib einfach.

So wischte der Honiels noch einmal den Tisch ab mit dem Lumpen, und sie rückten die stinkende Talgkerze näher zum Schulmeister. Der übte erst mit der Bleifeder, doch als sie sich endlich einig waren, schrieben sie folgenden Brief:

An unseren Herzog Adolph von Nassau
Herzogl. Nassauisches Kreis-Amt

Gehorsamste Vorstellung und Bitte

Von der äußerste Noth gedrungen, wagen wir am Ende verzeichnete Einwohner Scholmerbachs, Herzogl. Nass. Kreisamts um Milderung unsere jetzige dürftige Lage und drückende Armuth hier mit gehorsamst nachzusuchen. Wir Einwohner Scholmerbachs, meistens mit starken Familien sind jetzt in der Lage das wir alle brodlos bin, denn woher wollen wir es nehmen, da wir keinen Verdienst auf irgend eine Art haben. Gern wollen wir arbeiten um für uns und die unserigen nur einigermassen die nöthige Lebensunterhaltung zu verschaffen, wenn uns nur dazu verholfen werden könnte. Wir bitten nochmals unseren lieben Herzog Adolph und Herzogl. Nass. Kreisamt wolle unsere dürftige Lage berücksichtigen und doch einigermaßen Milderung in unserm Armuth verschaffen dass wir doch mit den unserigen Leben können.

In dieser Hoffnung sind wir alle Verehrungsvoll
Unseres geliebten Herzogs und Herzogl. Nass. Kreisamts
ganz
gehorsamste Bittstellern

Hering, Balthus Weber, Henrich-Pfillip
Theiss, Wilhelm Honiel, Theobald

Bockser, Fritz	Holperen, Ferdinand
Deller, Hannes	Minsch, Bruno
Heinz, Konrad	Heen, August

Sie unterschrieben nicht mit ihren Dorfnamen, sie unterschrieben so, wie man sich schreiben musste: der Weber für Paulinchens, der Hering für Schlossens, und mit welchen Namen auch immer, sollte es den Herzog erweichen, der wissen musste um die bittere Not seiner Untertanen, in Scholmerbach und Linnen und Hellersberg und Ellingen, von Wällershofen bis Wennerode und sogar noch bis Langdehrenbach.

Am Abend des 2. März 1848 waren die Irrlehren der Sozialdemokratie auch in Scholmerbach angekommen und Müllerkarls Neffe Frieder und Hanjokebs Ältester zogen mit zwei Hellersbergern nach Wiesbaden, um dort mit Sensen und Dreschflegeln die Revolution zu unterstützen.

– Dat nimmt kein gutes Ende, sagten Hanjokebs Mutter und Müllerkarls Rosa, als sie am Brunnen die Eimer ins eisige Wasser tauchten. So einen Aufruhr zu machen, am Ende kamen sie bloß ins Correctionshaus in Wennerode.

– Da kennt unsereiner sich ja schon aus, sagte Hanjokebs Mutter. Dauernd saß einer von den Hanjokebs im Bollesjen wegen Holzfrevel oder Hühnerdiebstahl.

– Et ist einem auch wirklich bald alles egal, leck mich in de Täsch, jetzt fahren dey noch nach Wiesbaden, statt den Acker umzugraben. Der Herzog hat Soldaten, dat lässt der sich doch nicht gefallen, wenn unser Frieder dem mit dem Dreschflegel vor der Nase rumfuchtelt.

– Aber so kann et auch nicht weitergehen, sagte Rosa. –

Dat dey uns so mit den Steuern pressen, wovon sollen mir dat dann bezahlen?

— Deshalb fordern die auch Pressfreiheit! Habe eysch gehört. Dey wollen in Wiesbaden Pressfreiheit verlangen.

— Pressfreiheit … ach watt, eysch hat gedacht, dey hätten Fressfreiheit gesagt. Fressfreiheit bräuchten mir!

— Dat es auch gut, wie lang hab eysch mich schon nicht mehr sattgefressen, eysch könnt en ganzen Ochsen verdrücken, so einen Hunger hab eysch, manchesmal habe eysch Schnee gefressen und gemacht, als wär et was Richtiges.

Rosa sah Hanjokebs Mutter zweifelnd an, und sie dachte an ihre arme Schwägerin Marga, die mit der liederlichen Anna in dem hochverschuldeten Häuschen lebte und der sie jede Woche eine alte Rübe oder ein wenig Haferbrei vorbeibrachte. Bald würde der Gerichtsvollzieher kommen und das Häuschen wurde versteigert. Das war nicht recht, was konnte denn ein armes Wittweib dafür, wenn der Schultheiß ihr alles abnahm und es nicht zum Leben und nicht zum Sterben reichte?

Anna konnte kein Geld behalten, kaum gab man ihr einen Kreuzer für die arme Mutter, so kaufte sie sich ein Band oder eine Zuckerstange. So oder so, Müllerkarls Marga hatte die Stunde geschlagen, sie musste aus dem Haus heraus und Anna mochte sehen, wo sie blieb.

Da kam auf einmal ein Schreiben vom Herzog selber! Vom Herzog Adolph zu Nassau-Weilburg! Der Postkutscher händigte ihn dem Honiel aus, der neben seiner Wirtschaft die kaiserliche Reichspost betrieb und die drei Briefe, die im Jahr kamen, an die Leute verteilte. Diesmal war alles anders! Auf dem blässlichen, dreimal gefalteten Papier prangte das herzogliche Siegel! Eine blässlich schwarzviolette Schrift in säuberlichem Sütterlin und adressiert an »die Gemeinde Scholmerbach«.

Natürlich musste man dieses Schreiben gleich dem Backesse Dick bringen, denn nur der Schultheiß konnte gemeint sein, wenn es hieß: »Gemeinde Scholmerbach«.

Auf der anderen Seite war unter »Gemeinde« ja jeder Bürger zu verstehen und der Brief galt allen, also auch ihm, dem Honiels, oder dem Paulinchens oder dem Dapprechter Wilhelm, also konnte auch jeder den Brief lesen, der richtig lesen konnte. Unschlüssig hielt der alte Honiel vor seiner Wirtschaft den Brief in der Hand, als schon die Leute neugierig herantraten und ihn mal sehen oder anfassen wollten. Und an diesem Tag, als die Irrlehre der Sozialdemokratie in jeden hineinfuhr wie ein würziger Kräuterwind und durch die Lungen den ganzen Menschen erfasste, da beschloss man, sich im Honiels an den gescheuerten Tisch zu setzen und bei einem Schnaps das Siegel zu brechen und den Brief aufzumachen, einfach so. Mochte der Backesse Dick daheim in seiner Stube versauern.

– Nä, sagte der alte Honiel enttäuscht. – Dat war nicht der Herzog selber, der dat geschrieben hat … aber … hol emal den Schulmeister! Der kann besser schreiben und auch schöner lesen!

So holten sie den Schulmeister Holperen und der betrat frierend in seinem abgeschabten Wams die Stube, nahm mit spitzen Fingern das gefaltete Papier auseinander, hustete einmal drauf und las vor:

»Das herzoglich-nassauische Kreisamt unseres hochwohlgeborenen Herzogs Adolph hat nach Prüfung des geschilderten Notstandes der Gemeinde Scholmerbach aus Barmherzigkeit die Summe von hundertzwanzig Gulden zugewiesen«.

Die trüben, eingefallenen und unrasierten Gesichter hellten sich auf und alle brachen in Jubelschreie aus.

– Der Herzog, unsern Herzog Adolph!!! Unser gütiger Landesvater! Der hilft uns! Dat war allein unser Schreiben, der hat sich erbarmt, ach Gott, hundertzwanzig Gulden, da können mir Saatgut kaufen! Dat bringen mir auf die Felder … Mir sind gerettet!! – Honiel, mach ein Fass auf, dey ersten Gulden dey versaufen mir, wat soll et dann, mir haben so gelitten!!

Es dauerte nicht lange und das Bier floss in Strömen und der Honiels wollte sich nicht lumpen lassen und spendierte noch eine Flasche Schnaps. Sie jubelten und feierten den Herzog Adolph, der so gut war zu ihnen und sie nicht verkommen ließ.

– Jetzt fahren dey Simpel da nach Wiesbaden und wollen gegen den schimpfen und mit der Sense herumfuchteln … dat ist doch nicht recht! Seyht doch mal, wie der Herzog Adolph für uns sorgt!

Da fuhr die Sozialdemokratie den Meisten wieder aus den Knochen heraus und sie priesen den Herzog mit jedem Schluck, den sie in ihre zusammengefallenen und verdorrten Därme schütteten, und wenn es ihnen noch so schlecht ergehen sollte am nächsten Tag und sie sich in Krämpfen schüttelten, so konnten sie doch nicht anders, als den Herzog die ganze Nacht zu feiern und ihn immer wieder hochleben zu lassen, bloß nicht der Backesse Dick, der von allem erst am anderen Tag erfahren sollte.

Was ihnen aber allen im Sinn blieb, war, dass der Herzog sogar auf so nichtswürdige Leute wie die Scholmerbacher hörte, wenn diese sich zusammentaten und etwas hervorbrachten, dass es also tatsächlich eine Wirkung hatte, wenn sie alle einen Brief schrieben und eine Unterschrift leisteten. Das machte ihnen einen gewaltigen Eindruck.

Als am anderen Tag Frieder und Hanjokebs Phillip und die drei Hellersberger mit einer neumodischen Fahne in zusammengeflicktem Schwarzrotgold nach Scholmerbach zurückkehrten und sie am Brunnen und vor Müllerkarls Zaun um-

herschwenkten wie nicht gescheit, waren die Männer wie toll
und schrien immer:

– Freiheit! Freiheit! Mir haben dey Freiheit durchgebracht!
Mir sein dabei gewesen!

Sie hatten sich die Füße platt und krumm gelaufen und ihre
Wäller Kittel hatten sie sich des Nachts in fremden Ställen
schmutzig gelegen. Phillip war im Getümmel seinen Dreschflegel losgeworden und heiser vorm Schreien, als er den Kopf unter den Brunnen hielt, um nach dem langen Fußmarsch seinen
Durst zu stillen.

Frieder hatte noch Flugblätter dabei, auf denen geschrieben
stand, was sie denn in Wiesbaden gefordert hatten, nämlich ein
Parlament und Vereinigungsfreiheit und noch viel mehr, was
ein normaler Mensch kaum verstehen konnte.

Kaum hatten die jungen Männer ihre Lumpensäckel abge-
worfen, liefen sie johlend zum Nachtwächterhäuschen und
befreiten den Gemeindeochsen von der Kette.

– Freiheit!, schrie Phillip. – Auch der Ochse soll frei sein!
Dou armes Tier, deine Kette war viel zou kurz!

Der Ochse schaute blöde, bewegte sich keinen Milimeter,
graste an den dürren Hälmchen vor dem Nachtwächterhäuschen und begriff seine Freiheit nicht. Er schien ebenso ver-
wirrt zu sein wie die Leute, die aus den Häusern kamen und
nicht wussten, was die Freiheit bedeuten sollte und ob man
Frieder und Phillip glauben sollte, die schließlich nicht die Ge-
scheitesten vom ganzen Dorf waren, obwohl sie sich jetzt dafür
hielten. Doch auch in Hellersberg und in Linnen, in Böllersbach, Ellingen und Wällershofen erzählte man sich, wie der
Herzog Adolph gerade erst zum Regieren von Weilburg nach
Wiesbaden gereist war. Und da sei er auf den Balkon getreten
vor das wütende Volk und habe verkündet, dass alle Forderungen erfüllt werden.

So etwas war noch nie geschehen und Phillip und Frieder jedenfalls waren wie von Sinnen und sagten, dass sie nie Größeres erlebt hatten, sie waren mit Tausenden zusammen durch die Straßen gezogen und hatten vor der herzoglichen Residenz wie in einem Chor ihre Not hinausgeschrien und waren sich einig, dass sie die gesamte Adelsherrschaft das Fürchten gelehrt hatten. Der Herzog hatte keine Soldaten geschickt, er hatte nicht auf sie schießen lassen, hatte einfach gemacht, was die Bauern ihm zugeschrien hatten. – Volksbewaffnung! Religionsfreiheit! Wahlrecht für jedermann! Alles, alles hatten er ihnen bewilligt.

Sie selber, Frieder und Phillip von Scholmerbach, hatten den Herzog von Weitem gesehen, wie er auf den Balkon getreten war! Mit offenem Maul hatten sie dagestanden. Schließlich fingen sie an zu weinen, vor Erschöpfung von dem langen Fußmarsch und vor Freude und Rührung über die Bedeutung und die Größe dieses übermächtigen Ereignisses.

Andere meinten, Frieder und Phillip seien genau die Richtigen für so einen Aufstand. Nichts im Bauch, aber in die Welt ziehen, alles daheim liegen lassen und nichts schaffen und woanders das Maul riskieren und Frechheiten von sich geben, aber noja, wer weiß, wofür es in dem Fall gut war.

Jedenfalls mussten Frieder und Phillip zum Honiels gehen und gründlich feiern. Honiels Maria hatte extra nochmal Feuer im Ofen gemacht und kehrte nun die zertretene Asche vom Herd weg. Dann mussten die zwei Revolutionäre alles erzählen. Wie sie von einem Eselswagen mitgenommen wurden, wie sie unterwegs mit Kramhändlern und Vagabunden bei Limburg übernachtet hatten, wie sie Leute von Langdehrenbach getroffen hatten und mit ihnen Brot gesucht hatten, wie dann immer mehr Leute Richtung Wiesbaden gezogen waren und statt der Sensen sogar Äxte mitgebracht hatten, um der

Obrigkeit Angst zu machen, und wie sie mit der gleichen Wut im Bauch brüllten und nachher mit erhabenem Gefühl in der Brust »Freiheit!!« schrien.

– Parlament, sagte Schlosse Ruprecht, und strich über das zerknitterte Papier mit den neun Forderungen der Nassauer. – Wie is dann dat zou verstehen? Wofür is dat dann gut?

– Parlament! sagte der Schulmeister. – Dat is – da schickt jeder eine Abordnung!

– Ja aber, meinte Paulinchens Siegfried, – wenn man su en Parlament macht, dann muss man jo überlegen, wie viel Kavallerie und wie viel Artillerie da niekommt.

Er malte mit der Hand ein Parlament seiner Vorstellung auf den Tisch, mit den Reitern auf der einen und den Fußsoldaten auf der anderen Seite.

Bocksersch Fritz fragte: – Vereinigungsfreiheit …, watt soll dat dann heißen?

– Eysch könnt mir vorstellen, sagte Honiels Maria, – dat dann dey Christen und dey Juden sich vereinigen dürfen und untereinander heiraten. Der Wällershofer Salomon könnt dann eine von Ellingen freien oder eins von hier …

Ihr Sohn Theodor kam zur Tür herein und ging von Tisch zu Tisch, um die Kerzen zu schnäuzen, deren lange Dochte über der Talglampe hingen und stanken. Als er zu Konrad kam, hob Theodor seinen feuchten dunklen Blick ein wenig und schaute ihn einen Augenblick lang an. Konrad war nicht entgangen, dass sein Bettchen rot wurde und albern lachte, sobald einmal Theodors Namen genannt wurde oder er ihnen beim Viehhüten begegnete. Ihm war, als hätte er ein Geräusch auf Theodors Lungen gehört, ein schwaches Pfeifen und als sei der Blick wenig fiebrig, aber vielleicht waren es nur der lange Winter und das schlechte Essen. Sie alle schwankten ja mehr oder weniger, schlotterten mit stumpfem Verstand über die Wege und hatten riesige Augen in den fahlen Gesichtern. Es waren der Hunger und der Kummer, über alle, die der Tod fortgerafft hatte und die verreckt waren wie das Vieh im vergangenen Jahr.

Nun kamen die Gulden des Herzog Adolphs so segensreich, und man musste sich beraten, was man damit machte. Schließlich schrieb der Gemeindediener Ludwig unter der Aufsicht des strengen und beleidigten Backesse Dick förmlich mit dem Gänsekiel in das Gemeindebuch, wie die Gulden aufgeteilt werden sollten, je nach der Schuldenlast und der Zahl der Mäuler, die zu füttern waren:

Heinze Christian – 20 Gulden

Witwe Schlosser – 12 Gulden

Heen, Siegmund – 15 Gulden

Dapprecht, Friedrich – 20 Gulden

Groth, Wilhelm – 10 Gulden

Hering, Theddor – 20 Gulden

Hanjokeb, Martin – 20 Gulden

Witwe Schuster – 12 Gulden

Witwe Müllerkarl – 15 Gulden

So kam wieder Hoffnung in die dumpfen und hungerswirren Köpfe und sogleich gingen alle los, um den Krämer-Franz auszuplündern und in Wennerode und Wällershofen Getreide zu kaufen oder Kartoffeln, um sich einmal sattzufressen und im März die Felder zu bestellen. Es gab aber weit und breit keine Kartoffeln, alles Saatgut war fort, die letzten Körner waren aus den leeren Säcken voller Mauselöcher geschüttelt, die Speicher leer gefegt und die Mühlen hatten kein einziges Körnchen mehr zwischen den Rädern.

Wenn der gute Herzog Adolph aus dem reichen, angesehenen Russland mit seinem mächtigen Zaren Nikolaus nicht das Korn von dessen prächtigen, endlosen Feldern in das arme teutsche Land herbeigeschafft hätte, so wären sie womöglich alle hungers krepiert.

Fine konnte nicht aufhören, das Bildnis des Herzogs anzubeten und sich zu bekreuzigen und seinen Namen zu flüstern.

– Freiheit, sagte sie bei sich. – Wat hilft uns dat, wenn mir nix zou fressen haben. Der Herzog sorgt doch immer für uns, et is eine Sünd und eine Schand, den mit der Axt und mir der Sense zou bedrohen, dat hat der nicht verdient! Eysch beten für deysch bei unserem Herrgott, dat der deysch immer beschützt vor diesem Mordgesindel! Dey haben all keinen Verstand!

Fine fand, dass der Herzog so schön aussah auf dem Bild, das Matthes mitgebracht hatte, mit seinen schönen roten Backen und dem stranatzen Schnurrbart. Wenn es Vereinigungsfreiheit geben sollte, dann durfte der Herzog Adolph sogar ein Mädchen aus dem Volke freien, oder Bettchen konnte den Graf von Wällershofen heiraten. Darüber musste sie selber lachen und sagte sich: Schuster bleib bei deinen Leisten.

Sie hörte es draußen muhen und krähen und schreien und sah durch die zweigeteilte Tür, die oben offen stand. Eine trügerische Märzsonne schien und sandte jene verführerischen Strahlen, die die Leute aus den Häusern trieb.

Überall trugen und fuhren sie ihr schwächliches und halbtotes Vieh auf den Armen und auf den Wagen hinaus, die Schafe, Ziegen, Schweine und Kühe, die mit entkräfteten, wackeligen Beinen kaum mehr stehen konnten und immer wieder einknickten und hilflos grunzten oder heiser blökten. Als ob ihnen der frische Wind Beine machen wollte, blies er ihnen in die Flanken und die kühle Sonne schien ihnen aufs Fell, das Vieh roch den Frühling, auf den niemand mehr gehofft hatte. Mit der gleichen Hoffnung säten die Leute das russische Korn auf die Felder und gestärkt von den ersten Mahlzeiten durch des Herzogs Gulden erwachte in ihnen eine maßlose und irrige Begierde, alles neu zu machen, alles auf den Kopf zu stellen und keinen Stein auf dem anderen zu lassen.

– Revolution! hieß es und – Freiheit!, schrien sie undankbar überall. Und man weiß nicht, wo es angefangen hatte, in Linnen oder in Böllersberg, in Hellersberg oder in Ellingen oder in Pfeifensterz, doch als würden sich von den Kirchtürmen von einem Ort zum anderen die Glocken geheime Botschaften zuläuten, oder als ob der Wällerwind dieselben Gedanken durch die Häuser der Dorfgassen wehen, so geschah überall das Gleiche. In Scholmerbach war es so:

Am Abend des siebenten März hatte der Paulinchens und Schlosse Wilhelm vor dem Honiels gestanden und dann war das Dapprechter Lisjen dazugekommen und alle schimpften über den Backesse Dick, den die Wenneroder dazu bestimmt hatte, sich in Scholmerbach aufzuführen wie der Graf von Wällershofen und die einen presste und die anderen verriet und den Wennerödern Beamten so willfährig ergeben war. Dann hatten sich die Heens dazugesellt und dann die Müller und auf einmal kamen alle angelaufen von überall her. Es gärte und brodelte unter ihnen, die Weiberleute ereiferten sich und schimpften mit drohenden Fäusten auf den Schultheiß und stellten sich eine Revolution vor, bei der der Herzog die Oberhand behielt und an der Regierung blieb. Alle anderen, den Förster vom Katzenstein und den Backesse Dick und den Gendarmen von Wennerode musste man fortjagen in das Land, wo der Pfeffer wächst.

Dann schrie der Erste: – Freiheit! und der Zweite schrie: – Der verdammte Backesse Dick! und der Dritte schrie: Etz es Schluss!

Und schon zogen sie alle miteinander aufgebracht und wütend zum Backesse Dick und auch wenn Pfarrer Vinzenz jammerte und der Schulmeister sich hinter seinen Fenstern verkroch, so konnte doch niemand sie aufhalten. Sie trommelten mit Fäusten an die Tür vom Backesse Dick und dann drückten sie sie johlend auf, seine Frau schrie und seine Kinder versteckten sich hinter der Stalltür.

Der Backesse Dick, der behaglich in eine Decke gewickelt in seinem Ohrensessel geschlummert hatte, angetan nur mit seinen Wollstrümpfen und der Leibwäsche, sprang auf und stieß sich am steinernen Sauerkrauttopf und fuchtelte mit der Tabakspfeife wie mit einem Gewehr. Der schöne Sessel mit dem bestickten Deckchen zwischen den Ohrenbacken wurde nun ausgerechnet von dem dreckigen und rohen Hanjokeb umgeworfen und getreten, als müsste man dem Backesse Dick alles zerschlagen, was er hatte.

— Hör doch off, dou Simpel!, schrie der Schultheiß, — Eysch brengen dich wieder ins Correctionshaus, dou dreckiger Rülpes, dou packst mir hey nicht mein Geschärr an!! Macht euch hier raus, ihr Pack, et es keine Gemeindestunde! Euch so aufzuführen, wat fällt euch ein, eysch … eysch … werfen euch … lassen euch … hinauswerfen … zu Hülfe!!

Der Schlosse Henrich und Minschens Heiner aber waren wie entfesselt und packten das heruntergefallene Brot und rissen es in hundert Stücke und warfen es in die Runde.

— Dat es dat, wat dou anderen fortfrisst, dou Fresssack!!

Der Schnuckes aber setzte die Flasche Wein an, die der Schultheiß von der Mosel hatte kommen lassen, und trank.

— Dat es dat, wat dou andern fortsäufst!, schrie er dann.

— Jetzt hört off, sagte Heinze Johann, mir wollen uns hey nicht offführen, mir wollen nur den Schrank.

— Wat es met dem Schrank!, schrie Backesse Dick. — Lasst

meinen Schrank in Rouh! Habt Ihr keinen Respekt mehr?? Eysch lehren Euch Mores!!

– Im Arsch lecken kannst dou uns mit deinem Mores!!, schrie Schustersch Lene. – Schultheiß, dou hast ausgeschissen, mir wollen deysch nicht mehr!

– Eysch holen den Gendarm!! Holt den Gendarm, dat es Aufruhr!! Aufruhr!! Wo es der Schulmeister! Der Pfarrer?? Zu Hülfe!!!

Backesse Dick wehrte sich nach Leibeskräften und schlug um sich, doch er wurde einfach umgerannt, als Paulinchens Hannes und der Dapprechter Wilhelm den Aktenschrank packten und ihn mitsamt den Gemeindeordnern unter Gejohle aus dem Haus trugen.

– Schultheiß, dou hast ausgeschissen!! Ausgeschissen!!, schrien alle Leute und sprangen vor Aufregung und Freude ringsherum. – Dat muss gefeiert werden! Mir sein ihn los! Mir sein ihn los!

– Der hat vielleicht aus der Wäsch geguckt, der Drecksack!!!

– Eysch hätt dem sogar noch in den Arsch getreten!!

Prustend und johlend stellten sie den Aktenschrank mit seinen herausstürzenden Papieren von Gemeindeschulden und Pfändungen und Brandordnern erst mal bei Dellersch vor den Zaun.

– Ja, und wo soll der Aktenschrank denn hin?

– Zum Paulinchens Hannes!!, schrie einer. – Komm, Hannes!, riefen sie. – Den Hannes kann jeder gout leiden, dou machst dat jetzt, dou bist jetzt Bürgermeister!

– Jaaa … Mir wollen einen Bürgermeister und wer der Bürgermeister ist, dat bestimmen mir selber!!

– Hannes, dou kannst dat, dou machst dat jetzt! Mir sein dir auch nicht böse, wenn dou wat net richtig machst!!

Paulinchens Hannes wusste nicht, wie ihm geschah, als alle anpackten und dem Hannes den Aktenschrank in seine niedrige Stube schleppten, wo an der Wand drei Betten standen und in der Mitte der Webstuhl und wo die Kinder in ihren Nachthemden aufgeregt zwischen Waschschüssel, Truhe, Spinnrad, Tisch und Bank und Feuereimer umhersprangen.

— Wo soll der dann noch hin??, fragte Paulinchens Hannes und seine Frau Anna, die das alles nicht recht begriff, hielt ihren Korb voll dürrer, raschelnder Bohnen fest, als wollte ihr den einer wegnehmen.

— Komm, sagte Heinze Johann und trug die Waschschüssel und den Feuereimer hinaus in den Ern, stellte sie zum Aschekasten und dem Steinstopf voll faulem Käse und fiel dann über einen Reisigbesen.

Damit war Platz genug für den Gemeindeschrank von Scholmerbach und von nun an war Paulinchens Hannes Bürgermeister.

Das musste gefeiert werden und sie sangen »Hoch soll er leben!« und »Lobet den Herrn!« und alles durcheinander und beim Honiels gingen in der Nacht die Funzeln nicht aus. Es war ein Leuchten und ein Brennen auf den besudelten Tischplatten von den Talglichtern und den Steinöllämpchen an der Wand, und es brannte und loderte in ihnen allen die unstillbare Flamme der Freiheit. Freiheit schrien sie immerzu, und nun wollten sie auch den schlimmen Förster vom Katzenstein das Fürchten lehren und den Gerichtsvollzieher von Wennerode, der der armen Müllerkarls Marga das Haus wegnehmen wollte, ihr kleines krummes Haus am Wegesrand mit den zerfallenden Zäunen, durch die in der Nacht der Fuchs die Hühner stahl.

Köstlich war die Freiheitsnacht, als der Backesse Dick ausgeschissen hatte und sie in Ellingen und Hellersberg und sogar noch in Langdehrenbach ihren Schultheiß abgesetzt hatten und überall die Gemeindeschränke durch die Dörfer getragen wurden von einem in ein anderes Haus. Die Wenneroder Amtspersonen hatten das Fürchten gelernt, und sogar der Graf von Wällershofen zog vorsorglich aus und wollte den Sommer in seiner Residenz, der Schauemburg, verbringen.

Ganz tollkühn fühlten sich die Leute und durstig, und Männer wie Weiber feierten Tag und Nacht. Sie waren keine Untertanen mehr und für den Zehnten und die Steuern sollten die Adeligen selber auf die Felder ackern gehen, keiner zahlte mehr auch nur einen Kreuzer, da waren sie sich einig in ihrem Siegesrausch. Sie waren Bürger und sie waren frei, und sie kosteten es aus, den ganzen herrlichen Frühling hindurch.

Der Hanjokeb fühlte sich so frei, dass er auch seine Zeche beim Honiels nicht mehr bezahlen wollte. Das sei auch Freiheit, schrie er und wollte umsonst saufen. Aber die Rechnung hatte er ohne den Honiels gemacht, und so landete er nach einer durchgefeierten Nacht mal wieder auf dem Misthaufen.

— Der Mensch und das Tier sind wie toll geworden!, schrieb der Schulmeister Holperen dem Schulrat in Marienberge und dass kein Kind in der Schule erschienen war und allerlei Unfug und Gewalt von den Schulkindern ausginge, dass sie des Schulmeisters Ruten zerbrochen hatten und gegen den Feuerofen getreten hatten und die Schultafel umgeworfen, es war alles außer Rand und Band und Zügellosigkeit herrschte in allen Gassen.

— Keine Zucht und Ordnung mehr, so sprach der Pfarrer Vinzenz betrübt zu seinem Herrgott. Sie zogen allenthalben durch Straßen und Gassen und warfen mit Steinen, brachen Latten von den Zäunen und nahmen sich beim Zuckerbäcker in Ellingen einfach die Brezeln von der Stange und aßen sie auf. Wie lange wollte der Herzog sich das gefallen lassen? Wie lange sollte der Aufruhr gegen die gottgewollte Ordnung noch dauern? Er mochte kaum noch aus dem Haus gehen und der Liederlichkeit und dem schäumenden Übermut begegnen, die ihn mit aller Obrigkeit in einen Topf warfen.

Die Faulsten waren wie immer die Frechsten und der Schnuckes und der Hanjokeb verhöhnten ihn auf offener Straße als Pfaffen und als Weihwasserpinsel. Wie sollte er die Scholmerbacher vor der Hölle bewahren, wenn sie nichts als fluchten und soffen und Sodom und Gomorra herrschte!?? Der Herr sollte Vinzenz gnädig sein, wenn er beinahe das Beten verlernte, in diesen unseligen Wochen des Aufruhrs und der Gottlosigkeit.

Seine Kirche war geschmückt mit blassen Bildern von Jesus und Maria und mit dem Kreuz über dem Altar, Schnitzereien vor der Kanzel, schmal brennenden Kerzlein und bunt gefärbten Papierblumen, die die Leute vor das Bildnis der Maria Muttergottes legten, das traulich in der Ecke hing. Papierblumen überall, gedreht und gewunden, dieser billige Schmuck.

Kaum war der Schnee auf den Dächern geschmolzen und hatte der eisige Wind an Kraft verloren, sah man schon die Händler und das Bettelpack am dicken Baum auftauchen und alle brachten sie in diesem Frühjahr Papierblumen und Fliegenwedel, das war das Neueste, Papierblumen in allen Farben, rot und gelb und grün, man konnte sie an Stecken über das Feuer hängen, dann drehten sich die Papierblumen lustig. Die Wetterauer hatten sich das ausgedacht und schnitten mit einem selbst gemachten Förmchen in Frankfurter Pergament und drehten dann die Röslein zusammen. Außerdem hatten sie in ihrer Not Hühnerfedern in ihren schmutzigen Höfen aufgelesen und sie zusammengebunden an einen Stecken und das nannten sie Fliegenwedel und sollte das umhersurrende Geschmeiß vertreiben. Darauf fiel keiner rein, niemand kaufte den Wetterauern das zusammengewickelte Zeug aus ihren Hinkelbänken ab, wenn er doch seine Hände nehmen konnte oder einen alten Lappen, um die Fliegen zu verscheuchen.

Aber der Wetterauer Valtin sagte, in Engeland kaufen alle diese Fliegenwedel. Er hatte gehört, es gab solche Fliegenplagen in London, dass alle diese Federnwische am bunt bemalten Stecken kauften. Die Wetterauer Kinder lernten sogar Englisch und sagten:

– E littel won for se babie
E big won for se ladie.

Und dann kauften die feinen Damen die Fliegenwedel wie verrückt. Besser noch ging es, wenn die Hessenmädchen dabei sangen und tanzten. In diesem Jahr wollte er mit seinen lahmen Beinen nach Frankreich gehen, Engeland war ihm zu weit. Aber da nahm er zwei Mädchen aus Böllersbach mit, die hatten sich nicht so angestellt, und waren ihm dankbar, dass er ihnen aus ihrem Elend half.

Pfarrer Vinzenz konnte darüber nur den Kopf schütteln. Unschuldige Mädchen ins Ausland führen. Welche Gefahr lauerte da für sie! Darüber wollte er nächsten Sonntag predigen, über das schändliche Herumziehen in der Welt, wo man all die aufrührerischen und ketzerischen Ideen aufschnappte, die lose Moral und die Liederlichkeit, die Spielerei, Eitelkeit, Hoffahrt, Unsittlichkeit und Verderben.

Allein, es wollte ihm die Kraft fehlen. Wie all die anderen litt er seit Langem unter den Hungersnöten und sein christliches Pfarrgewand schlotterte allzu lose um ihn herum. Manchmal tat er nur, als ob er betete, und dann wieder betete er inbrünstig wie all die armen Weiberlein, die um ihre Toten trauerten. Sie schleppten unentwegt feuchten Dreck und Straßenkot in seine Kirche und malten einen Weg voller brauner Klümp-

chen vor die Gottesmutter. Dort warfen sie sich dann Maria zu
Füßen.

Vinzenz' Miene hellte sich auf, als er an der Türe das Bettchen sah, das mit rosigen Wangen hereinkam, sich bekreuzigte
und der Muttergottes ein Weidekätzchen hinlegte. Er legte ihr
die Hand auf den Kopf und segnete sie.

    — No, Bettche, wollst dou dey Gottesmutter um was bit-
      ten?

    — Noja, flüsterte Bettchen. — Eysch möchte gerne in hey-
      dem Jahr ... eysch möchte dat ... dat mein Liebster um
      meysch freit!

    — Ei Bettche, sagte Vinzenz. — Dou bist doch noch jung,
      dou kannst dir doch aussuchen, wen dou willst ...

    — Eysch will nur einen, und der pfeift off der Lung! Konnt
      Ihr für den beten, Herr Pfarrer?

    — Für wen soll eysch denn noch alles beten, eysch komme
      bald nicht mehr rund! Aber Bettche, dir kann eysch naut
      abschlagen, also, für wen soll eysch beten?

Bettchen wurde rot und brachte den Namen nicht über die
Lippen, aber dann zeigte sie Richtung Wirtshaus.

    — Och, sagte er. — Honiels Daniel? ... Ach ... nee ... Ho-
      niels Juppchen? Nä? Ach, der dürre ... der Theodor??

    — Theodor!, nickte Bettchen. — Den will eysch, verdammt
      nochemol! Et geht überhaupt net voran!

    — Wat heisst: net voran?

    — Er ... noja ... er ... hat mir die Leyb noch nicht ... ge-
      standen. Also dat der meysch heiraten will ... oder dat
      eysch sein Liebchen bin ...!

    — Hm. Dann ... dann nehm dir doch einen anderen!

Vinzenz fror. Seit er auf die Sechzig zuging, musste er sich
immer ein Schafsfell um den Leib wickeln. Was sollte er bloß
mit dieser Mädchenschwärmerei anfangen? Bettchen knickste

und sah ihn wütend an und wollte aus der Kirche laufen, aber Vinzenz hielt sie zurück.

— Komm, Bettche, dou kannst mir ein wenig helfen. Mir gehen jetzt raus und sehen uns den Kirchhof an, da hat der Wind drüber gehaust und dey Kreuze stehen schief, der Schnee hat Erde mitgerissen und Äst liegen kreuz und quer … mir wollen uns dat mal ansehen.

Bettchen traute sich nicht zu widersprechen, und sie half dem Herrn Pfarrer ja eigentlich gerne, aber sie ärgerte sich doch über seine Worte und daher trampelte sie ordentlich und machte eine Schnüss', als sie ihm zum Kirchhof folgte.

Dort lagen, von Buchsbaum umkränzt, und hinter einer schweren eisernen Kette am Eingang unordentlich die frisch vergrabenen Toten des Winters zwischen den Toten des vergangenen Jahrhunderts, die Kreuze waren in der tauenden Erde umgefallen, dürre Tannenzweige von den einsinkenden Grabhügeln gerutscht und im geschmolzenen Schnee lagen aufgeweichte Papierblumen wie dunkle Pfützen um die Drahtstängelchen.

— Herr sei bei uns, sagte der Pfarrer.

Auf seinen Küster, den Schulmeister, war auch kein Verlass mehr und der Gemeindediener Ludwig lief nur noch in der Weltgeschichte herum und besoff sich für die Freiheit.

— Kraut und Rüben, sagte er und Bettchen nickte.

— Hey liegt meine Tante Hanne in der geweihten Erde.

Vinzenz nickte. Verschämt hatte er in den letzten Jahren mehr und mehr Boden geweiht und an der Kirchhofsmauer lagen nur noch die totgeborenen Kinder, der schlechte Verbrecher Siegmund, der sein Weib erschlagen hatte, und der böse, alte Waldemar, der Gott verflucht hatte und behauptet, es gebe ihn nicht. Gleich eine Reihe darunter lagen Hanne und all die anderen ledigen Mütter und Ehebrecher.

Kaum, dass Bettchen angefangen hatte, missmutig herge-
wehte Äste und verfaulte Zweige mit dem Fuß aus dem Weg
zu räumen, krachte plötzlich ein Gewitterschlag aus dem
schwarzen Himmel und ein Platzregen setzte ein, sodass Vinzenz und Bettchen von den Gräbern flohen und sich am Brunnen unter dem Kirchbaum ducken mussten.

    – Herr Pastur, dat es doch nicht recht, dat mir hey etz nass
      werden!, schimpfte Bettchen, plötzlich aufsässig gewor-
      den. – Wie en geseichte Katz – det Leidsakramintnoche-
      mol!

    – No!, sagte Vinzenz strafend. – Et ist gleich wieder vorbei.

Missmutig starrte er auf die Gräber, die einmal mehr von
der Schwere dieses Regengusses auseinandergewalzt wurden
zu einem Gräberbrei, als sei die Sintflut gekommen und musste
die Erde auftun, um diesem grässlichen Jahr und gleich der
ganzen elenden Weltgeschichte ein Ende zu bereiten.

    – Man meint net, dat et möglich ist!, rief er und dann hörte
er Bettchen einen gellenden Schrei tun und als er sich erschrocken zu ihr umdrehte, sah er, wie sie vor einem Knochen aus
Müllerkarls Grab zurückwich, der vom Regen blankgeschüttet
aus der Erde ragte. Kaum hatten sie den Schreck überwunden,
als aus dem Grab von Hennegickels Theres ein Schenkelkno-
chen herausgespült wurde, und überall, wo sie die Toten im
Winter nur einen Fuß tief begraben hatten, wurden aus den
zerfallenen Särgen die Zipfel der Totenhemden, Ellen und
Speichen und Handknochen herausgeschwemmt und schließlich kamen auch noch die Knochen derer, die sie zwei Fuß tief
begraben hatten, und allüberall rächten sich die Toten in ihren
zerfallenen Hochzeitsgewändern für die halbherzigen und
kraftlosen Begräbnisse des Winters.

Vinzenz und Bettchen aber glaubten, die Auferstehung der
Toten zu erleben und dass das Jüngste Gericht und der Höllen-

schlund selber sein Maul aufriss, mitten auf dem Kirchhof von Scholmerbach! Vinzenz hatte das große Kreuz um seinen Hals emporgerissen und schrie:

– Satan, weiche von mir!! Satan, weiche von mir!

Und er schrie auf Deutsch und Lateinisch, was ihm in den Sinn kam:

– Vade Satana! … Nomine Iesu … quem Cherubim et Seraphim indefessis vocibus laudant, dicentes: Sanctus, Sanctus, Sanctus Dominus Deus Sabaoth!

Und Bettchen schrie:

– Jessmarioseppernaa! Jessmarioseppernaa! Heiland der Welt!! Heilige Mutter Anna! Hol uns hey raus, dey Höll dout sich off! Himmel hilf!! Eysch dun alles! Alles! Wat dou willst, aber verlass mich net, Herrgottchen!!! Leywer Gott! Der Deiwel will uns holen!!

Und sie sprangen über die Buchsbaumhecken und Bettchens Rock zerriss, und das Wollmieder und das Wintertuch hatten sich voll Nässe gesogen wie ein Schrubbsack, Pfarrer Vinzenz aber drohte über den Kirchhof hinweg mit seiner dürren, zitternden Faust:

– Der Sünden Schuld, der Sünden Schuld! Furcht und Finsternis – Heulen und Zähneklappern! Gerecht ist deine Strafe, oh Herr!

Sie rannten weinend, fluchend und betend zurück nach Scholmerbach und die erste Tür, die offen stand, war die zu Honiels Wirtschaft, und sie flüchteten sich hinein, sanken an den warmen Ofen und bekreuzigten sich ein ums andere Mal.

– Allmächtiger, wat es dann bassiert?!, fragten die Leute.

Honiels Anna brachte ihnen eine warme Biersuppe, um sie zu stärken und ihnen den Schrecken aus der Seele zu nehmen, und Bettchen trank als Erstes einen Schnaps. Als sie die Augen hob, sah sie Theodor mit seinen schwarzen Locken, der sie neugierig musterte und nicht wusste, welche glühende Leidenschaft in Bettchen für ihn tobte. Schließlich hatte er ihr nur hier und da mal die Wolle gehalten und sie in die Hüften gezwickt und mit ihr gesungen: – Draußen rappelts am Scheunentor. Jetzt aber, wo sie betend und fluchend und zitternd vor ihm saß und das klatschnasse Leinenhemd auf ihrem Busen bebte, war er auf einmal interessiert, mehr als im vergangenen Jahr, als ihm in Wahrheit alle Mädchen gefielen, jedes Weibsmensch von Scholmerbach und von Ellingen und von Linnen gefiel ihm. Wie sollte man sich da entscheiden, und warum auch?

Bettchen hingegen … so aufgeregt, mit wirrem, nassem Haar und glühenden Wangen und Schnaps im Leib, schien ihm auf einmal so betörend und aufregend wie sonst keine.

Er hustete heiser, nahm Bettchens Hände, um sie trocken zu reiben, während ihre schmutzigen Röcke vor dem Ofen einkrusteten und sie stammelte:

– So wat hab eysch noch nicht erlebt. Schustersch Mariele, Hennegickels Theres … der Müllerkarl … all wie sey da lagen … dey wollten wieder offstehen … keiner wollt liegenbleiben … dey werden jetzt immer zou mir kommen, nachts, wenn eysch traame … bestimmt, mei ganzes Leben lang.

– Ach, sagte Theodor vergnügt. – Dou musst nur an wat anderes denken, wat Schönes … an dey Lämmlein am Frühjahrstag … oder an dey schönen Blümchen, dey bald kommen … oder an den Ostertag, wenn August schön Musik spielt …

Und er nahm sich vor, so wie der Regen nachließ, auf den Kirchhof zu laufen und selber zu sehen, wie die Toten aus den Gräbern gerutscht waren, er konnte es kaum abwarten, und dann würden sie sich in der Nacht in der Spinnstube lauter

Gruselmärchen erzählen und dann würde er Bettchen die Wolle halten, aber nur ihr, und dann wollte er sie nach Hause bringen, weil sie sich so fürchtete, und dann stahl er ihr einen Kuss.

Die erste Amtshandlung von Paulinchens Hannes als neuem Bürgermeister war das Gebot, die Toten fortan tiefer zu begraben und jeder habe das Grab seines verstorbenen Angehörigen aufzuräumen, sonst würden die Knochen seines geliebten Vaters oder Onkels oder der Stiefmutter fortgeschmissen. Außerdem hatte er mit dem Pfarrer Vinzenz beschlossen, dass der Kirchhof größer werden müsste, damit nicht alle Jahre die Toten wieder aus den Gräbern herausgerissen werden müssten, um neuen Verstorbenen Platz zu machen, wobei es unweigerlich vorkam, dass einzelne Knochen übersehen wurden und ein Arm oder ein Bein herumlag, wo er nicht hingehörte. Der Herr Pfarrer Vinzenz sei da mit ihm ganz einer Meinung und das sei nun der Beschluss.

Außerdem sollte sich jeder Familienvater darum sorgen, dass der Schulgang wieder zur Heiligen Pflicht werde, denn Freiheit hieß ja nicht, dass jedes Kind so dumm wie Bohnenstroh bleiben durfte. Lesen und Schreiben war manches Mal von Vorteil, das sah er jetzt selber, als er sich durch die Akten arbeiten musste, in die der Backesse Dick alles kreuz und quer hineingeschrieben hatte, ganz wie es ihm beliebte.

Zum Dritten nahm er sich vor, sich um Kartoffeln zu bekümmern. Die Gemeinde hatte zwar Notgeld bekommen und Herzog Adolph hatte das reiche Getreide aus den goldgelben Feldern vom fernen Zarenreich kommen lassen. Dennoch waren weit und breit keine Kartoffeln zu sehen, und ihnen allen lief das Wasser im Mund zusammen, wenn sie an einen köstlichen Kartoffelplatz dachten, oder eine Kartoffel-suppe oder einen Kartoffelbrei oder Kartoffelbrot oder Kar-toffelschnaps.

Wenn es aber im Herbst wieder keine Kartoffeln gab, dann konnten sie wieder den ganzen Winter Rüben, Brot und Dickmilch essen, und sie würden so schwach werden, dass ih-nen beim Holzhacken oder beim Wasserschleppen schwarz wurde vor Augen. Daran wollte an diesem schönen Frühlings-tag keiner denken.

Aber Fine dauerte es in der Seele, wenn Veronikas Kinder herumsprangen und an einem Brotkanten nagten. Das eine hatte ganz zerrottete und faulige Zähnchen und das andere im-merzu die Augen entzündet mit klebrigem gilblichem Schorf, das andere einen Brand auf der Backe, und der kleine Jakob war mit ganz verbogenen, krummen Beinen auf die Welt ge-kommen und einem merkwürdig eingedellten Kopf. Man musste ein Mitleiden mit ihnen haben, auf der anderen Seite waren sie aber kein schöner Anblick, und das ewige Rotzen und Schnäuzen und die beschmierten Beinchen vom ständi-gen Durchfall konnte man nicht mehr ertragen.

Veronika hatte einen kranken Mann daheim und schickte die Kinder immer zu ihrer Großmutter, die ihnen Brei kochte und Knochenpulver in die Suppe gab und sie mit essigsaurer Tonerde einrieb. Es kam Fine vor, als ob alle Kinder immer stark rochen, das kam alles von der Armutei und dem Elend und von ihrem Vater Ottos ewigem Suff.

Veronika hatte ja unbedingt den Otto haben müssen, ob-wohl Konrad und Finchen dagegen waren. Schon in jungen Jahren war er immer so voll gewesen, dass er in Dellerschhan-nes Misthaufen fiel und sich bei der Klopperei auf der Kirmes die Nase brach, Otto, der fünf Kinder zeugte und sich dann den Verstand versoff, bis er nun mit zugeschwollener Säufernase und triefendem Maul über dem Blecheimer hing und sich die Därme aus dem Leib kotzte.

Gut, Otto war nicht der Einzige, den der Schnaps dahinraffte. Hennegickels Franz wankte rotzend und spuckend mit fleckigen Hosen durchs Dorf und meinte, das sei doch nur ein wenig Bubenpisse, das schade nicht, und er grunzte vor Lachen und niemand mehr wollte ihm die dreckigen Hosen im Stalleimer einweichen und sauber schrubben. Minchens Frieder lief umher und schnitt unaufhörlich Fratzen, er fuchtelte mit den Armen und sprach mit sich selber und manchmal hörte er einen hinter sich rufen und über ihn fluchen, und wenn er sich umdrehte, war da keiner.

Veronika war so weit, dass sie ihren Otto einfach in den Stall trieb und ihm dort einen Eimer Wasser überschüttete, und ihn beschimpfte mit allen Wörtern, die sie kannte, versoffene Sau, Säuprügel, Staatssäufer, Lump, Säuhund, Drecksack und Missgeburt. Es würde nicht mehr lange dauern mit ihm, und sein armseliges Leben war keinen Kreuzer mehr wert. Veronika hatte allen Grund, die Kinder zu Fine zu schicken, wo Bettchen sich kümmern konnte und der alte Konrad sie auf seinen Knien schaukelte. Bald würde sie selber kommen mit Sack und Pack, denn Ottos Haus war draufgetrieben für seine Saufschulden, Otto musste bloß noch krepieren, dann war es überstanden. In Fines Haus gab es noch ein Bett für Veronika und zwei Kinder. Die anderen mochten im Stall schlafen oder auf einem Strohsack in der Stube, das würde man sehen.

Fine war so müde. Die ewige Kinderbrut, ihre Heulerei, der Hunger und das Ungeziefer, das ihnen aus den Lumpen kroch. Bettchen, Rosa, Fritz und Gretel lebten noch immer bei ihr, Konrads Armleiden hatte sich verschlimmert, und nachts schrie er im Schlaf und der Alb suchte ihn heim. Am Tage stellte er sich taub und Fine musste alles zweimal schreien, bis er sie verstand.

Alle Hoffnung richtete sich auf die Beeren im Wald und die Kartoffeln, die Paulinchens Hannes versprochen hatte, auf Brennnesseln zum Kochen, auf mehr Milch von den Kühen und auf die ersten Halme des russischen Kornes, das nun heranwachsen sollte.

Doch eines Morgens, als Fine gerade die Hühner aus der Hinkelbank in den Hof scheuchte, sah sie mit ihren schwachen Augen, wie aus dem Wald am Urles die Rehe kamen, dem Wald, den sie niemals betreten durften, dem Dominialwald der Herrschaften, und wie die herrschaftlichen Hasen und Hirsche heraussprangen und lustig auf allen Feldern grasten und die Saat und die russischen Halmspitzen auffraßen, während die Sonne über den Weidehecken stieg und der Frühnebel sich vor dem Ellinger Kirchturm auflöste.

– Konrad!, kreischte Fine mit ihrer hohen Altweiberstimme, – Fritz, Rosa!! Kommt!

Aus allen Häusern kamen die Leute und sie stürzten zu ihren Feldern und durften doch nichts tun, da das Jagdwild des Grafen von Wällershofen unantastbar war, nicht einmal einen Stein durften sie werfen. Aber diesmal war es genug. Noch einen Hungerwinter wegen der gräflichen Hasen würden sie sich nicht gefallen lassen, dieses Jahr nicht mehr und niemals mehr.

Schlossens Anna hob einen Stein und Dellerhannes Jule warf mit Dreckbrocken, und Konrad hatte von Kriegszeiten noch ein altes, rostiges Schießgewehr und damit knallte er in die Luft.

– Dou Tölpel, schrie der Bocksersch Fritz, – wat hast dou net off en Reh geschossen, da hätten mir all wat zou fressen gehabt!

Die Rehe und Hasen nahmen Reißaus, aber die Felder waren vernichtet und die Saat zertrampelt und zerfressen, keine Kartoffeln, kein Korn. Eine unbändige Verzweiflung und eine übermächtige Wut ergriff die Scholmerbacher und sie stürzten mit Äxten und mit Hacken in die gräflichen Wälder, um die Bäume abzuhauen und die Rehe zu lynchen und aus den Hasen Hackbraten zu machen. Da sie aber die Hasen nicht erwischten, kam ihnen der Katzensteiner Förster gerade recht und sie jagten ihn fort und bewarfen ihn mit Steinen und mit Stöcken.

— Aua! Aah!!, schrie er außer sich. — Wollt ihr meysch umbringen??? Wat fällt euch ein ... Eysch ... Eysch ... Auaaa! Dat es Aufruhr!! Aufruhr!! Eysch holen den Gendarm und dey Soldaten ... Dann könnt ihr wat erleben!! Ihr Bauerngesindel!!! Auaa!

Der Förster verlor seinen stranatzen Hut, sein Gesicht war so weiß und feucht wie ein Klatschkäs', als er mit den Armen rudernd rückwärts stolperte und ihm der Flintenriemen vom Arm rutschte.

— Freiheit!!!, schrien die Scholmerbacher, — Freiheit!!!

— Dou brauchst deysch hey nie mie hiene zou trauen! Dou hast hey nichts mehr verloren!, schrie das Dapprechter Liesjen.

Der Katzensteiner Förster aber polterte unglücklich ins Pfeifensterzer Jammertal und da blieb er liegen und jammerte über seine Beulen und einen verstauchten Fuß.

Danach kam er nie wieder nach Scholmerbach.

Der Aufruhr nahm kein Ende mehr, und da man die Scholmerbacher über so viele Jahrhunderte getrietzt hatte und es in ihnen grollte und wütete und sie nicht genug davon kriegen konnten, einen Förster in die Pfefferheide zu jagen oder womöglich einem Gendarmen den Arsch zu versohlen, packten sie auch am Ende den armen Gerichtsvollzieher aus Wennerode, der gekommen war, um die Witwe des Müllerkarl und ihre Ziehtochter Anna aus dem Haus zu jagen. Sie packten ihn und tunkten ihn in Dellerschhannese Regentonne, schaufelten ihm vom Misthaufen eine ordentlich stinkende Gabel über und jagten ihn johlend mit Arschtritten davon.

Das war die Revolution im Jahre 1848 im Dorf Scholmerbach.

Endlich gehörten ihnen wieder alle Wälder und sie gingen hinein und hackten Holz und aßen die Waldbeeren und sammelten Kräuter, sie ließen ihre Schweine dort fressen und verwüsteten ganze Landstriche.

Einen Sommer lang waren sie vollkommen frei.

Im Februar bezog Hauptmann von Holbach mit hundertzwölf Mann Infanterie Quartier in Wennerode.

Die Zahl der Verfehlungen gegen die Obrigkeit war endlos. Beleidigungen wie »Ochsenkopf« oder »Krautschisser«, renitente Weiberleute, die rechtschaffenen Beamten in der Ausübung ihrer Pflicht mit Salz vermischte Asche in die Augen warfen, die Bemalung des Gerichtsvollziehers Bommel mit schwarzer Farbe, die Einsperrung des Schultheißen von Keilenberg in einen Ziegenstall sowie ständige Übergriffe durch Bewerfen mit Stöcken und mit Steinen. Jeder ehrbare Diener des Staates, der nur seinen Dienst ausüben wollte, fürchtete dieser Tage um sein Leben und ging mit Angst im Herzen seiner Tätigkeit nach.

Hauptmann von Holbach war einiges zu Ohren gekommen von der Verstocktheit der Westerwälder, aber auch von ihrer Bauernschläue. Besonders die hügelige Landschaft machte ihm Sorgen, die Wälder, Basaltbrocken und Steinbrüche, unbekanntes Gelände, in dem sich die Aufständischen verschanzen konnten.

Es war wichtig, den Aufmarsch seiner Infanterie generalstabsmäßig vorzubereiten und jedes Dorf gleichzeitig zu besetzen und der Bevölkerung einen solchen Schrecken einzujagen, dass jeder Widerstand sinnlos war.

Hauptmann von Holbach hatte seine Männer bereits eindringlich angewiesen, ihren bevorstehenden Einsatz in aller Herrgottsfrühe mit dem Marsch auf die Dörfer zu beginnen. In allen war jeweils der selbst ernannte Bürgermeister aus dem Haus zu treiben, alle Männer mussten sich mit erhobenen Händen am Dorfplatz einfinden und jedes Haus war mit dem Bajonett gründlich zu durchsuchen. Jeder, der Widerstand leistete, sollte unverzüglich in Ketten gelegt werden und dem Correctionshaus in Wennerode zugeführt werden.

So ließ Hauptmann von Holbach morgens um vier ins Horn blasen und den Marsch auf die Dörfer Linnen, Ellingen und Hellersberge beginnen, um in strammem Schritt Landstrich für Landstrich von den Aufständischen zurückzugewinnen, damit wieder Ordnung herrsche im Herzogtum und Friede im ganzen Reich.

Als aber von Holbachs Truppen mit zusammengebissenen Zähnen und aufgepflanzten Bajonetten durch die Dörfer marschierten, hatten sie nicht geahnt, dass ihnen aus den Häusern nur Hungergestalten entgegenfallen würden, und als der erste alte Mann seine Stimme erhob, war es nur, um ein Brot zu erbetteln.

Von Holbach hustete und schrie:

– Senkt das Gewehr!!

Und dann ließ er die Soldaten sich rühren. Hier war Hopfen und Malz verloren. Diese dürren Rechen mit den ausgemergelten Gesichtern waren keine würdigen Gegner. Am liebsten hätte er die Suppenküche mit der Gulaschkanone kommen lassen.

Als Paulinchens Hannes ihm vorgeführt wurde mit erhobenen Armen, räusperte er sich und murmelte:

– Sorge Er dafür, dass fürderhin Ruhe herrsche ... in Schollerbach.

– Scholmerbach!, sagte Paulinchens Hannes.

– Er hat keine Widerrede zu führen!, sagte von Holbach.

– Zu Befehl, Herr Hauptmann!, sagte Hannes.

Damit war die Revolution von Scholmerbach zu Ende.

Paulinchens Hannes blieb Bürgermeister.

Aber in Scholmerbach lebten nur noch zweihundertsieben-
unddreißig Seelen. Da lohnte es sich kaum noch, einen Bürgermeister zu haben, einen Schulmeister oder Gemeindediener. Alles was sie brauchten, war Pfarrer Vinzenz und die
Leute schlichen nur noch zwischen Kuhstall und Kirche hin
und her.

Vinzenz war das Schimpfen und Zürnen von der Kanzel
vergangen, es fehlte ihm jegliche Kraft. Nur ein übermächtiges
Leiden mit seinen erbärmlichen Schafen war ihm geblieben
und die leer gebeteten Vaterunser und die kläglichen Rosenkränze der alten Weiberlein. Das irdische Dasein war ohne
Hoffnung und voller Leiden, aber am Ende stand die Erlösung,
das Paradies mit weit geöffneten Pforten, wo nun die Seligen
weilten, die der Vergänglichkeit hatten entfliehen können und
das Angesicht des Herrn erblicken durften. Welch ein unendlicher Trost lag darin und welch himmlischer Segen.

Mit diesem Segen zogen die Scholmerbacher am Sonntag zu
Matthäi aus dem Kirchentor heraus, in ein frühlingshaftes Sonnenlicht mit den Klängen des Lobgesanges in ihren Ohren.

Da glaubte Fine, eine Erscheinung zu haben: Vor der Kirche stand ein Mann, der ganz in Weiß gekleidet war und förmlich strahlte wie ein Engel auf Erden.

Vor sich hatte er einen Tisch aufgestellt und auf dem Tisch
lagen lauter Heiligenbilder, die Heilige Theresa und der Heilige Franz von Assisi umringt von Tieren, der Heilige Stefan
und der Heilige Bartholomäus, die Heilige Veronika und die
Heilige Barbara, der liebe Herr Jesus mit seinen Schäfchen und
die Gottesmutter, wie sie auf lieblichen Wolken schwebte.

– Wie schön … wie wunderschön!, jauchzte Bettchen und stürzte auf den Stand zu, um ein ums andere Bildchen an ihr Herz zu pressen. Sie wollte das Bildchen vom Heiligen Franziskus mit seinen Tieren dem Theodor zeigen, aber dann sah sie, wie er der blöden Habersch Maria zulachte und ihre Hand drückte und ihr ein Gänseblümchen ins Haar steckte.

Bettchen ärgerte sich schwarz über Theodor, der sie nun so oft von der Spinnstube nach Hause gebracht hatte und geküsst unterm Zwetschgenbaum. Was scherte ihn Habersch Maria?? Natürlich, wenn einer so schön war wie Honiels Theodor, gehörte er keiner allein, das hatte schon Fine immer gesagt. Im vergangenen Winter war sowieso nicht viel mit ihm los gewesen, weil er immer so hustete und Fieber hatte. Bettchen war himmelangst, dass ihn die Krankheit ereilen konnte und niederwarf, bevor er mit ihr Hochzeit machte. Doch immer, wenn es ihm besser ging, schien er das Leben nachholen zu wollen und lachte mit allen und jeder.

Sie hatte ja nicht das Gemüt wie Minschens Anna, die einmal hierhin rannte und einmal dort und schon viele Küsse verschenkt hatte und sich aus keinem was machte oder aus allen. Man konnte ihr nichts glauben, so leichtlebig und unbeschwert war sie, wo ihr doch daheim das Wasser bis zum Hals stand und niemand wusste, wie lange sie noch ein Dach über dem Kopf hatte.

Auch dem Herren ganz in Weiß, der so vornehm in seinem Anzug aus feinstem Tuch hinter seinen Bildchen stand, war offenbar Annas Lebenslust nicht entgangen und wie sie ohne Hirt und Herrn herumsprang und spillerig um den Tisch herumtanzte, jedes Bild hochhob und achtlos wieder hinwarf und ihn anschaute mit ihren Sommersprossen und dem abgebrochenen Zahn. Es war, als gefiel ihm das ganz besonders, und er beugte sich vor und sagte:

– No, dou kleine Dirne … willst dou wat geschenkt haben?

– Ei sicher will eysch wat geschenkt haben!, grinste Anna und stemmte die Hände in ihr verschossenes Miederchen.

Da schenkte er ihr ein Bildchen, aber es war nicht das von der Heiligen Therese, sondern ein Bild von Jägers Leichenzug.

– Hach!, rief Anna. – Da liegt der im Sarg … und dey Hirsche und der Bär gehen mit … könnt ja der versoffen Hanjokeb sein, der es auch immer im Wald herumgestreunt! Aber so schön es der nicht, dat mer den malt!

Bettchen stellte sich scheu daneben und betrachtete verdrossen den Leichenzug, dem fröhlich Rehe, Hasen und Fasane folgten. Sie hätte auch gerne ein Bild gehabt, zum Trost für die erlittene Schmach von Honiels Theodor. Der Heilige Franziskus wäre ihr lieb gewesen in seinem braunen Gewand mit all den lieben Tieren um ihn herum. Aber bei Fine war kein Kreuzer mehr zu holen, nichts klimperte in ihren löcherigen Taschen und alles, was sie hatte, stopfte sie Veronikas Kindern in die Münder voller Grind und verrotteter Zähnchen. Otto war am schmutzigen Donnerstag ins Delirium gefallen und lag abgemagert und in Krämpfen mit seiner grauen Haut und den gelben Augen auf einem Brett voll Stroh, wälzte sich hin und her und nestelte stundenlang an drei Strohhälmen herum. Er sah Tausende von Käfern über seinen Körper laufen und schrie sich die Seele aus dem Leib, es musste bald zu Ende gehen, aber er würde sich doch nicht wagen, ausgerechnet an dem Tag in die Hölle zu fahren, wo Jesus aus dem Grab erstand.

Der Mann in dem weißen Anzug, der um die dreißig oder vierzig sein mochte, musterte nun auch Bettchen. Wenn sie doch nur ein wenig dreister gewesen wäre und ihm auch so frech ins Gesicht gelacht hätte, dann hätte sie womöglich den Franziskus bekommen. Aber so?

– Sagt mal, Ihr Mädcher, sagte der Mann. – Gefällt euch dat hey in Scholmerbach?

– Ja!, beeilte Bettchen sich zu sagen. – Et ist nirgendwo schöner als in Scholmerbach!

– Habt Ihr denn schon irgendwat anderes gesehen als Scholmerbach?

– Nä, sagte Bettchen. – Will ich auch nicht.

– Dat es nicht wahr!, rief Anna. – Mir kennen Ellingen und Linnen und Hellersberg und Wennerode … Da est sogar der Napoleon vorbeimarschiert, habe eysch gehört.

Der Herr schmunzelte.

– Eysch suchen noch so ein paar schöne Mädcher wie euch, dey mir helfen, solche Bildchen zu verkaufen.

Anna und Bettchen stockte das Blut. Noch nie hatte sie einer um was gefragt, das von Belang war. Noch nie hatte sie irgendeiner für irgendetwas haben wollen außer für Stallarbeit und Wasserschleppen und Wäscheschrubben.

– So feine Bildcher?

Bettchen konnte kaum glauben, dass ein fremder Herr ihr all diese Herrlichkeiten anvertrauen sollte, in weiße Spitze geschnitten und voll farbiger, zarter Händchen und Königskronen, Schleier und Segensstrahlen, mit dem blutenden Herz Jesu und all seinen Schäfchen. Ihr wurde auf einmal glühend heiß.

– Eysch gehen mit! Eysch gehen mit!, schrie Anna. – Bettchen, wat wollen mir dann noch hey? Geh mit mir!!

Der fremde Herr schmunzelte und dann verbeugte er sich wie ein Ehrenmann und noch im Verbeugen hing sein Blick an der leichtlebigen Anna. Und niemand wusste, wie lange der Fremde aus Münster, der sich Peter Sänger nannte, schon unterwegs war und wie häufig er am Sonntag vor der Kirche die Leute mit seinen Heiligenbildern erwartete. Sie wussten auch nicht, dass der Herr in Weiß nur Augen hatte für die hungrigen Mädchen in geflickten Kleidern, die herumstreunten und um die sich niemand scherte.

Finchen war nun endlich auch alles gleichgültig. Sie war wie trübe und taub im Kopf und schleifte auf ihren Holzpantinen immer nur hin und her und suchte nach trockenen Krümeln in ihrer Schürzentasche, die sie mit ihrem dürren Finger aufnahm und zum Munde schob.

– Ei dann geh doch mit ihm, sagte sie. – Bildcher verkaufen, warum dann nicht? Bettchen, wann dou hierbleibst, wirst dou verrecken wie all dey andern auch. Et is ja nur ein Sommer lang. Und all dey vielen Heiligen um euch herum … dey bassen auf … mach deysch fort, Bettchen … mach deysch fort.

Bettchen schluckte. Sie wollte doch bei Theodor bleiben. Aber wenn der sich nun gar nichts aus ihr machte?

Paulinchens Hannes löste sich von den Männern, die nun zum Frühschoppen gingen, und wollte sich den Mann im weißen Anzug noch einmal näher ansehen.

– Also ein Heiligenhändler seid Ihr? Und Ihr wollt unser Weibsleute mitnehmen?

– Ja, eysch versichere Euch meiner ehrbaren Absichten, et ist eine gute Sache im Namen des Herrn … und … unter uns … Herr Bürgermeister – eysch verkaufen auch besser mit so zwei Schmandgesichtern. Dey könnten auch noch ein wenig musizieren … sie kriegen eine Leier …

– Hippen und Danzen!, schrie Anna dazwischen.

– Noja, sagte Hannes. – Dat hab eysch schon gehört von andern Bürgermeistern. Et gehen ja überall dey Kinder mit den Händlern. Eysch habe Bedenken, ob dat alles seine Richtigkeit hat. Aber wenn et dann sein soll … dann muss dat aber veraccordiert sein. Und da müsst Ihr

mitkommen mit dem Konrad und dem Müllerkarls
Marga ... et muss alles seine Richtigkeit haben!

So setzten sich noch am selben Mittag im Honiels bei ge-
öffnetem Fenster Bürgermeister Hannes, Gemeindediener
Ludwig, der Zimmermann Konrad und die halb blinde Witwe
des Müllerkarl an einen Tisch, nahmen Papier, Tinte und Gänsekiel und setzten folgenden Contract auf:

»Am 23. März 1849 veraccordiere ich mich, mit nach England zu gehen, um musizieren mit Peter Sänger vun Münster,
Kreis Friedenberg im Darmstädtischen. Ich erhalte 30 fl baa-
rem Gelde, Pass frei, Schuh frei. Ein Hemd oder 2 fl dafür. Ein
leinen blauen gefärbten Kittel. Auf 14 Tage kranke liegend,
wird kein Abzüge gemacht. Saiten frei auf Instrumenten.

Der Abmarsche geschieht im März 1849 und die Ankunft
im November d. J.

Zeugen: Hannes Weber, Bürgermeister

Ludwig Dick, Gemeindediener

Konrad Heinz

Witwe Karl Müller

Der Vertrag glänzte auf dem gescheuerten Tisch, gesegnet von
einem Streif österlicher Sonne, der in die Wirtschaft fiel. Es
war unterschrieben und besiegelt: Es ging auf nach Engeland
und es war Zeit für die Scholmerbacherinnen Bettchen und
Anna, sich zu verabschieden. Es ging hinaus in die unbekannte
und gefährliche Welt.

Der Westerwald sah erbärmlich aus, mit kahl geschlagenen Wäldern und kläglichen Stümpfen. Überall hatten sie im Jahr der Freiheit die Bäume abgehauen und sich Häuser damit gebaut, die nannten sie Freiheitshäuschen.

Nun aber wurde der Holzfrevel wieder teuer geahndet, und es dauerte nicht lange, da landeten der Hanjokeb und der Schnuckes wieder im Correctionshaus in Wennerod.

So war es ihnen beinahe ein wenig besser gegangen in jenem Jahr.

Mit dem Bau der Häuser und dem Holzverkauf hatten Fine, Konrad und ihr Sohn Johann etwas Geld verdienen können, und mit Bettchens Zuverdienst waren sie aus dem gröbsten Elend herausgekommen. Ein Jahr lang konnten sie sich satt essen, ihr Dach flicken, ein Schwein kaufen und Kartoffeln aus dem goldenen Grund.

Doch zur Strafe zerschlug ihnen der Herrgott Ernte um Ernte und es sah aus, als wollte er Scholmerbach nur strafen und mit ihm alle Dörfer ringsumher, als wollte er sie endgültig ausradieren und erlöschen und ersäufen, es saute und es blitzte und es donnerte, es schüttete herab und es hagelte im Wintersturm, es zerschlug ihnen die Dächer und spaltete ihre Bäume und aus den finsteren Hütten krochen die Gichter, die Schwindsucht, das Nervenfieber und die Cholera, und der Würgeengel kam und drückte den Kindern die Kehlchen zu, der Tod raffte und raffte.

Bettchen ist nur ein einziges Mal wiedergekommen.

In das verwüstete Dorf ihrer Kindheit ist sie in diesem Winter zurückgekehrt und fand ihre verhungerte und ausgedünnte Sippschaft, und Veronikas schlecht verscharrte Kinder auf dem Kirchhof, der aufgewühlt in übergroßer Bedrängnis seine dünne Erde über die Toten warf.

Als Bettchen ihr Elternhaus betrat in einem Umhang aus rotem Wollstoff und einem bebänderten und bestickten Hütchen, warf sie freudig ein Beutelchen voller Gulden auf den Tisch und lauter unnützen Tand, Kämmchen und Haarnadeln mit glitzerndem Besatz, muschelbeklebte Schächtelchen und ein Zuckerei in allen Farben.

— Zou fressen hast dou naut?, fragte Veronika bitter. — Naut als wie dat klaane Zuckerei?

Konrad auf seinem Schemel hob den Blick und suchte zu begreifen, was geschehen war, dass sein Bettchen, wie eine duftige Lilie auf dem Felde, wieder da war, noch rechtzeitig, bevor der Schnee fiel. Sie hatte seine armselige Stube betreten, um Licht und Glanz hineinzubringen, wo doch das ganze Jahr das Elend hier wohnte und sich recht zu Hause fühlte.

— Ei Bettche … ei Bettche! Ei mein Kind! Bist dou et wirklich??

Er mühte sich, ihr entgegenzueilen, und schrie nach Fine, Fine, herrgottnochmal, wie war sie nur so langsam geworden, die alte Frau. Dann versuchte er, Bettchen wiederzuerkennen, in ihrem feinen Staat, mit geschmückten Hütchen und den hübschen Handschuhen. Wie Matthes war sie zerlumpt davongegangen und fein gekleidet wiedergekommen. Aber wie sie nun um alle herumsprang und sie küsste und herzte, war sie doch sein Bettchen, wie früher, und er wünschte, sie würde wieder ihren zerrissenen Rock tragen und Holzpantinen wie eine Scholmerbacherin, so wie sein Kind immer gewesen war, in seiner Unschuld und seinem frischen Gemüt. Auf Konrads Gesicht malte sich etwas wie eine schwere Schuld, die Schuld an dem ganzen Elend und Untergang seiner Hauserling. Als Fine schniefend und humpelnd aus dem Stall kam, eingewickelt in all ihre warmen Tücher, schrie sie auf und hielt es nicht für möglich, sie schrie und weinte und herrschte Bettchen an:

— Seyhst dou verrückt geworden, hey zurückzoukomme, in hey die Düsternis und in die Säuerei, ei Bettche, et ist doch überall besser als wie hey! Sei doch keine törichte Gans, sei doch nicht so dumm, hey ist naut, mir haben naut, mir werden naut, dou Schaf Gottes, wat kommst dou dann wieder, hey in dey Armutei!

Betreten schaute Bettchen auf den Boden und drehte an den Bändeln ihres Umhanges:

— Et es doch mein Daheim.

Veronika stand stumm und missmutig an dem papierverklebten Fenster und musterte Bettchen unentwegt, während Rosa bereits das Zuckerei angefressen hatte und sich den Bissen ewig im Munde zergehen ließ.

— Veronika, flüsterte Bettchen, es dat dann wahr ... dou hast all deine Kinder verloren ... und auch deinen Otto?

Veronika rieb sich die Augen von dem Rauch, der aufstieg, als Fine die Glut lodernd aufstochte, dann drehte sie sich um und stierte auf den Fensterflügel.

— Et wird wohl so sein.

— Dat dout mir so leid, Veronika, glaub et mir, dat bricht einem dat Herz ... dey lieben Kinderchen ... und wat war der Otto immer so lustig in jungen Jahren ... ganz furchtbar es dat ... furchtbar ...

— Dou hättest Brot mitbringen müssen, eine Wurst oder Schinken ... dat wär wat gewesen ... sagte Rosa.

— Eysch hab doch ganz viele Gulden!

– Watt willsde damit, sagte Fine. – Et gibt nichts zou kaufen! Der Krämer-Franz hat nur noch Öl und Schmierseif’ und ein bisjen Salz! Et hat keiner wat, keiner, se verrecken und krepieren wie dey Fliegen! Dat eysch noch lebe und der Konrad, dat es ein Wunder! Dabei beten eysch immer zoum Herrgott, dat der uns zu sich nimmt. Aber et sterwen alle jungen Leut! Dey Jungen! Und mir alten Kräutlein sein immer noch do … Der Herrgott ist alleweil taub geworden von unserm Gekreisch.

Unglücklich sank Bettchen auf die Bank und streifte das Hütchen ab, das ihr jetzt unpassend und verlogen vorkam. Die schmodderige Wand mit dem Speckflecken, an den Konrad immer seinen müden Kopf lehnte, schimmerte auf von den tanzenden Flammen, bis Fine den Topf Brühe in den Ofenring setzte.

– Dann müsse mir mal nach Limburg fahre …

– Wie es et dir dann ergange? fragte Konrad und hoffte, dass sie nicht allzu viel erzählte, was er nicht mehr vertragen konnte und auch nicht wissen wollte.

– Eysch war mit dem Peter Sänger unterwegs, und mir haben immer Bildscher verkauft, in jedem Städtsche … bis nach Engeland hinauf! Auf em schwere Schiff sind mir gefahren, da waren Leut, eysch kann auch sagen, wo dey all herkamen! Wie dey aussahen! Wie dey geschwetzt haben … Und mir haben dat schnell gelernt mit der Drehleier … dat Anna und eysch … Dey Leut waren gout zu uns … dey wissen all, dat mir im teutschen Land hungern müsse … dey haben uns geholfen, dey Engländer und dey Russen, und dey Schweden … Gott, da war ja alles Volk …

– So … brummte Konrad. – Da bist dou ja viel gewahr worden … bist dou auch sittsam geblieben und hast naut Unrechtes getan?

– Ei Vater! Bettchen fuhr auf, als hätte sie eine Ohrfeige
bekommen.

– Wat denkst dou dann!!

Konrad hatte diese Frage nur so gestellt, weil ein gerechter
und frommer Vater danach fragen musste, und Bettchen war
immer sittsam gewesen. Doch war diese laute und lärmende
Welt, aus der sie jetzt kam, so weit weg, dass er sie sich gar
nicht recht vorstellen konnte. Bettchens Schrei setzte ihm zu,
er hatte doch nur gefragt, was alle Väter fragen, wenn das
Mädchen heimkommt, er wünschte, sie wäre lange verheiratet und alles Elend hatte ein Ende. Ihm war ganz dumpf in seinem Schädel.

– Eysch habe viele Heiligenbildchen verkauft, sagte Bettchen. – Vor allem dey Heilige Veronika, dey hat so schöne
Händchen und so ein zart Gesichtchen. Auch den Franziskus. Manchmal, wenn dey Leute lieber wat Lustiges
wollten, dann haben mir gedanzt … und dann haben dey
uns viel Geld hingeschmissen, da war der Peter Sänger
froh … dann hat der uns einen Krug mit Wein gebracht.

Sie verschwieg, dass Anna den Krug gleich angesetzt und in
vollen Zügen getrunken hatte, und sie verschwieg, wie sie ge-
duldet hatte, dass sich der Kasseler Nagelhändler Zudringlich-
keiten erlaubte und sie sich ums Leibchen packen ließ. Sie
sagte nichts davon, wie leichtherzig Anna vor den Seeleuten
tanzte, und erst recht nichts davon, wie sie selber, so fern von
daheim in einer einsamen Nacht im offenen Schafstall in
Whitechapel dem hessischen Landgänger Friedhelm Vertrau-
lichkeiten erlaubt hatte, für die sie am Rande der Hölle tanzte.
Es kümmerte sich ja keiner, niemand war da, der sich darum
scherte, was Anna oder Bettchen in den Straßen trieben, wenn
sie nur so viel Geld zusammenkriegten, dass sich der Peter Sänger am Abend gütlich tun konnte und in seinem weißen An-

zug in Wills Coffeehouse am Covent Garden eine Zigarre rauchen konnte. So kriegte er auch nicht mit, wenn Bettchen und
Anna sich im Public House ein Bier bestellten und zu verstehen versuchten, womit sich die Leute beschimpften, und das
Erste, was sie lernten, war »Goddam« und »Bloody hell«. Sie
entdeckten die Blumenhändlerin vom Spitalfield Markt, die
im selben Lodginghous übernachtete, sie grüßte mit ihren roten, verkratzten Wangen herüber und ihr Hut war verrutscht,
sie war schwer betrunken und stritt sich lauthals mit einem
schäbig gekleideten Mann.

   — Wie dat Gretchen und der Hanjokeb!, hatte Anna gesagt
     und sie schütteten sich aus, vor Lachen. — Dat sagt jetzt:
     faules Schwein, und der sagt: dou Missgeburt, halt dein
     Maul!

Sie hatten entdeckt, dass sie keiner verstand, und so sagten
sie ganz laut und mit einem freundlichen Gesicht: Säuranzen,
Saukopp, und die Leute prosteten ihnen freundlich zu und
wieder schütteten sie sich aus vor Lachen. Da war der Landgänger Friedrich mit seiner großen Mütze gekommen und
hatte gesagt:

   — Wat fällt Euch dann ein?

So hatte sie ihn kennengelernt und vielleicht war es das
Bier oder der Branntwein, vielleicht waren es all der Herz-
schmerz, den sie um Honiels Theodor erlitten hatte, vielleicht
war es auch nur die süße Freiheit unter dem Londoner Himmel, dass sie ihm mit einem Mal so viel erlaubt hatte, in dem
offenen Schafstall, wo sie keiner gesehen hatte und wo alles
gleichgültig war, wo ihr Leib unerträglich gereizt war und eine
süße, verworfene Liederlichkeit aus ihr herausbrach. Sie stand
noch immer in Flammen, wenn sie daran dachte. Ich bin
schlecht, dachte Bettchen, ich bin ganz schlecht. Anna war ja
auch schlecht geworden, mit einem dürren irischen Kerzen-

händler, aber ihr tat es nicht leid und sie bereute nichts. Und die betrunkene Blumenhändlerin hatte in der Nacht noch in einer dunklen Ecke der Dorset Street ihre fleckigen Röcke gehoben und sich dem schäbigen Mann hingegeben und Anna und Bettchen hatten es gesehen. Sie war die Schlechteste von allen, und Bettchen hatte das Herz geklopft und sie konnte nicht glauben, wie sehr sie das erschreckt hatte und gleichermaßen erregt.

All das konnte man niemandem in Scholmerbach sagen, es durfte nicht sein. Diese Welt von London musste in den Flammen von Konrads Herdfeuer zerfallen und erlöschen. Bettchen wäre lieber gestorben, als dass einer die verderbten Geheimnisse erriet, die in ihr schwelten wie die Glut unter Fines Stocheisen. Es war schlimm genug, dass dem Herrgott nichts verborgen war, hoffentlich erriet es sonst niemand. Ihr war, als sei ihr alles ins Gesicht geschrieben.

Nicht dass einem in Scholmerbach das Weltliche fremd war! Alles Schändliche und alle eheliche Pflicht drangen doch laut durch die Lehmwände und die Stalltüren, wenn es nur ehelich war und nicht das brünftige Grunzen vom Hanjokeb, der sich ins Haus von Schorschens Witwe geschlichen hatte. Die schmutzigen Witze beim Honiels dröhnten und der kleine Martin war dem Schnuckes wie aus dem Gesicht geschnitten, jeden Sonntag predigte Pfarrer Vinzenz über die Unzucht und manche Weiber liefen umher mit einem ewig wunden Schoß.

Man wollte sich an die Gebote des Herrgotts halten, aber es ging ja nicht immer, und das musste man dem Herrn beichten, auch Bettchen hatte etwas zu beichten, Pfarrer Vinzenz sah es ihr an, als er anderntags am Haus vorbeiging, während sie die Hühner fütterte und seinem Blick auswich.

— No?, sagte der Alte und blieb stehen — da bist dou ja wie-

der! Aus fernen Landen, gesund und frisch … so sehen
deinen Kameradinnen nich aus … dey sehen aus wie der
Tod.

Bettchen nickte kummervoll.

– Eysch hätt wat zou essen mitbringen sollen … Wurst und
Käse … und Kartoffeln … mein Muschelkästchen brauchen dey garnicht …

– Nein, sagte der Pfarrer. – Wenn man nichts mehr zou
reißen und zou beißen hat … dann braucht man keinen
Firlefanz.

– Et tut mir leid … eysch hab nicht nachgedacht … eysch
dachte, dat viele Geld hilft!

– Das hilft nur den Wucherern und Geldverleihern … hey
geht es nur um das Fressen – und dat man nicht ins Gras
beißt … Mir graut es schon vor dem Winter.

– Ja, seufzte Bettchen. – Eysch wär am besten in Engeland
geblieben, hier esse eysch den auch noch alles weg …

– So, dann warst du in Engeland gewesen, in London, habe
ich gehört.

Bei dem Wort London flammte Bettchens Scham wieder
auf und Vinzenz musterte sie.

– Hast du mir was zu beichten, Bettche … ? Willst dou
nicht mitkommen und dem Herrgott dein Herz aus-
schütten? Ich wollt' sowieso in de Kirch.

– Wenn et dann sein muss, sagte Bettchen.

– Wenn ich dich hier sehe … und dou kommst aus der
schlechten Welt, Bettche, dann gehen mir in den Beichtstuhl, dann es gleich dein Herz reiner, dat kann jo gar
nicht rein sein.

Bettchen suchte nach Ausflüchten.

– Eysch muss der Mutter zur Hand gehen … dey hat keine
Kraft … dey liegt auf dem Ohr!

– Willst dou dem Pfarrer widersprechen?

Bettchen ließ die Schultern hängen.

– Nä … dann gehen ich eben met.

Und so folgte sie dem Pfarrer in die kalte Kirche voller Papierrosen und sie erinnerte sich daran, wie unterwegs in den Wirtshäusern die Kinder spät noch im schlechten Kerzenlicht müde an diesen Rosen gefaltet und gedreht hatten, während ihr Herr sich mit seinen Reisegefährten betrank und große Reden schwang. Es wollte gar kein Licht in die Kirche fallen und im dunklen Beichtstuhl hörte sie nur noch den alten Vinzenz, wie er schnaufend Platz nahm, und sie sah Lichtflecken wandern, als er sich bekreuzigte und dann sie und dann lateinisch etwas murmelte.

– Gelobt sei Jesus Christus, sagte Bettchen.

– In Ewigkeit Amen, sagte Vinzenz.

– In Demut und Reue … bekenne eysch meine Sünden. Eysch habe … geschwindelt bei meinem Lohn. Eysch habe den Peter Sänger angelogen. Eysch habe schlecht geschwätzt über ander Leut. Eysch bin in London nicht jeden Sonntag in die Kirch gegangen. Eysch habe geflucht. Eysch hab dat Anna allein in London gelassen. Dat hätt mit heimgesollt.

Dann verschloss sie den Mund, als wollte ihr einer die Zunge herausschneiden.

– War dat alles, Bettchen?

– Nä … eysch … et war … eysch hab geschwindelt über meinen Lohn.

– Dat hast dou schon gesagt. Noch wat?

Bettchen rührte sich nicht.

– Dou Schaf Gottes, sagte Vinzens. – Wenn dou nicht alles sagst, kommst dou in die Hölle.

Bettchen atmete schwer und das Leibchen schien ihr die

Luft abzudrücken, sie mochte dem Herrgott sagen, wie sie ge-
fehlt hatte, nicht aber dem alten Pfarrer, und so flüsterte sie nur:

- Eysch hab Schlechtes gesehen!, so leise, dass er durch die
  Gitterchen blickte und fragte:
- Hä? Ich hab et nicht verstanden!
- Eysch hab eine schlechte Frau gesehen ... und dey Au-
  gen nicht abgewendet!
- Noja, sagte Pfarrer Vinzenz. – Et is Sodom und Gomor-
  rha in der Welt. Der Herrgott wird et dir verzeihen.

Und er schien erleichtert und er erließ ihr die Sünden und
segnete sie im Namen des Herrn, des Allmächtigen und im
Namen seines Sohnes und in dem des Heiligen Geistes, und er
gebot ihr den Rosenkranz zu beten und drei Vaterunser.

Mit gesenktem Kopf verließ Bettchen den Beichtstuhl und
kniete nieder auf der Bank vor der Muttergottes, sie betete
stumm und blass den schmerzreichen Rosenkranz und ein
›Gegrüßet seist du Maria‹ reihte sich an das andere ... der du
für uns Blut geschwitzt hast ... der du für uns gegeißelt worden bist ... der du für uns mit Dornen gekrönt worden bist ...
der du für uns gekreuzigt worden bist ...

Es schien Bettchen, als müsste sie auch Blut schwitzen, weil
sie ihre Sünde nicht gestanden hatte und der Herrgott am
Kreuz für sie umsonst gestorben war.

Als auf einmal die Tür aufging und Honiels Theodor sich
hereinstahl, seine Kappe abnahm und sich bekreuzigte und an
ihrer Seite hinkniete und sein Knie an ihres rückte, fing sie an
zu weinen.

Konrad ging durch den eisigen Wind an seinen Zimmerplatz, wo zwischen festgefrorenen Rindenresten unter den Holzböcken ein Häuflein Sägemehl lag und kratzte es zusammen. Das freundliche Sonnengelb des sommerlichen Sägemehls war zu einem tief orangen und beinah gräulichen Rest eingesunken und schmolz ein wenig in seinen zittrigen, knotigen Händen.

Er trug es wie einen Klumpen zur schiefen, verwitterten Haustür hinein in den Ern, legte es in eine Schüssel und stellte es auf die Ofenklappe.

– Komm, Finche, murmelte er, – etz, no' mach.

– Dat wird doch naut, sagte Finchen und rührte sich nicht.

– In der Not, sagte Konrad, in der Not frisst man alles.

– Wat soll eysch dann machen?

Fine war müde und gleichgültig. Wie durch einen Schleier sah sie in der Trübnis der Küche alle stumpfsinnig herumsitzen, Veronika in der Ecke, abgemagert und ausgemergelt, ihre Augen lagen tief in den Höhlen und hatten einen unnatürlichen Glanz.

Rosa stand auf und ging, als seien ihre Knochen Stelzen, die einen unwilligen Leib vorantrieben, ihr Bauch war geschwollen, als wolle sie ein Kind gebären, ihre trockene Haut war überall aufgekratzt von dem Ungeziefer in ihrer Leibwäsche, sie hatte sich lange schon nicht mehr gewaschen, es fehlte die Kraft. Die Haut riss beim Kratzen sofort und das Blut rann wie dünner Himbeersaft.

Doch nahm sie wie geheißen das Sägemehl und säuberte es, so gut es ging, ließ es auftauen, vermengte es mit ein wenig Mehl und Wasser und knetete es zu einem Teig.

– Dann werdet ihr satt, sagte Konrad. – Dat kann man essen, so haben dey beim Napoleon in den Wäldern überlebt ... dat haben dey gelernt von den Russen ... mir dürfen uns nicht anstellen.

Mehr sagte er nicht, denn auch das Reden kostete Kraft, keiner sagte mehr was. Fine hatte sich dem Herrgott ergeben und wartete, dass er sie holte.

– Warum holst dou meysch nicht endlich, sagte sie stumm zum Herrgott, – eysch seyn alt, eysch sein gewiss schon bald über sechzig, dou hast det Lina zou dir genommen und dat Schloss Ameiche und dat Paulinches Minna, dat Schmitze Liss und den Hühnerschorsch und den Franze Wilhelm ... dey waren all jünger wie eysch. Dat ist nicht recht, Herrgott, sey mal, mir fehlt dey Kraft, um Luft zou holen, und alles tut mir weh, jeder Knochen im Leib ... und wat eysch frieren. Hol meysch doch heim.

Sie hob nicht mal mehr den Blick zu den Heiligenbildern, die verblasst und schief auf dem Wandbrett standen.

– Heilige Mutter Anna, Mariandjoseph, eysch kann nicht mal mehr beten ... nicht mal mehr denke ... Der Herrgott straft Scholmerbach für den ewigen Suff ... dat wird et sein, aber wat kann eysch dann dofür, eysch han doch nicht gesoffen, nur an der Kirmes, ein wenig Spaß darf man doch haben, man will doch auch mal lachen, wat hat mer dann sonst, nur Not und kein Gebot ... nur Armutei und Säuerei, nur Dreck und Elend.

– Wat grummelst dou vor deysch hin, Alte?, fragte Konrad. – Sey mal, wat dat ein schönes Brot geknetet hat, wie dat gleich gout riech, wenn dat im Backhaus brennt ... wat dey Russen fressen können und unsere Soldaten, dat können mir doch schon lang fressen ...

– Mir is et nicht gut ... der Hunger wühlt einem im Gedärm ...

– Rosa, hör off deysch ze jucke, sagte Bettchen. – Dat Rosa kratzt sich dey Haut vom Leib.

– Dat is dey Armutei.

– Armut es ein brennend Hemd, sagte Konrad.

– Läg man doch bloß schon offem Kirchhof.

Aber das Brot aus Holz und Wasser füllte ihnen noch einmal den Bauch und ließ sie ein wenig länger leben, und dann gab es noch Brot aus Rinde und dann fraßen sie Dreck und Gras und Asche.

– Geh wieder fort, Bettchen, flüsterten sie.

– Eysch will hierbleiben!

– Hier verreckst dou und dein blühendes Leben! Et wär schad drum.

Bettchen hatte es kommen sehen. Honiels Theodor war ihr nicht bestimmt. Ein paar schöne Tage beim Zwetschgenrütteln, ein paar Tänze zu Augusts Fiedel, ein paar Küsse in den Weidehecken. Theodors Küsse schmeckten bitter, nach Natron, Schwefeläther und Eisentropfen, seine Brust fiel ein und der Gang wurde schwächer, der Weg zu den Weidehecken war bald zu weit.

Theodor saß im Honiels am Ofen und hustete blutige Sprengsel in sein Sacktuch. Er konnte keinen Krug mehr heben und erst recht kein Bettchen über eine Schwelle mehr tragen. Sie wickelten ihn in heiße Essigtücher und schleppten ihn an die Luft und beteten Rosenkränze. Aber die Schwindsucht raffte ihn dahin mit Rasseln und Pfeifen.

Honiels kamen um vor Trauer, sie stolperten auf den Kirchhof mit dem Sarg, sie umfassten ihn und sie heulten und schmückten ihn mit Fichtenkränzen, und noch immer glaubte Honiels Anna, er sei gar nicht tot. Der Vinzenz hatte sich vertan, das Gesicht von Theodor hatte nicht ausgesehen wie tot, er war unendlich schön mit seinen langen Wimpern, gewiss schlug er gleich die Augen wieder auf, sie wollte den Sargdeckel aufmachen und ihn heraussreißen aus seinen Kissen und an ihrem Herzen wärmen, sie wollte ihn wieder mit heimnehmen und ihm warme Suppe einflößen und sie stürzte sich abermals auf den Sarg und man musste sie mit Gewalt zurückreißen. Anna wollte ihren toten Sohn herauszerren und sich selber hineinlegen oder mit ihm gehen. Sie hatte den Verstand verloren, ganz den Verstand verloren.

Lange Zeit blieben Honiels Türen geschlossen. Sollten die Säufer doch sehen, wo sie ihren Branntwein herkriegten, sollten sie ihn aus Wurzeln brennen oder aus dem Stroh von ihrem Dach herauswringen, sollten sie doch auch krepieren und verrecken, es war den Honiels ganz gleichgültig, ganz egal, so sehr trauerten sie um Theodor, ihren Sohn.

Als das Frühjahr kam und der Peter Sänger wieder durch die Dörfer zog und diesmal zwölf Mädchen mitnahm, ging Bettchen mit, steif und stumm. Sie sprach nicht mehr, sie lachte nicht mehr, sie ging einfach mit, Meile für Meile in den neuen, harten Schuhen bis Köln und Kobelenz, und mit Tagelöhnern, Vagabunden, Bettlern und Heidenleuten schlief sie in Schenken und in Scheunen, bis am Rhein das Dampferschiff sie aufnahm und nach Rotterdam hinaufbrachte, und dann ging es zurück nach London und in das Armenviertel von Whitechapel.

Es war ein diesiger Tag, als Bettchen mit den anderen Mädchen durch die engen Gassen mit den Backsteinsteinhäusern ging, die mit Treppen und Vorsprüngen über dem Parterre immer noch ein Stockwerk zu schaffen suchten für die Überfülle von armen Engländern, hungrigen Iren und Juden aus Russland. Die Huren drückten sich an den Häuserwänden entlang und Kinder in schmutzigen und zerrissenen Hosen rannten durch die Straßen und Mütter in Schürzen hockten beieinander auf den Trottoirs und hielten ihre Kinder auf dem Schoß oder saßen auf Stühlen und trennten alte Lumpen auf. Es war Bettchen schon beinahe vertraut, dieses Geschwatz auf allen Wegen und der faulige Geruch aus den Sickergruben überall und die tanzenden Fliegen, die sich auf die Geschwüre der Säufer stürzten und in den Augen der Kinder herumkrochen, Fliegenwolken im ewig übermächtigen Geruch der kotschweren Themse. Schon bald hörte sie das bekannte Lied der Kinder:

– A big one for the Lady
– A little one for the Baby

In den Straßen von London sah man die Kinder Fliegenwedel schwenken, Fliegenwedel aus biegsamen Weiden von den Bächen, die durch Wetterau und Westerwald flossen. Der Wind hatte sie gewiegt, sie sollten nun hier in der Stadt, wo alle Welt zu Hause war, den Gestank und die Fliegen vertreiben. Tatsächlich schienen sie den frischen Duft der Buchenwälder mitzubringen und den pestilenzartigen Gestank der allgegenwärtigen Cholera zu vertreiben. Oder warum sonst kauften die Londoner diese Fliegenwedel mit ihren bunt bemalten Stängeln in rauen Mengen? Überall wedelte man mit den Hühnerfedern von den Hungerhöfen in Bettchens Heimat, wie zum Trost winkten sie, um ihre ersten Tage wieder auf den Straßen Londons erträglich zu machen.

Peter Sänger brachte alle in das Viktoria Lodging House an der Commercial Street, doch es war so überfüllt, dass der Verwalter ihnen nur sechs Betten am Tage geben konnte, in einem Schlafraum mit zehn Betten für zwanzig Leute. Der Andrang auf die Herbergen war so groß, dass die Hausbesitzer die Betten in Schichten vermieteten, die einen schliefen am Tage darin und die anderen in der Nacht. Manche vermieteten ihre Betten sogar in drei Schichten und die einen bekamen das Bett von acht Uhr abends bis nachts um drei, die nächsten von drei bis zehn Uhr morgens und die Schläfer der dritten Schicht mussten sich am Tag hinlegen in der Zeit von zehn bis abends um sieben Uhr. Da traf es sich gut, dass Sängers Mädchen von der weiten Reise so müde waren, dass sie zunächst einmal mit den Tagbetten vorliebnahmen, wo sie sich bis am Nachmittag ausruhen wollten.

Nur Bettchen wollte nicht mitgehen.

– Eysch würde gerne dat Anna suchen, sagte Bettchen müde, denn Anna hatte ihr versprochen, mit ihr im Lodginghouse von Mrs. Winterbottom in der Baker Street ein Bett zu teilen, und sie wollte es freihalten, bis Bettchen wiederkam.

Peter Sänger musterte sie misstrauisch. Bettchen war frisch unter Vertrag, und er wollte, dass sie schon heute Abend in einer Hafenkneipe sang. Wenn sie auch wie alle anderen mager war und dürr wie ein Rechen, die Schultern hochzog, aufgerissene Lippen hatte und bleich war wie der Mond, konnte man sie doch herrichten, sie ein wenig anmalen und die Lippen mit Pomade beschmieren und die Haare machen lassen. Den versoffenen Matrosen von Übersee würde sie gefallen und für zwei Pence sollten sie mit ihr tanzen dürfen. Wenn Bettchen ihm hier in London davonlief, dann hatte er das Geld verloren, das er Finchen und Konrad beim Abmarsch in die Hand gedrückt hatte.

– Dou bist am Mittag wieder hier! Mir gehen in dey Petticoat-Lane … dat es in der Wenwors-Stross … dey Juden machen feine Kleider … da kauf eysch Euch feine Röck … ganz weit … met Reife und Unnerröck … damit Ihr fein aussieht! Und eysch werde euch ordentlich zou essen geben, dat Ihr nach mehr aussieht und nicht nur Haut und Knochen!

Stolz stemmte Sänger die Hände in die Seiten und grinste unter seinem gezwirbelten Bart. Er war in einem hellgrauen Übermantel gereist und seine Beinkleider waren recht zerknittert, doch am Abend wollte er wieder seinen weißen Anzug anziehen, in dem er sich so recht als Herr fühlte, und genüsslich seine Mädchenschar anpreisen. Wichtig war, dass sie so appetitlich ausgestattet waren, dass auch den vorbeimarschierenden Soldaten das Wasser im Munde zusammenlief. Er war davon abgekommen, sie einzeln mit der Drehleier und den Fliegenwedeln und Heiligenbildern auf die Märkte zu schicken. Das wahre Geld lauerte in den Schenken an der Themse.

Die Mädchen jauchzten und freuten sich, sie schwatzten wild durcheinander und überboten sich in Vorstellungen, wie sie wohl eingekleidet würden, mit einem Bänderhut und diesem Reifrock oder womöglich mit so einem mächtigen, hochgebundenen Hinterteil, der Tornüre, mit der die feinen Ladies zierlich über das Kopfsteinpflaster schwebten, während die abgerissenen und schmutzigen Jungens wie besessen vor ihnen die Dreckhaufen und Pferdeäpfel von den Straßen fegten und hofften, die feine Dame oder ihr Gentlemen würfe ihnen einen Penny vor die Füße.

Bettchen aber machte sich auf in die enge Baker Street, zu dem schiefen, alten Cottage von Mrs. Winterbottom, in dem es nur fünf Zimmer gab mit verblichenen Blumenvorhängen, je einem Bett und Tisch, zwei Stühlen und einem Waschständer. Hoffentlich würde sie Anna dort finden, zu stark war das Gedränge der hereinströmenden Iren, überall wurden noch Betten hineingestellt und jeder, der am Abend für die Nacht nicht zahlen konnte, wurde hinausgeworfen.

Aber Anna hatte es mit Leichtigkeit geschafft, jeden Tag die vier Pence aufzubringen, von überall her war ihr das Geld zugeklimpert und jedem hatte sie was aus den Taschen geholt, sie hatte sich durch den Winter gekämpft und nun wartete sie mit sehnsüchtigem Herzen auf ihre Freundin aus Scholmerbach.

Sie hatte schon überall nach Bettchen gefragt, überall wo sie Deutschen trafen, in der Ecke vom Seven Bells oder im Britannica. Wenn also ein Mädchens namen Bettchen kommen sollte, aus dem schönen Nassauer Land, mit schwarzbraunem Haar und grünen Augen und einem Gesicht wie Schmand, dann sollte man ihr sagen, Anna wohne noch immer bei Mrs. Winterbottom, gegenüber dem Kerzenladen von McCarthies.

Für den Tag von Bettchens Wiederkehr hielt sie ihr Geschirr reinlich, hatte ein Bild von einer schönen Sängerin aus dem Theater aufgehängt und den Tisch geschrubbt und in der Schublade eine Flasche Port versteckt.

Als Bettchen um zehn Uhr die Außentreppe am Haus hinaufgegangen war und an Annas Tür klopfte, lag diese noch im Bett. Sie wühlte sich gleich in ihrem Hemd aus den Leinen, kratzte sich einen Floh vom Kopf und riß die Tür auf.

Da war Bettchen, blass und mit einem zerdrückten Hütchen, das Bündel in der Hand, und wollte Anna entgegenfallen vor Schwäche und vor Erleichterung.

Anna juchzte und tanzte um sie herum und herzte sie tausendmal und riss ihr das Bündel aus der Hand und den Hut vom Kopf. Annas Haare fielen wild und lockig mit verrutschten Bändern um sie herum, sie rochen noch ein wenig nach Tabak und ihre Hände nach Bier, das Hemd hatte einen Riss am Ärmel, aber Anna war überglücklich, dass Bettchen wieder da war.

‒ Hey sey mol! Dat Bett hey teilen mir uns, eysch hab et immer freigehalten und eysch hab ein Stückchen Veilchenseif ergattert, damit dein Koppkisse gout riecht!

Bettchen nickte und konnte nichts sagen, sie stand noch in der Tür und um ihre Schultern strömte das Licht in die Stube hinein.

‒ Wat es dann!! Wie siehst dou dann aus der Wäsch?, rief Anna. ‒ Es wat bassiert!?

‒ Ach, Anna, sagte Bettchen. ‒ Der Westerwald … es ein Totenhaus … et stirbt einer nach dem anderen … sogar … der Honiels Theodor.

Und zum ersten Mal konnte Bettchen richtig weinen, die Tränen liefen ihr über die staubigen Wangen.

‒ Ach Gott, ach Gott, sagte Anna. ‒ Es et dann möglich … der schöne Theodor … den hast dou doch gerne gewollt.

‒ Eysch hab einfach kein Glück … kein Glück … eysch hat den so lieb!

Bettchen sank an den einfachen Brettertisch und schluchzte und schneuzte sich in ihr Sacktuch.

‒ Ach Bettchen … Nein, es dat furchtbar … dat es ja noch schlimmer, immer noch schlimmer … dey Iren hier verzählen sich auch fürchterliche Sachen … denen geht dat genauso … eysch mein, eysch verstehn ja nicht so recht, wat dey erzählen … aber denen geht et auch dreckig.

‒ Ja, Anna … eysch weiß gar nicht, wie unser Herrgott so ein Elend … wie der dey Mensche so leiden lässt …

Anna knetete ihre dünnen Finger, bis die Hände rote Flecken zeigten.

‒ Und … und meine Ziehmutter, dat Marga … ?

Bettchen ließ den Kopf auf den Tisch sinken.

– Ach Anna, dat es auch furchtbar … eysch wollt dir dat
nicht gleich sagen … aber … sey haben dey alt Fraa aus
dem Haus geworfe … und dey Hütte gehört jetzt dem
Müller-Hannes … dat Marga war noch ein paar Tage bei
seinem Bruder in der Kammer … und dann is et tot umgefallen, dey haben sey im Schuppen gefunden … et
wollt Holz holen … oder watt … Anna, dou hast jetzt
gar niemand mehr!

Anna sank auf den anderen Stuhl. Sie war seltsam teilnahmslos, beinahe bockig, sie starrte eine Weile auf den Holz-
boden, durch dessen Ritzen ein schwaches Kerzenlicht aus
dem Zimmer unter ihnen schimmerte. Sie sah aus, als fühlte sie
gar nichts, als hätte sie nie ein Gefühl für die arme Marga gehabt. In Annas Kopf war wohl alles leer, es gelang ihr nicht,
sich etwas vorzustellen, die Hütte in Scholmerbach … Anna
konnte noch nie recht zurückdenken und sie konnte auch
nicht nach vorne denken. An ihre Mutter Lina dachte sie aber
noch manches Mal, wenn im Wäschezimmer der Herberge die
Blumenhändlerin dieses Lied sang:

– I plucked a violet from my mother's grave.

Anna hatte das Lied nur zur Hälfte verstanden, es machte
sie traurig, aber dann wieder tröstete es sie auch und gab ihr
eine Art überirdische Geborgenheit. Als sei Lina bei ihr, ihre
leibliche Mutter, die sich um sie sorgte und die im Himmel sicher fröhlicher war und schönere Röcke trug als in ihrem
Elend in Scholmerbach.

– Eysch hab noch wat für deysch, weinte Bettchen.

Sie fasste in ihren Ausschnitt und holte unter dem Mieder
einen sorgfältig gefalteten Brief hervor.

– Dat es ein Testament, weißt dou. Dat hat dey noch mit
dem Paulinchens Hannes offgesetzt, weißt dou, der hat
dat auch unterschrieben. Dat es deine Erbschaft, Anna,

mir haben all Sachen dey bei uns verwahrt, offem Speicher.

Anna nahm das gelbliche Papier mit der schwarzen zerkratzten Sütterlinschrift und faltete es auf. Dort stand säuberlich aufgelistet die Hinterlassenschaft von Müllerkarls Marga an ihre Ziehtochter Anna Minsch:

— Ein altes Hemd

— Ein altes Leibchen

— Ein altes Bettzeug

— Eine Kiste

— Ein eiserner Kochtopf

— Eine zerbrochene Mistgabel

— Noja, sagte Anna schließlich. — Do kann eysch jo auch keinen Staat met mache. Soll eysch dofier noch mol nach Scholmerbach komme?

Unschlüssig betrachtete sie das Papier mit den Tintenflecken und schob es schließlich achtlos unter ihre Strohmatratze.

—Wat soll eysch jetzt damit … komm, mir gehen in die Küche und eysch mache dir einen Tee.

— Tee trink eysch gar nicht gern, sagte Bettchen.

— Mer gewöhnt sich an alles, wie der Hund an Schläge.

Aber dann gelang es Anna, einem alten, knochigen Schweizer einen Gerstenkaffee abzuschwatzen. Er saß stumm in der Küche, neben einem russischen Juden und der armen Schlachterwitwe Polly mit ihren drei verkrumpelten Röschen auf dem Kopf. Auch die versoffene Blumenhändlerin vom Spitalfield Markt hing übellaunig in der Ecke und eine Familie kauerte auf einer Bank. In die Wand eingelassen befand sich hinter einem schützenden Eisengitter ein Herdfeuer. Darüber hing ein großer Kessel voller Suppe und gräuliche Wäscheteile baumelten an durchhängenden Leinen über ihren Köpfen.

— Hey, Bettchen. — Hey hast dou ein wenig braunes Brot

mit Salz … und einen Datsch Porridsch … eysch hab ja auch noch nix gegessen.

– Viel Zeit hab 'eysch net … mir müssen heut Mittag beim Peter Sänger sein … der will uns neue Kleider kaufen.

– Watt??, Anna schlug auf den Tisch und schon blitzte die Freude wieder in ihr auf. … eysch gehen mit!! Der kauft mir bestimmt auch ein Kleid!! Der hat so viel Geld met mir gemacht! Dat es der mir schuldig! Hehe!

– Ach Anna!, Bettchen packte Anna an den Händen. – Dat wär mir lieb – dou gehst immer mit uns! Et sind lauter Wetterauer Mädchen und noch eines von Linnen und eines von Hellersberge! Und der Pittchen Sänger will uns in dey Spelunken stopfen … wo dey ganzen schmärigen und verdorbenen Kerle auf uns lauern … dat ist mir nicht recht! Aber wenn dou dabei bist, dann habe eysch nicht so viel Angst!

Anna fiel ihr um den Hals.

– Ach dou brauchst keine Angst zou haben, schlimmer wie dey Saufköpp beim Honiels sind dey auch nicht! Und wenn dey wat wollen, haust dey die off die Finger! Oder einen Knüppel of de Kopp! Dat mach eysch immer!

– Ja dou! Dou kommst hey zurecht, dat glaub eysch gern!

Bettchen wollte lieber wieder am Tag auf den Märkten singen und Heiligenbilder verkaufen, aber Heiligenbilder hatte der Peter Sänger keine mehr besorgt.

– Wenn eysch et recht bedenke, seufzte Bettchen – haben dey Bildscher nicht viel geholfen. Alles, wat eysch je gebetet habe … et hat doch nicht geklappt.

Anna mit ihren schlecht verteilten Sommersprossen und dem abgebrochenen Zahn sah sie an.

– Noja, der Pfarrer Vinzenz hat immer gesagt … denn ihrer es dat Himmelreich! Und wenn dou für einen gebetet

hast, dann wollt der Herrgott dem wat besonders Gutes
tun und hat dey bei sich hochgeholt!

— So hat eysch dat Beten aber gar nicht gemeint … Eysch
hoffe, dey kommen all in den Himmel — damit mir uns
da wiedersehen … wat freun eysch mich da drauf … mir
dürfen nix Unrechtes tun, hey in London, naut, naut!
Der leybe Gott sieht dat!

Unsicher sah Anna sie an, legte die Hände um die Tasse und
setzte sich auf eine Bank unter dem offenen Fenster.

— Aber … eysch weiß nicht … et heißt doch, der Herr verzeiht alle Sünden! Dat … dat wär besser für uns … hey in
London … weißt dou?

— Nä, Anna … nä, eysch weiß et nicht. Meinst dou? Nä,
mir tun besser nichts Unrechtes, naut! Mir bewahren uns
unser reines Herz!

— Ja aber, Bettche … mir müssen doch auch durchkomme!
Mit em gute Herz kommst dou hey nicht weit. Hey
kratzt auch dauernd einer ab, dey stechen sich dey Messer in die Häls und daneben sitze kleine Kinder und gucken zu.

— Jessmarjosepper!

— Noja, eysch wollt dir keine Angst machen, aber wenn
mir zusammenhalten, dann passiert uns nix.

— Ja, Anna! Mir wollen immer zusammenhalten! Versprech
mir dat!

— Eysch versprechen dat!

Dann ging Anna sich waschen und ankleiden und ihre Locken bürsten, um sie schließlich unter einem hübschen Häubchen zu verstecken. Mitsamt ihren klebrigen Erinnerungen
von Bier und Rauch verschwanden die Haare unter blässlich
blauer Stickerei.

Herzog Adolph von Nassau-Weilburg blickte aus schäbi-
gen Bildern teilnahmslos in die bäuerlichen Stuben seiner
Landeskinder und der Glanz seiner Uniform wurde allmäh-
lich stumpf über den ewig schwelenden Reisigfeuern. Seine
Gestalt mit der schmalen, fast weibischen Taille war für ele-
gante Tänze am Weilburger Schloss wie geschaffen für einen
Ausflug zu Pferde mit seiner neuen Gemahlin Prinzessin
Adelheid Marie von Anhalt-Dessau oder für eine gemächliche
Promenade mit seinen Hofräten in den Lustgärten voller Ro-
sendüfte.

Die himmelschreiende Not seiner Untertanen drang dennoch durch die bestickten Vorhänge aus Brokat hindurch zu
ihm in sein schönes Schloss, denn er musste die Schriften seiner Berichterstatter lesen und die unzähligen Bittbriefe aus den
Dörfern, und die Militärräte gaben zu bedenken, dass sie kaum
noch gesunde Soldaten ausheben konnten, sondern nur noch
Bleichsüchtige mit eingefallener Brust, weichen, krummen
Beinen und Furunkeln überall.

Herzog Adolph war ein kluger Mann und er hatte die
Staatswissenschaften studiert an der Akademie zu Wien, er war
mit seiner musikalischen Gemahlin, der Herzogin Adelheid,
übereingekommen, dass man der Armut im Westerwald abhel-
fen musste. Was war er denn sonst für ein Landesfürst?

So hatte er vor Jahren schon eine Landes-Credit-Kasse ge-
gründet, die es den Bauern ermöglichte, sich vom Zehnten
loszukaufen. Das heruntergekommene Kloster Marienstatt,
von napoleonischen Truppen verwüstet, sollte für arme und
verwahrloste Menschen hergerichtet werden und schließlich
kaufte es der Limburger Bischof für umherziehende Bettelkinder. Die Dernbacherin Maria Kaspar gründete den Orden der
»Armen Dienstmägde Jesus« und kümmerte sich um die Alten und Kranken. In Wällershofen wurde ein Armenhaus ge-

baut. Herzogin Adelheid sammelte unter Adeligen eine große Summe Geldes für die armen Landeskinder.

Schließlich wurde aber als Ursache allen Elends die Trunksucht ausgemacht, der Branntewein war an allem schuld, das viehische Vollsaufen auf den Dörfern, das jeden ehrbaren Mann zum elenden Lump machte und sein Haus und Hof verkommen ließ und sie alle an den Bettelstab brachte. So erließ Herzog Adoph eine neue Verordnung, nach der nur Männer über achtzehn ein Wirtshaus betreten durften und der Gendarm an jedem Abend um elf Uhr daherreiten musste, um die Sperrstunde zu kontrollieren. Der Wirt, der einem der Trunksucht anheimgefallenen Manne mehr Alkohol ausschenkte, als diesem zuträglich war, sollte zwei Gulden Strafe zahlen. In Hellersberg gründeten sie den Mäßigkeitsverein, der Denkschriften gegen die Branntweinpest verbreitete und dessen Anhänger mit einem Kreuz von Dorf zu Dorf und von Haus zu Haus gingen, um für alle zu beten, die darin wohnten.

In Scholmerbach half das alles nicht viel. Seit der Honiels die Wirtschaft wieder aufgemacht hatten, saßen dieselben drin, die immer schon drinsaßen. Auch wenn die Weiber zur Prozession gingen und sich in der Kirche die Knie wundbeteten, wusste doch der gemeine Mann nicht, wohin am Abend, und da jeder seinen Sitzplatz in der Schenke hatte, wusste man da doch, wo man hingehörte, und musste daheim nicht das Geschrei der Weiber und das Gegreine der Alten und der Kinder mit anhören.

Der alte Honiels war aber mürrisch geworden und sprach nicht mehr viel, seine Frau Margarete wusch nur hin und wieder die Krüge oder leerte den Aschenkasten unter dem Herd und kehrte den Dreck zusammen. Ihr Herz war gebrochen und ihr Blick war trübe. Die alten Honiels waren taub und blind geworden für alle Dinge dieser Welt, und es war, als ginge sie alles nichts mehr an, nicht einmal, wenn es in ihrem eigenen Haus geschah. So kriegten sie auch nicht mit, wie ein Händler nach dem anderen die Schenke betrat und seine Sachen ausbreitete, sein Putzpulver und seine Schirme, die Bürsten oder Töpfe, Strumpfwaren oder Halstücher, Flickware oder Schuhwichse. Sie kamen von überall, nicht mehr nur von der Wetterau, sondern auch von Limburg und von Leipzig, sogar von Wennerode und Langdehrenbach, ja die Scholmerbacher selbst glaubten noch irgendwo etwas verkaufen zu können. Sie bündelten Reisig zusammen und machten Besen daraus, sie holten Töpfe vom Kannenbäcker, um sie irgendwo loszuwerden, sie nahmen die Kleider der lahmen Schneiderin und wollten sie irgendwo verkaufen, wo noch nicht die Händler in Scharen eingefallen waren. Jeder, der nicht krepieren wollte, begriff, dass er sich aufmachen musste, denn woanders lauerte bestimmt das Geld.

Der alte Honiels merkte auch nicht, wie ihn die Händler immer wieder fragten nach jungen Burschen oder Mädels, die mit nach England gehen wollten oder Frankreich, nach Holland oder nach Dänemark. Und schließlich fragten sie nach dreizehn- oder vierzehnjährigen Kindern, die mit nach Russland gehen wollten oder hinauf ins kalte Schweden. Ehrbare Männer von Oberbach und Wilmenrat, Handwerker und Musikanten, Maurer, Schuster und Kuchenbäcker, alle wollten in die Fremde. Es hatte sich herumgesprochen, dass die armseligen Kinder die Herzen der Menschen viel stärker rührten und man ihnen eher einen Kreuzer hinwarf als einem erwachsenen Mann. So hatten die Handwerker angefangen, mit den Kindern beim Honiels zu üben, was sie denn könnten, schön singen oder ein Rad schlagen, einen Purzelbaum machen oder lustig tanzen auf einem Bein.

Der alte Heens August mit seinen lahmen Knochen musste

herbei, um einem nach dem anderen die Ziehharmonika beizubringen, denn mit Musik konnte man doch am meisten verdienen und die Jungen waren gelehrig.

In Ellingen und in Hellersberge, in Linnen und Pfeifensterz
und Wällershofen, überall gab man seine halbwüchsigen Kinder den Händlern mit und hoffte, dass in der Ferne etwas aus
ihnen werden möge oder dass das reichlich bemessene Miet-
geld die Schulden abtragen half oder etwas zum Leben ein-
brachte.

Im Herbst des Jahres 1853 waren so viele Kinder fort von
daheim wie nie zuvor.

Sie zogen durch ganz Europa bis zum Ural und trieben sich
herum in Hafenstädten und auf Volksfesten, auf Jahrmärkten
und in Tanzsälen. Man scheuchte sie durch Wind und Regen
und in gleißender Sonne über endlose Straßen von Dorf zu
Dorf, und von Stadt zu Stadt, sie legten Hunderte und Tausende
von Meilen zurück zu Fuß, auf dem Eselskarren oder auf Last-
kähnen unterwegs in die Ferne, die eine glückliche Zukunft
versprach und alles Gold und Geld der Welt. Man sah die Kinder in St. Petersburg und in Moskau, in Kristiana, in Paris und
Sevilla, Riga und Budapest und Lissabon.

Sie verkauften Wachsvögel, Heiligenbilder und verzierte
Pappschachteln, bunte Bänder und Liebesperlen, sie putzten
die Schuhe fremder Herren und sangen sich vor feinen Damen
die Kehlen wund, sie tanzten in ihren schmutzigen Lumpen
auf einem Bein und schlugen verzweifelt Purzelbäume im
Straßendreck und die Russen sagten:

— Was macht der Deutsche nicht alles für Geld.

Der Oberbacher Händler Fritz aber zeigte in Russland sein
wahres Gesicht. Wenn die Kinder am Abend nicht wenigstens
drei Kopeken ersungen oder erbettelt hatten, dann schlug er sie
erbarmungslos. Und auch der Schlores aus dem Kannebäcker-

land ließ seine Kinder ohne Abendbrot, wenn sie nicht genug Geld herbeigeschafft hatten. Der Wetzberger Hanneskopp, der mit den Eltern der Kinder so fein geredet hatte, peitschte sie umso schlimmer, je mehr sie die Kraft verloren und krank wurden und vom Laufen offene Füße hatten.

Bald nannte man die Bettelkinder überall:

– The German Slaves

Und in Frankreich sagten sie:

– Les Esclaves d'Allmagne.

Man erbarmte sich der Kinder im kalten Schweden und man gab ihnen zu essen im warmen Portugal und man schenkte ihnen Kleider im fernen Zarenreich.

Überall hatte man ein Mitleid mit den armen teutschen Kindern.

Der kleine Josef Mies aus Ellingen war mit seinem Herren nach Hamburg gelaufen und von dort mit dem Schiff nach Dänemark und dann nach St. Petersburg gereist. Dort mietete dieser ein Zimmer in einem Wohnhaus und schlief mit sieben anderen Kindern auf Strohsäcken. Abends gab es immer nur ein wenig Kartoffeln und Gurken und einen warmen Tee. Am Tage aber musste er auf den Straßen die Ziehharmonika spielen oder den Leuten Bildchen verkaufen von Jesu Abendmahl. Weil er aber doch nicht die Natur hatte, auf die Leute zuzugehen, und keine zwei Rubel erwirtschaftet hatte, wurde er am Abend von seinem Herren, dem Jakob Ferdinger, ordentlich verdroschen mit den Drähten für die Papierblumen und er weinte sich lange in den Schlaf.

Am nächsten Tag wurde er in die Petersburger Bordelle geschickt, um aufzuspielen, dort waren die schönen Damen sehr mit ihm zufrieden und steckten ihm allerlei Kopeken zu.

Das gefiel dem Jakob Ferdinger und so hatte Josef fortan ein gutes Leben mit seiner Quetschkommode bei den parfümierten Frauen und den betrunkenen Herrn in den verräucherten Häusern voll roter Plüschchaiselongues, Teppichen und Kerzenleuchtern. Als er größer wurde, wollte ihm ein russischer Offizier eines Tages eine Dirne spendieren, aber Josef wollte sie denn doch nicht, er fand so eine Frau verwerflich und man hörte Schlimmes von dieser Krankheit, der Syphilis, bei der den Huren die Nasen abfaulten. Außerdem war er noch zu jung, um bei so einem ausgewachsenen Weibsmensch mithalten zu können, er war immer noch ein Knabe. Als er eines Abends seinen Kameraden, den Linner Hannes, beschützen wollte, der nicht genügend Kopeken herbeigeschafft hatte, da schlug der Jakob Ferdinger ihn so grausam, dass Josef am nächsten Tag davonlief und in den weiten Wäldern Russlands verschwand.

Aber die russische Miliz fand ihn und steckte ihn ins Gefängnis wegen Vagabundierens. Als sie den Josef fragten, woher er denn komme, so antwortete er nur in Westerwälder Platt: von Illing, anstatt von Ellingen. So konnten die russischen Behörden nicht herausfinden, von wo er denn kam, und sie behielten ihn vierzehn Monate in einem russischen Gefängnis. Schließlich konnten die deutschen Behörden auf schriftlichem Wege ihnen helfen, den richtigen Namen seiner Heimat herauszufinden, und so ließ man den Josef Mies endlich nach Hause.

In Norwegen war der Dapprechter Ferdinand seinem Herren fortgelaufen und er wurde von den Lappen aufgenommen. Sie pflegten ihn so freundlich, dass er für immer bei ihnen blieb und später in Hernesand das Schuhmacherhandwerk erlernte.

In Moskau gefiel einer vornehmen Dame mit einem Schleier die Pfeifensterzer Henriette wegen ihrer blonden Zöpfe und ihrer roten Pausbacken so gut, dass sie sie zu sich holen wollte. Doch der Händler Wunibald suchte sie anderntags auf und schwindelte der Dame vor, Henriette sei erkrankt und brauche teuere Medizin. Die mitfühlende Russin zahlte sofort und es gelang Wunibald, sie hinzuhalten, bis die Russin auch noch die vermeintliche Beerdigung von Henriette bezahlte, ohne freilich die Kranke oder Tote jemals wiedergesehen zu haben.

Auf diese Weise erzählte man sich schreckliche Geschichten von den Händlern, die mit Kindern reisten, und noch viel Schlimmeres erzählte man sich von den Agenten aus England, denen die Hessenmädchen so gut gefielen, dass man immer mehr von ihnen brauchte, für die Häfen dieser Welt, für die Tanzsäle und die Saloons der neuen Welt, Mädchen mit Drehleiern, die »Hurdy Gurdy Girls!«.

Hurdy Gurdy Girls mit geschnürten Leibchen und weit schwingenden Röcken, die zum Tanz aufspielten und deren Gesang in die Herzen der sehnsüchtigen Männer drang, und kaum hörte man von den Hurdy Gurdies, so kamen sie in Scharen herbei und ließen die Münzen singen und springen und tranken betört all die Flaschen voller Rum. Wenn die Hurdy Gurdy Girls kamen, so öffneten die Wirtshäuser weit die Tore und man musste schwere Kerls an den Eingang stellen und alte Weiberlein, um die Pennys zu zählen, wenn die Hurdy Gurdy Girls kamen, so drängten sich die Leute schon unter den späten Mittagswolken auf den Plätzen vor dem Tor, um Einlass zu finden in die so prächtigen, schmuddeligen Tanzpaläste an der Themse.

So war es auch an jenem Abend in den Londoner Häfen, als vor der untergehenden Sonne die Fahnen des Königreiches vor dem geschmückten »SEVEN BELLS« wehten und ein Schild am Eingang prangte:

»This Evening: Dance with GERMAN HURDY GURDY GIRLS!«

Die Männer drängelten sich ungeduldig an den Aufpassern vorbei in den Saal hinein, fläzten sich auf lange Bänke, bestellten Ale und Rum und schlugen mit den Händen auf die Tische, bis endlich der mit bunter Weste und feinem Sakko ausstaffierte Ansager auf die Bühne kam und mit roten Wangen aus Leibeskräften schrie:

– Welcome Gentlemen … to the SEVEN BELLS!!! – We proudly present to you – the wonderful Rhinelander … young and beautiful – the Hessian Broom Girls – the GERMAN HURDY GURDY GIRLS!!

Im Saal tobte es, als die Hessenmädchen erschienen und sich einen Weg durch das grölende Publikum bahnten, die Männer ihnen von allen Seiten zujubelten und versuchten, einen ihrer Röcke zu erhaschen.

Anna schlug den Matrosen ihren zusammengeklappten Fächer auf die Schädel und sie sagte jedem ins Gesicht:

– Dou säufst. Dou stinkst. Dou hast faule Zähne!

Dettchen folgte ihr vorsichtig in ihrem prächtigen neuen Kleid, dessen weite Röcke rauschten und schwangen und so breit waren wie ein ganzes Trottoir auf der feinen Regent Street. Ängstlich krallte sie die lindgrünen Volants zusammen, damit sie an den Tischen und Bänken des »Seven Bells« nicht hängen blieben und keiner der betrunkenen Hafenleute sein Ale drüberschüttete. So einen feinen Reifrock war sie nicht gewöhnt, der rauschte und knisterte und um sie her schwang wie eine mächtige Glocke aus Tüll und Seide. Das geschnürte Korsett drückte ihren Leib zusammen und in der rauchgeschwängerten Luft konnte sie kaum atmen, feine Schweißperlchen traten ihr auf die Stirn und sie wischte sie fort mit ihren neuen Handschuhen über den Händen, die von der Arbeit im Stall und auf dem Feld grob und schwielig waren. Alles in allem kam Bettchen ihr Aufzug ein wenig ungehörig vor, in dieser Hafenkaschemme, übertrieben dafür, dass sie aus Scholmerbach kam, man sollte nicht eitel sein und Putzsucht war eine große Sünde vor dem Herrgott. Dennoch liebte sie diese weit schwingenden Röcke, den kostbaren Stoff mit Stickereien und Bordüren und den feinen Kattun, die Bänder an ihrem hohen, blumenverzierten Kapotthütchen. Sie wäre damit gerne auf der Promenade gegangen, die Allee hinunter, nur einen Tag lang hätte sie die Röcke schwingen lassen und wie die feinen Damen ein Sonnenschirmchen gedreht. Sie mochte die grobschlächtigen Kerle gar nicht ansehen, die mit ihren vollen Biergläsern und Portweinflaschen herumgrölten und nach ihr schrien. Schon brüstete sich ein schottischer Seemann mit unverständlichen Sprüchen und wollte Bettchen zur Seite drehen, um ihr Gesicht unter dem Hut zu erkennen.

– Pack dey dreckliche Griffel fort, dou Säukopp!!, schrie Anna und stieß ihn zurück.

– Dat Bettchen es viel zou schad für deysch Lumpenhund! Dat hat gewiss schon Schönere gesehen wie deysch!

Der Schotte lachte aus vollem Hals und wollte Anna am Rock ziehen, da nahm Anna Bettchens Hand in den feinen neuen Handschuhen und zog sie weiter zu einer offenen Fläche, wo vor einer geschnitzten Holzvertäfelung mit geschliffenen Spiegeln fünf Stühle standen, wo schon drei andere Mädchen aus der Wetterau saßen und artig ihre Drehleiern auf dem Schoße hielten.

– Siehst dou, Bettchen, su muss mer dat machen. Den von vorneherein dey Courage abkaufen. Do darfst dir naut gefalle lossen!

Bettchen nickte und Anna meinte:

— Dou musst auch ein bisjen schön laufe in so einem schöne
Kleid. Da kann mer net lostrampeln wie im Kuhstall!

Anna hob den Kopf und fächelte sich Luft zu und tat wie
eine feine Dame und dabei stolperte sie über die Füße eines
Herren, der sich auf seinem Platz lümmelte und eine Zigarre
rauchte.

— Dou deine Füß weg, dou langes Elend! Eway! Eway!,
schrie Anna.

Der Herr in seiner guten Hose, mit Weste und einem sauberen weißen Hemd zog tatsächlich die Füße ein und nahm
die Kappe vom Kopf und sagte mit einer leichten Verbeugung:

— Yes, Miss.

— Siehst dou?, rief Anna vernügt. — So muss mer mit dene
umspringen. So, mir setzen uns jetzt hey hin, sieh mal, dat
Jule un dat Minna seyn auch schon da. Wenn mir all sitzen,
dann fangen mir an mit der Musik. Wenn deysch einer zum
Danzen holt, dann geh ruhig mit ... der soll dir aber zwei
Penny dafür geben!

— ZWEI PENNY?!

— Ja, dou weißt doch, watt der Pittchen Sänger gesagt hast.
Und mir spielen jetzt gleich dat Lied vom Kuckuck und
dou singst!

— Eysch, warum eysch dann allein, mir können doch all
singen!

— Ei weil dou doch schön singe kannst! Aber von mir aus ...
dann singen mir halt erst mal all zousammen. Bloß laut
muss dat sein, damit dey uns auch dahinne noch verstehen!

Bettchen nahm vorsichtig Platz in der Runde der fünf
Mädchen, sie nickte ihnen zu und erschrak, wie der Rock sich
bauschte und wie viel Platz sie brauchte, damit die Kleider aus

kariertem Stoff sich ausbreiten konnten. Das Korsett war steif und schob ihre Brust hoch, sie saß nicht recht bequem und vor allem sah sie beinahe nichts mehr durch die Tabakswolken. Es war ihr auch ganz recht. Vor ihr lärmten die betrunkenen Männer auf langen Bänken und schrien und prosteten ihnen zu und Bettchen fuhr abermals zusammen.

– Dou musst schön lache!, zischte Anna. – Wenn dou lachst, verdienst dou mehr Geld! No mach! Willst dou en Branntwein? Dann geht et leichter!

Bettchen war froh, dass sie von Scholmerbach das Trinken gewohnt war, sie erinnerte sich an die frohen Abende in der Spinnstube und das Heimweh drückte ihr das Herz. Sie ließ sich einen Branntwein bringen, und bald brannten ihr die Kehle und die Wangen unter ihrem bänderverzierten Hütchen auch.

– Komm, Bettche, etz denk an wat Schönes … hey, dey Kerle sein auch alle fort von daheim, dey wolle mal ein wenig lache! Dey sein net alle schlimm, mit manchen kannst dou so viel Spaß haben!

Der Gedanke, dass alle diese Männer so heimatlos waren wie sie und auf der Suche nach einer neuen Heimat oder einem Ort, an dem sie überleben konnten, tröstete Bettchen und eine Woge von Mitleid erfasste sie.

– Eysch will für alle beten, dey sich hey in London so erbärmlich durchschlagen müssen, dey armen Hungerleider, dey armen Menschen überall.

– Dou solls etz net beten! Verdammt nochemol! Dou sollst schön singen und lachen und danzen und deinen Hintern bewegen!, zischte Anna.

– Och joh, Anna, wo sein mir hey bloß hingeraten …

Doch Jule, Minna und Lenchen waren ausgelassen und kicherten und bewunderten sich gegenseitig für jedes angenähte

Röschen und jeden schwingenden Volant auf ihren neuen Kleider, sie stießen sich an, zeigten heimlich auf diesen oder jenen jungen Mann, der ihnen zuwinkte, und prusteten los. Da machte ihnen von hinten der Pittchen Sänger ein Zeichen und winkte ungeduldig. Sein weißer Anzug, diesmal mit braunen Aufschlägen und einem braunen Einstecktuch in der verzierten Weste, leuchtete durch die Rauchwolken wie aus einer anderen Welt. Er schien von dem Anblick der Mädchen sehr angetan und zupfte sich unentwegt an seinem rötlich braunen Zwirbelbart.

    – Wie der da steht, kicherte Minna Hildebrandt von Weiselstein.

    – Eysch sag dir wat: »Aff bleibt Aff, wird er König oder Pfaff!«

    – Weißt dou, wie dey den noch nenne??

    – Wie dann?

    – Seelenverkäufer! Nur weil der uns Mädcher dabeihat. Seelenverkäufer!

Sie standen auf und es ging ein Gejohle durch den Saal, und alle klatschten und trampelten vor Begeisterung.

Zwei Mädchen drehten die Drehleier, eines hatte sogar eine Harfe und die anderen begannen zu singen:

    – Ein Schäfermädchen weidete zwei Lämmer in der Hand, auf grüner Flur, wo fetter Klee in Hülle und Fülle stand.

Da hörte sie wohl in dem Hain den Vogel Kuckuck lustig schrein: Kuckuck, Kuckuck, Kuckuck, Kuckuck, Kuckuck, Kuckuck!

Es war Bettchen nicht erklärlich, wieso die Männer schrien und applaudierten bei so einem dummen alten Lied, das sie noch nicht mal verstanden. Sie versuchte ihr Dekolleté ein wenig zu bedecken und sich überhaupt nirgendwo eine Blöße zu zeigen. Leider waren ihre Handschuhe nicht recht praktisch, das Branntweinglas rutschte darin und Bettchen begann zu schwitzen, überhaupt war es heiß im Seven Bells von den vielen saufenden Männern. Die Wetterauer Mädchen blühten auf, waren sie doch die Attraktion des Tages, auch Anna genoss die Aufmerksamkeit und drehte und wand sich und schlug nun das Tambourin. Sie war nicht recht im Takt und wenn sie sang, war mancher Ton daneben, einer ihrer Handschuhe hatte schon Flecken vom Ale und ihr Haarschmuck saß schief auf den hochgesteckten Locken. Gerade das aber schien den Kerlen zu gefallen und Bettchen, die dastand wie eine vertrocknete Blumenzwiebel und kaum einen Ton von sich gab, wurde von den Blicken einigermaßen verschont. Erst nach dem dritten Branntwein schien sich etwas in ihr zu lösen, sie wippte ein wenig auf und ab auf in den neuen Knopfstiefelchen, die Lichter drehten sich, auf einmal war Bettchen alles egal, sie konnte es ja doch nicht ändern. Nun war sie hier in dieser Schenke mit ihrem großen Saal, mit Lampenschirmen um das Gaslicht, und in den gusseisernen Ofentüren war Porzellan eingearbeitet, der Boden war blank und mit Soda bestreut, damit die Tänzer gleich ordentlich rutschten.

— Dat es doch eigentlich Perlen vor die Säu geworfen, flüsterte sie Anna zu. So feine Lampen und Spiegel … für dey Säufer da unne!

Als der erste Ire sie lautstark aus dem Mädchenkreis herausriss und um die Taille fasste, um jubelnd und polternd mit ihr zu tanzen, dafür zwei Penny in ihre Handschuhe drückte, da tanzte sie einfach mit. Hatte sie nicht schon immer gerne getanzt, in Scholmerbach in der Scheune vom alten Honiels? Aber Scholmerbach war weit weg und es war gut, dass sie keiner so tanzen sah, so ausgelassen, so liederlich, aber wer weiß, morgen konnten sie ja alle krepieren. Waren sie dem Hunger entkommen, der Schwindsucht und dem Nervenfieber, so wartete doch in London die Cholera. Einmal musste sie noch lachen und tanzen und den Branntwein trinken. Der Ire lachte und seine Augen blitzten und er war ja auch nur ein armer Kerl ohne Heimatland und mit zerrissenem Hemd, er war nicht so schön wie Theodor, er war nicht verträumt wie Theodor, er war nicht so sanftmütig wie Theodor. Aber sein fester Griff um ihre Taille gefiel ihr auf einmal, und worauf sollte sie warten? Sie drehten sich und drehten sich und drehten sich und lachten. Sollte doch morgen alles zusammenstürzen und erlöschen, morgen waren sie nicht mehr, Bettchen drehte sich, die ganze Welt drehte sich, Bettchen wurde schwindelig und turmelig und beinahe wäre sie dem Iren entglitten und in die Balustrade geschossen.

Anna hatte derweil ihre Drehleier genommen und so darauf herumgehauen, dass sich eine Taste löste und eine Saite sprang.

– Verdammt nochemol, leck mich in de Täsch! Dat Schiss-
   ding hier.

Da stand auf einmal der Herr auf, über dessen Beine Anna vorhin gestolpert war und der mit seinem einfachen, sauberen Anzug eine recht angenehme Erscheinung war. Er verbeugte sich beinahe wie einer von diesen englischen Gentlemen.

Zeigt mir das Instrument, ich kann das reparieren.

– Wat?, schrie Anna aufgeregt. – Schwätzt Ihr deutsch?

– Aber ja!, sagte der Mann mit den schmalen Wangen und
   den starken Augenbrauen. – Ich bin da geboren … mein
   Name ist John Henry Strack … also eigentlich Johann
   Heinrich … aus der Wetzlarer Gegend …

– Wat macht Ihr dann in London?

– Nun ja, meine Eltern waren Ziegelmacher …

– Ziegel! Wer kann sich dann Ziegel leisten! Wenn dey
   sich in Scholmerbach en neue Mistgabel gekauft hatten,
   dann war dat schon viel!

– Ja. Das war bei uns auch so, der Herzog wollte dass jeder Dachziegel auf die Häuser machte, weil die Strohdächer immer brennen. Aber keiner hat die Ziegel bezahlen können. Deshalb haben meine Eltern die Ziegelei aufgegeben und sind nach London ausgewandert und arbeiten jetzt als Kaufleute.

– Na sowat! Wo wohnt Ihr dann?

– In Whitechapel … In der Commercial Street.

– Ach … dat es ja um die Eck! Eysch wohne bei einer Witwe in der Baker Street.

– Dann überlasst mir Eure Drehleier und ich bringe sie Euch am Morgen heil wieder zurück.

– Da muss eysch erst den Pittchen Sänger fragen … ob eysch Euch dat einfach geben darf, am Ende macht Ihr dat noch mehr kaputt oder verkauft dat auf dem Markt. Hier sind nur Spitzbuben, da muss man aufpassen!

John Henry lachte. – Da habt Ihr recht. In London muss man sich vorsehen … Ihr lasst Euch wohl von keinem hereinlegen!

– Nä! sagte Anna und wurde verlegen, so verlegen war sie sonst nie und dann machte sie unpassenderweise einen Knicks.

– Ich gehe sonst nie hierher … sagte John Henry. – Aber ich hatte gehört, dass die Hurdy Gurdies hier tanzen, aus meinem Heimatland. Da war ich neugierig … und bin nicht enttäuscht! Ganz herrlich seht Ihr aus – und allerliebst! Wie eine feine Dame! Und doch so lebhaft und so lustig! Es hat mir gefallen, wie Ihr den Schotten auf die Mütze gehauen habt. Es ist nicht gut, wenn man hört, wie die deutschen Mädchen sich hier mit den Männern herumtreiben und nicht auf ihren Ruf achten.

– Dät eysch nie machen!, sagte Anna stolz. – Man muss
immer auf sich halten!

– Das will ich meinen … sagte John Henry und wurde unsanft zur Seite gestoßen von dem lebenslustigen Iren, der
Bettchen herumschleuderte, als wollte er mit ihr den Saal
leerfegen, während sie sich an ihm festhielt und aus vollem Halse lachte.

– So was meine ich, sagte John Henry. – So wie dieses
Weibsstück da an dem Kerl dranhängt! Das ist schon …
ohne Anstand und Sitte!

– Nä, sagte Anna. – Dat hätt eysch auch nicht für möglich
gehalten!

– Na gut, liebe … ?

– Anna! Anna von Scholmerbach!

– Liebe Anna … darf ich Ihnen das Instrument denn morgen bringen? Oder wollt Ihr mich besuchen kommen?

– Noja, knickste Anna zum dritten Mal. – Eysch geben
Euch dey Drehleier mit … eysch trauen Euch, Ihr habt
so schöne blaue Augen, wie der … eysch han en Bild von
dem gesehen … der ist Präsident von Amerika … Eysch
weiß, wie der heißt, der heißt Abraham Linkel! So seht
Ihr aus!

John Henry zog seine Mütze und verbeugte sich, da geriet
Anna ins Stolpern. Mit netten Herren kannte sie sich nicht aus,
nur mit Säufern, Drecksäcken und Schlitzohren. Bei John
Henry aber hatte sie doch Respekt, ihr verging beinah die
Frechheit und sie nahm sich vor, morgen das Gesicht ganz
gründlich zu waschen, vielleicht sogar den Hals, und dann
wollte sie das Parfüm auflegen, das ihr der Peter Sänger geschenkt hatte, weil sie seinem Freund, dem Londoner Whisky-
händler, Freizügigkeiten erlaubt hatte. Aber daran wollte sie
gar nicht mehr dran denken, so was machte sie jetzt nicht mehr.

Auch nicht mehr so was wie mit dem Putzpulverhändler für zwei Pfund oder dem Koch vom Indienfrachter für drei.

Das war vorbei, ja eigentlich war es überhaupt nie geschehen. Man musste auf sich halten. Wenn sie nun das fromme Bettchen sah, das da tanzte wie der Lump am Stecken und der schon ein Schilling aus dem Ausschnitt quoll, da konnte man nur den Kopf schütteln.

Morgen wollte sie Bettchen gründlich den Kopf waschen, das ging wirklich zu weit. Wenn sich das herumsprach unter den Kneipengästen, dann wollte jeder Bettchen haben. So war es der langen Liss von der Wetterau ergangen, erst hatte sie nur gesungen und dann getanzt und schließlich ging sie mit jedem und der Agent John Miller hielt die Hand auf. Auch Peter Sänger besah sich die prächtig geschmückten Weibsleute mit ihren offensichtlichen Möglichkeiten, und ihm stieg es zu Kopf, und den Weibsleuten stieg alles zu Kopf, die lärmende, jubelnde Meute singender und saufender Seeleute mit all ihren bunten Geschichten, von Sansibar und Trinidad, von Kapstadt, Westindien und Batavien und dann von Alaska und von der Goldküste von Amerika und dem Gold vom Klondike River und dem Gold von Victoria in Australien.

Aber Bettchen sollte sich nicht mitreißen lassen von diesen wilden Kerlen mit ihren Geschichten. Es war ja schön, dass sie sich von ihrer Trauer um den armen Honiels Theodor ablenken konnte. Und nach einem Branntwein taten die Schmerzen der Welt nicht mehr so weh. Aber wie sie sich da herumschwenken ließ, erst von dem Iren und dann von einem Portugiesen und jetzt von dem Spanier, nä! Ruckzuck war sie für die Männer Freiwild und beim Peter Sänger klingelte die Kasse. Wie er schon hinter dem Vorhang stand und sich die Lippen leckte! Nä! Anna musste Bettchen morgen zur Besinnung bringen, sonst wurde sie zu einer der Verlorenen von

Whitechapel, wie so viele, die betrunken an den Häusern ent-langstreiften, das würde Anna nicht zulassen! Sollten andere Mädchen ihr Glück suchen im Schmutz und Unheil dieser Stadt, aber Bettchen sollte das nicht geschehen, da war sie, Anna, davor.

Das schöne Bettchen von Scholmerbach sollte nicht besu-delt werden.

1856

Der Hafer und die Gerstenfelder von Scholmerbach wogten golden im Wäller Wind, der Sommer blieb lange und ließ die Kartoffeln in der Erde reifen. Die Krautköpfe wurden groß wie der Mond, den man am hellen Abend sah, die Runkelrüben und die Kohlraben türmten sich auf den Leiterwagen der Bauern. Das Vieh fraß sich rund auf saftig blühenden Wiesen und rieb sich an den Bäumen voller Äpfel, Birnen und Zwetschgen.

Überall gediehen nicht nur die Früchte der Felder und der Obstbaum-Chausseen. Nein, auch in den Höfen der Scholmerbacher wurden nun winzige Flecken eingezäunt, die man Garten nannte! Und darin wuchsen nun Erbsen in prächtigen grünen Schoten! Und sogar Feuerbohnen kletterten an hölzernen Stangen hinauf bis an die morschen Strohdächer der Leute und man kam aus dem Staunen nicht heraus.

Es lag an diesen neuen Blättern aus dem landwirthschaftlichen Vereine, die nun jeder las und die mancherlei Verwunderliches berichteten, wie etwa, dass auch die Erde etwas essen musste, und wie man sich mit Mist und Kuhpläddern helfen konnte, den man unter die Äcker mischte, das nannte sich Dünger.

Äh, wenn ich dru denk, dat mir den Kuhschiss von unserer Lore wieder mitessen, wenn mir Kartoffeln auftun … äh pfui!, rief Schlossens Paula vergnügt am Brunnen, während sie ihren Eimer füllte.

– Dou glaubst et nicht, eysch hun gestern eine Supp' gekocht mit den neuen Erbsen, dey schmeckt! Dey schmeckt! Könnt mer sich überfressen, eysch könnt dey essen Tag und Nacht! rief Dellersch Anna.

— Und dou glaubst et nicht: Mir haben einen Tag dey Boh-
nen gesetzt un drei Tag später krauchen dey mir in dey
Schlafstub enei und kitzeln unsern Hannes an den Fois!
So wachsen dey!, rief Paulinchens Liss.

Man konnte kaum glauben, wie sie gehungert hatten vor wenigen Jahren, keiner mehr wollte was davon wissen, nur manches Mal beim Schnaps erzählten sie sich, wie der Bocksersch
Fritz seine eigene Schuhsohle essen wollte und wie sie herausgefunden hatten, dass Baumrinde besser schmeckte als das
Sägemehl vom Stamm. Sie schüttelten sich und sagten: – Äx-
Bäx, und wollten auch nicht mehr daran denken.

Die schlechte Zeit, die mitsamt ihren Toten recht und
schlecht auf dem drangvollen Kirchhof vergraben war, ließ sich
wohl irgendwann verwinden, wären da nicht die stummen
Geister ihrer Kinder, die am Esstisch fehlten und in den Ställen, die ihnen durch die Träume spukten und die bei der Feldarbeit Spuren hinterließen, obwohl man sie nicht sah.

Gut, das Hännesjen war wiedergekommen und er hatte die
Taschen voller Geld und auch der Hellersberger Fränzchen
war wiedergekommen und hatte ganz artig und in neuen Kleidern dem alten Jakob das Haus abbezahlt. Überall in Ellingen
und in Linnen und in Wällershofen kehrten die Jungen und
die Mädchen ordentlich wie veraccordieret im Novembernebel
von der Reise zurück und waren recht wohlgenährt. Manche waren auch liederlich geworden und hatten seltsame Reden mitgebracht, französische Lieder und russische Tänze, sie
schrien: Goddam und Sacre Dieu! Sie waren sich jetzt zu gut
für die Stallarbeit und erst wenn man ihnen ein paar hinter die
Löffel gab, nahmen sie wieder die Mistgabel in die Hand und
gingen im Frühjahr dem Pflug hinterher.

Doch Anna und Bettchen blieben fort und der Linner Willi

war zurückgekommen mit einem gebrochenen Fuß und der Hellersberger Seppchen hatte Flecken und Narben, so sehr hatte ihn der Oberbacher Fritz geschlagen und immer weitergezerrt, selbst als er krank war und nicht mehr laufen konnte.

Als die Hellersberger Seppchen sahen und wie übel er zugerichtet war, packte sie der heilige Zorn und sie zogen mit Mistgabeln und Dreschflegeln nach Oberbach und zerrten Fritz aus seiner gemütlichen Wohnstube und verdroschen ihn derart, dass er auf Knien um Gnaden flehte und wochenlang nicht mehr sitzen konnte. Den Topfhändler, der den Linner Willi mit kaputtem Fuß hatte weiterlaufen lassen, zeigten sie an beim herzoglichen Gericht wegen Misshandlung.

Auch Peter Sänger wurde von den Gendarmen gesucht und brauchte sich nicht mehr nach Hause zu wagen. Der Unzucht war er beschuldigt, der gewerbsmäßigen Unzucht und viele Mädchen habe er verdorben und in den Abgrund geführt.

Es hieß, er sei in Kalifornien, und andere sagten, er sei nach Alaska geflohen, und wieder andere meinten, er sei auf den Antillen umgekommen.

Herzog Adolph hatte Steckbriefe an die Bäume hängen lassen und die Herzoglich Nassauischen Intelligenznachrichten waren voller Warnungen davor, heranwachsende Mädchen mit fahrenden Händlern ziehen zu lassen. Es wurden keine Gewerbepässe mehr ausgestellt. Wer dieses Verbot umginge und sich auf verbotene Weise mit den Weibspersonen außer Landes begab, wurde hart bestraft!

Pfarrer Vinzenz, der nur noch einige einzelne Haarbüschel auf dem Kopf hatte und durch das Alter große Ohren, wackelte nun mit leichterem Gemüt durch die Gegend, da er nicht mehr unentwegt beerdigen musste. Dennoch trug er sich bei Tag und Nacht mit den Gedanken an seine verlorenen Taufkinder und an das Schicksal der unselig verkauften Vierzehnjährigen.

Wann immer der Heens August auf seine alten Tage mit der Fiedel spielte, klang es ihm in den Ohren, als hörte er von Ferne die Kinder dazu singen. Es waren die ihm in ihrem Seelenheil Anvertrauten und er machte sich schreckliche Vorwürfe, dass er nicht beherzter eingeschritten war, als sie beim Honiels die Contracte unterzeichnet hatten.

Man hatte ja nicht jedermann trauen können und Luzifer in seiner schmeichlerischen Gestalt war überall. Vinzenz konnte nur zu seiner Verteidigung sagen: Wären die Kinder geblieben, dann wären sie in Scholmerbach hungers gestorben oder vom Ungeziefer bedeckt an allen möglichen Krankheiten.

Alles was er noch tun konnte war, des Sonntags mit seinen lahmen Knochen auf die Kanzel zu steigen und mit zittriger Stimme herunterzudonnern und die Warnungen des Herzogs vorzulesen:

— Im Interesse der Menschlichkeit! Es wird gewarnt vor den sogenannten Unterhändlern, welche periodisch von England kommen, um gegen ein kleines Daraufgeld an die Eltern, Knaben und Mädchen unter lügenhaften Vorspiegelung einer heiteren Zukunft zu miethen, oder richtiger, contradictisch an sich zu binden! Denn kaum in England angekommen, werden diese unglücklichen Wesen von ihren Käufern aufs Unmenschlichste behandelt, schlecht ernährt, bei Tage mit einer Drehorgel oder mit Besen losgeschickt und nachts dutzendweise in eine enge Lagerstatt zusammengepfercht und dabei noch, wenn die Ausbeute des Tages den Erwartungen nicht entspricht, abends mit Schlägen empfangen. Diese Menschen wissen ihre Opfer so zu umstricken, dass, wenn sie vor Gericht gebracht werden, es selten gelingt, sie zur Strafe ziehen zu können! Es ist daher der Wunsch vieler in England wohnenden Deutschen, die betreffenden Be-

hörden, woher diese Unglücklichen kommen, zu veran-
lassen, ihre Gemeinden auf das unbeschreibliche Elend
aufmerksam zu machen, dem solche hülflosen, der Lan-
dessprache nicht mächtigen Geschöpfe zum Opfer fallen,
wenn sie den trügerischen Versprechungen dieser ab-
scheulichen Menschenhändler Gehör geben!

Die Scholmerbacher auf den Bänken erschraken zu Tode.
Als habe man sie erwischt bei einem furchtbaren Handel, als
hätten sie ihr eigenes Fleisch und Blut in Hölle und Verderben
geschickt, als seien sie nun selber eines schweren Verbrechens
schuldig.

– Dat hun mir nicht gewollt!, betete Fine stumm.

Der Platz an ihrer Seite war leer, Konrad war im Frühjahr gestorben, im Bett, nachdem er sich zu Maria Himmelfahrt noch
ein einziges Mal vollgefressen hatte, mit einem Brathuhn so
köstlich, dass er mit dieser himmlischen Mahlzeit auf der Zunge,
ohne ein Wort und ohne einen Abschied in den Himmel aufgefahren war. Denn nur im Himmel konnte er sein, der alte Zimmermann, er war gut gewesen zu jedermann, eine Einfalt
vor dem Herrn, viel zu gut, und er hatte so viele Rosenkränze
gebetet, dass er nun gewiss immerdar zur Rechten des Herren
sitzen musste und seinen gerechten Lohn empfing. Vielleicht
konnte er von dort oben nach den verlorenen Kindern schauen
und ihnen helfen, den Weg zurück nach Scholmerbach zu finden. Fine sprach oft mit ihm und dachte noch manches Mal an
den Morgen, an dem sie, zum zweiten Mal in ihrem Leben, neben einem Toten erwacht war. Und es war ihr, als hätte mitten in
der Nacht ein Mund ihr drei Küsse auf die Stirne gedrückt.

So lebte Fine nun allein mit der Last ihres Herzens und all
die Heiligenbildchen am Fuße ihres schwarzen Kreuzes an der
Hauswand wölbten sich, als wollte die Heiligkeit sich wegducken
und ihr Antlitz verbergen. Vielleicht war es auch, weil ihr

das letzte Bildchen vom Peter Sänger geschenkt worden war, es verdarb das ganze Brett voller himmlischer Wesen, die Heilige Eulalia, der mit eisernen Kämmen der Leib zerissen worden war – aus den schmutzigen Händen eines Seelenverkäufers, wie sollte da der Schutz und der Schirm der Heiligen noch wirken?

Fine versuchte, sich in Duldsamkeit zu üben, auf Knien die Hände zu falten und den Blick himmelwärts zu drehen wie all die lieben Märtyrerinnen, zu denen sie betete bei Tag und bei Nacht. Doch sie wusste ja nicht, wo Bettchen geblieben war und ob das Kind sich versündigt hatte, wie einstmals ihre verlorene Schwester Hanne, ob sie in den Fängen übler Gesellen war, ob man sie traktierte, ja, ob sie überhaupt noch unter den Lebenden weilte. Hätte sie nur Matthes fragen können, der sich auskannte auf der Wanderschaft, den man schicken könnte, geh, auf, suche deine Schwester, die ist womöglich schon eine Gefallene, eine Verlorene, eine Unglückliche! Aber Matthes kam nicht mehr heim.

— Verdammtsakremintnochemol!, flüsterte sie. – Dat bringt mich em, dat bringt mich em!

Wieder riss ihr der Schürzenbändel ab, den sie schon so oft mit ihren knotigen Fingern mühsam aneinandergeflickt hatte, und ihre Augen waren so schwach, dass sie den Faden beim Nähen nicht mehr erkannte.

— Dunnrkeil, verflouchtsakremint!, flüsterte sie. Auf den Klotz am Herd hatte Gretel Kartoffeln in einem kaputten Sack hingelegt und als Fine sie aufnehmen wollte, rollten die schmutzigen Erdäpfel herunter. Alles war wie verschworen, Fine musste sich hier mal noch bücken und unterm Tisch vor dem Sauerkrautfass im Dunkeln nach ihnen suchen, und der Schürzenbändel war im Weg und das dünne graue Haar rutschte ihr aus dem Kopftuch.

— Dunnerwirrer nochemol! Muss eysch alt Fraa dann noch

hey remrutschen, eysch fallen meysch noch zouschanden ... es mir aach egal, dann hot alles ein End!

Doch wenn sie bald vor das Jüngste Gericht treten würde und ihr müdes Haupt zu den Füßen des Herrgotts legen wollte, dann würde er sie fragen:

– Dou, Finche, dou! Wo es deine Tochter Elisabeth, wo hast du sie hingeschickt, wem hast du sie anvertraut, um wessen Sündengeld hast du sie verkauft?

– Nich verkauft, Herr Jesu Christ ... nur vermiethet ... verdungen ... Et sollt deine Bildchen verkaufen, im Namen des Herrn!

Doch half es Fine nicht, wenn sie sich freizusprechen suchte, sie spürte die Angst vor den Flammen der Hölle, denn ihre Schuld wog schwer, die Schuld, dass Bettchen niemals in den Himmel kam, wenn sie im fernen Engeland in Elend und Schande gestürzt war. Hanne und ihre Kinder und nun auch noch Bettchen durften womöglich nur auf die Wiese vor dem Himmelstor, wahrscheinlich aber würde sie ewig in den Flammen brennen.

– Dat muss heim, schwor sich Fine, – et muss wieder heim, hier nach Scholmerbach, da soll et büßen und eysch will auch büßen, mir wolle auf Knien zur Leybefraukirch, mir wollen auf Händen und Füßen kriechen zum Heiligen Rock nach Trier, und wenn mir umkommen unterwegs ... mir müssen den Herrn wieder umstimmen ... wie kriechen eysch verdammt nochemol dat Kind wieder heim!?!

Draußen klapperte der Melkeimer und die Kuh muhte gemütlich. Bald gab es wieder ein reichliches Abendessen mit Milch und Schmand und Brot und einem herrlich duftenden Kartoffelplatz mit Schmalz und Zwiebeln. Julchen hatte sogar süße Himbeeren gepflückt! Fine aß nicht mehr viel. Ihr war, als müsste sie noch immer für ein schlechtes Jahr vorsorgen, es schmeckte ihr auch einfach nicht mehr und mit den drei Zähnen konnte sie nicht mehr recht kauen. Doch Gretel und Veronika, Rosas Kinder Fritzchen, Julchen und Juppchen und Karl mit seiner Frau lebten nun beisammen und hatten einen ordentlichen Hunger und fraßen drauflos, bis sie wieder Speck auf den Rippen hatten.

– Et Bettchen muss wieder heim, sagte Finchen.

Die Sonne stand hoch am Himmel, die Vögel zwitscherten und die Kamille und der Spitzwegerich krochen am Wegesrand an den Lattenzäunen hinauf, als Fine sich in ihren alten, staubigen Schuhen zum Heens August aufmachte, der am Bach saß und mit dem Wetzstein die Sensen schliff.

– Gun Dach, August.

– Ei Finche! Wo hin des Weges?

– Ei bei deysch wolld eysch.

– Bei meysch?, fragte August erstaunt. Er trug ein ausgeblichenes Hemd und war noch immer so dünn wie zu der Hungerszeit. Sein Haar war noch voll und er hatte es wie sein Lebtag mit Schmalz nach hinten gekämmt, sodass es gleich lang hinten auf den Kragen reichte. Die Nase schien im Alter noch breiter zu sein, vielleicht weil das Gesicht so eingefallen war.

– Hör mol, sagte Fine – Dou bist doch gewiss schon vierundsechzig Jahr und dou liegst immer noch nicht offem Kirchhof!

– Nä, sagte Heens August. – Dat es dey Musik, dey schönen Lieder und dey traurigen auch, dey halten einen am Leben.

Er setzte den Wetzstein ab und schaute über den Lattenzaun, an dem Fine sich festhielt und ihn ansah aus ihren Äuglein, über die sich die faltigen Lider senkten. In der Ferne
hörte man die Lämmer schreien.

– Wat machen denn deine Baa?
– Meine Baa? Och, dey gehen noch ganz tüchtig, et is der
   Rücke, der mich plagt!
– August, willst dou net mie ein wenig Musik mache?
– Ey, eysch spillen doch immer noch jeden Kirmes, jeden
   Pfingst und Ostertag und in der Fastnacht ... wat soll
   eysch dann noch spiellen?

Fine zögerte und sie hatte Angst, dass der gute alte August
ihr Ansinnen für Weibergeschwätz hielt. Aber sie musste doch
um ihrer selbst willen bitten. Wenn er ihr nicht zu Gefallen
war, dann musste sie ihren Bruder Heinrich fragen oder ihren
Sohn Friederich oder alle drei zusammen.

– Gehst dou nicht mie enaus in die Welt spillen?
– Nä, sagte August. – Dat dun eysch mir nicht mehr an.
   Eysch hab gern dey Welt gesehen ... dat bunte Treiben ...
   man wird so viel gewahr. Aber et es doch auch beschwer-
   lich und gefährlich bei all dem Gesindel unterwegs. Eysch
   sein zou alt! Alleweil haben mir keine Not ... et is viel liegen geblieben ums Haus herum ... dat will all in die Reih
   geschafft werden.
– Ja aber, August, sagte Fine. – Ihr habt doch so viele
   Mannsleut im Haus ... da bist dou alter Knopp doch
   manches Mal im Weg ... drauße es et immer schön ...
   alle Welt wirft dir wat in de Hut ... verdienste wat ...

August schob seinen Hut tiefer in den Nacken und blinzelte in die Sonne. Dann kam er näher an den Zaun, wo die
herrlichen Erbsen ihm um die Flickenhosen schlugen.

– Sage mal, Finche, wat willst dou dann ... dou willst doch

nit ernstlich meysch wieder in die Welt schicke, wat hast
dou dann davon? Dey Zeiten sind vorbei! Meysch alten
Mann haut man doch direkt um!

Fine senkte den Kopf.

– Et es unser Bettchen. Eysch weiß nur, et war derletzt in
London. Und wie uns der Pfarrer Vinzenz gepredigt hat,
do es mir ganz anderst worden. Eysch kann net mie
schlofen. Et presst mir dat Herz ab, dat unser Bettchen
nicht mehr kommt … August, dou kennst dich doch aus
in der Welt.

August stöhnte.

– Ei Finche, es et dann dey Möglichkeit … dou hast doch
selber vier Buben!

– Eysch gebe dir einen met … der Friederich kann jo auch
ein wenig Musik mache … eysch geben dir en Sau … en
Botterfass … all unser Zuckerrüben … eysch machen
auch Sirup für den ganzen Winter … Dou sollst alles haben … en Gäulchen von mir aus … eysch hun en Angst,
unser Bettchen kommt in de Höll.

August glaubte seinen Ohren kaum und wie Fine verzweifelt am Lattenzaun hing und sich mit beiden Händen festhielt,
den Rücken so krumm und wie die dünnen Altweiberarme
aus dem flatterigen Hemd ragten, das Leibchen so verschossen,
musste er sich erst mal auf die umgedrehte Säuwanne setzen. Er
erinnerte sich gut an Bettchen mit ihren schweren Zöpfen um
den Kopf gewickelt und wie sie so frisch und munter auf seine
Polka getanzt hatte. Auch Anna fiel ihm ein, von der armen
Minschens Lina, wie sie lustig und munter durchs Dorf gerannt
war. Er wusste wohl, was mit den Mädchen geschehen konnte
in England und in den Hafenstädten überall. Vom Goldrausch
hatte er auch gehört. Mit einem Male dauerte Fine ihn von
ganzem Herzen und es war, als sei es sein eigenes Kind, das ihn

um Hilfe rief oder der Herrgott, der um Scholmerbachs Kinder fürchtete.

– Wenn do mol nicht alles zou speet es.

– Dann kann et emmer noch büßen für den Rest seiner Tage, et kann bei dey Dernbacher Schwestern gehen, et kann nach Marienstett gehen, et kann … eysch muss wissen, wat passiert es!! Eysch kann mein Bettchen nicht vergesse un et wird jedes Jahr schlimmer!

August stand von der Wanne auf und fluchte.

– Wat soll eysch nur meinem Bertha sagen? Dem muss eysch wat erzählen. Eysch sage, eysch bringe ihm ein Kleid met aus Seide … und drei Unnerröck … wat weiß eysch … ach Gott, dey fremden Betten, dey langen Stroßen, eysch darf gar nicht dran denke, naa, Fine, eysch kann et noch net sagen, eysch muss erst überlegen.

Fine nickte ernsthaft und wusste doch, dass ihre Worte dem August zu Herzen gegangen waren und dass er trotz des schlimmen Rückens es nicht fertigbrachte, ihr etwas abzuschlagen. War es doch nur ein einziges Mal in ihrem Leben, dass sie ihn um etwas bat, außer dass er spielen sollte: »Feinsliebchen, du sollst mir nicht barfuß gehn.« Trotzdem wollte sie dem Herrgott ein paar Blümchen bringen, zu seinem Altar, ganz zur Erde wollte sie den Blick richten und den Kot und Unrat hinausfegen und den Kirchenboden schrubben, bis er glänzte wie am Ostertag.

Die Themse floss breiig und gemächlich vor sich hin und die Augustsonne verwandelte ihr Wasser zu süßlich brütenden, fauligen Schwaden, die durch London zogen und sich mit dem Geruch der Kloaken mischten. Aus den frisch ausgehobenen

Eisenbahnschächten für die brandneue Station »Victoria« stiegen Lärm und Staub auf und das Fluchen der schweißnassen Bahnarbeiter und Seeleute erfüllte die Straßen.

August konnte es nicht glauben, dass er mit Finchens Sohn Friederich noch einmal in die Stadt der Königin von England gekommen war, nach einer fünftägigen Reise mit der Postkutsche, dem Schiff nach Rotterdam und dann mit der Fähre bis nach Dover. Da hatten sie die mächtige, stampfende Dampfeisenbahn gesehen und das Wagnis unternommen, ganz tollkühn mit diesem ungeheuerlichen Monstrum der Neuzeit zu reisen, das sich ganz ohne Mensch und ohne Pferd, nur mit diesem feurigen Kessel durch das Land bewegte. August musste beinahe weinen, als er an den Engländern mit ihren schweren Ledersäcken vorbei eingestiegen war und sich mit Friedrich einen Platz am Fenster erkämpft hatte, wo er nun mit seinem Sacktuch hinauswinkte und gar nicht wusste, wem eigentlich. Dass er so eine Erfindung noch miterleben durfte! Friedrich hielt sich an einem Balken fest und schrie ihm zu, dass es gefährlich sei, wenn sie in dieser Geschwindigkeit bei offenem Fenster durch die Grafschaft Kent fuhren. Es hieß, das Blut könnte stocken und die Gedärme könnten durcheinanderfallen, denn der Zug war schneller als drei Pferde und die Landschaft glitt nur so an einem vorbei! Man konnte glauben, die Eisenbahn stehe still und die grünen Wiesen und die bleichen Felder flögen oder man selber flog, so ungeheuer schnell waren sie. Etwas Größeres konnte der Mensch nicht erfinden und man konnte nur staunen!

Überall ragten jetzt Telegraphenmaste aus dem Boden mit nackten Drähten und sie malten Schleifen in den Himmel! Und vor London sah man Schornsteine rauchen von den Textilfabriken, all das hatte August in Deutschland noch nie gesehen! Ja, in England ging es vorwärts, vorwärts für die ganze

Menschheit, alle Neuigkeiten, alle Schätze aus den Kolonien gab es nur hier!

Dann musste August schlucken. Wo sollten sie hier das Bettchen finden, unter diesen Abertausenden von Menschen? Als sie erschöpft ausstiegen und vom Trafalgar Square durch die Straßen gingen, klebte ihnen das Hemd am Leib und von ihrer Wegration im Bündel war nur noch ein Stück altes Brot übrig und ein Käse, der entsetzlich stank. Welches Gedränge und welches Treiben, ihnen sank der Mut.

Dann machte August, was er immer gemacht hatte, wenn er in eine fremde Stadt kam. Er suchte sich einen belebten Markt und das war dieses Mal der Covent Garden, wo er sich neben einen Zinnhändler und einen Stand mit Rauchwaren stellte und seine Fiedel auspackte.

Friedrich war kein großer Musikant und der Quetschkommode fehlten schon drei Tasten, doch schob er sie nun angestrengt auseinander und zusammen und schon entwichen ihr kläglich ein paar Töne von »Ade du mein lieb Heimatland«.

August setzte seine Fiedel ab und sagte:

– Weißt dou wat, Friederich, hör dou mol off. Loss meysch erst mal eine Weile spielen und dann üben mir dat nochemol, so verdienen mir keinen Penny und eysch hab meinem Berta drei Unnerröck versproche.

Friedrich schien nicht beleidigt zu sein. Er ging sich ein Bier kaufen, setzte sich auf einen Poller und betrachtete das Marktgetöse. Während August nun das »Heißa Kathreinerle« spielte und die Leute stehen blieben und ihm sogleich hier und da einen Penny in den Hut warfen, hörte Friedrich von ferne einige vertraute Töne in deutschem Singsang. Es waren Kinderstimmen, Knaben, wenn er es recht verstand, und er drängte an den unangenehm verschwitzten Leuten vorbei, die unter den Bögen mit bunt bespanntem Tuch ein wenig Schatten suchten.

Bald sah er eine Jungenschar, die barfuß und mit zerrissenen Hosen vor einem Hut standen und mehr oder weniger lustlos »Eine Schifffahrt, die ist lustig« sangen. Mit großen Augen sahen sie jedem hinterher, der achtlos an ihnen vorüberging. Als das Lied zu Ende war, stießen sie sich an und flüsterten miteinander.

– Dey Scheyß-Engländer!, hörte Friederich nur.

Dann sah er sie grinsen und die schmutzigen Hände in die Seiten stemmen und hörte sie nun aus vollem Halse singen:

– Leck dou mich um Arsch … leck dou mich um Arsch,
leck dou mich, leck dou mich, leck dou um Arsch …
leck dou mich aach im Arsch – en dou, en dou … leck
dou mich auch um Arsch!

Eine Dame mit einem ordentlich aufgebauschten Tornürenhinterteil und einem Sonnenschirm warf ihnen ein blinkendes Geldstück in den Hut und die Jungens machten einen Diener und verbeugten sich mit unverhohlenem Grinsen.

Friedrich freute sich, denn die deutschen Jungen konnten ihm sicherlich sagen, wo hier noch mehr Deutsche waren. Er ging winkend auf sie zu und schrie:

Hee! Hört emol! Eysch hun euch genau verstanden!
Eysch schwetzen aach deutsch!

Die Jungens erschreckten sich, nahmen den Hut und rannten fort, man sah nur noch den Staub wirbeln.

– Verdammt nochemol! fluchte Friederich. Er hatte es falsch angefangen. Die Jungen hatten glauben müssen, er wollte sie zur Rede stellen wegen ihres Leck-mich-Liedes, sie waren offenbar Schelte gewohnt. Nun waren sie fort. Also kehrte Friedrich zu August zurück, der schon ordentlich Geld in seinem Hut hatte. Es war etwas an ihm, das die Leute rührte, und manche waren stehen geblieben, um seinem »Mariele« zu lauschen oder genussvoll dem Höheren nachzuempfinden, das er in ihnen erklingen ließ.

– No, Friederich, sagte er endlich, als er seine Fiedel wieder absetzte. – Bist dou wat gewahr geworden?

– Dou glaubst et nicht, sagte er. – Aber da hinten vor der Gemüsefrau, da haben eben deutsche Jungen gesungen, aber dey sein davongelaufen, wie eysch kaam.

August wischte sich den Schweiß von der Stirn und knüpfte sich dann aus seinem Sacktuch eine Kopfbedeckung mit vier Zipfeln.

– Eysch glaub, eysch hab genug für en Bett hau nacht … mir müsse uns jetzt eine Schlafstatt besorgen … dat kost 4 Pence eine Nacht, dey haben mir reichlich, et reicht auch für en Mahlzeit … Am besten, mir gehen Richtung Whitechapel, da gibt et en Schweizer, der hat da eine Schenke. Da treffen sich alle dey, die Deutsch schwetzen. Wenn mir nichts kriegen, schlafen mir irgendwo in einem Schafstall, in der Dorset-Stroß oder der Brick-Stroß oder wie dey hieß, mir finden schon wat.

August und Friederich glaubten nicht recht daran, Bettchen schnell zu finden, erst einmal mussten sie sehen, wie sie durchkamen, und für den nächsten Tag wieder einen Fiedel-Platz finden, wo man sie nicht verjagte. Überall kamen ihnen Männern mit Schildern auf Bauch und Rücken entgegen, aber sie konnten nicht lesen, was darauf stand. Es wurden Arbeiter gesucht für eine neue Bahn, die unter der Erde durchlaufen sollte, und andere sollten unter der Erde Kanäle bauen, um die stinkenden Wasser abzuleiten, und wieder andere wurden gesucht für die Maschinenfabriken.

Auf dem mühseligen Weg zu der Dorset Street, wo sie von Stechfliegen, von Bauchladenhändlern oder von zahllosen Kinderbanden aus dem Tritt gebracht wurden, hefteten sie den

Blick auf die Häuserwände, an denen auf großen Schildern die Angebote der Herbergen hingen: hier 3 Pence für ein halbes Bett, da 12 Pence für eine Woche, dort 6 Pence für ein halbes Bett mit einem Frühstück.

Schließlich fanden sie im Victorias Lodginghouse for Working Men jeder ein Metallbett in einem Schlafsaal mit zwanzig Personen im dritten Stock. Die Betten standen so nahe beieinander, dass die Männer ihre Habseligkeiten kaum unterbringen konnten, und einer hatte seine stinkenden Socken auf die Bettpfosten gehängt. Ein Mann war offensichtlich so krank, dass sie einen Priester herbeigerufen hatten, der nicht wusste, wie er sich in der Enge knien sollte.

> – Achgottachgott, flüsterte Friedrich. – Dat es ja eine Zuversicht! Dat hey mache eysch einmol, aber dann nicht mehr, nicht umd verrecke! Wat meinst dou, wenn der hey am End noch stirbt … und all dey anderen schnarchen und do wird gebetet … und der andere muss pissen, und der Gestank, nä! Da lob eysch mir mein Scholmerbach!
> – Noja, Friedrich, etz hun mir mol eine Platz zoum Schlofen, dey Nacht kriegen mir schon rum … und mir fragen dann überall mol nach Deutschen und einer wird schon wat wissen. Et gibt ja Plätz, wo dey Mädcher singen … der Herrgott wird uns schon helfe.
> – Wolle mir's hoffe!

Friederich hatte von der langen Reise fürchterliche Stinkfüße und überhaupt konnte man im Victorias Arbeiterhaus kaum Luft holen durch das kleine Fenster.

Schon um dem Gestank und dem Geschwätz der Männer auszuweichen, suchten August und Friedrich noch am gleichen Abend das Public House des Schweizer Ferdl Zwingli in der Marble Street und ließen sich aufseufzend auf eine Bank fallen.

Beim Zwingli war alles grün gestrichen, die halbhohen Holzwände, der Schanktisch und sogar die Türen zum Abort im Hinterhof. Alle möglichen Flaschen mit verschmierten Etiketten und Spirituosen aus aller Welt standen hinter dem Wirt auf dem Regal.

– Ein Bier!, bestellten sie bei der füllligen Wirtsfrau im roten Baumwollkleid, die mit einem allzu nassen Lappen den Tisch abwischte und eine neue Kerze brachte. Am Abend hatte die Hitze ein wenig nachgelassen, die Fenster standen auf und ein Gewirr von Schwitzerdütsch, Jiddisch und Sächsisch klang um ihre Ohren.

– Hee, sagte August endlich zu einem mittelmäßig betrunkenen Elsässer, der allerlei Münzen und Knöpfe an seiner speckigen Weste aufgenäht hatte – Wo kann man hey deutsche Mädchen singen hören? Oder danzen dey hey irgendwo?

Der Elsässer lachte.

– An jeder Straßenecke! Die sind überall … dat heißt, die Hälfte von denen ist ab nach Kalifornien. Oder nach Victoria in Australien. Was weiß ich!

August stutzte. Er konnte sich nicht vorstellen, dass Bettchen mit dem Schiff davonsegelte, ohne ein Wort, ohne einen Brief zu hinterlassen. Womöglich war ihr etwas Schlimmes geschehen. Wenn es nur gelang, Anna aufzutreiben, dann war auch Bettchen nicht weit. Am besten, er fand sie alle beide und nahm sie wieder mit nach Hause, nach Scholmerbach. Er fürchtete sich vor dem Augenblick, wo er Fine unter die Augen treten und ihr sagen musste, dein Kind ist verloren, wir haben es nicht gefunden. Bettchen hatte eine schöne Stimme und Anna war ein Rasselmensch, das überall daheim war und herumtanzte, wo es ihr gefiel. Wo konnten sie stecken?

– Ihr könndet emol insch »Neptun« gehen, sagte ein

Schwabe auf einmal. – Odr insch »Seven Bells«. Do isch au en Tanzhause, es heischt: »Old Rose«.

– Da singen die für die Seeleute, für die Hafenarbeiter.

August überlegte. Die Wirtschaften schlossen um halb zwölf Uhr in der Nacht. In die Herberge kamen sie nach elf Uhr nicht mehr hinein. Nun noch das »Seven Bells« oder das »Old Rose« abzuklappern, dazu war es womöglich zu spät.

– Was suchet Ihr dann?, fragte auf einmal die Wirtin. – Nur ein wenig Amüsement? Oder suchet Ihr ein bestimmtes Frauenzimmer?

– Dat eine heißt Bettchen un dat ander heißt Anna!

– No, das weiß ich nicht!, flötete die Wirtin unter ihrem weißen Häubchen. – Hier gebet die sich oftmals andere Namen … Anna heißt dann Änna … oder Crazy-Ann … odr?

– Crazy-Ann … wiederholte am anderen Ende ein Kölner Handelsmann. – Isch han hier mal en Anna erlebt, dat war echt bekloppt. Dat war aus Eurer Gegend, der Wetterau, wat?

– Westerwald, sagte Friedrich.

– Noja, et war en Hessengritt. Dat hat allen uff der Nas jedanzt un is erumjehöppt, wo war dat dann … ich mein, dat war im »Seven Bells«, da könnt Ihr Euch emal erkundjen, wenn et nit zu spät is. Dat Anna, nä, dat war en Mensch, dat geht dem Deibel durch die Küch'!

August und Friedrich sahen sich an. Das passte auf Minschens Anna wie der Hintern auf den Eimer.

– Um dat müsst Ihr Euch keyne Jedanken machen, sagte der Kölner. – Dat kommt dursch, wo kein Loch is.

Für heute war es zu spät. August und Friedrich mussten zurück in ihr Männerheim, bevor der Verwalter das Tor verschloss. Sie waren müde und würden schlafen wie die Steine und hofften, dass auch in den anderen Betten Ruhe einkehrte. Sie tranken sich genüsslich noch ein Bier und einen Branntwein und dann machten sie sich auf den Weg.

Morgen war auch noch ein Tag.

Am nächsten Morgen nach einer albtraumhaften Nacht voller Röcheln, Gehuste und mehrstimmigen Schnarchlauten standen Friedrich und August auf und fühlten sich, als hätte ihnen einer sämtliche Knochen gebrochen. Die Fliegen saßen in den Schweißfurchen ihrer Hälse und ihre Lenden drückten von der zurückgehaltenen Brühe, als sie in der langen Schlange vor dem Abort warteten.

– Dat hey es naut mie für meysch ... sagte August. – Daheim geht mer einfach an den Baum ... Eysch machen dat nur für det Finche ... dat hey es nur wat für dey, die naut mer zou verlieren haben ... dey noch am Leben hängen ...

Ei August, sagte Friedrich. – Mir dürfen jetzt aber net aufgeben, mir müsse uns umgucke ... Mir müsse dahin, wo dey andern Deutschen sind, ... eysch hab doch gestern dey Buben singen gehört ... dey haben »Dou!« gesungen! Wie mer bei uns schwetzt! Dey treiben sich doch überall erum!

– Noja, eysch dacht, mir gehen emal in dey Wirtschaften, wo der Kölner gesagt hat ...

– Dat könne mir ja außerdem ... am Abend, und wenn dey Kinder naut wissen.

August war müde und sein Rücken schmerzte.

– Eysch muss eh paar Schritte tun, bis eysch mich wieder bewegen kann ...

– Weißt dou wat, hey können mir Kaffee kriegen … richtige Kaffee aus Indien, net aus Nüss' oder Eicheln oder Korn …
– Da sagst dou wat, der holen mir uns einen.

Ein erfrischender Sommerregen weichte London kurz auf und ergoss sich auf dem Straßenmist. Die feinen Damen wateten auf seltsamen Holzstelzen durch den Mist und die Herren an ihrer Seite mussten sie am Arm halten, damit sie nicht stürzten. Das Leben einer feinen Dame musste anstrengend sein, war sie doch so eng geschnürt, dass ihr Gesicht oft puterrot war, man musste sie beständig schützen vor dem Pöbel, der ihr Frechheiten zurief und sie am liebsten einmal in den Dreck geschubst hätte. Selbst die Straßenjungen, die vor ihnen geschwind den Unrat wegfegten, schnitten Fratzen, wenn die Damen vorübergegangen waren und ihnen keinen halben Penny aus ihren zierlichen Handschuhen in die Hand gedrückt hatten. Friedrich suchte unter all den Jungen auf den Straßen diejenigen, die gestern das Lied mit viel »dou« gesungen hatten, aber mit ihrem aufsässigen Blick und ihren zerlumpten Hosen sahen sich alle so ähnlich. Erst gegen Mittag hörten sie von ferne das Lied mit dem »leck mich« und aus voller Brust die Jungens »am Arsch« herausprusten, sie standen neben den Bierbänken vor der Halle und erhofften sich wohl von den leicht angetrunkenen Marktbesuchern großzügigere Gaben.

– Diesmal musst dou zou denen gehen!, sagte Friedrich. – Vor mir sin dey gestern fortgerannt!

August näherte sich vorsichtig, warf den Jungen einen Penny in den Hut und zwinkerte ihnen zu. Einer von ihnen zog seine Kappe und verbeugte sich. August zog seine Fiedel aus dem Kasten und begleitete sie lächelnd mit allerlei Leck-mich-Liedern auf die Melodie von »Rosemarie, Rosemarie, sieben Jahre mein Herz nach dir schrie«.

Die Knaben hatten großen Spaß und schnitten dazu alberne Grimassen.

– No?, grinste August schließlich und setzte die Fiedel ab. – Dat sind ja lustige Lieder, die ihr hey singt. – Habt ihr auch wat zou verkaufen?

– Sicher, sagte der Größte von ihnen mit einem roten Schopf und einer sonnenverbrannten Nase. – Ihr könnt Papierblumen von uns haben und Fliegenwedel. Aber singen geht meistens besser. Ihr schwetzt ja auch Deutsch!

– Ja. Eysch bin vom Westerwald!

– Watt?, riefen einige. – Eysch bin auch vom Westerwald! Einer war sogar von Hellersberg und einer von Böllsbach, die anderen kamen schon beinahe aus der Wetterau.

– Es et dann möglich! Mir sein von Scholmerbach, sagte August und deutete auf Friedrich, der nun näher kam. – Wisst Ihr wat, mit suchen zwei Mädcher, also dey sind schon Fraumenschen … dey könnten auch singen und danzen … irgendwo. Eines heißt Bettchen un dat andere heißt Anna.

Die Jungens steckten ihre Köpfe zusammen.

– Mir kennen eines, vom Westerwald, von wo genau dat es, wissen mir net. Dat schläft immer am Tag, dann werfen mir dem Steine ant Fenster.

Aufgeregt warf Friedrich ein:

– Wo?? Wo es datt? Könnt Ihr uns da hinbringe?

Der Größte unter ihnen verschränkte frech die Arme und spuckte auf den Weg.

– Erst müsst Ihr uns wat zou essen geben, mir essen Bloutwurst und Schinken und trinken Bier!

Friedrich wurde zornig.

– Ihr Rotzlöffel!! Frech wie Dreck! Eysch ranzen euch dat Fell!

August bedeutete Friedrich, ruhig zu sein, und meinte:

– Wann habt ihr dann dat letzte Mal gegessen?

– Nur en Kant Brot in der Früh!

– Ihr seid ja ohne Hirt und Herrn! Wer hat euch denn hey hiene gebracht?

– Der Lasterbacher Stickl-Hannes, der verkauft Scheren und Feilen und am Abend treffen mir den wieder.

August schüttelte bedauernd den Kopf. Diese armen, umherziehenden Kinder, sie waren so schmutzig und erbärmlich. Wenn sie ihm gesagt hatten, wo das Westerwälder Mädchen zu finden war, dann wollte er auch sie nach Hause bringen, wo sie hingehörten und eine Zucht hatten und nicht auf den Straßen der Welt verrohten und verdarben. Er nahm die Jungen mit zu den Bierbänken unter den prächtig geschwungenen Bögen mit den bunten Markisen und ließ ihnen Wurst und Käse bringen, Brot und Bier und auch für Friedrich ließ er einen Branntwein bringen. Eine Weile lang sahen sie einem Puppenspieler zu und dann bestaunten sie eine Seiltänzerin, die über den Marktplatz balancierte und ein hübsches Schirmchen schwenkte.

– Dou bist doch bekloppt!, rief Friedrich. – Unser ganzes Geld! Dey belügen deysch doch! Heut Abend könne mir im Schafstall schlofen!

– Eysch mach nachher noch ein bisjen Musik, sagte August und schob sich vergnügt den Hut in den Nacken.

Die Jungen aßen und tranken und schmatzten und lachten mit ihrem Gönner und redeten von Herzen Wäller Platt.

– Dat Westerwälder Schlippchen-Gritt!, sagten sie. – Dat es ganz verkommen! Dat ärgern mir immer und schmeißen dat mit Pferdeäpfeln.

– Hä! Ihr bösen Buben! Dat es aber nicht schön!

– Ja, aber dat es ein Luder! Ein Weibstück, dat es verloren, sagt der Stickl-Hannes immer. – Dat wär eine Gefallene, aber eysch hab nicht gesehen, dat dat gefallen wär!

– Wären mir doch gleich zou dem Stickl-Hannes gegangen, sagte Friedrich. – Das wäre uns billiger gekommen.

– Ja, aber mir wisse ja nicht, wo der jetzt ist. Wo haust dann dat arme Schlippchen-Gritt?

– Im Armenhaus in der Crispin Street. Manchmal. Manchmal liegt dat auch in dem Stall von dem Lumpenhändler in der Wenworthstroß. Dat es besoffen und singt immer so ... weißt dou so: ... loooohooo ...

Sie machten das Schlippchen-Gritt nach, wie es mit seinem engen Rock voll schmutziger Schleifchen durch die Straßen torkelte und in hohen Tönen sang.

– Heißt dat dann auch Schlippchen-Gritt? Oder wie heißt dat richtig? Und von welchem Ort ist dat dann?

Die Jungens schmatzten und gaben nicht mehr so recht Antwort. Nur der Kleine, den sie Emil nannte, sagte: Dat wissen mir net. Aber dat schläft immer in dem Haus, wo dey Muttergottes vorne druff ist.

– Do gehen mir nachher gleich hin. Eysch beten, dat dat net unser Bettchen is ... Allmacht des Herrn, sagte Friedrich.

Etwas schnürte ihm die Kehle zu und er war sich gar nicht mehr sicher, ob er seine jüngste Schwester wirklich finden wollte, in Wahrheit fürchtete er sich schrecklich, womöglich war es besser, sie hier im Sumpf zu lassen, wenn sie doch ohnehin verloren war.

– Noch wat, sagte August. – ihr armen Buben ihr ... ihr dauert meysch in der Seel! Eysch will Euch gerne mit nach Hause nehmen, auf eure Dörfer, wo ihr daheim

seid! Et kann nicht sein, dat Ihr hey verkommt, und am
Abend verprügelt werdet … dat es kein Leben!

– Wieso, wer verprügelt uns dann?

– Ei euer Herr, der Lasterbacher Stickl-Hannes!

– Watt??? Der Stickl-Hannes? Seid Ihr verrückt?? Der
Stickl-Hannes es der beste Mensch off der ganzen Welt!
Für den däten mir durch dick und dünn gehen!

– Für den dät eysch einen umbringen!, rief der Kleinste.

– Stärwen! Eysch tät stärwen für den!, sagte der Dritte
großspurig. – Mir gehen nicht heim, da wollen dey uns
nicht, dey haben gesagt, dey sind froh, wenn dey einen
Fresser los sind. Mir bleiben beim Stickl-Hannes, der es
gout zou uns.

– Mir bleiben auch, wenn der krank ist!

– Und mir bringen dem Geld, wenn der keines gemacht
hat!

– Und wenn der von anderen verkloppt wird, dann machen mir dey anderen tot!!

– Ach Gott, seufzte August. – Ja, wenn dat so es. Aber
denkt daran, Ihr müsst anständig bleiben, nicht lügen,
nicht stehlen, niemanden verhauen … und kein bedau-
ernswertes Mensch mit Pferdeäpfeln bewerfen, dat es
nicht recht!

Die Jungen grinsten und tranken noch einen ordentlichen
Schluck Bier. Mit ihren vierzehn Jahren waren sie so manchen
Rausch gewohnt.

– Dann grüßt mir den Lasterbacher Stickl-Hannes, und
der soll euch doch mal wieder heimbringen … dey Zeiten sein besser geworden daheim. – No macht!

Mit zweifelndem Blick verließen Friedrich und August die
Jungen, grüßten und winkten noch einmal, sie mussten weiter.
Bis zur Crispin Street war es so weit wie von Scholmerbach bis

nach Wennerode. Sie waren lange Fußmärsche gewohnt, aber durch die heißen Straßen von London war es kein rechtes Vergnügen. So setzten sie sich hier und da mal unter den Schatten oder taten so, als wollten sie in einem kühlen Laden ein Hemd aussuchen. Und irgendwann, die Hitze stand noch immer stille, waren sie überglücklich, als sie von Weitem den weißen Turm der Kapelle an der Commercial Street erblickten, sie waren in Whitechapel.

Das Armenhaus von den Schwestern der Gnade mit seiner lieblichen, segnenden Muttergottes über der Tür schien die elenden Gestalten liebevoll einzuladen und auf der anderen Seite wieder abzuweisen mit seinen tausend dunkelgelben Ziegelsteinen und seinen gähnend schwarzen Fenstern. Darin aber schien einiges los zu sein, Nonnen in ihren schwarzweißen Gewändern fegten vorbei und stießen einschüchternde Worte aus, sie stießen ihre Bewohner zum Gebet, zwangen sie in die Kniebänke und ließen sie Rosenkränze beten für eine warme Suppe unter dem Kreuz. Manchmal taumelten fluchende Weiber aus den Türen. Hochschwangere Mütter schrien wie die Pferdekutscher und drohten den Nonnen und einige dürre alte Frauen krochen demütig wie die Hunde vor den steifen Schleiern ins Haus. August und Friedrich nahmen den Hut ab, stiegen über ein paar spielende Kinder und gingen zu dem Weibervolk, das vor dem Armenhaus auf den Gehwegen saß. Sie näherten sich ihnen mit einer gewissen Scheu und ordentlichem Respekt.

— Good morning … sagte August, denn ein paar englische Brocken hatte er immer parat. — German? German woman?

Er deutete auf das Haus. Die Frauen stießen sich an oder drehten sich weg.

— Schlippchen-Gritt?, fragte Friedrich.

Die Frauen mit nachlässig aufgesteckten Haaren und Schürzen über ausgemergelten Leibern zuckten die Achseln. Dann deutete eine von ihnen auf ein Fenster im ersten Stock und meinte:

– German? Some of' em … over there …

– Some?, fragte August. Also mehrere deutsche Frauen?

Eine alte, verbitterte Nonne erschien in der Tür und schrie:

– No men allowed!! Go away! Go away!!

Friedrich und August traten einen Schritt zurück und winkten begütigend ab und Friedrich machte aus Versehen ein Kreuzzeichen. Schließlich erbarmte sich eine der Frauen, die auf dem Bordstein gesessen hatten, und ging hinein, um wenig später mit einem unwilligen, knochigen Weib zurückzukommen, das sich am Türrahmen stieß.

– Verzeihung, sagte August. – Eysch sein auf der Suche nach zwei deutschen Mädchen, dat eine heißt Bettchen und dat andere Anna. Mir suchen auch das Schlippchen-Gritt. Habt Ihr dey vielleicht gesehen?

– Wo seid Ihr denn her?, fragte das Weib mit breitem Maul.

– Vom Westerwald.

– So wat, ich bin von Butzbach!
   No, dat es ja nicht weit von uns … wie kommt Ihr dann heyhiene?

– Ei, mir sind Wollweber und wollten hey Handel machen … aber jetz, wo et die Fabriken gibt … so kommt man an den Bettel … Noja, wen sucht Ihr dann?

– Es Bettchen oder es Anna von Scholmerbach, vielleicht auch dat Schlippchen-Gritt?

– Scholmerbach … kenne ich nicht! Naja, Bettche oder Anna … nä, aber hier gibt et ein Schlippchen-Gritt … das kann ich euch bringen, aber ihr dürft nicht erschrecken!

August und Friederich erschraken erst recht. Denn das Weibstück in einem schäbig-karierten Rock, das um die Ecke an der Dorset Street betrunken an der Hauswand lehnte und mit zweifelhaften Gesten den Männern zuwinkte und Küsse aus hohlen Wangen blies, war gewiss nicht das, was sie sich zu finden erhofft hatten.

– Äh … Gritt?! Bist dou et Gritt?, fragte Friedrich und Gritt mit ihrem verknitterten Hut auf den strohigen Locken riss die Augen auf und scharwenzelte ihm sogleich entgegen, um sich in seinen Arm zu hängen.

> – Hāllou … säuselte Gritt und man roch den Brandy durch ihre Zahnlücken hindurch. – Seid ihr deutsch? Oh du mein Heimatland …

Schon fing sie an zu singen, genauso wie es die Straßenjungen vorgemacht hatten.

> – Gritt, sagte August. – Ihr könnt wirklich sehr schön singen, aber wisst Ihr, mir souchen zwei teutsche Frauen, dat eine heißt Bettchen und dat andere Anna.

Gritt hörte auf zu singen und eine strohige Locke fiel über ihr bleiches Gesicht.

> – Bettche … aha … und nach mir … ? Nach mir sucht gar keiner … wollt ihr nicht mit mir ein schönes Stündchen verbringen … eysch kann Euch sehr glücklich machen, werter Herr, kost bluß zwei Penny …

> – Ach, dat es lieb gemeint, sagte August, aber eysch alter Knochen, dat es naut mie für meysch … Ihr kriegt dey zwei Pence auch so, wenn Ihr uns helft.

Gritt steckte einen Finger in den grindigen Mund und tat gekränkt.

> – Ach noja … Ihr wisst nicht, wat euch entgeht … aber macht naut … eysch will euch helfen … ihr teutschen Recken! Folget mir! Ihr seid schon ganz richtig …

Und sie blieb an Friedrichs Arm hängen, als sei er seit ural-
ten Tagen ihr Liebster und als gingen sie auf eine sonntägliche
Promenade. Es nützte auch gar nichts, dass Friedrich sie hin
und wieder fortschob, sie tändelte immerzu wieder zu ihm hin
in ihrem schabbeligen Rock mit den Flecken von Pferdeäpfeln.

    – Kennt Ihr dann dat Bettchen?, fragte August aufgeregt.
    – Ich weiß et nicht, mein Herr, sagte Gritt. – Aber mir ge-
    hen emal ins Old Rose … da kriege ich gewiss was zu
    trinken von Euch … und wer weiß??

August stöhnte. Wer weiß, was diese Verrückte wusste, und
nun musste er weiterlaufen bis zu den Docks, seine Füße
brannten und der Rücken schmerzte. Wenn er heimkam, sollte
der Fritz ihn wieder einrenken.

    – Ein teutscher Recke … sagte er. – Eysch alter Tölpel.

Das »Old Rose« hatte große, von der flirrenden, staubigen
Luft der Docks verblassende Rosen um die Eingangstür gemalt
und beinahe hätte man denken können, man betritt einen ed-
len Tanzpalast, wäre nicht bereits der Riegel von der Tür gerissen, der Putz bröckelig und der Boden schwarz von den
schmutzigen Schuhen der Leute. Am Eingang saß eine alte
Frau auf einer Kiste mit einem schmutzigen Deckchen und
nahm von jedem eine Münze, während hinter ihr ein musku-
löser Mann mit tätowierten Armen stand, bereit, jeden raus-
zuwerfen, der sich nicht benahm. Hohe Säulen stützen den
Himmel eines Saales, auf dem man über dem Tabaknebel die
einstmals prächtigen Rosen erahnen konnte. Das Old Rose
war wirklich eine alte »Rose«, eine sehr, sehr alte Rose mit
schiefen Fenstern und dämmerigem Funzellicht, und hier
drängten sich die Kerle aller Länder, sie konnten es nicht abwarten und schrien und überboten sich mit ihrem Gelächter,
ihrem Zuprosten, dem Geprahle und Geschrei. Hinten in dem

sanften Rund der Halle ging es einige Stufen hinauf und dort standen fünf leere Stühle auf einer angedeuteten Bühne.

– Ach, sagte August, dann machen dey gleich Musik, will eysch mal hören, ob et ein neues Lied gibt, dat eysch lernen kann. – Und, Grittchen, dann bin eysch mal gespannt, wo komme dann hey die Weibsmenschen?

Gritt hatte gleich einem Seemann die Branntweinflasche weggenommen und nahm einen kräftigen Zug. Sie deutete nach oben, wo die Treppe hinter der Bühne hinauf im Inneren einer blässlichen altrosé Rosenkelches verschwand. Gritt hatte nichts versprochen und doch alles gehalten. Es dauerte nicht lang, dann kam erst ein stark geschminktes Mädchen heraus und dann ein anderes mit Rosen in den Haaren und schließlich ein drittes mit seltsam abstehenden Schillerlocken, üppig bemalten Lippen und einem grünen Rock, mit dem sie kaum durch die Tür kam. Die Männer schrien, stampften und johlten.

August erbleichte.

– Es et dat?, flüsterte Friedrich entgeistert. – Nä, dat es et net.

– Dat es et, sagte August. – Us Bettchen.

– Dat kann et nit sein. So beschmiert im Gesicht, es jo widerlich!

Der tiefe Ausschnitt des dritten Mädchens, die übertriebenen Rüschen, der seltsam erhabene Tritt, als müsste sie über Schlangen laufen, und wie sie jedes Mal den geschmückten Rock ein wenig anhob, dass er unter dem engen Mieder schwang wie eine Glocke. Der Turm aus mit Federn und Perlen aufgesteckten Haaren. Vor allem aber ihr Blick, so töricht und so aufgeschreckt, als sei das Gesicht stehen geblieben in einem Augenblick, in dem es nichts begriffen hatte.

– Schockschwere Not, sagte August. – Wie dat aussieht …

wie dat zurechtgemacht ist … Friedrich … dat heißt
nichts Gutes … en dey Trepp da oben nuff … dey
Trepp … dey führt mitten ins Verderben …

Friedrich musste sich setzen. Ihm war es kotzelend. Seine
kleine Schwester mit den dicken, schweren Zöpfen, so frisch
und so fromm, sah jetzt aus wie ein Hurenmensch. Wenn es
hier den verkommenen Säufern und Narbengesichtern und
brünftigen Halunken der sieben Weltmeere zum Opfer vorge-
worfen wurde, dann würde es besudelt und verdorben für sein
für sein Lebtag. Was für eine Schmach.

— No komm, sagte August. — Mir wissen et nicht, womöglich hat et immer nur gedanzt!

— Dat glaubst dou und eysch net, stöhnte Friedrich. — So
kann eysch dat nit mit heimnehme … so net … dat Bettchen … es dey Sünde selber.

— Mir wissen et net, sagte August. — Und eysch will auch
naut wissen. Mir sin alle mitschuld. Mir haben all mitge-
holfe. Mir haben et verkauft.

Friedrich schüttelte den Kopf. Das war zu viel und alles
drehte sich in ihm. So wie er mitunter den Kopf heben musste
und sein Blick an den prächtigen Kleidern hing mit den herrlichen weiten Krinolinen und den engen Leibchen, so verstört
war er von rot bemalten Lippen und der nackten Haut, die in
dem weiten Ausschnitt glänzte.

— Dey Drecksäcke hey rundherum, flüsterte er. — Dat
Lumpenpack, dey Ausgeburten, dat muss dey Hölle selber sein, hey danzt der Teufel sich sey Füß wund … den
Huf … mit seinem stinkische Schweif … eysch weiß nit,
wat mir mache solle … August … eysch weiß et nicht.

Schon nahmen die Mädchen ihre Harfen und ihre Tam-
bourine und Drehleiern, da sprang der erste Trunkenbold auf
die Bühne und ließ einige Pennys springen.

Zwei muskelbepackte Kerle stürzten sich auf ihn und trugen ihn herunter, nahmen ihm das Geld ab und steckten es einem feinen Herren zu, der mit dampfender Zigarre und Melone an der Seite stand und das Treiben der Mädchen überwachte. Der Betrunkene in seinem geflickten Hemd winkte und zeigte auf Bettchen und wollte es gleich haben zum Tanz oder wozu auch immer, und als der Herr mit der Melone und der goldenen Uhr nickte, stand Bettchen auf und ging ihm entgegen.

Da reichte es Friedrich. Er eilte auf den Betrunkenen zu und schlug ihm aufs Maul, dass dieser in die Menge stürzte und über eine Bank fiel. Die starken Kerle mit den Muskeln wollten sich nun auf Friedrich stürzen. Den Augenblick nutzte August und er ging auf die Bühne, nahm Bettchen an der Hand und sie sah ihn an mit ihrem törichten und aufgeschreckten Blick und dann sagte er:

– Bettche! Kennst dou mich noch? Eysch seinet, der August.

– Wat?, fragte Bettchen und sah durch ihn hindurch.

– Der aal August mit dem Fiedelkaste!

– Ach wat …

– Komm, Bettchen, mir gehen heim.

– Wat?, fragte sie.

– Dou hast genung gesungen. Nimm deinen Krempel. Mir gehen!

– Wohin dann?

– Mir gehen heim, Bettchen. Heim nach Scholmerbach.

Die Margeriten schwankten auf der saftigen Wiese und verzierten sie mitsamt den Himmelsschlüsseln, Butterblumen, dem Klatschmohn und dem Hahnenfuß. Der dicke Baum, in den der Blitz eingeschlagen hatte, wuchs gewaltig in zwei Hälften weiter und breitete seine mächtige, gespaltene Krone dramatisch über die Äcker und das Hirtentäschelkraut und die Kamillen bemühten sich, alles zu umkränzen, die Wiesen und die Wälder und die Wege.

Beim Bocksersch Fritz blühten sogar die Gänsedisteln, die Runkelrüben und die Brennnesseln. Fritz reparierte die gebrochene Deichsel für seinen Pflug und ließ sich von seiner Frau einen Kaffee bringen. In diesem Jahr hatte er noch keinen Knochen einrenken müssen und niemand hatte ihm seine Zipperlein angeschleppt. Er war froh, dass er sich nur um seinen Hausrat kümmern musste, und eigentlich hätte er gerne in Wällershofen das Schlosserhandwerk erlernt. Aber dafür war es nun zu spät, und so blieb er eben Bauer.

Ein kleines Mädchen mit hellem Haar lief zwischen den Hühnern herum und sah, wie der Geißbock das Johanniskraut und den Spitzwegerich aus der Erde zupfte. Da schalt es den Geißbock und schubste ihn fort, hockte sich über das Jakobskraut und wollte es beschützen.

– No, sagte Fritz, dat sind doch keine schöne Blumen! Da musst dou hey off der Wies Margeriten souchen … da kannst dou dir ein Kränzchen von machen für dein Haar!

Aber die kleine Marie suchte sich die krummen, rissigen Kräutlein, die im Schatten des dicken Baumes oder unscheinbar am Schafsstall wuchsen oder sich unter den breiten Bachblättern unten an der Scholm versteckten. Man hörte sie singen:

– Heile, heile Gänsje, es wird ja wieder gut … Kätzje hot e

Schwänzje, es wird ja wieder gut. Heile heile Mause-
speck … in hundert Jahrn ist alles weg.

Wer Marie sah, konnte den Blick nicht von ihr wenden, sie
hatte so helle Augen. Sie ging zu den kranken Katzen und
streichelte sie und sie ging zu den kranken Hasen und streichelte sie und dann wurden sie wieder gesund, und die Leute
sagten:

– Et Sanne es wiedergekommen. Dat es det Sannche.

Wenn Fritz auch ein großer Knochenrenker geworden war
und die Leute kamen von Wennerode, von Linnen, Ellingen,
Hellersberg und Pfeifensterz, um sich einen schiefen Hals und
einen krummen Rücken wieder richten zu lassen, so fehlte
ihm doch die Gabe, einen heilenden Saft oder einen Kräutersud für Umschläge zu machen. Auch den Frauen konnte er
nicht helfen bei ihren vielerlei Beschwerden. Wenn eine in die
Umstände kam oder beim Gebären Fieber kriegte, dann war
Fritz zu nichts nutze. So war er froh, als sich bei Marie die
Gabe wieder bemerkbar machte, und ganz Scholmerbach war
froh, dass man dieses Seelchen hatte, das mit dem Überwelt-
lichen verbunden war.

Man sah Marie, wie sie mit dem Lämmchen vom Hanjokeb
sprach, und man sah, wie sie mit dem Hühnchen von Finchens
Jakob sprach. Dann sah man, wie sie mit Spinnen und mit Fliegen und mit Hummeln sprach. Und dann sah man, wie sie in
der Scheune hockte und mit jemandem sprach, den niemand sehen konnte. Wenn man sie aber fragte, mit wem sie sich da unterhalten hatte, dann schwieg sie und lächelte und ihre blonden
Locken fielen ihr ins Gesicht. Da ließ man sie gewähren und
dachte an die alte Sanne, die auch Gesichte hatte und die Gabe.

Und als Mariechen eben aus der Scheune gestapft kam,
blinzelte sie in die Sonne und sah in der Ferne ein Pferdefuhrwerk auftauchen.

Es kam vom Hellersberger Hügel in das Tal von Scholmer-
bach herunter und schon liefen ihm vom Dorf und von den
Feldern die Kinder entgegen und dann schrien sie schon von
Weitem: Der August!! Der August ist wieder da! Mit dem
Friedrich! Und en Frau vom Wällershofener Schloss!!!

Das konnte keiner begreifen. Seit wann nahmen August
und Friedrich ein Fuhrwerk, das so teuer war wie Brand, und
gingen nicht zu Fuß? Und eine Dame vom Wällershofer
Schloß würde sich ganz gewiss nicht zu August und Friedrich
auf den Pferdekarren setzen.

Fine hatte im Garten gerade die herrlichen Erbsen gepflückt und noch einige Schoten drangelassen, die im nächsten
Jahr als Saat dienen sollten. Da drang das Geschrei der Kinder
an ihre Ohren. Was hörte sie da? Ein Pferdefuhrwerk kam, mit
August und Friedrich und einer feinen Dame?

Ihr Herz machte einen Satz und ihr wurde schwindelig.
August, August, er musste etwas wissen, etwas sagen können,
er war in London gewesen, mit ihrem Friederich, beinahe begann sie zu weinen und wusste doch noch nichts. Sie mühte
sich, auf ihren wehen Füßen den Kindern hinterherzuhinken.
Nun kamen alle aus den Häusern gerannt, um zu sehen, wer da
kam, und auf einmal schrie Schlosse Gretchen:

– Et is et Bettche!!! Et Bettche sitzt oben off!!!

Da winkten und staunten die Leute und trauten ihren
Augen nicht. Bettchen saß hocherhoben und mit seltsamer
Miene oben auf dem Kutschbock, das Haar wie immer ge-
flochten und in zwei Kränzen um den Kopf gelegt, das Ge-
sicht sauber gewaschen. Doch das Ungeheuerliche war ihr
Kleid, mit einer Krinoline, so weit, dass sich die lindgrünen
Röcke über den ganzen Kutschbock bauschten und über die
Knie von August und Friedrich hinweg, ein Kleid wie für den
Ball der Kaiserin, mit Litzen und Biesen und Schleifen und

seltsamen Rüschen am Ausschnitt, da blieb jedem das Maul offen stehen.

Durch den Wind über den Wiesenblumen drang eine seltsame Ahnung von Parfüm und Portwein und Sünde, Bettchen trug ein Sündenkleid, dessen weiter, ausladender Rock immer wieder über Friedrichs Knie fiel, den er fortwischte und der doch immer wieder über seine Beine fiel.

Ein eigentümliches Gefühl machte sich breit und auch der herbeigehumpelte Pfarrer Vinzenz bekreuzigte sich immer wieder.

Allein Finchen, die nicht mehr gut sah, stürzte dem Wagen entgegen, der endlich vorm Honiels anhielt, und sie schrie:

– Ei Bettche, mein Kind … bist dou wieder do … ei … ei … so lang warst dou fort!

Und die anderen in ihren Lumpen und Röcken, so feucht und verschwitzt von der Feldarbeit und schmutzig vom Gedränge der Säue und des Federviehs, gingen stumm einen Schritt zurück.

– Bettche … rief Fine … Eysch hätt deysch nie fortschicke durfe … un jetzt bist dou so schön … im feinen Kleid …

– So ein Kleid kriegt man aber nicht umsonst, sagte der alte Hanjokeb.

– Halt dein dreckisches Maul!, schrie Bettchens Bruder Johann.

– Et Bettchen hat so schön gesungen, bei vornehme Leut. In London sind dey reich, da haben dey alle so Kleider!, sagte August begütigend.

– Eysch sage et ja nur … wiederholte Hanjokeb und grinste. – Dat muss ja unheimlich gesongen haben … wie ein Vögelchen … für so feine Schleifchen …

Johann packte ihn am Kragen und wollte ihn an die nächste Stallwand schlagen und er schrie:

– Eysch brechen dir sämtliche Knoche, dou schlechter
Hund!, als Fine aufschrie wie eine greinende Katze.
– Hört off! Hört off!! – Eysch bin froh, dat et wieder da es!
Dat et sein Leben noch hat! … Kümmert euch doch um
euern eigenen Dreck!!

Bettchen sah teilnahmslos zu und blieb eigenartig starr auf
dem Kutschbock sitzen und August wollte ihr helfen, während
Friedrich abstieg mit düsterem Gesicht.

– Eysch wollt, dat et sein altes Kleid wieder anzieht, sagte
Friedrich. – Aber dat Kleid war fort und mir mussten
schnell weg, dey wollten dat Bettchen gar nicht gehen
lassen … et hätt en Vertrag … da mussten mir sehen, dat
mir Land gewinnen!

Niemand schien etwas dazu sagen zu wollen und der Wenneröder Kutscher fing an, das wenige Reisegepäck von August,
Friedrich und Bettchen abzuladen.

– Jetzt komm doch, Bettche, komm, et wird alles wieder
gut, sagte Fine und wenn ihr im Inneren auch graute
vor ihrem eigenen Kind mit dem seltsamen Gewand
und wenn sie auch den heimlichen Wunsch verspürte,
es von sich zu stoßen mit diesem fremden Gesicht und
dem hoffärtigen, schlimmen Kleid, so musste sie doch
vor dem Herrgott etwas gutmachen und wollte Bettchen drinnen erst mal eine Suppe kochen und einen
Kaffee aufsetzen. Alles andere besorgte der Waschtrog
und das Gebetbuch. Die Leute sollten sich fortscheren,
die hier Maulaffen feilhielten. Es musste doch jeder mit
sich und seinem Herrgott ausmachen, was geschehen
war.

– No mach! Komm da runter!

Das kalkweiße Bettchen in dem eng geschnürten Mieder
konnte sich noch immer nicht rühren, auch wenn August jetzt

an ihr zog, noch immer schaute sie töricht oder aufgeschreckt, mit einem Zug von Bitternis.

– Et Leben geht weiter!, sagte August und Vinzenz murmelte:

– Der Herr sei ihr gnädig. So kann et aber nicht bei mir in der Kirch sitze. Et es jo schamlos.

Die kleine Marie hatte bei den anderen Kindern gestanden und das Pferd und das schöne Kleid bewundert, und nun kam sie zu dem Kutschbock und reckte ihre Ärmchen und streichelte Bettchens Knie. Da endlich kam wieder Bewegung in Bettchen. Sie zog die feinen, seiden Schuhe aus und warf sie dem Dapprechter Wilhem in den Garten.

– Dey werden hey jo sowieso nur dreckig. Daheim geht man am besten barfuß.

Und als sie schließlich herunterstieg und Fine ins Haus folgen wollte, zerriss sie sich das schöne Kleid erst am Lattenzaun, dann am Riegel der halben Tür und dann am aufgehängten Sensenstil. Fine aber stellte den Kaffeekessel auf das Feuer und dann sagte sie:

– Etz wäschst dou disch!, sagte Finchen. – Dann tust dou dein Kleid aus. Dann beten mir. Und dann gehen mir Küh melken.

Man hat Bettchen noch oft in der Kirche beten sehen, und um ihre Hände klapperte der Rosenkranz. Wenn man sie belauschte, glaubte man zu hören: – Gottes Gnad und Jesu Blut machen alle Sünden gut. In dieser stillen Stunde, Herr Jesu, denke mein. In deiner heilgen Wunde schließ mich bei dir ein. Und habe ich durch Sünde betrübt dich höchstes Gut, so schenke deinem Kinde Verzeihung durch das Blut.

Fine machte mit ihr die Wallfahrt nach Marienstett. Es gab vieles zu büßen, aber auch vieles zu danken. Dass sie überlebt hatten. Dass Bettchen wieder daheim war und dass sie fortan ein rechtschaffenes Leben führen würde. Dass die Ernte so gut stand und Johanns Kinder und Rosas Kinder und Minnas Kinder und Friedrichs Kinder so gut gediehen. Man durfte sich nie auflehnen wider den Herrn und in der Buße fand Fine eine wahre Leidenschaft. In Marienstett hatte sie sogar ein Heiligenbild erworben, auf dem war der liebe Herr Jesus mit himmelblauen Augen und einem Schäfchen im Arm und, oh Wunder, alles war bunt, der Himmel mit Wolken, der goldene Heiligenschein, das rote Herz in seiner Brust. Jedes Marienlied, das Fine sang, tröstete, und sie fühlte sich emporgehoben in eine süße Seligkeit.

Zur Sicherheit betete sie nun jeden Tag den Rosenkranz und wenn er fertig war, fing sie wieder an von vorne. Sie hatte den Herrgott und das Jesuskind so lieb, so lieb. Mochte er ihr vergeben und mochte sein sanftes Licht ihr scheinen, wenn sie zurückging in das Himmelreich und vielleicht konnte der gute Konrad ihr behilflich sein, der um so vieles besser war als sie.

— Eysch will net int Fegefeuer, so betete sie, da isset so heiß.

Fine kam niemals ins Fegefeuer. Als sie an einem hellen Junitag hinausging, um zuzusehen, wie sie über Scholmerbach den Kirmesbaum aufstellten und ihn geschmückt hatten mit Fichtenkränzen und buntem Papier und ihn hinauf in den Himmel zogen, da war ihr mit einem Mal so friedlich, unter all den Mücken und Bienen, mit dem Gemuhe der Kühe auf den Weiden und dem Gesinge der Kinder beim Hickelhäuschen, da hatte sie wieder das überweltliche Gefühl, und mittendrin fiel sie einfach um. Sie merkte gar nicht, wie die Scholmerbacher zusammenliefen, und sie merkte auch nicht, dass man den alten Vinzenz gerufen hatte und auch der Bocksersch Fritz und sein kleines Mariechen kamen und nichts mehr ausrichten konnten.

Fines Seele schwebte über Scholmerbach und um den bunten Kirmesbaum herum und über den Honiels und den Brunnen und die Weidehecken, den Urles, das Haselbacher Feld, die Brennnesselfelder, über den Zimmerplatz und über den Eulenbirnbaum. Die Engel des Herrn aber schwebten ihr entgegen und auch Konrad war bei ihnen und bevor sie sich versah, waren sie auf der Himmelswiese, wo Hannes Kinder spielten, vor dem Tor zum Paradies, aber wer hätte es gedacht, der liebe Herr Jesus war auch da mit seinem schönen Angesicht und seinen lieblichen Augen, und er trug Hannes Kinder auf den Schultern und Hanne und Kaspar und Sannchen waren da in ewiger Jugend und sie gingen durch das Himmelstor und waren selig für alle Zeit.

Meine Ururgroßmutter Bettchen hatte immer diesen Blick gehabt, diesen stieren, seltsamen Blick, mit dem sie in die Hollen sah, oder vielleicht nach London, oder nach Australien, von wo aus Anna ihr Briefe schrieb mit vielen Fehlern und verschmierter Tinte. Wie sie alle auf das Schiff gegangen waren, die Wetterauer Mädchen mit der Drehleier und sie mit ihrem wunderbaren Ehegemahl John Henry Strack. Und wie sie da Fleisch aus Büchsen gegessen hatten! Man stelle sich vor! Eine Büchse aus Blech und wenn man sie mit dem Messer oder spitzen Steinen aufschlug, war da Fleisch drin! Und wie sie am anderen Ende angekommen waren mit den Weiselsburger Mädchen und den anderen, die nun in den Saloons der Goldgräberstadt tanzten! Aber man musste nicht denken, dass sie alle schlecht waren, oh nein, sie tanzten in hochgeschlossenen Kleidern und die Cowboys mussten immer einen Dollar zahlen und dafür durften sie sie beim Tanzen hochwerfen, so hoch sie konnten! Oh, manche behandelten die armen verliebten Cowboys schlecht, so schlecht und wollten nur ihr Geld. Es gab ja sonst nichts Schönes anzuschauen in der Goldstadt von Victoria, in Ballarath, außer diesen schönen, tanzenden Hessenmädchen, den Hurdy Gurdy Girls.

Sie selber tanzte nicht mehr, sie war ja jetzt eine ehrbare Ehefrau geworden. So ehrbar war Anna noch niemals gewesen, in ihrem ganzen Leben nicht, und sie bildete sich nicht wenig darauf ein! Überhaupt, wie sie das Kind gekriegt hatte auf der Überfahrt nach London mitten auf dem Schiff! Da durfte sie gar nicht mehr dran denken! Und nun hatte sie schon sieben gesunde Kinder, ihr war noch keines gestorben, keines!!! Natürlich musste John Henry hart arbeiten, so hart in den Minen von Ballarath, aber sie hatten ein eigenes Holzhaus mit so viel Morgen Land wie halb Scholmerbach, so groß! Das wollte alles urbar gemacht werden und war voller Wurzeln und Dornenzeugs und Steine. Kängurus gab es hier und Schlangen!! Nie hätte sie geglaubt, was ihr alles passierte im Leben! Dass sie mal so hart arbeiten musste! Aber wenn man eine große Familie hatte und einen stranatzen Ehemann wie John Henry, der eigentlich Johann Heinrich hieß, und aussah wie Abraham Linkel, dann tat man es doch von Herzen gerne!

Oh, wie Anna noch manchmal das Bettchen vermisste! Wie herrlich es doch war in London und was für Späße sie gemacht hatten und wie lustig es doch gewesen war, wenn sie den armen Iren und Spaniern die Courage abgekauft hatten und nachts am Strande der Themse gesessen hatten. Aber davon hatte sie John Henry natürlich nichts gesagt, lieber wollte sie sterben, denn ihr John Henry war ganz ein Frommer und Akkurater! Sie hoffte auch, dass Bettchen tief in der Brust verschloss, was man alles erlebt hatte! Darüber mussten beide schweigen, bis sie tot umfielen! Man musste sich immer vorhalten, dass man sich ja hatte durchschlagen müssen, und in London gingen die Uhren anders als in Scholmerbach. Sie bereute darum tief im Inneren gar nichts, es war ein schmutziges Geschäft gewesen, aber der Herrgott hatte ihnen gewiss verziehen, er verzieh ja alle Sünden und die Magdalena war eine größere Sünderin als sie beide, auch wenn Bettchen, mal ehrlich, noch schlimmer gewesen war wie Anna. Geschichten vom Herrn hörte sie ja jetzt andauernd, weil John Henry immer in der Bibel las! Gold hatte er noch keines gefunden, doch als Minenarbeiter hatte er sich schon hochgearbeitet und wurde respektiert von den Schotten und den Iren und all den anderen Abenteurern. Sie war einfach verrückt nach ihrem John Henry.

So, jetzt musste sie, Anna, aber aufhören, das Schreiben fiel ihr ja ohnehin schwer, sie hatte ja nie so aufgepasst in der Schule und der Gänsekiel brach dauernd durch. Nun schrien die Blagen schon wieder und die Wäsche dampfte im Kessel, dennoch wollte sie nie aufhören, an Bettchen zu schreiben, und man musste immer dankbar sein für das viele, das wir erlebt haben, und dass wir so viel von der Welt sehen durften, und wie schön wir es doch hatten und das Hässliche, da tut man nicht mehr dran denken.

Deine dich ewig liebende Anna … FRAU JOHN HENRY STRACK!!

Mit vielen Küssen und Flecken bedeckt kamen diese Briefe bei Bettchen an und sie versteckte sie tief in ihrer Truhe, in der mit der Zeit das sündige Kleid zerfiel, das niemals jemand anzufassen wagte. Nur aus der Krinoline hatte Johann einen Hühnerstall gebaut, die steifen Drähte, mit Rosshaar umwickelt, eigneten sich vorzüglich, um das Federvieh darin einzusperren, damit es in der Nacht nicht davonlief und vom Fuchs gefangen wurde.

Als die Leute sahen, wie Bettchen immerzu den Rosenkranz betete, da glaubten sie, sie werde alsbald den Schleier nehmen und bei den Dernbachern Armen Dienstmägden Jesus den armen Bettelkindern helfen, die noch immer über das Land zogen, auch wenn es nicht mehr so schlimm war wie früher.

Aber Bettchen, die am helllichten Tag in den Mond hineinschaute, ließ sich auf der Kirmes ausgerechnet vom Klapper-Hannes zum Tanz auffordern und da zerrissen sich alle die Mäuler, denn den Klapper-Hannes hatte noch nie eine gewollt, nicht mal in der armen Zeit. Es hatte ihn alle Überwindung gekostet, doch er hatte immer dran denken müssen, wie Bettchen in dem prächtigen Kleid nach Scholmerbach hineingefahren kam und wie sie nun die Schande von Scholmerbach war, auch wenn sie mit ihrem Sündengeld die Gemeindeschuld bezahlt hatte und der Kirche ein paar neue Bänke gestiftet.

Der Klapper-Hannes wusste, wie sich das anfühlte, wenn keiner einen richtig wollte, und er fiel beinahe auf die Knie, wenn er Bettchen sah.

Und Bettchen, die durch ihn hindurchsah und das schwere Maul, in das es immer hineinregnete, nicht wahrnahm und nur seinen guten Willen und seine Ehrfurcht und sein demütiges Herz erkannte, erhörte ihn und tanzte mit ihm. In London hatte sie Schlimmere gehabt. Ganz Scholmerbach konnte über nichts anderes mehr reden und an nichts anderes mehr denken, bis eines Tages das Schlosse Lissjen in den Umständen war und keinem sagen wollte, wer der Vater war, und Schmitzens Paula der Mann fortgelaufen war, da sprachen sie über was anderes.

1871

An einem heißen Augusttag stand meine hochschwangere Ururgroßmutter Bettchen auf ihrem Feld vor den Weidehecken am vollen Heuwagen und stemmte eine allerletzte Gabel auf den Wagen.

Mit dieser letzten Ladung aber kriegte der Wagen das Übergewicht, kippte unendlich langsam zur Seite und begrub meine Ururgroßmutter mit der warmen Last der verblühten Gräser und Blumen eines Sommers.

Der arme Hannes hieb verzweifelt mit dem Rechen in dem Heu herum und die Kinder heulten und schrien: – Mamme ... oh Mamme! Wo seist dou! und stürzten in das Heu hinein, um nach ihr zu graben.

Doch in der übermächtigen, erstickenden Heulawine voll gilblicher Gräser und vertrockneter Disteln, die Bettchen in eine feuchte Dunkelheit gebettet hatte und gänzlich umschloss, presste sich auf einmal ihr Leib zusammen und es schossen ihr Blut und Wasser in die Röcke hinein und so kam es, dass am 17. August 1871 meine Urgroßmutter Charlotte als letztes von vierzehn Kindern das Licht der Welt erblickte unter Klee und Klatschmohn und Kornblumen.

Charlotte sollte erleben, wie die erste Eisenbahn durch den Westerwald fuhr und eine Schneise brach durch die Armutei und das Elend, wie sie stampfend und zischend eine neue Zeit verkündete und in Wällershofen, Ellingen und Wennerode haltmachte und wie man nun reisen konnte, so schnell, wie drei Gäule auf einmal. Sie musste um den armen Herzog Adolph weinen, der fortgegangen war, weil nun die Preußen hier ein strenges Regiment führten und wie das arme Schloss Weilburg verwaist über der schönen Lahn thronte.

Die Preußen waren längst nicht so gutmütig wie der schöne Herzog Adolph mit seinen roten Wangen, dem welligen Haar und dem glänzenden Schnurrbart.

Nun war Scholmerbach preußisch geworden und die strengen Preußen hatten gleich kurzen Prozess gemacht mit dem Mädchen- und Knabenhandel und alles unter Strafe gestellt. Niemand durfte mehr Knaben oder ledige Weibspersonen außer Landes bringen.

Auch waren nun alle Länder ein einziges deutsches Vaterland und die Schwaben waren so viel wie die Sachsen und die Sachsen so viel wie die Württemberger und alle sollten sie zusammenhalten unter einer Fahne aus Schwarz und Weiß und Rot, das hatte Prinz Adalbert so gewollt. In Konrads altem Fachwerkhaus aber hing von nun an das Bildnis vom Kaiser Wilhelm.

Meine Urgroßmutter Charlotte, die auf den Äckern von Scholmerbach zur Welt gekommen war unter der duftenden, sonnenwarmen Wiesenlast, hatte offenbar gleich den Eindruck gewonnen, dass man sich durch die Welt kämpfen musste. Vom ersten Schrei an musste man um sein Leben ringen. Darum, oder aber wegen dem stieren und abwesenden Blick meiner Ururgroßmutter Bettchen, hatte Charlotte früh begonnen, alles selbst zu machen, und sie wartete nicht erst, bis ihre nachlässige und selbstvergessene Mutter die Milch hinstellte oder einen Brei kochte.

Es war, als sei Charlotte davon beseelt, sich um alles zu kümmern, um Brunnenwasser und das Vieh, um die kranken Geschwister und um den Kirchgang und schließlich um das kranke Bettchen, das oft in dem neuen Ohrensessel hing, den der Vater ihr gekauft hatte, von dem Geld, das er als tüchtiger Müller verdiente.

Charlotte war schnell und emsig und behende. Man sagte: wieselflink. Wieselflink hatte sie sich im Alter von neunzehn Jahren mit meinem Urgroßvater Joseph, dem Zimmermann, verheiratet und gebar ihm viele Kinder.

Sie konnte mit einem Arm ein Kind wiegen und mit dem anderen eine Rinderbrühe kochen. Sie schlief nicht, hieß es. Sie buk Brot in der Nacht und stampfte Sauerkraut in der Nacht und machte die Wäsche in der Nacht.

Am Tag ging sie aufs Feld und ging ins Geschäft, um ihrem Mann Joseph die Bücher zu führen und die Rechnungen zu schreiben und um den Gendarmen zu bestechen. Der Zimmerplatz wurde immer größer und erhielt eine Getreidemühle, eine prächtige Dampfmaschine und ein stampfendes Gatter, und die Zimmerleute bauten die Fachwerkhäuser von Linnen, Hellersberg, Ellingen und sogar noch von Langdehrenbach.

Doch bevor das schlimme Jahrhundert zu Ende ging, schien es sich noch ein einziges Mal aufzubäumen und seinem Ruf gerecht werden und den Kirchhof noch einmal zum Blühen bringen zu wollen: Es schickte in seinen letzten Tagen abermals den Würgeengel der Kinder, die Diphterie, und sie entriss Charlotte die ersten vier Kinder. Sie starben eines nach dem anderen innerhalb von zehn Tagen. Charlotte war hochschwanger, in ihrem neunundzwanzigsten Lebensjahr, und sie hatte in zehn Tagen nicht einmal das Kleid gewechselt. Die Zimmer wurden ausgeräuchert, doch niemand wollte die toten Kinder anfassen und der junge Hanjokeb schrie: Schleift Euch die Kinder selber auf den Kirchhof! Die Zimmerleute nagelten die Särge für die Kinder selber.

Tante Rosa liebte es, davon zu erzählen.

Wie Charlotte auf das Feld gelaufen war und den Fußspuren ihres Ältesten folgte, die sie in der Erde fand vom Tag, als er zum letzten Mal mit dem Pflug gegangen war. Dann hatte sie sich auf die Knie geworfen und geschrien:

– Herrgottchen, gib mir die Kinder wieder!

Dann legte sie sich hin und gebar ihr neuntes Kind.

Sie gebar danach Onkel Balduin und Onkel Heinrich, Onkel Konrad, Onkel Kunibert, Tante Rosa, Tante Hildegard und meinen Großvater Klemens.

Wir saßen gerne bei den Alten in der Küche mit dem Blick auf den hellen Sägemehlshaufen vor dem Fenster, während das Gatter sägte und stampfte und dröhnte wie der Herzschlag von Scholmerbach. Das Gatter hatte mir immer Angst gemacht, es zischte und hatte riesige eiserne Zähne, und es vertilgte einen Baum nach dem anderen, es war eine Baumfresserin.

Wir aber spielten auf dem Boden bei all unseren Onkels und zählten ihre Finger, Onkel Kunibert hatte noch neun Finger, Onkel Heinrich nur noch drei und Onkel Konrad vier und Onkel Balduin hatte an einer Hand nur noch einen Daumen, mit dem er seine Pfeife stopfte. Meine Onkel waren sehr lustig und Tante Rosa erzählte immer: Wie sie meine Urgroßmutter Charlotte begraben hatten, trug Onkel Balduin denselben schwarzen Anzug wie an Hochzeiten und an Karneval im Elferrat. Und als sie den Sarg in die Erde lassen wollten und Balduin sich bückte, da rieselte aus seiner Brusttasche buntes Konfetti auf Charlottes Sarg herab.

Es war, als musste ihr das Leben unbedingt noch was zum Lachen hinterherwerfen. Meine Onkel lachten gerne und sie lachten laut und waren gutmütig und kratzten mit ihren zwei Fingern in alten Geldbeuteln, um uns einen Groschen zu geben für Waldmeistereis.

Dann fragte ich: Onkel Balduin, erzähl doch mal von früher!

Da wurden die Alten seltsam wütend und gerieten in Rage, vielleicht war es auch eher noch ein Art bebender Stolz. Sie hoben die Kaffeetassen, verschütteten beinahe alles, schwenkten die Tassen hin und her vor dem Kohleofen mit der eisernen Klappe und der Wäschespinne mit blauen Handtüchern und dem Fenster zu dem goldenen Sägemehlshaufen und sie sangen es wie ein zorniges Wiegenlied:

– Hier war nichts, es gab nichts, wir hatten nichts, nur Armutei und Säuerei, Armutei und Säuerei, es gab nichts, wir hatten nichts, wir wurden nichts, hier im Westerwald war immer hungers verrecken und krepieren und da gab es nichts, wir hatten nichts, naut, naut, nichts und naut und noch mol naut.

Et gitt rein gar nichts zou verzählen.